중국 대륙을 누빈 불멸의 여성 독립운동가

이화림 회고록

이화림 구술·장촨제·순징리 엮음

박경철·이선경 옮김

이화림 회고록

나의 마음은 희망으로 충만해 있다.
나는 우리들의 국가가 번영하길 희망한다.
나는 머지 않는 날에 조선이 평화적으로 통일되길 희망한다.
나는 미래가 찬란하길 희망한다.
나는 미래가 더욱 아름답길 희망한다!

– 이화림 여사 회고록 마지막 말 중에서

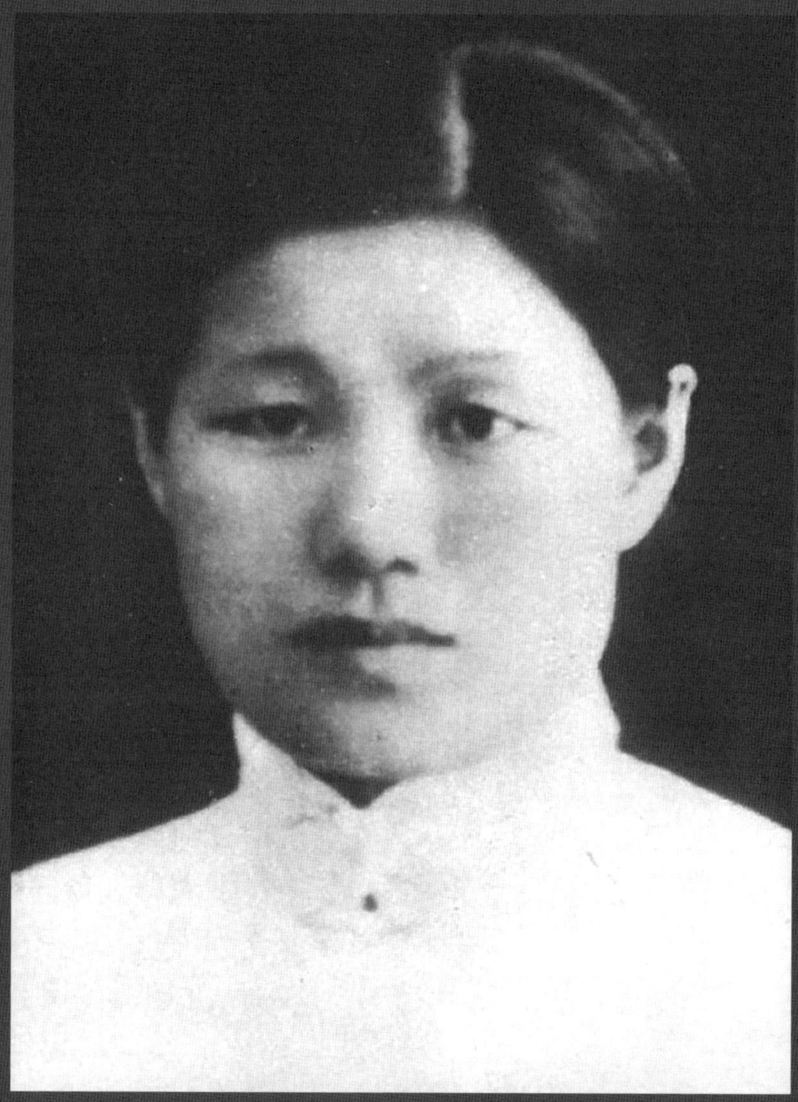

1938년 충칭(重慶)시기의 이화림 여사

1939년 광시(廣西) 구이린(桂林) 조선의용대 활동 당시의 이화림 여사(가운데)

1964년 7월 13일, 캉커칭(康克淸) 동지(가운데) 의 옌볜시찰 당시 동지들과의 기념촬영 모습. 이화림 동지(오른쪽에서 두 번째)는 당시 옌볜조선 족자치주 위생국 국장을 맡고 있었다.

1950년 한국전쟁 당시의 이화림 여사. 그녀는 당시 조선인민 군 제6군단 전선(前線) 위생소 소장을 역임했다.

1931년 12월 13일, 일본천황을 폭살하기 위해 도쿄로 떠나기 전, 이봉창 의사는 상하이한 인애국단 본부의 태극기 앞에서 선서를 했다. 가슴 앞에 팻말은 선서문이고 양손에는 들고 있는 것은 폭탄이다.

1932년 4월, "훙커우(虹口)공원폭탄투척사건" 계획 당시 김구 선생

1942년, 타이항산 팔로군 항일근거지에서 반소탕전투 중 부상을 입은 대원을 응급처치해 주고 있는 이화림 여사

1986년 5월 6일, 이화림 여사는 중국
작가 협회 옌볜분회 아동문학상기금회
에 1만2천 위안을 기탁했다. 사진은
제2회 화림신인문 학상 수여식에 참가
한 이화림 여사가 아동 작품 작가에서
상을 수여하고 있다.

1983년, 이화림 여사가 다롄(大連)의 노년협회에서 활동할
당시 강연 모습

1964년 7월 13일, 주더(朱德) 위원장(앞줄 왼쪽에서 열 번째), 둥삐우(董必武) 부주 석(앞줄 왼쪽에서 아홉 번째)의 옌볜시찰활동 당시 조선족자치주 당정군 책임자 합 동기념사진. 두 번째 줄, 왼쪽에서 아홉 번째가 이화림 여사다.

1987년, 이화림 여사는 기후가 좋고 풍경이 빼어난 다롄의 바이원산장(白雲山莊)공원 부근에서 기념사진을 남겼다.

1955년 9월에서 1956년 7월, 중공고급당교에서 공부한 이화림 여사(가운데)

1962년 리쩐(李貞) 장군(앞줄 왼쪽에서 네 번째)의 옌벤 시찰 당시 동지들과의 기념촬영 모습. 이화림 여사
(앞줄 오른쪽에서 두 번째)는 당시 옌벤조선족자치주 위생국 이화림 부국장을 맡고 있었다.

1932년 4월 26일, 즉 "홍커우공원폭탄투척사 건" 발생 3일전, 윤봉길 의사는 상하이한인애국 단 본부의 태극기 앞에서 선서를 했다. 가슴 앞의 팻말은 선서문이다.

1994년 1월 6일, 다롄시 당정지도자와 사회 각계인사들이 이화림 여사의 집에 와서 이 여사의 생신을 축하해줬다.

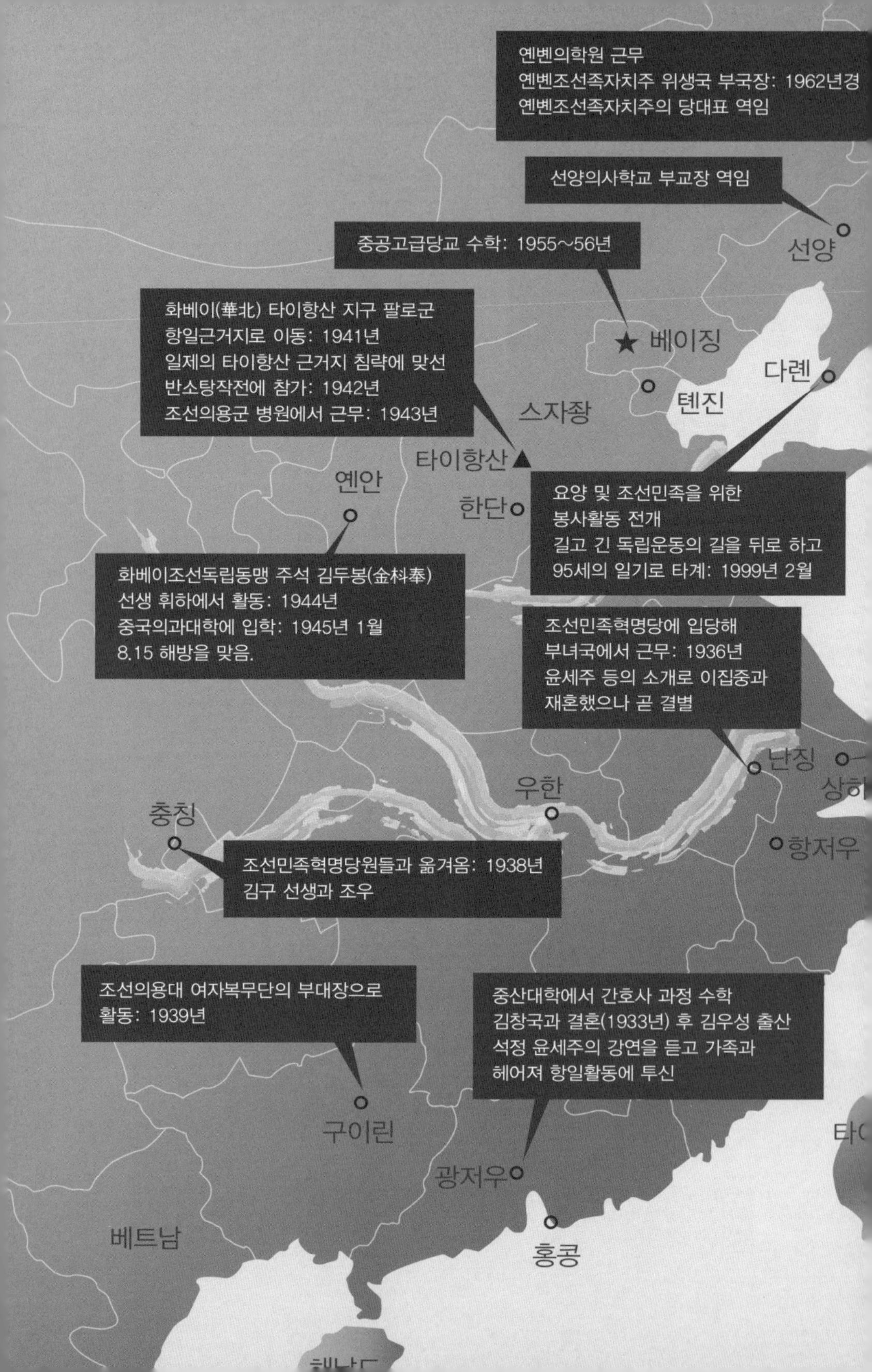

옌볜의학원 근무
옌볜조선족자치주 위생국 부국장: 1962년경
옌볜조선족자치주의 당대표 역임

선양의사학교 부교장 역임

중공고급당교 수학: 1955~56년

화베이(華北) 타이항산 지구 팔로군
항일근거지로 이동: 1941년
일제의 타이항산 근거지 침략에 맞선
반소탕작전에 참가: 1942년
조선의용군 병원에서 근무: 1943년

요양 및 조선민족을 위한
봉사활동 전개
길고 긴 독립운동의 길을 뒤로 하고
95세의 일기로 타계: 1999년 2월

화베이조선독립동맹 주석 김두봉(金枓奉)
선생 휘하에서 활동: 1944년
중국의과대학에 입학: 1945년 1월
8.15 해방을 맞음.

조선민족혁명당에 입당해
부녀국에서 근무: 1936년
윤세주 등의 소개로 이집중과
재혼했으나 곧 결별

조선민족혁명당원들과 옮겨옴: 1938년
김구 선생과 조우

조선의용대 여자복무단의 부대장으로
활동: 1939년

중산대학에서 간호사 과정 수학
김창국과 결혼(1933년) 후 김우성 출산
석정 윤세주의 강연을 듣고 가족과
헤어져 항일활동에 투신

선양
다롄
베이징
톈진
스자좡
타이항산
옌안
한단
우한
난징
상하
항저우
충칭
구이린
광저우
홍콩
베트남
타이

리
청진
북한
산

유아원 교사로 근무
조선공산당에 가입: 1927년

조선인민군 제6군단 위생소 소장으로 파견되어
복무: 1950년
미군의 폭격으로 부상을 당한 후 선양으로 복귀

아버지 이지봉, 어머니 김인봉
사이에 2남2녀 중 막내로 태어남.
1905.1.6 미선교사가 운영하는
숭현소학교에서 유아교육 공부
3.1만세운동에 참가

졸업 후 유아원 교사로 근무

김두봉의 소개로 김구 선생을 만나
한인애국단에 가입: 1930년
김구 선생과 함께 이봉창 · 윤봉길
두 의사 거사 협력: 1932년

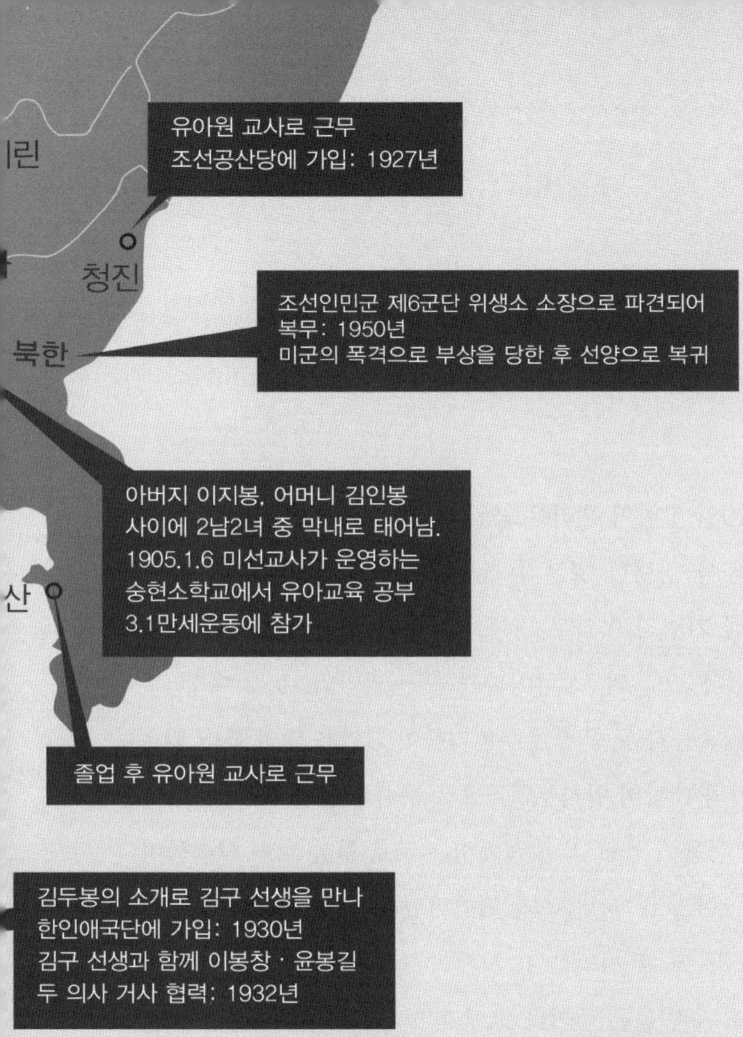

〈이화림 지사 활동 지도〉

머리말

1932년 4월 29일 상하이 홍커우 공원. 1·28사변의 발동을 통해 상하이의 일부 지역을 점령한 일본침략군과 다른 여러 침략 국가들이 이곳에서 "천장절 기념식"이라는 명목으로 중국 침략의 승리를 경축하는 자리를 가졌다. 일본의 "상하이파견군" 시라가와白川義側 대장, 주화駐華 시게미쓰重光葵 공사 등 군정 우두머리들이 거만을 떨며 무대 위로 올라섰다. 시라가와 대장이 안하무인격으로 구차한 말을 막 이어갈 때 "꽝"하는 거대한 폭음이 들렸다. 상석에서는 바로 붉은 피와 살점들이 하늘을 날았다. 그야말로 "피바다"가 되어버렸다. 시라가와 대장은 인사불성이 되었고 두 달 후 사망했다. 시게미쓰 공사는 한쪽 다리를 잃었으며, 기타 주요 요인들은 죽거나 크게 다쳤다. 무대는 한순간에 혼란의 도가니에 빠졌다. 경축대회는 제삿날이 되어버렸다.

세상을 놀라게 한 이 큰 사건은 일본제국주의의 위세를 꺾어버렸고 중한 양국민의 항일 투지를 높였다. 이 사건의 계획자는 당시 상하이의 조선독립운동단체였고 폭탄 투척 임무를 수행한 사람은 조선의 열혈남아인 윤봉길 의사였다. 시간은 흘러 현재 60년의 세월이 지나 이 사건의 내부사정을 아는 사람들의 대부분은 세상을 떠났지만 구순의 이화림 동지만 건재해 있다. 더욱이 그녀는 이 사건의 주요 참여자 중의 한 사람으로 이 사건의 발단, 경과, 결과에 대해 또렷하게 기억하고 있다.

이화림 동지는 백절불굴의 혁명 전사였다. 그녀는 청소년시기에 일본제국주의가 조선 삼천리강산을 유린하는 것을 목도하며 항일구국이라는 정의의 불꽃을 지피며 조국의 독립 해방 투쟁에 적극 투신했다. 나중에 홀로 중국에 건너와 한중 양국민의 공동 항일 투쟁과 중국 인민의 해방에 계속 헌신해 위대한 신국가 건설에 막대한 공헌을 했다. 그녀는 수십 년간 중한 양국의 대지 위에 자신을 잊은 채 투쟁의 족적을 남겼으며, 그 투쟁의 역정은 중한 양국민이 함께 피를 나눈 공존공영의 축소판이기도 하다.

이 책은 주로 이화림 여사의 회고를 바탕으로 해서 만들어졌다. 책을 만드는 과정에서 장촨제張傳杰 동지가 인터뷰조사, 사실 확인, 자료조사 등 각 부분에서 많은 심혈을 기울였다. 촨제 동지는 일찍이 가족을 따라 북한에서 10여 년을 살아서 그곳의 상황을 어느 정도 이해하고 있다. 그는 일본어와 러시아어에 능숙할 뿐만 아니라 한국어에도 통달하며 한국인에 대해서도 특별한 감정을 가지고 있다. 그는 또한 조선사, 일본사와 중일, 중조, 조일관계사 연구 방면에서도 탁월한 연구자이기도 하다. 그래서 다롄시大連市 민족사무위원회의 책임자가 내게 이 책을 편찬할 책임자를 부탁했을 때 나는 주저 없이 그를 추천했다. 그는 많은 일들로 바쁜 와중에도 불구하고 상당히 어려운 임무를 기쁘게 받아들였고 완성하기까지에 이르렀다. 이것은 정말 축하할만한 일이다.

이 책은 일반적은 회고록과는 다르다. 이 책은 주인공이 직접 경험하고, 보고, 들은 일련의 중대 사건들에 대해 과학적이고 심층적인 논술

분석으로 매순간 주인공의 활동과 당시의 역사적 환경을 긴밀하게 연결시켰다. 이 책은 조선혁명지사의 중국 내 항일구국, 민족해방과 국가독립 쟁취의 역사를 재현했고 중국 현대에서 잊혀진 한 켠의 빈 공간을 채웠다. 그래서 이 책은 역사서로도 읽을 수 있다. 역사는 하나의 거울이고 가장 좋은 선생님이다. 현재 애국주의 교육 사업이 활발히 전개되고 있는 가운데 이 책이 적극적으로 활용될 수 있기를 기대한다.

톈지우촨(田久川)

1995년 가을, 다롄(大連)에서

추천사 1

중국 관내를 누빈 불멸의 여성독립운동가

우리 독립운동가 중에는 민족해방투쟁을 지도한 저명한 애국자들이 있는 반면에 무명으로 항일전선에서 산화한 분들도 적지 않다. 이런 분들이 훨씬 많다. 이름 석 자라도 남긴 분들은 그나마 다행한 편이다.

독립운동사를 공부하다보면 종종 '존재는 낯익지만 실체는 낯선' 독립운동가들을 접하게 된다. 간간히 이름 석 자는 비치는데 '실체'가 드러나지 않고 자료도 찾기 쉽지 않다. 이런 경우는 일제와 무장투쟁에 참여했던 경우가 특히 많은 편이다. 신흥무관학교 졸업생이 3,500여 명인데 현재 알려진 사람은 10분의 1의 경우인 것도 이에 속한다.

이와 더불어 여성독립운동가들도 더러는 어느 남성독립운동가에 못지않게 치열한 항일투쟁을 하고도 제대로 평가를 받지 못하거나 망각되어 왔다. 항일전의 후방에서 병참역할이나 부상병 치료, 대적 심리전 등에서 활약했기 때문이다.

여기 소개되는 이화림 여사의 경우 어느 독립운동가에 못지않게 투쟁을 하고도 묻혀지고 잊혀졌다. 조선의용대(군) 출신으로서 6·25한국 전쟁 당시 중국군의 간호병으로 참전한 것이 묻히고 잊히고 금제의 대상이 되었다.

6·25전쟁은 독립운동가들의 평가에서 이데올로기의 너울이 씌우게 되고, 그 대신 친일파들에게는 관대해지는 역설을 낳았다.

이화림 여사의 독립운동에서 우리 항일투쟁의 정사正史와 비사秘史를 함께 찾게 된다. 한인애국단원 이봉창 의사가 단신으로 일본으로 건너갈 때 수류탄을 속옷 고쟁이에 주머니를 만들어 넣어갔는데 이 주머니를 이 여사가 만들어주었다. 윤봉길 의사와 일본인 부부로 위장해 상하이 홍커우공원을 정탐하는 등 거사에 숨은 역할을 하였다.

그는 또한 조선민족혁명당 난징총부에서 의열단장 김원봉의 부인 박차정 여사 등과 부녀국에서 선전활동을 하고, 타이항산에서 조선의용군과 중국팔로군이 일본의 막강 관동군과 전투 중에 부상당한 조선청년들을 치료하였다. 전투가 끝난 뒤에는 산나물을 캐거나 산중에서 소금을 구하기 어려워 염기성이 많은 돌을 갈아 산채에 비벼먹였다고 한다. 나는 이 같은 항일무장투쟁의 비사를 이 책을 읽고 처음으로 알게 되었다.

이화림 지사는 결혼을 하였지만 항일전선을 오가느라 가정에 전념할 수 없었다. 그에게는 가정사보다는 민족이 먼저였다. 개인적인 삶을 민족의 당위에 우선하는 열혈 여성이었다. 해서 여성으로서의 행복을 누릴 수 없었던 것은 불운한 시대의 깨어 있는 여성이 갖게 되는 처절한 운명이었다.

이화림 지사는 어쩌면 조국 헝거리가 함스부르크왕조와 싸울 때 독립투쟁을 하다가 26세에 전사한 산도르 페퇴피1823~1849의 〈민족의 노래〉와 같은 심경이었을 것이다.

사랑이여

그대를 위해서라면

내 목숨마저 바치리

그러나 사랑이여

조국의 자유를 위해서라면

내 그대마저 바치리.

이와 같은 인물이 우리 독립운동사에 고딕체로 기록되지 못하고 망각의 저 편에 가려져 있었다는 것은 부끄럽기 그지없는 노릇이다.

나는 지난 2년 동안 두 차례 중국 타이항산을 찾았다. 남쪽에서는 외면되고, 북쪽에서는 숙청당한 조선의용군들의 빛나는 항일투쟁과 희생, 그들의 무덤과, 산제비도 날기 어려운 산기슭에 떠도는 혼령으로 사라진 무명전사들을 만나기 위해서였다. 그리고 해방 70주년이 다 되어가도록 세계 10위권의 경제를 자랑하면서, 그곳에 묻힌 애국지사의 유해를 봉환하지 못하고 무명지사들에 대한 위령비도 세우지 못함을 부끄러워하였다.

2013년 7월의 타이항산 답사 때에는 박경철 박사와도 동행하면서 많은 것을 배울 수 있었다. 박경철 박사는 베이징대학 사회학과 박사 과정을 다니면서, 몇 해 전부터 우리 유학생들과 중국 관내 항일독립운동 등 사적지를 탐사하고 있었다. 특히 조선의용군의 전적지에 대해서는 탐사를 거듭하고 연구논문을 발표했다.

이번에 이화림 지사의 자서전격인 〈이화림 회고록〉를 박경철 박사와 이선경 씨가 몇 해 째 공들여 번역해 국내에서 출간한 것은 우리 독립운동사의 소중한 결실이라고 생각한다.

　오빠들의 3·1운동 참여를 지켜보면서 민족의식에 눈이 뜬 이화림 지사는 중국에서 가장 힘들고 위험한 지역을 찾아 독립운동을 하였다. 최전방에서 싸우기도 하고 의학을 공부하여 부상자들을 구제하고, 말년에는 중국 홍위병으로부터 정치적으로 박해를 받는 등 파란곡절의 삶이었다. 생애는 거대한 대하드라마이고 한편의 장엄한 서사시라 하겠다. 향년 95세로 숨을 거두면서 모든 재산을 다롄시_{대련시} 조선족 학교에 기부한 데서 그의 뜨거운 민족사랑을 만나게 된다.

　명실상부한 '지구촌 시대'에 그리고 현실사회주의가 망한 지 20년도 더 지난 오늘날, 독립운동가들에게까지 낡은 좌·우 이념의 잣대로 자폐시키지 말고, 이제 이화림 지사의 애국혼이 편안히 잠들 수 있도록 했으면 한다. 이 책을 읽은 분들은 그러고도 남을 것이다.

　다시 한 번 이 책의 국내 번역 출간을 축하해마지 않는다. 더욱이 광복 70주년을 맞이하는 올해 출간된 이 책은 우리나라 독립운동사에 값진 기록이자 선물이 될 것을 믿어 의심치 않는다.

2015년 벽두에

김삼웅(전 독립기념관장)

"너의 조국은 어디인가?"

"나의 조국은 조선이고 평양에서 자랐습니다."

이 문답은 김구 선생과 이화림 여사가 처음 만나 나누었다. 이화림 여사는 김구 선생의 비서로 한인애국단 활동을 시작하게 된다. 그러나 백범일지에는 이화림 여사에 대한 이야기는 단 한 줄도 존재하지 않는다. 왜일까?

이화림 여사는 일제가 조선을 본격적으로 잠식해 나가던 1906년, 평양의 가난한 가정의 막내로 태어나 3.1운동을 경험했다. 이후 중국으로 건너가 김구 선생을 만나 한인애국단 활동을 시작하게 된다. 이봉창 의사가 단신으로 수류탄을 들고 일본으로 떠날 때, 그 수류탄을 위한 비밀 주머니를 만들어 주었으며, 윤봉길 의사와 일본인 부부로 위장하여 상하이 홍커우 공원을 정탐하는 등 한인애국단의 의열활동에 숨은 조력자로써의 임무를 성공적으로 해내었다.

이후 상해에서의 활동이 힘들어지자 개인적인 삶보다는 민족과 조국의 해방의 가치를 더 중요하다고 생각하여 이혼을 결심한 후 난징으로 이동하여 항일운동을 계속 해 나갔다. 그녀는 언제나 가장 힘들고 위험한 지역을 찾아가 독립운동을 하였고 그 와중에 의학공부를 병행하였다. 조선의용대 시절 우한, 충칭, 타이항산, 옌안 등지에서 험난한 항일 활동을 했고, 때로는 부상당한 조선인 청년들을 치료하고 돌봐주는 일에도 적극적으로 나섰다. 전투가 끝난 뒤에는 산나물을 캐어 먹고 염기성 돌을 갈아 산채에 비벼먹으면서도 독립운동의 끈을 결코 놓지 않았다.

이화림 여사는 나라를 잃은 나라의 여인으로서 역사의 매 순간마다 불어 닥친 온갖 고난과 역경에 굴하지 않고 정면으로 맞서 조국의 독립과 해방을 위해, 인도주의를 실천하기 위해 평생을 살아온 인물이다. 하지만 공산주의자였으며 한국전쟁 당시 중국인민지원군으로 참전했다는 이유 등으로 우리나라에서 이화림 여사는 사실상 잊혀지고 묻혀 금기시 되어왔다. 우리나라의 독립운동사는 좌·우 이념의 잣대로 아직 온전히 연구하고 평가하여 기리지 못하고 있는 현실이다. 체 게바라 티셔츠를 입고 다니는 젊은이들이 길거리를 자유롭게 활보하고 있지만 조선의 체 게바라, 만주의 체 게바라라고 부를 수도 있는 우리의 독립운동가에 대한 연구는 걸음마 단계를 벗어나지 못하고 있다. 과거의 이념적 관념을 벗어나지 못한 채 '조선'의 독립과 인도주의적 가치를 위해 평생을 헌신해온 독립 운동가를 제대로 평가조차 하지 못하는 부끄러운 현실이 계속 되어서는 안 될 것이다.

잊혀져가는 역사를 되살려내고 기억하고 후대에 전해줘야 하는 것은 현재를 살아가는 우리들의 의무이며 책임이며 해방된 나라에 살게 해준 독립운동가에게 드릴 수 있는 최소한의 도리다. 과거 이념의 잣대로 반쪽짜리 독립운동사만을 후대에 전해주는 것은 우리 민족의 역사를 반쪽으로 축소하는 행위가 될 것이며 이는 해방되고 통일된 자주국가를 꿈꿔온 이화림 여사를 비롯한 수많은 독립운동가들이 원하던 나라도 아닐 것이다. 그분들이 꿈꿔온 나라를 만들기 위해 우리 여성독립운동기념사업회에서도 이화림 여사를 더욱 연구하고 알리고 기려야 할 것이다.

우리민족의 온전한 독립운동사를 알려야 하는 시대정신을 따르는 일에 이 책의 출간이 중요한 시작점이 되길 진심으로 기원한다. 다시 한 번 출간을 축하드리며, 이화림 여사에게 무한한 감사와 경의를 표한다.

여성독립운동기념사업회 회장

김희선

목차

나의 길을 회상하며 … 26

보통강변普通江邊 … 27

"이것이 우리나라 국기다!" … 32

3·1운동의 폭풍 … 38

3·1운동에 참가 … 42

지하인쇄소 … 47

조선독립을 위해 … 51

안녕, 평양아! … 58

압록강을 건너 … 63

황푸강변 … 69

상하이한국임시정부 … 79

한인애국단에 가입 … 86

한인애국단의 친일파 제거 … 100

상하이의 풍우 … 109

만보산의 그림 … 114

이봉창의 영웅적 기개 … 119

일본천황 암살 시도 … 127

죽음을 두려워하지 않았던 윤봉길 … 135

홍커우 공원 사건 … 142

시라가와 대장의 죽음 ··· 153

길이 남을 영령 ··· 158

김구와 혁명 열사 ··· 167

한국혁명 열사, 광저우에 모이다 ··· 184

조선민족혁명당 ··· 195

난징부터 자링 강변까지 ··· 204

조선의용대, 일본군을 와해시키다 ··· 213

구이린桂林을 떠나다 ··· 226

적 후방으로 가다 ··· 237

조선독립동맹 ··· 252

조선의용군과 일본군과의 혈전 ··· 258

우리는 타이항산에 있다네 ··· 274

옌안으로 전진 ··· 286

바오타산 아래서 ··· 298

대한독립만세! ··· 312

동베이로의 진군 ··· 330

조선전쟁터에서 ··· 337

늘 푸른 소나무 ··· 348

이화림 ··· 356

저자 후기 ··· 359

역자 후기 ··· 362

후기: 재출간에 즈음하여 ··· 369

나의 길을 회상하며

1875년 일본이 조선을 침략하고 이듬해 무력으로 조선이 《강화조약》에 서명하도록 했다. 이때부터 조선은 일본의 반식민지가 되었다. 청일전쟁과 러일전쟁 이후 조선은 점점 일본의 식민지가 되었다. 그리고 1910년, 일본은 완전히 조선을 병탄했다.

1907년 음력 7월 30일, 일제가 강제로 대한제국 국방군을 해산시키면서 삼천만 조선인이 노예로 전락했다. 이때부터 독립운동은 전국으로 퍼져나갔다. 독립운동은 1914년부터 시베리아와 중국으로 번져갔다. 훌륭한 조선의 아들, 딸들이 왜놈과 36년의 피나는 투쟁을 전개했고 국가는 독립을 맞이했다. 36년의 역사는 조선이 국가독립을 쟁취한 빛나는 역사다. 민족해방을 위해 용감하게 싸웠던 선열들은 영원히 조선인의 마음속에 남아있을 것이다.

나의 전前 반생은 조선독립을 향한 역정이었다. 나는 내가 직접 겪은 경험을 토대로 진실한 역사적 사건을 재현하고 백절불굴의 의지로 우리 해방역사를 빛냈던 영웅들의 업적을 찬양하고자 한다.

보통강변 普通江邊

1905년 1월 6일, 나는 조선 평양시 경창리景昌里의 한 가난한 서민의 가정에서 태어났다. 그 때는 재난이 많은 시기였다.

내가 태어난 1905년을 보자. 그 일 년 동안 일제는 고종황제를 위협해《제2차 한일협정》, 즉《을사보호조약》에 서명토록 했다. 이 조약에 근거해 일본제국주의는 공공연하게 조선의 외교권을 빼앗아 대한제국은 유명무실하게 됐고 삼천만 백의동포는 망국노의 비탄에 빠지게 됐다.《황성신문》은 서둘러 그 유명한 사론인《시일야방성대곡是日也放聲大哭》을 발표해 매국조약 소식을 알리고 매국 오적즉, 조약에 동의한 학부대신 이완용 등 5인을 성토했다. 그러자 한순간 분노와 통곡의 목소리가 전국에서 울려 퍼졌다.

당시《대한매일신보》에서 그 해 조약 소식을 들은 조선인민들의 비통과 분노를 묘사한 형상을 아직도 기억하고 있다.

"학생들은 교문을 닫고 통곡하고, 교사들은 하늘만 쳐다보고 탄식하고, 상인들은 가게를 닫고 파업을 하고, 유생들은 비통해 하며 상소문을 올리고, 원로대신들은 항의서를 제출했다."

저명한 애국지사 민영환_{시종무관을 역임}, 조병세_{중추원 좌의장 역임}, 홍만식_의 _{정부 찬정 역임} 등은 이 망국조약의 철회를 요구했으나 뜻이 이뤄지지 않자 분에 겨워 자결했다. 죽음으로써 가장 강렬한 항의를 표했던 것이다. 이것은 실로 해와 달이 빛을 잃고 피눈물이 내를 이루는 것이었다. 하지만 왜놈들은 야금야금 파고들어와 "통감통치"를 시작했고, 이토 히로부미_{伊藤博文}를 첫 번째 통감으로 부임시킴으로써 조선 침략의 속도를 높였다. 삼천리 산하는 나락으로 빠졌고 바람 앞의 촛불과 같이 흔들렸다. 나의 어린 시절은 이러한 형국이었다.

우리 집은 보통강의 서쪽 언덕에서 그리 멀지 않는 곳에 자리 잡고 있었다. 보통강은 대동강의 서쪽에 위치한, 대동강의 하나의 지류이다. 이 강은 서평양의 중심을 관통한다. 보통강의 북쪽에는 언덕이 있고 서쪽과 남쪽에는 개활지가 있다. 보통강변에는 아직도 보통문이 있는데, 이곳은 내가 어린 시절 늘 놀던 지역이다.

우리 집은 작은 초가집이었다. 남쪽으로는 도로가 있었는데 도로를 건너면 운동장이 있었다. 운동장 남쪽은 기독교회 학교와 숭실학교_{대학} _{과 중고등학교}가 있었고 동쪽 길 건너에는 숭의여자중학이 있었다.

어린 시절 나는 항상 그 운동장에서 놀며 그 교실에서 공부하고, 노래하고, 운동장에서 체육활동을 하는 학생들을 보곤 했다. 나는 그들이 많이 부러웠다.

우리 집은 아버지와 어머니 외에 오빠가 두 명, 언니가 한 명 있었고 나는 제일 막내였다. 우리 큰오빠는 숭실중학에서 공부를 했는데 2학년 때 가정형편이 어려워 부득이하게 중도에 그만두었다. 자퇴한 그날 큰오빠는 "일 년만 있으면 졸업인데……"하며 몹시 슬프게 흐느꼈다.

어머니는 눈물을 머금으며 큰오빠를 끌어안고 눈물을 닦아주며 말을 잇지 못했다. 이때 아버지께서 방에 들어와 이 모습을 보며 "우리 집이 입에 풀칠하기도 힘든데 공부는 무슨 공부냐! 너도 부모와 동생들을 생각해 일거리를 찾아 돈을 벌어야 되지 않겠냐?"하며 단호하게 말씀하셨다. 말은 이렇게 했지만 아버지도 마음은 괴로우신지 얼굴을 돌리셨고 거친 숨을 쉬며 담배를 피우셨다.

큰오빠 춘성春成은 이렇게 자퇴를 하고 일을 시작했고 돈을 벌어 가족의 생활에 보탬을 주었다. 작은오빠 춘식春植은 학교의 문턱에도 못 가봤고 남는 시간에 형 춘성에게 글을 배웠다. 언니는 학교에 갈 생각조차 못했고 15세 되던 해에 출가를 했다.

아버지 이지봉李芝奉은 고정된 일자리가 없었고 아침 일찍 나가 저녁 늦게 돌아왔다. 일을 하긴 했지만 고정된 수익은 없었다. 어머니 김인봉金仁奉은 독실한 기독교 신자로 미국인이 설립한 교회에서 일했다. 아버지는 매일 아침 일찍 나가 품팔이를 했고 어머니는 교회로 출근했다. 우리 형제자매 3명은 집에서 양말 짜는 작업장을 차려놓고 손으로 양말을 짰는데 작업을 할 때면 방안에 온통 먼지가 날려 기침을 해대곤 했다. 하루 일이 끝날 때면 허리가 아프고 다리가 저렸는데 그렇게 악착같이 일을 해도 돈은 몇 푼 벌지 못했다.

그 후 큰오빠가 결혼해서 새언니도 우리와 함께 양말을 짰다. 그 후 일 년이 지나지 않아 큰오빠는 장인에게 목공기술을 배웠고, 오래지 않아 간단한 목공 공구를 준비해 일을 받아 목공일을 시작했다. 이때부터 우리 집의 경제 상황은 호전되기 시작됐다.

그러던 어느 날, 큰오빠는 어머니와 내가 학교 가는 문제를 상의했다. 사실 그곳은 학교가 아니라 설립된 지 얼마 안 된 반공반독半工半讀의 학습반으로 일도 하면서 공부도 할 수 있는 곳이다. 아버지는 이 얘기를 듣자마자 큰오빠를 꾸짖으며, "계집애가 공부는 무슨 공부냐? 열 대여섯 살이 되면 시집이나 가면 되지. 시집가기 전 엄마 아빠 일만 잘 도와주면 된다."고 하셨다. 아버지가 공부를 못하게 하자 나는 마음이 많이 상해 울어버렸다. 아버지는 화가 나 방문을 박차고 나가 계단에서 담배를 피우셨다. 큰오빠는 "아버지, 쟤가 아직 어리기 때문에……"라고 말하자 아버지는 큰오빠의 말이 끝나기도 전에 손사래를 치며 나가버렸다.

그 모습을 본 큰오빠는 "춘실아, 걱정마라. 오빠가 꼭 공부시켜 줄게. 네게 공부 못 시켜주면 다음에 나를 큰오빠라고 부르지도 마라!"라고 말하며 주머니에서 일 원을 꺼내 어머니에게 드렸다.

당시 일 원은 적은 돈이 아니어서 온 가족이 며칠을 때울 수 있을 정도였다. 어머니는 "내일 내가 미국 선교사를 찾아가 도와줄 수 있는지를 한번 물어보겠다."고 말씀하셨다. 당시 어머니는 미국 선교사 집의 가정부로 일을 했는데 그 선교사는 자선사업의 명의로 학교 한 곳을 운영하고 있었다. 그 학교가 사립 기독교학교인 숭현崇賢소학교였다.

이틀 후 어머니는 나를 그 사립 숭현소학교로 데리고 가 입학 수속을 했다. 그 미국 선교사의 도움으로 나는 매월 내야하는 학비와 잡비 3전을 면제받게 되었다. 학교의 학생은 많지 않았고 대다수는 가난한 기독교 신자의 여자 아이들이었다. 어쨌든 나는 마침내 공부할 기회를 얻었고 말할 수도 없이 기뻤다.

이 학교는 미국 선교사가 설립했기 때문에 3학년부터 영어를 배우기 시작했다. 이것은 나에게 굉장한 기쁨이었다. 왜냐하면 다른 학교는 강제적으로 일본어 공부를 시켰기 때문이다. 심지어 미국인이 설립한 교회 학교조차 일본어를 가르치도록 했다. 그 때 우리는 일본어를 "왜화矮話"라고 부르며 멸시했다. 당연히 언어는 본래 계급성이 없고 다른 민족의 언어를 멸시해서는 안 될 것이다. 그러나 당시 일본침략자들은 조선을 점령해 동화정책을 펴고 노예화교육을 실시해 인심을 얻지 못했다. 사람들의 반일정서는 무의식적으로 우리에게 영향을 미쳤다. 이 때문에 우리는 영어를 무척 열심히 공부했다.

"이것이 우리나라 국기다!"

우리 어머니는 자상하신 분이셨고 독실한 기독교 신자셨다. 아침 일찍 나가 밤 늦게 귀가해 허리도 제대로 펴지 못하는 어려운 환경에서도, 어머니는 우리 형제자매들에게 얼굴 한번 붉히지 않으셨다.

어머니는 많은 재미있는 얘기를 들려주시곤 했다. 어머니는 기독교 신자로서 시간이 있을 때면 예수와 유다 등 성경얘기를 들려주시곤 했으나 더 많은 시간에 단군건국신화, 침략군을 무찌른 을지문덕 장군, 고려왕실에 충성을 다하다 선죽교에서 살해된 정몽주, 신라 충신 박제상, 임진왜란에서 전공을 세운 고승 서산대사 등에 대해서도 말씀해 주셨다. 때로는 내게 《춘향전》 이야기를 들려주셨는데 그때마다 나는 어머니의 얘기에 흠뻑 빠지곤 했다. 이런 이야기는 내 어린 마음속에 애국심과 침략자에 대한 증오의 마음을 심어주었다. 그 때부터 나는 앞으로 커서 반드시 구국과 구민의 여자 영웅이 될 것을 꿈꾸었다.

내가 소학교 5학년 때 우연히 구들장 아래에 어머니께서 숨겨놓은 기를 하나 발견했다.

"엄마, 이게 무슨 기에요?"나는 두 손으로 그 기를 펴며 궁금해서 조용히 어머니께 물었다. 어머니는 놀란 기색으로 얼른 그것을 빼앗았다. 조금은 화난 표정이었다.

"이것이 바로 우리나라 국기란다. 태극기!"

"그걸 펴지 마라. 일본 놈들이 보면 큰 일 난다. 우리가 감옥에 갈지도 몰라."

"다시 한 번만 볼게요. 이것이 진짜 우리나라 국기구나!"

나는 어머니 손에 있는 태극기를 얼른 가져와 두 손으로 가슴에 꼭 감쌌다.

"그만, 그만, 빨리 이리 주거라, 춘실아"

어머니는 애원하는 듯했다.

그날 저녁 나는 잠을 이루지 못했다. 어른들에게는 원래 아이들이 알지 못하는 많은 비밀이 있는 것 같았다. 나는 언제 커서 어른들의 걱정을 나누고 국가의 많은 대사를 알고 국가를 위해 헌신할 수 있을까! 나는 태극기가 우리 학교 하늘에서 높이 펄럭이는 모습을 상상했다.

그 후 나는 늘 어머니께 국가의 흥망에 관한 얘기를 들려줄 것을 부탁했다. 나는 '나도 어른이 됐다'고 말했다. 그러자 어머니는 다시 그 태극기를 꺼내어 내게 민비즉 명성황후 시해사건에 대해 얘기를 해주며 경술년즉 1910년 망국의 한을 꼭 기억하라고 했다. 그리고 어머니는 다시 태극기를 잘 포개서 조심히 구들장 맨 아래에 넣어놓았다.

"언젠가는 우리가 그것을 높이 높이 게양할 수 있을 것이다!"

어머니는 나를 안고 나의 머리를 어루만지며 내 귀에 대고 이렇게 말씀하셨다.

태극기, 원래 우리나라 국기가 이랬었구나. 그날 이후 며칠 동안 나는 매우 흥분했고 훌쩍 커버린 느낌이 들었다. 나는 들뜬 마음에 다른 사람에게 이런 얘기를 하고 싶었지만 말할 수는 없었고 시간이 있을 때마다 어머니께 역사 얘기를 들려줄 것을 부탁했다. 나는 이런 어머니가 계시다는 것이 정말 자랑스러웠다.

그러나 우리는 비록 우리의 국기가 있을지라도 높이 게양하지 못하고 깊이 감추어 다른 사람이 알지 못하게 해야 한다. 왜 그럴까? 그것은 왜놈이 우리나라를 침략했고 우리가 망국노가 되었기 때문이다. 생각이 여기에 미치자 견디기 힘든 아픔이 밀려왔다.

그 후 나는 과거와는 달리 내 자신의 눈으로 사물을 판단하는 안목이 생겼으며, 어느 순간 내 자신이 훌쩍 커버렸다고 느꼈다.

태극기로 인해 많은 생각들을 갖게 되었다. 나는 우리 조국의 지리, 역사에 대해 알고 싶어 몇몇 친한 친구들과 태극기와 관련한 일에 대해 이야기를 나눈 후 다함께 김 선생님을 찾아갔다. 그는 우리들의 국문 선생님으로 50세가 넘으신 자상한 노인이셨다. 선생님은 우리의 요청을 받아주었다. 그는 우리의 아름다운 삼천리 금수강산과 몇 천 년이 되는 조국의 문명사에 대해 얘기해 주셨다.

우리나라는 산수가 빼어난 아름다운 나라로 태백산이 남북을 가로지르고 동북부에 높고 높은 백두산이 있다. 남쪽으로는 몇 천 리가 길게 이어져 있고 그 속에는 풍부한 금광과 석탄이 저장되어 있다. 이것이 일본의 지척에 닿아있다. 세계적으로 이름난 고려인삼은 우리의 자랑이다. 남쪽의 광활한 대평원은 논밭으로 채워져 있는데 여기에서 생산된 쌀은 세계적으로도 유명하다. 그러나 우리는 입도 못 대고 일제에게 완전히 약탈당했다. 강원도의 금강산은 세계적으로도 유명하며 내금강과 외금강, 해금강이 있다. 또한 많은 명산대천과 명승고적이 있다.

김 선생님의 말씀에 따르면, 우리 조선의 역사는 매우 유구하며, 오래된 중국과 같이 동방의 문명국이었고 다른 민족에게 정복된 적이 없다. 비록 역사적으로 몽골에게 점령되기는 했지만 결코 굴복하지 않았다.

김 선생님은 우리에게 몽골에 대항에 싸운 조선인의 비장한 역사에 대해 말씀해 주셨고 고려 왕조 말기의 농민봉기와 조선시대의 농민봉기에 대해 말씀해 주셨다. 15세기 후기에 이르러 정치는 부패하고 국력은 쇠락해 외적이 침략할 수 있는 기회를 주었다. 1592년 일본통치자 도요토미 히데요시豊臣水吉가 16만 군대를 이끌고 우리나라를 침략했다. 일본군은 부산에 상륙해 바로 수도 한성을 점령했다. 국왕은 의주로 피난을 갔고 두 달 후 조선반도는 곧 왜놈들에게 점령됐다. 일본군은 도처에서 불을 지르고 노략질을 했는데, 진주 한 곳에서만 피살된 군인이 6만여 명에 이른다. 애국 장군 이순신이 남쪽에서 해군을 이끌고 사력을 다해 해전을 펼쳤다. 그는 신식 철갑전함인 거북선을 처음 만들어 전라·경상수군과 함께 옥포·당포·한산도 등에서 일본 해군을 격퇴했다. 1597년 9월, 이순신 장군은 군인들의 애국심과 교묘한 전술을 활용해 배 12척으로 조직된 적군의 133척 대함대를 격퇴시켜 역사적으로 유명한 명량대첩을 이뤄냈다. 이 때문에 일본수군이 황해로 진입해 육군과 결합해 공세를 가하려던 계획은 무산되었다. 이듬해 다시 명나라의 70세 노장 등자룡鄭子龍이 이끄는 수군과 함께 노량해에서 일본군의 귀로를 가로 막아 적군 1만 5천 명을 섬멸하고 크고 작은 전함 450척을 침몰시켰다. 일본침략자를 물리치는 투쟁에서 민족영웅 이순신과 명나라 노장 등자룡은 모두 노량해전 전투에서 장렬히 희생됐다.

내가 소학교 4학년 때1918년, 우리는 평양 동북부의 대성산에 소풍을 가 점심을 먹은 후 다시 김 선생님 주위로 둘러앉아 이야기를 부탁했다. 원래 김 선생님은 전부터 우리가 요청한 조선애국지사 안중근의 얘기를 들려주시려고 했다. 하지만 많은 학생들이 그를 둘러싸고 앉자 생각을 바꿔 평양의 역사, 대동강, 모란봉, 1894년 갑오전쟁, 청군 장수 좌보귀左寶貴에 관한 얘기만 들려주셨다. 학생들은 모두 재미있게 들으며 김 선생님의 풍부한 역사지식에 감탄했다.

그 후 어느 날, 우리는 믿을만한 친구 몇 명과 함께 김 선생님과 약속해 대동강변에서 만나 그에게 안중근에 관한 얘기를 요청했다. 안중근은 황해도 해주 사람으로 청소년 시기부터 조국의 광복을 위해 헌신할 것을 결심했다. 《한일보호조약》이 서명된 후 그는 중국의 옌타이煙臺, 웨이하이威海, 자오저우膠州, 상하이上海 등지를 돌며 혁명지사들을 규합하고 세계의 정세를 이해하며 구국의 방책을 탐색했다. 1906년 조국으로 돌아온 후, 평안남도 남포에 학교를 설립하고 인재를 양성해 일찍이 조국의 반일의병운동에 참가했다. 그 후 다시 블라디보스토크와 중국 동베이東北의 조선족 주거지 내에서 반일구국선전사업을 전개하는 한편, 우덕순 등 12명의 동지와 혈맹을 결성하고 이를 핵심으로 300명의 반일 독립군을 조직했다. 1909년 10월 26일 안중근은 중국 하얼빈 기차역에서 이토 히로부미를 저격 사살한 후 체포되어 뤼순旅順 감옥에 투옥됐고 이후 정의를 위해 싸우다 용감하게 희생됐다.

안중근의 얘기를 듣고 우리 몇몇 여자 동학들은 자신도 영웅이 되어 일본 고관을 사살해 우리의 애국심을 보여주자고 하였다.

한번은 우리 친구들 몇 명이 몰래 계획을 세워 남포에 가서 안중근 의사가 설립한 학교가 아직도 존재하는지 보려고 했는데 최 씨 성을 가진 친구가 고자질을 하는 바람에 무산되고 말았다. 그 후 김 선생님이 이 사실을 알고 다시는 우리에게 이야기를 해주지 않았다. 그는 우리가 아직 어리고 성숙하지 않아 감정에 치우치다 보면 문제를 일으킬 수 있다고 말했다. 그러나 우리는 김 선생님께서 우리들에게 많은 이야기를 들려주어 늘 감사하게 생각했다.

3·1운동의 폭풍

메이지유신 이후 일본은 "부국강병"과 "식산흥업"의 구호 아래 자본주의의 길을 갔고 대외적으로 약탈을 확대했다. 일본의 침략 목표는 중국과 조선이었다. 1775년 4월 일본 정부는 조선을 침략하기 위해 운양호 등 세 척의 군함을 조선에 파견해 시위를 했고 이후 조선 연해에서 몇 차례 약탈과 습격을 자행했다.

1876년 1월, 일본은 무력으로 조선의 근대사에서 첫 번째 불평등 조약인《강화도조약》에 서명하도록 위협했다. 이때부터 외국침략세력은 조선을 침입해 들어왔고, 조선의 주권은 심각한 타격을 입었으며 일본의 반식민지가 되기 시작했다.

1889년 2월, 일본은《대일본제국헌법》을 발표했다. 헌법에서는 "천황은 대일본제국의 유일한 최고통치자이자 군대의 최고통수권자이며 일본 국민은 천황에 반드시 복종해야한다."고 규정했다. 군벌 우두머리 야마가타 아리토모山顯有朋가 내각을 구성한 후에 문관 임명장을 수정해 군벌도 내각에 들어올 수 있도록 해 내각에서 군벌의 권력 지위를 강화했다.

이와 동시에 일본침략자들은 조선에 대한 침투와 침략활동을 강화하기 위해 조선으로 이민했는데 이는 조선인의 반일활동을 촉발시켰다. 1894년에서 1895년까지 조선에서는 갑오농민전쟁이 발생했다. 전봉준은 농민군을 이끌고 "보국안민輔國安民: 나라 일을 돕고 백성을 편안하게 한다, 역자주, 제폭구민除暴救民: 포악한 것을 물리치고 백성을 구한다, 역자주, 척왜양창의斥倭洋倡意: 왜놈과 양놈을 물리치고 의를 세운다, 역자주" 등의 구호를 제창하며 창끝을 봉건통치자와 일본침략자들을 겨냥해 진격했다.

1897년 7월, 천황정부와 독점자산계급의 지지 하에 일본은 조선과 중국을 침략하는 "갑오전쟁"을 일으켰고 결과적으로 청나라는 망하게 됐다. 《시모노세키조약》에 따르면, 일본은 조선을 제압했고 조선은 일본의 "보호국"이 되었다. 따라서 일본은 조선정부를 폐지하고 조선군대를 해산시켰다. 1905년, 일본은 강제로 조선이 《을사보호조약》에 서명하도록 했고, 1910년 8월에 일본은 《한일합병조약》을 공표해 정식으로 조선을 병탄했다. 이로써 조선은 일본의 식민지가 됐다. 이후 일본은 조선인민에 대해 잔혹한 군사통치, 즉 "무단정치"를 실행했다. 일본 총독은 조선의 최고 식민 장관이고 천황에 직접 예속되어 있었다. 일본은 막강한 군대를 조선해 파견해 주둔시켰고 헌병과 경찰을 전국으로 배치시켰다. 1912년 실행된 《사회치안법》으로 체포된 사람이 날로 늘어나 1918년에는 14만 2천 명에 달했고 조선의 곳곳은 감옥과 수용소로 변했다. 조선인은 자신의 국가를 "감옥의 나라"라고 칭했다.

일본이 조선을 병탄한 후, 조선은 일본제국주의의 확장된 군사기지로 변했을 뿐만 아니라 일본의 원료, 식량공급지, 상품의 판매시장, 투자지 및 노동력의 공급지로 변했다. 1924년 일본으로 수탈된 쌀은

446만 석한 석은 약 0.18입방미터에 달했고, 많은 농민들은 파산해 국외의 떠돌이가 되었다.

일본식민주의자들은 조선에서 식민지 문화교육정책과 악독한 우민정책을 추진해, 일본어는 조선의 "국어"가 되었다. 그들의 신조는 "백성을 순종케 하려면 그들을 무지하게 만들어라"였다. 그들은 조선에서 강제노역과 정신노역제도를 만들어 지극히 잔혹한 민족 압박과 모욕을 가져다 주어 기아와 사망자가 속출했다. 따라서 조선의 각계 사람들의 일본제국주의자에 대한 분노가 들끓어 일촉즉발의 혁명의 분위기가 형성되었다. 러시아에서 발생한 10월 혁명의 영향으로 조선 각지의 공농工農 운동은 빠르게 발전했다. 일본식민주의자들은 조선인의 혁명투쟁에 대해 잔혹하게 탄압했다. 1917년과 1918년, 2년 동안 체포된 사람만 해도 27만 7천 명에 달했다.

1919년 1월 22일, 조선의 "폐제廢帝" 이희李熙가 돌연 사망했다. 이것은 3·1운동의 도화선이 되었다. 2월 어느 날, 우리 학교의 전교생은 모두 운동장에 모였고 학생지도 주임이 개회를 선포했다. 교장인 조만식그는 기독교 신자로 3·1운동의 지도자 가운데 한 분이 단상에 올랐다. 그는 일본 제품에 반대하기 위해 여전히 옛날식 옷차림인 흰 베로 된 상의와 무명바지를 입고 있었다. 그는 몹시 격앙된 목소리로, "학생 여러분, 우리의 조국은 이미 일본의 식민지가 됐습니다. 우리의 국왕은 일본인에게 살해됐습니다. 바라건대, 학생 모두는 상복을 입고 국장례國葬禮에 참가하기 바랍니다."라고 말했다. 그리고 난 후 학생들에게 검은색 천 조각을 나눠줬다. 학교 선생님과 학생들 모두는 비통함에 빠져들었다. 하교 후 집에 가니 어머니는 내 머리에 있는 검은색 천 조각을 보고 몹시 놀랬다. 나는 국장에 참가하는 일을 어머니께 알렸다. 어머니는 허락하는 눈빛으로 나를 바라보았고 내 머리를 어루만지며 내가 국장례에 참가하는 것을 지지했다. 국장례는 3개월 간 진행됐다.

일본 식민 당국은 백성들의 추도활동을 포악하게 진압했고, 많은 사람들의 불만을 촉발시켰다. 전국 각지에서 왜놈을 반대하는 목소리가 터져 나왔고 조국 독립을 위한 전단과 표어도 등장했다. 2월 8일, 일본의 조선교민은 "조선독립쟁취대회"를 개최했는데 이 대회에서 600여 명의 조선유학생이 참가해《독립선언서》를 발표했다.

1919년 3월 1일, 서울의 탑골공원에서 4천여 군중이 모였고 이곳에서《독립선언서》를 낭독했다. 그 후 군중들은 거리로 나와 소리 높여 "대한독립만세!", "일본제국주의를 타도하자!"등의 구호를 외쳤다. 조선인의 마음속에 묻혀있었던 목소리가 터져 나왔다. 거리 시위는 각계각층 애국군중의 지지, 노동자의 파업, 학생들의 휴업, 상인들의 파업을 이끌어내 20만 명의 시위대군을 형성했다. 이로써 일본 식민 당국의 통치 질서는 완전히 마비되었다. 이것이 바로 세계를 놀라게 한 1919년 조선의 3·1운동이다.

같은 날, 평양·인천·남포·의주·안주·원산 등에서도 군중의 시위가 폭발했다. 식민 당국의 총독 하세가와長谷川는 조선 전역에 계엄을 선포하고 유혈 진압을 시작했다.

3·1운동에 참가

    평양에서 3·1운동이 있었던 그날, 우리 학교의 전교 선생님과 학생들은 교장 선생님을 필두로 숭덕학교 운동장에 모였다. 그곳에는 대학생, 중고등학생, 소학교 학생들도 있었다. 남학생은 흰옷을 입고 검은색 상장喪章을 찼으며, 여학생들도 흰옷을 입고 검은 천으로 머리를 묶었다. 운동장에서는 사람들로 꽉 찼다. 기독교, 천도교 등 사회 각계 단체 모두 이 대회에 참가했다. 대회에 앞서 숭덕학교의 학생들은 대회에 참가한 학생들에게 작은 깃발을 나눠주었다. 내가 과거에 보았던, 엄마가 고이 숨겨놓았던 그 깃발과 같은 것이었다. 얼마 지나지 않아 운동장은 깃발로 가득 채워졌다.

    대회의 분위기는 매우 엄숙했다. 기독교 목사가 《독립선언》을 선창한 후 전체 운동장은 "대한독립만세!"구호가 폭발했다. 이러한 목소리는 시위대를 따라 전체 평양시에 울려 퍼져 골목의 어린아이 남녀노소 할 것 없이 모두 길거리에 나와 막을 수 없는 한 마리 거대한 흰 용을 형성했다.

    이때 일본 경찰은 마치 한 무리 사나운 이리떼처럼 달려들었고 곤봉과 쇠파이프로 시위대를 해산시켰다. 학생과 시민들은 손에 손을 맞잡고 일본 경찰을 막아섰으며 결국에는 그들과 싸우기 시작했다. 일본 경찰은 시위 주동자와 애국 군중을 잡아갔는데 그들은 잡혀가면서 이렇게 외쳤다.

"너희들은 겨우 우리 몇 사람을 잡아갈 수 있을지 모르지만, 우리에게는 수천만 명이 더 있고 계속해서 따라올 것이다. 조선의 애국 형제자매여, 우리 모두 조선의 독립을 위해 끝까지 투쟁합시다!"

이때 "대한독립만세!"구호가 더욱 울려 퍼졌는데 시위대 중의 한 사람이 이렇게 외쳤다. "우리의 형제자매여, 우리 모두 일본인이 있는 신시가지로 진격합시다!"

그래서 시위대는 일본인이 주둔해 있는 주요 기관으로 향했고 길거리에서 소리 높여 외쳤다.

"대한독립만세!", "침략자 일본 물러나라!"

경찰들은 학생들 손에서 태극기를 빼앗기 시작했다. 일본의 사냥개 놀이를 하는 조선 경찰들이 마치 혼이 빠진 듯 그곳에서 멍하니 서 있자, 여학생들이 뛰어가 그들에게 외쳤다.

"당신들도 조선인이오. 왜 만세를 부르지 않는가요?"

"일본인의 앞잡이가 되지 마시오."

"일본인의 노예가 되지 마시오, 우리는 모두 조선동포에요!"

두세 번 우리가 권고를 하자 몇몇 경찰들은 모자와 경찰복을 벗고 시위대에 가담을 했고 어떤 경찰들은 집으로 숨어버렸다.

다음날, 학교에 가서 적지 않은 선생님들이 시위 도중 체포되었다는 것을 알게 되었다. 학생들은 바로 선생님을 찾으러 가려했다. 하지만 전체적인 형국을 고려해 학교에서는 저녁에 학생들을 조직해 함께 찾아갈 것을 결정했다.

낮에 집에 돌아와 문을 열고 집에 들어가니 오빠와 어머니께서 무언가를 의논하고 있었다. 보아하니 그들도 시위를 참가하고 막 돌아온 듯했다.

"이번 만세운동은 성공적이었어요!" 나는 오빠가 어머니께 말하는 것을 들었다. 오빠는 나를 향해 "이번 만세운동은 조국의 독립을 쟁취하고 가난한 사람을 해방하는 운동이다. 지금부터 우리는 굳은 마음으로 힘을 내서 만세운동을 해야 한다."라고 하였다.

오빠의 말은 나의 믿음을 더욱 확고하게 했다. 나는 또 내가 더욱 많이 성장한 것 같았고, 이번 운동에 대해 더 많은 것을 알게 되었다. 나는 오빠에게 저녁에 경찰서에 가 선생님들을 찾으려는 학교의 계획을 알렸다.

"너는 어리기 때문에 갈 필요가 없다. 우리가 가면 된다."

어머니도 나를 만류했다.

나는 좀 못마땅했다. 당시 나는 당장이라도 학교로 날아가고 싶은 심정이었기 때문이다. 저녁에 어머니는 게걸스레 밥을 먹는 내 모습을 보며 다시 만류를 했다.

"흥, 낮에는 오빠와 엄마가 내게 힘을 내라고 격려하더니 지금은 돌변해 못 가게 하고. 항상 날 어린애 취급한다니까."

나는 화가 나서 사발을 내려놓고 나가버렸다.

어머니와 오빠는 내가 나가도 아무 말을 하지 않았다.

저녁에 많은 학생들이 긴 대오를 이루어 일본 경찰서에 도착했고, 곧바로 경찰서를 에워쌌다. 학생대표는 사무실로 쳐들어가 사람들을 풀어줄 것을 요청했다. 경찰들은 일언반구도 하지 않았을 뿐만 아니라 오히려 이미 준비해 놓은 소화기를 들고 우리에게 뿌렸다. 그러자 20세가 넘어 보이는 숭현학교의 한 학생이 재빨리 뛰어들어 경찰이 가지고 있었던 소화기를 뺏어들고 방향을 돌려 경찰에게 뿌렸다. 상황은 급박하게 돌아갔고 학생들은 흥분했다. 곧이어 학생들은 평소 몰래 불렀던 애국가를 부르기 시작했다.

동해물과 백두산이 마르고 닳도록

하느님이 보우하사 우리나라 만세

무궁화 삼천리 화려강산

대한사람 대한으로 길이 보전하세.

구경하던 시민들도 우리를 따라 애국가를 불렀다. 경찰과의 투쟁은 밤늦게까지 계속되었다. 결국 경찰들은 우리의 압력으로 사람들을 풀어줬다.

며칠 후, 오빠는 내게 편지 보내는 심부름을 시켰고 나는 돌아오는 길에 시위를 하는 숭실학교 학생들을 만났다. 나도 시위대에 합류를 했다. 우리가 경찰서 문앞에 다가섰을 때 경찰기마대가 와서 흩어졌다. 그러자 경찰들이 몰려왔다. 경찰들은 시위대를 향해 총을 쏘며 시위를 주동한 학생을 잡으려고 했다. 학생들은 경찰을 막아서며 경찰과 격렬한 육탄전을 벌였다. 경찰들은 곤봉과 칼을 마구 휘둘렀다. 몇몇 사람은 곤봉에 맞아 쓰러졌고, 몇몇 사람은 칼에 맞아 피가 낭자했다. 나는 몸을 돌보지 않고 부상을 당한 학생들을 구하러 갔다.

야만적인 일본인들은 학생들을 말꼬리에 매달고 끌고 갔다. 이 장면을 보고 나는 놀라서 순간 말을 잇지 못했다. 나는 울면서 집에 돌아와 오빠에게 이 사실을 알렸다. 오빠는 분을 참지 못하고 주먹으로 탁자를 내리쳤다.

"이런 만행을 부리다니. 짐승만도 못한 놈들. 왜놈들을 반드시 이 땅에서 몰아내고 말테야!"

오빠는 이렇게 말하면서 밖으로 뛰쳐나갔다.

3·1운동은 6월까지 장장 3개월 동안 계속되었다. 전국 200여 개 군에서 약 2,000여 차례의 시위활동이 있었다. 각 계층에서 약 200만여 명이 여기에 참가했다. "대한독립만세!"의 함성이 전국에 퍼졌다. 시위군중은 일본 식민 당국의 경찰서, 헌병대, 군청, 감옥과 일본관원과 유지의 주택을 습격했다. 농촌에서 농민들은 지주의 농장을 습격하고 소작계약과 채무문서를 불태웠다.

일본제국주의는 조선인들의 이와 같은 항거에 대해 야만적으로 진압했다. 근 3개월 동안 일본제국주의는 7천 5백여 명을 사살하고 약 1만 6천명에게 상해를 입혔으며 4만 7천명을 감옥에 가두었다. 760여 곳의 사립학교와 민간주택이 파괴되거나 훼손되었다.

지하인쇄소

일본 식민 당국이 대대적으로 애국인사들을 잡아들였기 때문에 몇 몇 혁명조직은 해산되고 몇몇 조직은 지하로 잠입했다. 또한 몇몇 조직은 압록강을 넘어 중국으로 건너가 투쟁을 이어나갔다.

우리 가족은 국내에 남아 계속 "독립운동"에 참가했다. 어머니는 자주 비밀리에 "군자금"을 모았다. 왜냐하면 비밀활동을 하기에는 아줌마들이 편했기 때문이다. 오빠는 수시로 전단지를 인쇄하며 혁명선전 활동을 진행했다. 나도 오빠를 도와 전단지를 숨기기도 하고 비밀문건을 보내기도 했다. 오빠와 나는 암호를 정해 우리 집에 오는 오빠의 손님을 맞았다.

만약 어떤 사람이 "네 오빠, 집에 있냐?"라고 물으면,

나는 반드시 "오일五一에 갔어요."라고 대답해야 했다.

만약 상대방이 이 암호를 알면 그는 우리 편이고 만일 모른다면 어떤 사람이든지간에 모른다고 대답했다.

우리가 살고 있었던 집은 한 미국 목사에게 빌린 것으로 교회에서 멀지 않은 곳이었다. 어느 날 저녁, 나는 "쿵쿵"하는 기계 소리에 잠에서 깨었다. 나는 어머니께 무슨 소리인지 물었다. 어머니는 그건 오

빠의 일이니 몰라도 된다고 했다. 나중에 나는 오빠가 전단지의 인쇄를 위해 목사의 지하실을 빌려 그곳에서 매일 밤늦게까지 작업을 한다는 것을 알았다.

어느 날 아침, 오빠는 인쇄된 전단지를 안고 방으로 들어와 나에게 잘 접어달라고 했다. 그때 마침 일본 경찰이 문을 박차고 들어와 조사를 했다. 긴급한 상황에서 나는 그 전단지를 바로 작은 보자기 속으로 숨겼다. 그리고 옆에 있는 조카를 한번 꼬집으니 조카는 크게 울기 시작했다. 나는 조카를 보자기에 싸서 업고 밖으로 나와 전단지를 숨겼다. 경찰은 집안 곳곳을 뒤졌지만 아무것도 발견하지 못하자 투덜거리며 밖으로 나갔다.

"이제 보니 춘실이가 나이는 어려도 정말 영민하구나. 이번에는 네가 있어 운이 좋았다. 다음부터는 춘실에게 더 많은 일을 맡겨야겠구나."

어머니는 칭찬을 아끼지 않았다.

"그래요. 앞으로는 춘실이한테도 우리의 일들을 많이 알려줘야겠어요."

나에 대한 오빠의 믿음은 더 충만해졌다.

"앞으로 저도 어른들과 똑같이 일을 할 거에요. 저도 '독립운동'에 참가해 전단지를 보내고 전단지를 뿌릴 거예요."

나는 의기양양하게 말했다.

나중에 오빠는 줄곧 내게 한 묶음의 전단지와 문건을 복실의 아버지에게 전해줄 것을 부탁했다. 이렇게 나는 오빠의 통신원이 되었다.

가끔은 다른 사람이 오빠에게 보내온 문건을 곧바로 전해줄 수 없을 때 오빠는 나에게 그 문건을 몰래 잘 보관하도록 했다. 내가 숨겨놓은 곳은 나만 알고 있었으며 한 번도 틀린 적이 없었다. 그래서 오빠와 어머니는 무척 안심했다. 다음날 오빠의 부탁으로 그 문건을 재빨리 복실의 아버지께 전해 주었다. 당연히 나 또한 무척 기뻤다.

어느 날 내가 서둘러 등교하고 있을 때 오빠가 갑자기 나에게 접은 전단지를 주며 학교에 가져가 학생들에게 몰래 나눠주라고 했다. 나는 그것을 가방에 넣고 작은 길을 따라 올라갔는데 공교롭게도 언덕 위에서 두 명의 경찰을 만났다. 그 중 한 명이 내 턱밑을 잡고 표독하게 나를 째려봤다.

"왜 이쪽으로 등교하지? 네 오빠는 집에 있느냐?"

"이 길이 학교 후문과 가까워요. 내가 집에 나올 때 오빠가 집에 있었어요. 한번 가서 보세요."

그러고 나서 나는 앞으로 몇 보 달리다가 일부러 넘어져 작은 언덕을 타고 밑으로 떨어졌다. 그리고 다시 몸을 돌려 학교 후문으로 얼른 들어갔다. 나는 조바심에 문틈 사이로 언덕 위를 쳐다보며 경찰이 따라오는지 살펴봤다. 경찰들은 거기에서 말다툼을 하더니 한참을 서 있다가 가버렸다.

쉬는 시간에 학생들이 모두 운동장으로 놀러가자 나는 우리 반 모든 친구들의 책속에 전단지를 끼워 넣었다. 하교 후 나는 신기한 듯 전단지 한 장을 들고 친구들을 바라봤고 몇몇 친구들도 전단지를 들고 나를 바라봤다. 우리는 모두 그것을 들고 집으로 돌아가 어른들께 보여주기로 했다. 나는 속으로 기뻤다.

어린 시절, 어머니와 오빠의 혁명 활동은 내게 깊은 인상을 남겨주었고 많은 영향을 주었다. 그것은 나를 점점 단련시켜 주었고 내가 조선독립을 위해 헌신하는 데 결정적인 역할을 했다.

조선독립을 위해

1920년 이후, 일본인은 거의 매일 우리 집에 와 두 오빠를 찾았고 경찰들도 늘 찾아와 이것저것을 물었다. 이런 까닭에 오빠들은 조선에서 혁명 활동을 진행할 수 없어 중국 동베이로 건너가기로 했다. 나중에 듣기로 두 오빠는 중국 동베이에서 조선독립군에 참가했다고 한다.

나의 아버지는 이지봉이다. 일본의 식민통치와 국가의 혼란으로 아버지는 오랫동안 일을 찾지 못했다. 생활이 궁핍해지자 아버지는 1923년에 며느리와 질녀를 데리고 중국 동베이로 건너가 유랑했다. 이후 푸순撫順에서 일거리를 찾았다. 떠날 때 어머니에게 생활이 나아지면 우리를 데리러 오겠다고 말했다.

오빠가 떠난 그 해, 나는 중학교 일학년이었다. 그러나 생활이 어려워 어쩔 수 없이 자퇴를 했다. 오빠는 떠날 때 내게 계속해서 복실 아버지의 지도를 받아 문건과 전단 돌리기 일을 해달라고 부탁을 했다. 왜냐하면 오빠의 동지들은 나를 알고 있었고 오빠도 그들을 나에게 소개해줬기 때문이다. 그래서 나는 여전히 통신원활동을 했다. 그러나 일본 경찰의 수색이 심해지자 선전활동 또한 어려움을 맞게 됐다.

나는 공부를 계속 하고 싶었다. 이러한 나의 생각을 큰오빠의 친구들에게 말했다. 그들은 가장 좋은 방법이 유아교육반에 가는 것이라고 말했다. 졸업 후 유아원에서 일을 할 수 있고 기회가 닿으면 가장들과 접촉해 선전활동도 할 수 있기 때문이다. 어머니도 나를 지지해 주었다. 왜냐하면 미국 선교사가 설립한 숭의여자중학교에는 유아교육반이 있었기 때문이다. 어머니의 많은 노력으로 나는 숭의여자중학교 유아교육반에 입학했다. 이곳은 반공반독 할 수 있는 학교였다. 반나절은 자수刺繡 일을 할 수 있어서 가정생활의 어려움을 해결할 수 있었다.

이 무렵 나는 평양고등학교 학생들이 주도하는 "역사문학연구회"에 참가했다. 나는 회원으로서 줄곧 비밀리에 활동에 참가했다. 연구 활동을 통해 나는 적지 않은 혁명원리를 알았고 공산주의이론 교육을 받았다. 나는 방과 후 시간을 이용해 《사회발전사》와 러시아 10월 혁명의 역사를 학습해 공산주의사회가 무엇인지 대략 이해했다. 동시에 나 또한 앞으로 공산주의를 실현해야 인민이 행복한 생활을 할 수 있다는 것을 인식했다. 비록 마음속에는 새로운 희망이 싹텄지만 어떻게 혁명투쟁을 할 것인가에 대해서는 막연했다.

1927년 3월, 나는 유아교육반을 졸업한 후 전라북도 군산군 기독교 유아원에 부임했다. 유아원의 원장은 큰오빠의 옛 동지여서 나를 잘 돌봐줬고 일도 어렵지 않았다. 기회가 있을 때마다 나는 유아들의 부모님들에게 항일구국의 도리와 조선의 자주독립 쟁취를 선전했다. 이 때문에 많은 사람들이 자원해서 조선독립군에게 "군자금"을 대주었다.

1927년 8월, 나는 다시 함경북도 청진시 기독교 유아원에 부임해 일했다. 여기에서 나는 한 소학교 선생님을 알게 됐다. 그는 국어와 음

악을 가르쳤던 엄 선생님이었다이름은 기억이 안 난다. 나는 그를 김문국金文
國을 통해 만났다. 김문국 동지는 평양숭실대학의 학생으로 우리는 모
두 "역사문학연구회"에서 활동한 적이 있었다. 그는 주로 청년교육사
업을 담당하면서 항일구국과 공산주의사상을 선전했다.

엄 선생님과의 장기간의 교류를 통해 나는 그의 사상이 매우 진보적
임을 느꼈고 나는 그에게 내가 평양에서 참가했던 "역사문학연구회"
에 대해 얘기해줬다. 그 또한 연구회의 주요 책임자를 잘 알고 있었다.
그와 얘기할 때마다 나는 많은 것을 배웠다. 그는 세계정세와 조선의
시국에 대해 손바닥 읽듯 훤히 알고 있었고 조선의 큰 광산 노동자 수
와 노동자의 생활상에 대해서도 꿰차고 있었다. 몇 년 몇 월에 어느 공
장에서 노동자의 파업이 있었는지 또한 모두 알고 있었다. 나는 그의
집에 몇몇 청년들이 줄곧 드나드는 것을 보았다. 어떤 사람들은 중국
동베이에서 왔고, 또 어떤 사람들은 소련의 블라디보스토크에서 왔다.
그들의 토론은 대부분 조선의 독립문제에 관한 것이었다. 나는 김문국
으로부터 엄 선생님이 조선공산당원이라는 것을 알았다. 조선공산당
은 1925년 4월 17일 건립되었고 김재봉金在鳳이 서기를 맡았다. 그래
서 그에게 내가 오빠를 도와 전단지를 인쇄하고 전단지와 문건을 전송
하는 일을 했다고 하니 그도 무척 관심을 보였다. 우리 큰오빠의 동지
들에 대해 얘기를 하니 그 중 어떤 사람은 그도 알고 있었다. 또한 복
실의 아버지에 대해서 얘기했고 오빠가 중국 동베이에 가서 독립군에
참가한 사실에 대해서도 얘기했다. 나는 단도직입적으로 조선공산당
에 가입하고 싶다고 했다. 그는 상부에 보고해야 하며 조직에서 나에
대한 조사도 필요하다고 했다.

얼마 지나지 않아 엄 선생님은 내게 하나의 임무를 주었다. 그것은 어떤 선전물을 잘 숨겨 함흥의 정 모 씨에게 전하는 일이었다. 나는 3일 동안 순조롭게 임무를 완성했다. 엄 선생님은 무척 만족해했다. 이어서 그는 나에게 강원도 원산시에 가서 두 사람에게 문건과 전단지를 전해주도록 했다. 그중 하나는 와우리臥牛里에 사는 원阮 모씨였다. 내가 그의 집에 도착했을 때 그의 가족은 그가 천내리川內里의 친척집에 갔다고 했다. 이 분은 원산석유공장에서 일했는데 이전에 석유공장의 파업을 주동했었다. 나는 문건을 그의 가족에 전할 수가 없어서 그의 아들을 대동해 천내리로 찾아가 직접 문건과 전단을 전했다. 다른 하나는 갈마리葛麻里 기관차공장의 노동자에게 전하는 것이었다. 내가 길을 물어 그에게 도착했을 때 나는 그가 안변安邊 작업장으로 옮겼다는 사실을 알았다. 나는 어쩔 수 없어 다시 안변으로 갔다. 그는 이 씨로 50세가 넘어보였다. 그는 나를 무척이나 반갑게 맞아주었고, 그날 저녁은 그의 집에서 잤다.

1927년 11월, 엄 선생님은 내게 조직에서 이미 나의 신청서를 접수했고 내가 조선공산당에 가입하는 것에 동의했다고 전했다. 나의 입당 소개인은 엄 동지가 맡았고, 나는 당 깃발 앞에서 선서를 했다.

나는 당의 요구로 유아원 업무를 그만두었다. 엄 선생님은 나를 수시로 평양, 순천順川, 가천價川, 구장球場, 희천熙川, 강계江界, 만포滿浦 등지로 파견해 비밀리에 문건을 전달하고 강계에 가 문건을 받아오도록 했다. 이 기간에 나는 추위와 배고픔 등 적지 않은 고통을 겪었다.

그러던 어느 날 경찰이 나를 찾아와 유아원 사직 후 무슨 일을 하는지 물었다. 또한 우리 부모님과 오빠들이 어디에 있으며 무슨 일을 하는지도 물었다. 나는 활동의 편의를 위해 정주定州군에 가 소학교 교사가 됐으며 일학년 담임을 맡았다. 이와 동시에 조직에서는 나에게 방학을 이용해 구성龜城, 태주泰州, 영변寧邊, 박천博川, 영미嶺美에 가 선전활동을 하도록 했다. 그러나 경찰이 3일에 두 번씩 나를 찾아와 나중에 나는 아예 일을 그만두고 안주에 가서 당의 비밀작업을 수행했다.

당 내부에서 일한지 얼마 지나지 않아 상층 지도부들 간에 격렬한 투쟁이 있었다. 나는 이것이 하급 당 조직의 활동과 단결에 영향을 미칠 것을 알았다. 동시에 나와 같이 당黨 이력이 얼마 되지 않은 청년들의 마음에는 일종의 공허감과 환멸감이 생겼다. 비밀활동을 했던 이 시기, 배고픔과 피로를 참아냈지만 나는 결국 과로로 병이 생겨 안주의 집으로 돌아왔다. 어머니는 눈물을 가득 머금고 나를 꼭 안아주었다. 저녁에 어머니는 옥수수가루를 섞은 쌀밥과 명태두부국을 끓여주셨다. 이런 귀한 밥과 반찬은 평소에는 먹을 수 없는 것들이었다. 나는 목이 메여 잘 먹지 못했다.

집에서 요양할 때에 김문국이 황해도 해주에서 편지 한 통을 보내와 내게 해주에서 30여 리 떨어진 작은 농촌마을에서 소학교 교사를 맡아달라고 했다. 나는 그곳에 가면 소학교 교사 일 외에도 조직으로부터 다른 일을 할당받을 것을 잘 알고 있었다. 나는 비록 병이 완쾌되지는 않았지만 그곳에 가기로 결심했다.

"네 병이 아직 낫지 않았는데 일을 할 수 있겠니? 집에서 며칠 더 요양을 하려무나."

어머니는 걱정스럽게 나를 바라봤다. 그리고 내 머리를 쓰다듬어 주시며 이렇게 말씀하셨다.

“엄마도 아시죠? 제가 공산당원으로서 이미 당 앞에 선서를 했어요. 조선의 독립과 일본제국주의 타도를 위해 평생을 헌신하기로 말이에요. 이번에 조직에서 아마 새로운 임무를 제게 내릴 것 같아요. 엄마, 안심하시고 저를 보내주세요.”

나는 애원하듯 어머니를 바라봤다.

어머니는 놀란 듯 나를 쳐다봤고 나의 말에 동의하듯 말했다.

“왜 이제야 말하는 거냐? 엄마가 설마 바보인 줄 아니? 나는 너와 네 오빠가 항일구국활동을 하는 것을 지지해 왔잖아. 넌 이미 조선공산당원이기 때문에 상부의 지휘를 따라야 한다.”

“엄마, 엄마는 정말 좋으신 분이에요.”

나는 어머니를 붙잡고 눈물을 펑펑 쏟았다.

1929년 봄, 나는 해주에서 30여 리 떨어진 작은 마을에 소학교 교사로 부임했다. 이곳은 김문국의 고향이었다. 그곳의 김 선생님은 김문국과 같은 고향이었고 다른 한 분은 전 선생님이신데 그도 평양숭실대학 졸업생으로 같은 “문학역사연구회”의 회원이었다. 그들의 도움으로 나는 이곳에서 비교적 순조롭게 정착했다. 그러나 조직에서는 새로운 임무를 주지 않았고 이곳에서의 소식 또한 원활하지 않았다. 나는 좀 답답함을 느꼈다.

어느 날, 평양에서 집에 돌아온 김문국은 내게 조선공산당 내부의 파별 투쟁이 심하고, 더군다나 공산당원에 대한 일본 식민 당국의 체포 활동이 살벌해 많은 공산당원이 중국 동베이로 옮겨 항일활동에 참가했다고 전했다. 그래서 1928년 조선공산당은 해산됐고 나의 입당 소개인이었던 엄 선생님도 왜놈들에게 체포됐다고 했다. 하지만 여전히 많은 공산당원은 지하에서 투쟁을 하고 있다고도 했다.

1930년 초 겨울방학 때 나는 평양으로 돌아왔다. 막 문을 열고 들어서자 얼굴에 눈물이 가득한 어머니를 보고 나는 순간 놀랐다. 어머니는 내게 얼마 전에 중국 동베이에서 돌아온 큰오빠의 친구로부터 아버지께서 병으로 돌아가셨다는 말을 들었다고 말했다. 비록 푸순에서 일자리를 잡았으나 병이 들어도 돌봐주는 사람이 없어 곧 세상을 떠나셨다고 한다. 나는 이 부고를 듣고 큰 울음을 터뜨렸다. 아버지께서 가족의 생활을 위해 타국에서 생계를 모색하고 계신다는 것은 생각하고 있었으나 타국에서 병으로 돌아가신 줄은 생각지도 못했다. 나는 저녁 내내 울었으며 며칠 동안 밥도 제대로 먹지 못했다. 어머니는 나보다 더 통곡했고 하루 종일 얼굴에 눈물이 가득했다. 다행히 그 때 언니가 어머니를 보러 자주 집에 와 조금은 위안이 되었다.

어머니는 내게 큰오빠의 친구가 말하는 것을 들었다면서 우리 두 오빠가 모두 독립군에 참가하고 있으며 큰오빠는 독립군군교에 입학해 졸업 후 지도원이 되었다고 말했다. 이 때 내 머리에 문득 떠오르는 생각이 하나 있었다. 많은 공산당원이 모두 중국 동베이로 항일활동을 떠나는데 나는 왜 큰오빠를 좇아 독립군에 참가하지 않는 거지? 그러나 나는 이런 생각을 감히 어머니께 말씀 드리지 못했다. 어떻게 다시 어머니를 떠날 수 있겠는가! 어떻게 다시 어머니의 마음을 아프게 할 수 있겠는가! 어머니께서 지금과 같이 몹시 비통해 하고 있을 때 내가 참지 못한다면 어머니는 설상가상으로 더욱 슬퍼하실 것이라고 생각했다.

안녕, 평양아!

내가 평양에 돌아온 후 거의 매일 경찰이 도처에서 사람들을 잡아가는 것을 보았다. 그래서 하루 종일 시끄럽고 불안했다. 나중에 나는 경찰이 수시로 나를 쫓아오고 있다는 것을 알았다. 이러한 상황이 계속되던 어느 날 나는 어머니와 오빠를 찾으러 중국 동베이로 갈 것을 상의했다. 아버지의 부재 이후 어머니는 매우 고통스러워해서 나는 원래 이 문제를 그때 얘기하려하지 않았다. 그러나 나의 안전을 위해, 그리고 항일구국을 위해 어머니는 고통을 감내할 수밖에 없었고 결국 나의 요구를 들어주셨다.

나는 이러한 결정을 김문국에게 알렸다. 그는 매우 기뻐했고 또 나를 격려해 주었다. 그는 내가 선견지명이 있고 용기가 있다고 여겼다.

"네가 선택한 길이 맞다. 만약 네가 중국 동베이에서 독립군을 찾지 못한다면 바로 상하이에 가서 김두봉金枓奉 선생을 찾길 바란다. 상하이에서 그는 매우 유명한 애국인사이다. 그는 유랑하다 중국까지 간 많은 애국청년을 보호해줬다. 김 선생님에게 전해주렴. 오늘 이후 조선에서 도망친 학생들이 상하이에 가면 많이 돌봐주시라고." 김문국은 나의 손을 꼭 부여잡고 내게 이렇게 말했다.

먼 길을 떠나기 하루 전, 우리 "문학역사연구회"의 몇 몇 학생들과 함께 대동 강변을 따라 북쪽으로 모란봉에 올랐다. 높고 높은 모란봉의 정상에 섰을 때 우리들의 마음은 모두 매우 벅차올랐고 우리들 입에서는 저절로 시가 나왔다. 어떤 학생은 시를 읊듯 고함을 쳤다.

아, 모란봉, 너는 여신처럼

평양의 한복판에 우뚝 솟아있구나.

저 대성산(大成山)은 웅위(雄威)의 무사도처럼

아름다운 평양을 지키고 있구나.

우리 민족의 요람, 우리 민족의 자랑

저 물결치는 대동강

너는 백두산에서 솟아나와 여기까지 달려와서

다시 쉬지 않고 넓디넓은 태평양으로 향하는구나.

우리는 약속이나 한 듯 고함을 치며 자신의 감정을 발산했다. 우리는 그 굽이쳐 흐르는 강물을 바라보았다. 그 강물 중심의 능라도, 그것은 풍상을 겪은 노인처럼 조선의 고금왕래와 인간창상人間滄桑을 말해주는 것 같았다. 김문국은 동평양의 평천과 서평양의 군산群山을 가리키며 옛날 전쟁들에 대해 하나하나 말하면서 갑오전쟁 중에 청나라 군대의 장수 좌보귀左寶貴가 현무문에서 왜놈과 맞서 싸우다 장렬히 희생된 비장의 역사를 얘기해줬다. 학생들은 모두 그의 해박한 역사 지식에 경도되었고 그의 높디높은 애국열정에 감동이 되었다. 우리는 정몽주의 시를 반복해 암송하며 그의 미완성 애국가를 불렀다.

우리는 두 손으로 나팔을 만들어 입술에 대고 대동강을 향해 소리
를 쳤다.

안녕, 대동강아,

안녕, 평양아,

사랑하는 나의 조국, 안녕,

사랑하는 나의 고향, 안녕.

학생들은 나를 뜨겁게 격려하며 내가 동베이에 가 독립군에 참가하
게 되면 일본 놈들을 다 없애고, 나중에 조선이 독립하는 그날 승리해
서 돌아와 다시 평양에서 만나자고 했다.

학생들은 모두 내게 전별금을 전해주었는데 김문국이 가장 많이 주
었다.

"네가 선봉에서 우리에게 길을 개척해 주면 조선에서는 곧 바로 대
규모 학생운동이 발생할 것이고 일제도 다시 잔혹한 진압을 실시할 것
이다. 우리는 모두 조선독립운동의 열혈청년이자 학생운동의 핵심 간
부이다. 조선의 미래는 우리와 같은 청년들에게 달려있다."

김문국은 무겁고 심각한 표정으로 내게 말했다.

다음 날, 날이 채 밝기 전에 어머니는 벌써 나를 위해 내가 가져가야
할 것들을 챙겨놓으셨고 언니는 나를 위해 쌀밥과 개고기국을 끓여놓
았다. 엄마와 언니가 괴로워할 생각을 하니 나는 밥이 넘어가지 않았
다. 어머니는 내가 배불리 먹어야 먼 길을 떠날 수 있다고 말했다. 나
는 밥을 먹으면서 계속 울었다. 우리는 서로 격려하며 서로 부탁을 했

다. 나는 언니에게 어머니를 잘 보살펴 줄 것을 부탁했다. 어머니는 다시 언니 손에 있던 주먹밥과 명태 한 포를 가져와 내 보자기에 넣고 쌌다. 나는 언니와 이별을 하고 바로 엄마와 길을 나섰다. 언니는 울음을 그치지 않는 조카를 업고 손을 흔들다 눈물을 닦으며 오래도록 문 앞에서 나를 바라봤다. 나는 계속 고개를 돌려 언니를 봤으나 언니는 점점 희미해져갔다.

나와 어머니는 보통강변의 뚝 위를 걸었다. 미풍에 한들거리는 버들가지가 쉴 새 없이 내 얼굴을 스치고 내 어깨를 건드렸다. 우리는 아무 말 없이 걸었다. 무슨 말을 해야 할지 몰랐다. 나는 속으로 생각했다. 이 원망스러운 일본침략자가 우리나라를 망하게 하고 가족을 깨뜨리네. 언젠가는 우리가 그들을 물리치고 다시 평양으로 돌아올 것이야.

"춘실아, 오빠를 보면 내 걱정은 하지 말라고 해라. 남자는 집만 지키고 있을 수는 없다. 마땅히 전선에 나가 용감하게 적을 물리치고 일본 놈을 많이 죽여야 한다. 나중에 조선이 광복하면 너희들이 함께 돌아와 우리 다시 만나기를 바란다."

나는 작은 소리로 어머니의 당부에 대답을 했다.

"또..."

어머니는 잠시 생각을 하더니 이어서 말을 다시 꺼냈다.

"내가 고려말기의 명신이었던 정몽주의 시를 너에게 들려주마. 시의 큰 뜻은 다음과 같다.

나는 죽을지언정 굴복하지 않고
영원히 앞으로 나아가리라.

비록 내가 죽을지라도

나의 영혼은 영원히 인간 세상에 존재할 것이다.

내가 조국을 위해 죽는다면

일백 번이라도 죽을 수 있다.

백골은 땅에 묻혀도 영혼은 항시 존재하기에

일편단심으로 그 뜻은 변치 않으리.

이것은 어미가 네게 주는 선물이다. 너는 절대 잊지 말기 바란다. 국가의 독립을 위해 설사 일백 번 죽을지라도 절대 내 걱정을 하지 말거라. 나는 곧 땅에 묻힐 사람이다.”

“어머니, 영원히 이 시를 기억할게요. 만약 제가 어려움을 겪게 되면 어머니께서 들려주신 이 시를 기억할게요. 저는 꿋꿋하게 일제와 싸워 조국을 구하고 조선독립해방운동에 헌신할게요.”

나는 위로의 눈빛으로 슬프고 처량한 달빛에 비춰지는 어머니의 그 가녀린 얼굴을 바라보며 낮은 목소리로 말했다.

“어머니 절대 걱정 마세요!”

나는 어머니 앞에서 무릎을 꿇고 얼굴을 어머니의 손에 갖다 댔다. 나는 고개를 숙였다. 감히 어머니를 볼 수가 없었다. 주체할 수 없이 눈물이 흘렀기 때문이다. 마치 끊어진 실의 구슬처럼 흘러내렸다. 나는 절대 울음소리를 내지 않으려고 애를 썼다.

나는 눈물을 닦고 다시 짐을 메고 마지막으로 어머니를 한번 보고 고개를 돌리지 않은 채 보통문으로 달려갔다. 이것이 어머니와의 마지막일 줄은 생각지도 못했다.

압록강을 건너

서포_{西浦}역에서 순조롭게 기차를 탔다. 그러나 기차에서 아는 분을 만났다. 그는 이전에 우리 집에 와 큰오빠의 행방을 조사한 적이 있었다. 그는 내가 어디에 가는지를 물었고 나는 영미_{嶺美}에 간다고 했다. 그는 내가 무슨 일을 하느냐고 물었고 나는 운산_{雲山} 북진_{北鎭}에 둘째 오빠를 보러간다고 대답했다. 그는 다시 내게 왜 희천_{熙川}으로 가지 않느냐고 물었고 나는 영미에서 내린 후 영변군_{寧邊郡}의 팔원_{八院}에 가 친척을 찾아갈 것이라고 말했다. 나는 분위기가 수상해 영미에서 서둘러 내렸다. 나를 쫓아오는 사람은 없었다. 그러나 신의주로 가는 차는 잠시 없었다. 나는 기지를 발휘해 서둘러 숙천_{肅川}에 가는 차표를 한 장 사 상남_{上南}에 가는 열차에 올랐다. 저녁에 나는 다시 신의주로 가는 기차에 올랐다.

기차는 영미의 대교를 지나갔고 나는 달빛에 빛나는 논을 바라보았다. 여기에서 생산되는 쌀은 조선 북방에서 가장 좋은 쌀이라고 들었다. 그러나 이렇게 좋은 쌀을 나는 지금까지 먹어본 적이 없다. 일제가 모조리 다 가져가 버렸기 때문이었다. 나는 혼미하게 앉아 있었는데 마치 얼굴에 눈물 가득한 어머니가 보통강변에서 손을 흔드는 꿈을 꾸는 것만 같았다. 얼마 지나지 않아 기차는 선천宣川에 도착했다. 이것은 이제 얼마가지 않아 신의주에 도착한다는 것을 의미한다. 나는 혼잡한 역을 서둘러 빠져나가기 위해 짐을 미리 준비했다.

나는 역을 무사히 빠져나와 작은 여관을 찾았다. 점심을 먹고 잠시 휴식을 취한 후 천천히 압록강변을 걸었다.

압록강을 마주하니 감개무량했다. 나는 전에 만포滿浦 하류의 별오동別午洞에 간 적이 있었다. 그곳의 강은 넓고 물도 매우 깊었다. 키만 컸더라면 수영을 못해도 중국 쪽으로 건너갈 수 있었다. 그러나 현재 내 앞에 길게 놓여있는 압록강은 거세게 굽이치며 바다로 흘러들어갔다. 왜냐면 이곳은 강과 바다가 만나는 지점이기 때문이다. 그러나 여기 압록강의 물은 혼탁했고 압록강 대교는 수시로 열렸다 닫혔다 했다. 기관선은 소리를 내며 다리 아래로 통과했고, 중조 양국의 풍부한 자원은 일제에 의해 끊임없이 실려 나갔다. 이 어찌 슬프지 아니한가! 도도히 흐르는 압록강아 너는 어째서 이렇게 혼탁한가. 너는 중조 양국 인민의 치욕을 실은 것은 아니겠지, 너는 중조 양국 인민의 피와 눈물을 흘리는 것은 아니겠지.

나는 강둑을 따라 걸을 때 강변 앞에서 어망을 치는 어민 한 분을 보았다. 나는 가까이 다가가 얘기를 했다. 보아하니 이 분은 나쁜 사람인 것 같지는 않았다. 나는 나의 의향을 그에게 말했다. 그는 초저녁에 자신을 찾아오라고 말했다. 그는 강심도江心島의 풀숲에 배가 하나 있는데 저녁에 강에 들어가면 강심도에 갈 수 있다고 했다. 이쪽은 깊지는 않아 강심도까지 걸어가면 그가 배를 이용해 나를 맞은편으로 보내줄 수가 있다고 했다. 하지만 그는 위험이 많다고 하면서 관청을 가리켰다.

그래서 그는 가격을 비교적 높게 요구했다. 몇 번의 흥정을 한 끝에 가격을 결정했다. 나는 기쁜 마음으로 강변을 따라 아래로 내려갔다. 그러던 중에 맞은편에서 다가오는 두 사람을 발견했다. 나는 비록 똑바로 바라보지는 않았지만 매우 익숙한 얼굴 같았다. 나는 얼굴을 숙이고 서둘러 발길을 옮겼다.

태양은 서해로 떨어졌고 나는 가방을 메고 서둘러 압록강의 상류로 달려갔다. 내가 약속한 장소에 도착했을 때 나는 순간 오후에 봤던 그 두 사람이 어부와 얘기하고 있는 것을 발견했다. 나는 순간 당황스러워 급히 몸을 돌려 왔던 길로 뛰었다. 내가 멀리 벗어난 후 다시 한 번 그곳을 봤을 때 그 두 사람도 내 쪽으로 뛰어오고 있었다. 나는 그들이 나를 미행한 사복경찰일 것이라고 단정하고 시내로 뛰어 얼른 사람들 사이로 섞여들어 갔다. 나는 다시 여관으로 들어갈 수가 없어 기차역으로 가 남쪽으로 가는 기차에 서둘러 올랐다.

나는 기차 안에서 첫 번째 방법이 실패했기 때문에 "문학역사연구회"의 학생들이 제안한 두 번째 방법인 인천에서 배를 타고 중국으로 가는 방법을 생각했다. 차를 타고 가면서 나는 다시 그 두 사복경찰이 차 안에서 오고가는 것을 발견했다. 나는 고개를 숙이고 그들을 못 본 척 가장했다. 당연히 그들은 나를 이미 발견했다. 차가 평양에 도착했을 때 나는 사람들과 섞여 차에서 내렸다. 그러나 사람들이 막 걸어 나갈 때 나는 다시 다른 찻간에 올랐다. 그들은 아마 내가 우리 집에 갔을 거라 여기고 우리 집에 가 난리를 피웠을 거라 생각했다. 기차는 황주黃州를 지나갔다. 나는 만약 그들이 평양에서 나를 못 찾으면 내가 평양에서 하차하지 않고 직접 인천에서 바닷길을 이용해 중국에 갈 것으로 생각하고 쫓아올 거라 생각했다. 나는 우선 내가 원래 근무했던 해주의 학교에 며칠 피신하자 생각했는데, 차가 사리원沙理院에 거의 도착했을 때 나는 생각을 바꿨다. 밤이 깊었으니 그들이 나를 미행하지 않을 시간을 틈타 서둘러 행동하기로 마음먹었다. 차가 막 개성을 지나갈 때 나의 믿음은 확고했다.

인천은 정말 큰 항구도시였다. 나는 그곳에 처음 갔다. 어머니는 이전에 인천에 있는 미국 천주교당의 한 신부를 잘 안다고 말하신 적이 있었다. 그러나 지금은 이름을 모르기 때문에 찾을 수가 없었다. 더욱이 천주교당이 한 곳은 아닐 거라는 생각이 들었다. 원래 인천에서 나갈 수 있을 거라곤 생각하지 않았기 때문에 비록 두 번째 안을 준비했지만 사복경찰이 미행할 줄은 생각지도 못했다. 나는 먼저 작은 여관을 잡고 다시 생각해 보는 수밖에 없었다. 인천은 신의주와는 달랐다. 신의주는 신분을 공개하고 기차를 타고 중국에 갈 수 없으면 몰래 갈 수는 있었다. 하지만 인천에서는 매우 어려웠다.

다음 날, 나는 길거리에서 미국의 천주교당을 물었다. 나는 그 신부를 찾아가 내가 합법적으로 배를 타고 중국으로 갈 수 있도록 부탁할 참이었다. 그러나 나는 생각을 바꿔 먼저 항구에 가서 한번 보기로 했다. 만약 화물선을 타고 중국에 갈 수 있다면 돈을 덜 쓸 수 있었다. 이것이 더 안전하지 않을까 생각했다. 내가 부두에 갔을 때 사람들이 많이 있었다. 이곳저곳을 둘러보고 있는데 다시 그 두 사복경찰을 발견했다. 그들도 마치 이곳저곳을 둘러보며 무언가를 찾는 것 같았다. 나는 의심할 여지도 없이 저 두 마리 개가 나를 찾고 있다고 생각했다. 나는 재빨리 화장실에 들어갔다. 그들이 왜 그렇게 나를 쫓는 것일까?

사실 사정은 그렇게 간단하지 않았다. 왜냐하면 우리 두 오빠가 독립군에 가담했기 때문이다. 우리 큰오빠는 또한 장교였다. 나는 외부 혁명 활동의 상황에 대해서도 어느 정도 알고 있었다. 충분한 이유 없이 나를 체포하려는 것은 긴 줄을 놓아 큰 고기를 잡으려는 수작이었다. 내가 평양에 없다는 것을 발견하고 당연히 그들은 나를 놓아줄 수가 없었을 것이다. 신의주에서 다시 내가 몰래 국경을 넘으려는 계획을 알았기 때문에 이번에 나를 잡으면 반드시 감옥에 집어넣을 것이고 아마 나를 암살할지도 모른다는 생각이 들었다. 나는 화장실에서 간단히 모습을 바꾸고 사람들 사이에 섞여 부두를 나와 얼른 삼륜차를 불러 기사에게 나를 천주교당으로 데려달라고 말했다. 당시 나도 인천에 천주교당이 몇 개가 있는지 몰랐기 때문에 어디를 가야할지 몰랐다.

하늘이 무너져도 솟아날 길은 있듯 내가 들어간 미국 천주교당의 그 신부는 평양에 가본 적이 있었고 나도 만난 적이 있었던 그 신부였다. 우리는 영어로 한참을 얘기했다. 그 미국 신부의 도움으로 나는 한 전매상인을 알았다. 나는 교당에서 며칠을 보냈다. 그 두 마리 개가 평양으로 돌아갔을 거라는 생각이 들 때쯤 나는 상인의 친척으로 가장해 함께 순조롭게 안둥安東, 즉 지금의 단둥에 도달했다.

안둥에 도착한 후 나는 지체하지 않고 펑톈奉天, 지금의 선양으로 갔다. 원래 펑톈에서 며칠을 묵은 후 독립군이 활동하는 지린吉林성 류허현柳河縣에 가려고 했다. 들리는 소문에 의하면 독립군이 그 일대에서 활동을 한다고 했기 때문이다. 그러나 중국어를 한 마디도 못해 나는 봉천에서 그 상인에 의지했다. 만약 독립군의 전투지역에 가서 언어가 통하지 않으면 일본의 간첩으로 오인 받을 게 틀림 없었다. 듣자하니 독립군은 류허현을 중심으로 도처에서 일본침략자를 타격하는 유격전을 펼치고 있다고 했다. 활동 지구는 주로 메이허커우梅河口, 차오영진朝陽鎭, 훈장渾江, 싼차즈三岔子, 푸쑹撫松, 그리고 판스磐石 등지였다. 오빠가 어디에 있는지 누가 알겠는가? 하물며 그들은 비밀리에 활동을 벌이지 않는가? 보아하니 그들을 찾는다는 것은 정말 어려울 것 같았다. 내가 조선에서 중국 동베이에 온 것도 이미 쉽지 않았는데 만약 무슨 문제가 발생하면 모든 게 물거품이 되지 않을까? 나는 이처럼 바다에서 바늘 찾기 같은 시험을 할 수가 없었다. 그래서 나는 먼저 상하이에 가기로 결정했다. 왜냐면 거기에는 도망 온 조선의 지하공산당원이 있기 때문이었다. 또한 김문국이 소개한 김두봉 선생과 한국임시정부, 그리고 조선교민도 많기 때문이었다. 그래서 나는 봉천에서 기차를 타고 톈진에 갔고 거기서 다시 배를 타고 순조롭게 상하이에 도착했다.

황푸강변

1930년 3월, 나는 마침내 목적지인 상하이에 도착했다. 상하이는 국제적인 도시였고 "모험가의 낙원"이었다. 제국주의 국가 모두는 상하이에 조계지를 가지고 있었다. 외국인은 거리에서 의기양양했다. 나는 많은 조선교민을 보았다. 그들은 모두 잡 화점과 작은 식당을 운영하고 있었다. 비록 모두 조선인이었지 만 나는 감히 그들과 얘기를 나눌 수 없었다. 나는 잠시 작은 여관을 잡고 짐을 풀었다.

내가 평양을 떠날 때 조선공산당 지하당원은 나에게 간단한 소개편지를 적어주었다. 비록 조선공산당 조직은 이미 해산됐지만 많은 조선공산당원은 아직도 투쟁을 견지하고 있었다. 주요한 활동 지구는 중국 동베이지구와 상하이다. 그들 활동의 특징은 비밀적이며 분산적이다. 만약 당의 조직원을 찾는다면 더 없이 좋을 것 같았다. 그러나 이렇게 큰 상하이에서 쉽지는 않았다. 나는 김두봉 선생께 의탁하는 희망밖에 없었다. 그는 당시 상하이조선교민 소학교의 교장이었다.

내가 상하이에 오기 전, 어떤 사람이 그에 대해 내게 소개해 줬다. 그는 경상남도 사람으로 17세에 서울에 와 기호학교중앙고보 의 전신와 배재학교에서 공부를 했다. 그리고 1908년 보명普明중학을 졸업했다. 을사

보호조약으로 반일사상과 애국정신이 고양돼 대동청년단大同靑年團에 가입을 했으나 곧 체포되었다. 24세 때 배 재학교에서 퇴학을 당해 최남선이 이끄는 조선광문회朝鮮光文會에 참가해 소년잡지 《靑春》을 편찬했다. 이와 동시에 현대조선어의 선구자인 주시경 선생의 문하생으로 조선어학을 연구했다. 27세 때 신문관新文館에서는 그의 《朝鮮語文典》을 출판했으며 그는 강습회와 중앙고보의 강사를 역임했다.

그는 1919년 3·1운동에 적극 참여한 후 4월에 상하이로 망명했다. 상하이에 온 후 그는 신채호 선생이 주편한 중문 《新大韓新聞》의 편집인을 맡았고, 그 후 김규식의 신한청년당에 가입했다. 그는 1921년 상하이파 고려공산당에 가입했으나 1928년 12월 고려공산당은 해산되어 홍남표洪南杓, 조완구趙琬九와 함께 "대한독립촉성회大韓獨立促成會"를 조직했다. 얼마 지나지 않아 이 단체가 해산되자 그는 안창호의 "각파 혁명이론 비교연구회"에 가입했다.

김두봉 선생은 애국자일 뿐만 아니라 명망있는 혁명가였다. 특히 역사·문학방면에 조예가 매우 깊어 국내외에서 모두 높은 명망을 가지고 있었다. 그래서 많은 조선애국청년이 중국으로 망명온 후 모두 김두봉 선생을 찾았다.

내가 어디를 가야 김 선생님을 뵐 수 있을까? 내가 공산당원의 신분임을 그에게 말할 수 있을까? 그는 현재 공산주의를 믿을까? 그를 만나면 무슨 말을 해야 하나? 이러한 일련의 문제로 나는 어려움을 느꼈다.

나는 매우 순조롭게 김두봉 선생을 만났다. 나는 먼저 그에게 일본 통치자에 반대하는 조선 국내 애국독립운동의 상황을 소개했고 여기까지 오면서 보고 들은 것들을 얘기했다. 김두봉 선생은 겸손했고 소탈했으며 나의 말을 끝까지 들어주셨다. 마지막에 그는 간단히 상하이의 상황에 대해 말해 주셨다.

"상하이는 각 제국주의 국가의 활동이 매우 활발한 지역이다. 특히 일본제국주의의 세력이 매우 크다. 각국은 모두 여기에 조계지가 있다. 그들은 중국인민에 불행을 가져다주었고 우리 동방의 약소민족에게도 불행을 가져다주었다. 조선의 독립을 위해 헌신하는 조선혁명가들은 각 제국주의 국가의 모순을 이용하고 공공조계와 프랑스조계의 엄호로 일본제국주의에 반대하는 혁명투쟁을 적극 전개하고 있다. 상대적으로 프랑스인, 미국인, 그리고 영국인이 조선민족이 처한 상황에 대해 비교적 동정을 하고 있다. 그러나 우리 조선인 내부 문제도 매우 복잡하다. 분파가 너무 많고 모순이 너무 첨예해 혁명투쟁에 많은 어려움을 가져다주고 있다. 이것을 한두 마디로 설명할 수는 없다. 보아하니 너는 열혈 애국청년인 것 같은데 광복조국의 독립운동에 투신할 수 있길 바란다. 이후 기회가 되면 다시 얘기를 나누자꾸나. 현재 너에게 가장 급한 것은 우선 프랑스조계에 가서 방을 하나 구해 몸을 숨기고 이후 적당한 일자리를 찾아 너의 생계를 유지하는 것이다."

김두봉 교장은 진지하게 가르쳐 주셨다.

"교장 선생님의 지적 감사합니다."

나는 매우 감격해 김두봉 선생께 말했다.

"모두 안정이 되면 다시 나를 찾아오려무나."

그는 매우 친절하게 말씀하셨다.

"잘 알겠습니다. 꼭 다시 오겠습니다. 그럼 안녕히 계세요!" 나는 기쁘게 걸어 나왔다.

나는 여관으로 돌아왔다. 그런데 걱정이 들었다. 내가 중국어를 할 수 없는데 어떻게 방을 잡고 일자리를 구하지? 마침 여관에는 한 조선 여종업원이 있어 나는 내 고민을 그녀에게 말했다. 그녀는 방 구하는 일을 도와준다고 말했다. 며칠 후 나는 그녀의 도움으로 작은 다락방을 구했다. 그곳 일대에는 조선교민 몇 가구가 있었다. 그들은 여러 일들을 하고 있었고 매우 가난해 보였다.

나는 상하이에서 대부분의 중국인은 모두 큰 건물 뒤의 낡은 집에서 사는 것을 보았다. 매우 붐볐고 비위생적이었다. 아이들이 입은 옷은 대부분 해졌고 욕과 싸움이 빈번했다. 사람들은 모두 검은 옷을 입었고 얼굴도 시커멓고 걸음도 빨랐다. 이야기꽃을 피우는 일은 거의 없었다.

대부분 조선교민은 하찮은 직업에 종사했다. 어떤 이는 무녀였고 어떤 이는 여종업원이었으며 어떤 이는 좌판에서 채소를 팔았다. 비교적 괜찮은 곳은 냉면집, 작은 식당, 잡화점이었다. 그들의 말소리를 들으니 평안북도와 평안남도 출신이 대부분이었다. 그들의 말투는 모두 비교적 무뚝뚝했다.

나와 조선 여인 몇 사람은 점점 친해졌다. 나는 그들의 도움으로 작은 좌판을 하나 마련해 여러 종류의 조선장아찌를 팔았다. 많은 중국 사람들이 사기를 원했고 원료 또한 구하기 어렵지 않았다. 이러한 장사는 어렵지 않았다. 머리만 잘 쓰고 모양만 다양하게 하면 가능했다. 내가 비록 중국어에는 능하지 않았지만 몇몇 아줌마들이 도와주어 생계를 유지할 수 있었다. 이후 다시 천천히 당 조직을 찾았다.

많은 날들이 지나고 어느 일요일에 나는 다시 김두봉 선생을 찾았다.

그는 매우 반갑게 나를 맞아주었다.

"방은 잘 찾았느냐? 일은 어때?"

그는 친절하게 내게 물었다.

"잘 찾았어요. 지금 작은 좌판에서 장아찌 장사를 하는데 그런대로 잘 팔리고 있어요. 운 좋게도 제가 집에 있을 때 어머니를 도와 일을 한 적이 있어요. 저는 뭐든지 할 수 있어요. 중국인은 먹는 것을 정말 좋아합니다. 나중에 다른 사람이 다시 저를 도와줘서 자수하는 일을 찾았어요."

"하하, 대상하이에서 굶어죽지는 않지. 좋아, 첫발은 잘 뗐구나."

"상하이에 조선교민이 적지 않다는 것을 알았어요. 특히 우리 평안남도 사람이 정말 많아요. 평양에서 온 사람도 있고. 어떤 사람은 평양의 진향리眞香里에서 왔고, 어떤 사람은 평양의 서성리西城里에서 왔어요. 평안북도 사람도 적지 않아요. 의주군義州郡 사람도 있고, 선천군宣川郡 사람도 있고 신의주 사람도 있어요."

"보아하니 네가 온지 며칠 안됐는데도 많은 것을 파악했구나. 상하이의 조선교민은 약 300여 가구로 모두 1천 5백 여 명 쯤 된다. 그리고 혁명가들은 유동적인데 그들은 베이징, 난징, 조선, 블라디보스토크, 심지어 일본에서도 오는데 그들은 고정적이지 않다."

"교장 선생님, 조선혁명가들의 활동을 상세하게 말씀해 주실 수 있겠습니까?"

나는 교장 선생님께 한번 여쭈어 봤다.

"좋다. 하지만 정말 복잡하다."

그는 잠깐 멈추더니 다시 말을 이어갔다.

"네가 상하이에 와서 아직 이 큰 상하이를 구경하지 못했지?" "아직 못했습니다. 상하이는 정말 큽니다. 평양보다 훨씬 큽니다. 고층빌딩도 많고 사람도 정말 많습니다. 혼자서는 나갈 수가 없습니다. 언어도 소통이 되지 않고."

"오늘은 일요일이다. 내가 너를 데리고 황푸강변을 구경시켜 줄 테니 와이탄外灘도 보고 그곳의 외국 배와 외국건축물들을 한 번 보기 바란다."

"고맙습니다. 교장 선생님. 정말 좋습니다!"

우리는 와이탄에 도착해 황푸강변을 따라 걸었다.

"너는 아니? 상하이에는 많은 조선인이 있는데 그들 중에 어떤 이는 민족주의자이고 어떤 이는 공산주의자이다."

김두봉 선생은 나를 한번 쳐다봤고 다시 말씀을 이어갔다. "네가 무슨 주의자인지 모르겠지만 암튼 너는 애국주의자인 것 같다. 그렇지?"

"저는 애국주의자일 뿐만 아니라 진정한 혁명가입니다." 나는 김 선생님을 바라보며 솔직하게 말했다.

"저는 생명의 위험을 무릅쓰고 평양에서 상하이로 달려왔습니다. 바로 조국의 독립을 위해서요."

"정말 믿기지 않는다. 너처럼 어린 나이에 이렇게 큰 결심을 하다니. 그건 정말 어려운 일이다."

그는 나를 칭찬하는 것 같았으나 안색은 오히려 매우 엄숙했다. "하지만 상하이에 살고 있는 조선인의 구성은 매우 복잡하고 각종 조직도 무척 많다. 비록 모두가 애국자이고 모두 조선의 독립을 위하지만 서로 간에 단결하지 않아 갈등과 투쟁도 매우 심하다. 상하이의 항일

조직은 20여 개가 있다. 한국임시정부도 그들을 다 단결시키지 못하고 있다.”

“그럼 어떻게 역량을 집중해 적을 물리칩니까? 저는 이제 막 상하이에 왔는데 어떤 조직에 기대야 합니까?”

나는 약간은 천진하게 교장 선생님께 여쭈었다.

“네가 여기에 오도록 소개한 사람들이 모두 공산주의자이다. 너도 공산당원이지? 당연히 나는 네게 이렇게 직접 물으면 안 된다. 하지만 네게 경고해두고 싶은 것은 여기의 공산당원도 파벌이 있다. 공산주의자와 민족주의자 사이에 임시정부의 주도권을 놓고 싸움이 끊이지 않는다. 하지만 누구도 주도권을 확보하지는 않았다.”

“저는 비록 평양에서 ‘문학역사연구회’에 참가를 했고 공산주의사상에 약간은 접촉을 했지만 저는 공산당원이 아닙니다.” 나는 종파주의의 투쟁을 피하기 위해 공산당원의 신분을 드러내고 싶지는 않았다.

“공산주의를 믿어도 아무 상관없다.”

교장 선생님의 태도는 약간 누그러진 것 같았다.

“나도 공산주의를 믿는 사람이다. 안 그랬으면 너와 같은 학생들이 어떻게 나를 알았겠니? 나는 전에 고려공산당원이었다. 1928년 조직이 해산된 후 나는 다시 다른 조직에 참가했다.”

나는 마치 처음 듣는 것처럼 고개를 끄덕였다.

“사실 조선공산당의 활동은 생각보다 훨씬 빠르다. 1919년 이후 이르쿠츠크, 상하이, 치타Chita, 니크리스크, 블라디보스토크 등지의 조선인이 공산당의 조직 하에서 민족해방혁명의 책동을 계획했다. 1920년 이시伊市파와 상하이파가 조선에서 활동 한지 얼마 되지 않아 조선

노동공산회이후 화요회로 불림와 합작해 세력이 점점 확대되었다. 1923년 여름, 일본유학생파가 돌아온 후 화요회를 중심으로 북풍회일본파, 노동당블라디보스토크와 연락, 무산자동맹회 등의 지도자와 연합해 1925년 4월 17일 경성부 황금정町 일정목—丁目의 중국식당 "아서원雅敍園"에서 연석회의를 개최했다. 이 회의에 김재봉金在鳳, 김약수金若水, 조동우趙東佑 등 17명이 참가해 정식으로 조선공산당을 성립하고 다음 날 고려공산청년회를 성립했다.

조선공산당이 성립된 후인 1925년 말 신의주에서는 신만新灣 청년회의 폭동이 일어났고, 1926년 6월 광무제 국장일에는 다시 항일폭동이 일어났다. 그러나 모두 실패로 돌아간 후 1927년과 1928년에는 각지의 공산당원들 모두 항일폭동을 일으켰으나 다시 실패했다. 1928년 4월 이후 평안북도, 평안남도와 경기도 일대의 당 조직은 다시 적들에게 파괴당했다. 그러나 각 파의 항일반제활동은 여전히 격렬했다. 제3인터내셔널 제6차 대회 때 이미 조선공산당에 대해 비판했고, 종파투쟁과 조직이론상의 오류로 그에 대한 승인을 취소했다. 이후 1928년 12월 다시 조직이 재건됐다. 그러나 조선공산당 내부 파벌의 분기와 일본 당국의 체포로 파괴되고 다시 제3인터내셔널의 지도하에 1929년 2월 원래의 당 기관을 해산하고 블라디보스토크, 동만東滿, 북만北滿, 조선일본과 상하이 포함 등 4개 지역에 지부를 조직하고 북만에서 대회를 개최해 초당파의 조선공산당과 부속기관을 창설했다. 모스크 공산주의대학 졸업생인 안상훈安相勛이 조선 문제에 관한 제3인터내셔널의 결의서를 가지고 1929년 4월에 귀국했지만 일본 식민 당국의 단속과 동지들의 반대로 어떤 진전도 없었다. 후에 어떤 사람이 조직 재건을 시도했지만 실패했다. 조선공산주의자는 내부적으로 통일되지 않았고, 외부적으로 어려운 환경에 처해있었지만 반제와 반봉건의 투쟁은 지속되었다. 그들의 주요 투쟁은 일본제국주의를 반대하고 조선의 독립을 쟁취하는 것이었다."

김 선생님은 이처럼 상세하게 조선공산주의자의 투쟁역사를 설명해줬다.

"교장 선생님, 그럼 조선공산당의 상하이활동은 어떻습니까?" 나는 상하이의 혁명투쟁 상황을 빨리 알고 싶었다.

"1919년 3월, 이동휘가 시베리아에서 상하이로 와 한국임시 정부의 일원이 됐다. 이후 이동휘와 여운형조직의 신한청년당이 연합해 고려공산당을 조직했다. 얼마 지나지 않아 이동휘와 여운형 일파는 사이가 벌어졌고 1922년 이르쿠츠크대회에서 결렬하게 투쟁해 결국 제3인터내셔널의 지시에 따라 고려공산당은 1923년에 해산됐다. 1925년 조선공산당 성립 후 상하이에서도 지부를 설립했는데 여운형이 지부의 책임자를 맡았다. 이후 제3인터내셔널의 1국1당의 원칙에 따라 1927년 9월 이 지부 당원은 전부 중국공산당에 가입해 중국공산당 강소성위원회 홍남구洪南區위원회 한인지부로 편입되었다. 당파 간에 투쟁이 있었고 착오가 있었지만 상하이의 조선공산당원의 투쟁은 여전히 활발하며, 비록 여러 차례 좌절은 있었지만 혁명 활동을 지속하 고 있다."

"교장 선생님은 이러한 역사에 대해 손금 보듯 잘 알고 계시네요. 제가 상하이에 와서 여기의 상황에 대해 익숙하지 않았는데 선생님께서 생생한 역사 강의를 해주셨네요."

나는 입으로는 이렇게 말했지만 마음속으로는 약간 실망했다. 원래 상하이에서 조선공산당의 지하조직을 찾을 수 있을 거라는 희망이 가득했는데 현재는 희망이 식어버렸다. 나는 가져 온 편지를 감히 꺼낼 수가 없었다. 내가 조선에 있을 때의 그 조직과 상하이의 당 조직이 무슨 관계인지 누가 다시 알겠는가? 나는 다시 답답했다.

"교장 선생님, 일어나 가시죠. 시간이 많이 돼 가야할 것 같습니다."

나는 교장 선생님을 부축해 드렸다.

황푸강의 배들이 고동소리를 내며 하나하나 지나가는 것을 보니 내가 신의주를 지나올 때 본 압록강의 배들이 생각나 마음 속으로 말 못할 감정을 느꼈다. 중국인민과 조선인민이 똑같이 외국인의 착취를 당하고 있다는 것을 알기 때문이었다. 나는 교장 선생님을 모시고 학교로 돌아온 후 감개무량한 마음을 안고 거처로 돌아갔다.

상하이한국임시정부

　김두봉 선생과의 대화 이후 나는 상하이의 조선교민에 대한 상황을 어느 정도 이해했고 조선공산당의 지하활동에 대해서도 대략적으로 알게 됐다. 그러나 나는 내가 어느 종파에 속하는지 단정지을 수 없었다. 하물며 당시 각 계파의 투쟁이 격렬해 나는 계파별 투쟁의 소용돌이로 말려들고 싶지 않았다. 내가 잘못해 대립파의 인물이 되거나 국내에서 파견된 밀정으로 여겨질 경우 나는 내 자신이 보호받기 힘들 뿐만 아니라 생명의 위험도 따를 수가 있었다.

　이 무렵 나는 약간 실망했다. 나는 동베이로 가 오빠를 찾아 독립군에 투신할까 하는 생각을 했다. 하지만 나는 중국어가 익숙하지 않아 쉽게 찾을 수는 없었다. 그렇다고 상하이에서 보통교민이 될 수는 없었다. 나는 어떻게 하면 좋을지 답답해 배회했다.

　그러던 어느 날, 나는 다시 김두봉 선생을 찾아갔다. 그는 나의 마음을 알고 있는 듯했다.

　"요즘 너 고민이 많지? 중국어 공부는 어떠냐? 장사는 괜찮나? 먹고 살만은 하지? 사실 고민이 많을 것이다. 중국어는 정말 배우기 어려울 것이다. 물건 흥정이 잘 안 돼 장사가 어렵더라도 잘 견뎌내기 바란다.”

나는 웃으며 “하지만 설마 제가 이렇게 계속 채소를 팔고 삯바느질만 하겠습니까?” 라고 대답했다.

“네가 열혈청년이라는 것을 나도 안다. 상하이조선교민의 애국단체는 정말 많다. 어떤 단체는 한국임시정부의 지도하에 있고, 어떤 단체는 독립적으로 활동을 진행하고, 어떤 단체는 국내와 연락을 하고, 어떤 단체는 국외와 연계되어 있다. 그들은 종속관계가 아니다. 너는 처음부터 어느 조직에 맹목적으로 참가하지 말고 좀 더 이해하기 바란다.”

교장 선생님은 내게 친절히 말씀해 주셨다.

“한국임시정부는 조선교민을 대표하는 기관이죠? 그곳은 어떤 정치기관입니까? 그곳의 목표와 이념은 무엇입니까? 왜 프랑스 조계지에 세웠지요?”

나는 갈구하는 눈빛으로 교장 선생님을 바라보았다.

“한국임시정부는 3·1운동 이후에 성립됐다. 그곳은 민주공화제로 조국의 절대독립을 주장하고 있다.”

김 교장 선생님은 서가에서 책 한 권을 꺼내 내게 주면서 다시 말했다.

“임시정부는 1919년 3.1대혁명 과정 중에 만들어졌다. 3·1운동 중에 손병희 등 33인이 공동으로《독립선언》을 발표하고 임시정부를 조직해 일본총독부를 부인하며 대신하였다. 그러나 적들의 잔혹한 진압으로 임시정부는 권한을 행사할 수 없었을 뿐만 아니라 오래 지속될 수도 없었다. 그래서 상하이로 이사하기로 결정했다. 국외를 떠도는 혁명지사들이 상하이에서 국내외 각 지역대표를 모집해 1919년 4월 11일 임시의정원과 임시정부를 성립했다. 한성정부가 국내에서 더 이상 활동할 수 없게 되자 많은 대표들이 상하이의 임시정부로 들어왔다.

정부의 소재지는 상하이의 프랑스조계지 바오창루寶昌路 329호이다. 이곳은 청말 암흑가의 우두머리 두웨성杜月笙의 생활근거지였다. 두웨성은 제국주의의 지원을 받았다. 당시 조선의 유랑민은 제국주의 간의 갈등과 두웨성의 도움을 얻어 프랑스조계지에 자리를 얻었다. 1919년 4월 17일 대한민국 임시정부기구를 설립했는데 프랑스 총영사는 정식공포를 불허하고 임시정부의 간판도 달지 못하게 했다. 하지만 결코 간섭하지 않은 것으로 보아 묵인한 것으로 보인다.

임시정부는 29명의 의원을 선출하고 이동녕을 임시의정원의 의장으로, 이승만은 임시정부 국무총리로, 안창호를 임시정부의 내무장관, 김구를 내무위원으로 추대했다. 1919년 9월, 의회에서 먼저《임시헌법》을 통과시킨 후 헌법 규정에 따라 임시정부 요원, 대통령 이승만, 국무원 총리 이동휘, 외교부장 김규식, 내무부장 조완구, 재무부장 이시영, 노동부장 안창호, 경무부장 김구, 군무부장 노백린을 선출했다. 당시 이승만은 미국에 있었고, 이동휘는 블라디보스토크에 있었고, 김규식과 조소앙은 프랑스 파리에 있었다."

"임시정부 내부에도 갈등이 심하고 투쟁 또한 격렬하다고 하는데 그렇습니까?"

나는 의혹의 눈빛으로 교장 선생님을 바라봤다.

"임시정부 성립 이후 갈등이 있었고 투쟁 또한 격렬했다. 당시 나도 민간의 불평당不平黨의 일원으로 투쟁에 참가했다."

김 교장 선생님은 다시 말문을 이어갔다.

교장 선생님은 서가에서 한 권의 책을 꺼내어 한 장 한 장 넘기며 내게 얘기했다.

"당시에는 주요하게 러시아의 지지를 받은 과격 급진주의의 이동휘파와 문화점진주의를 주창하는 안창호파가 있었다. 어떤 청년조직은 '철혈단'을 조직해 두 계파 간 불화의 공극을 활용해 임시정부를 전복하려고 시도했다. 이동휘는 임시정부가 시베리아로 이사가야 한다고 주장했고 이승만 등은 반대했다. 이로 인해 이동휘는 사직서를 제출했다. 이와 동시에 민간의 불평당 세력은 더욱 커져 두 파로 갈렸는데 하나는 정부를 전복해야 한다고 주장하는 반면, 다른 하나는 정부를 개조해야 한다고 주장했다. 이승만은 민간의 불평당에 대해 의원제를 할 것을 암시했으나 불평당은 흔들리지 않고 이승만과 안창호가 하야할 것을 요구했으며 동시에 임시정부를 공격하는 전단을 뿌렸다. 더 극렬한 것은 전단의 서명자인 박은식이 임시정부의 경무국장 김구 등에 의해 구타당한 것이다. 박은식의 아들 박시창은 시비를 가리고자 했으나 오히려 구타를 당해 골절상으로 병원에 입원하게 됐다. 이때 이승만은 다시 이동휘를 회유해 그를 복직시키고 불평당과의 조정자 역할을 담당하도록 했다. 임시정부 내부 요원들은 이승만의 위임통치는 국세의 혼란을 일으키기 때문에 그가 사직할 것을 권했다.

비록 이러할지라도 임시정부는 겹겹의 어려움을 극복해 지금에 이르렀고 그것은 계속해서 조선의 각종 반일애국조직을 결집시켰다. 임시정부의 애국자들은 백산흑수지간에서, 압록강과 두만강변에서, 애국주의사상 교육청년으로서, 랴오닝과 지린吉林을 무대로 해 항일투쟁을 적극적으로 전개했다. 국내 각지에도 행정기구를 설립해 애국독립운동을 진행했다.

임시정부의 성립은 각국 정부 및 인민의 동정과 지지를 얻었다. 임시정부 성립 초기 파리에 전권대사를 파견해 파리평화회의에서 광복운동의 진상을 발표하고 민족자결원리에 따라 조선의 민족독립을 존중해줄 것을 요구했다. 그러나 분장分贓회의에 참석한 일본대표단의 방해로 목적을 이루지는 못했다. 그러나 회의에 참석한 많은 국가의 동정을 얻었다."

"중국의 태도는 어땠나요? 설마 우리를 버리진 않았겠죠?"

교장 선생님은 웃으면서 내게 말했다.

"중국대표는 특히 우리에게 동정적이었고 우리나라 대표단을 아주 살갑게 대해주며 여러 방면으로 지지와 도움을 주었다. 중국사회의 각계에서도 한국의 독립을 지지했다. 1921년 임시정부는 외교부장 대리인 신규식을 광저우에 파견해 쑨원孫文 선생의 접견을 받았다.

중국이 우리나라를 가장 동정한 것을 보니 중국은 역시 우리의 우방이다! 나는 아직도 또렷이 기억난다. 청진清津에 있을 때 우리의 애국자들은 일단 왜놈에 체포되면 바로 블라디보스토크로 도망을 갔다. 북방의 이웃도 우리를 똑같이 동정한 것이다.

레닌이 이끄는 소비에트 러시아도 약소민족국가를 원조했고 레닌도 일찍이 우리나라의 3·1운동을 높이 평가했다. 1919년 겨울, 임시정부는 전권대사를 모스크바에 파견해 국가사절식에서 레닌을 접견했다. 막 탄생한 소비에트정부는 제국주의국가의 포위와 봉쇄의 어려움 속에서 임시정부에 40만 위안의 금화를 지원해줬다.

현재 임시정부는 중국정부로부터 다방면의 도움을 받고 있을 뿐만 아니라 프랑스 조계지 관리의 존중과 보호를 받고 있다. 임시정부 내부의 투쟁도 이전처럼 첨예하지도 않고 자금 또한 이전만큼 부족하지 않다. 중국정부의 자금지원 이외에도 미국, 일본, 시베리아와 중앙아시아의 조선교민들이 자금을 지원하고 있다. 특히 중국 각지의 교민들은 독립운동에 적극 참가할 뿐만 아니라 자금을 모집해 임시정부를 지원하고 있다. 현재 임시정부에는 전설적인 인물이 한 분이 계시는데 그 분이 바로 김구 선생이시다. 그 분은 조선교민 사이에서 위신이 매우 높다. 너는 이 분에 대해 들어봤냐?"

"들어봤어요."

나는 얼른 이어 말했다.

"제가 황해도에서 교원을 하고 있을 때 그 분의 전기적인 이야기에 대해 들었어요."

"네가 황해도에서 일했느냐?"

교장 선생님은 놀란 표정으로 물으며 다시 말을 이었다.

"3·1운동 이후 김구 선생은 상하이로 와 임시정부 경무국 국장을 맡기 시작했다. 1923년에는 임시정부의 내무국장을 맡았고, 1926년 12월에는 임시정부의 원수를 맡았다. 1927년에는 임시정부가 위원제로 바뀌어 국무위원을 맡았고 후에 다시 거류민단의 단장을 겸임했다. 상하이의 몇몇 항일애국조직 가운데 김구 선생이 이끄는 항일활동이 매우 활발하다."

"교장 선생님, 제가 그 조직에 가입할 수 있습니까?"

나는 무척 흥분되어 물었다.

“그런데 그 조직의 기율은 무척 엄격하다. 또한 모두 남자들이다. 여자는 받지 않는다. 더욱이 김구 선생은 공산주의를 믿지 않는다. 내가 다시 한 번 생각해 보마.” 나는 교장 선생님께 감사하다는 말씀을 드리고 떠나왔다.

내 기억으로는 1930년 가을과 겨울 사이 김두봉 선생님이 나를 한국임시정부에 소개해 김구 선생의 직접적인 지휘 아래 주로 정보를 수집하고 조선에서 온 사람을 감시하게 했다.

한인애국단에 가입

상하이의 조선교민 애국조직은 정말 많고 모두 자신의 강령, 조직원칙, 조직기구를 가지고 있을 뿐만 아니라 기관의 간행물을 가지고 있었다. 또한 그 지도자는 대부분 항일구국의 독립운동에 투신하고 있는 훌륭한 인물들이었다.

1919년에서 1920년 가을 상하이에서 결성된 조선교민 애국단체에는 의열단, 대한객류민단, 신한청년단, 애국부인회, 구국모험단과 대한교육회 등이 있었다. 1928년 3월에는 한국독립당이 성립됐고 1931년 3월에는 다시 국우회와 공평사가 성립됐다.

이상의 조직은 모두 상하이를 근거지로 항일활동을 전개할 뿐만 아니라 국내와 기타 지역의 항일조직과도 서로 연계를 하고 있었다. 김원봉 등 13인이 1919년 발기해 조직한 조선의열단의 경우 그 초기의 강령은 매우 명확했다.

"왜놈을 쫓아내고,

조국의 광복을 되찾고,

계급을 타파하고,

토지를 평등하게 소유한다."

후기의 강령에는 18조가 더 추가되어 국가주권, 정치제도, 경제제도에 대해 모두 명확하게 밝히고 있다. 이와 동시에 10가지 공약을 제정했고 칠가살七可殺의 암살대상을 제시했다. 이들 7종인은 아래와 같다.

1. 조선총독부 이하 고관
2. 군부수뇌
3. 대만총독
4. 매국노
5. 친일파 거두
6. 적의 밀정
7. 민족을 배반한 토호열신

상하이의 민족파 대표 이동연, 안창호는 지방의 파벌투쟁을 제거하기 위해 민족주의운동전선을 통일하고, 이를 통해 임시정부 요원을 중심으로 한 정당을 조직하기 위해 1928년 3월에 상하이의 프랑스 조계지 푸칭리普慶里 4호의 임시정부 사무실에서 한국독립당의 결성회의를 거행했다. 회의에 참가한 사람은 조완구, 김구, 안공근, 김두봉, 조소앙 등 26인이다.

한국독립당 아래에는 몇 개의 항일구국조직이 있었는데 이들 조직은 주도면밀하고 조직도 방대했다. 동시에 중국인의 항일조직과도 밀접하게 연계하고 있어 성과도 뚜렷했다. 나는 현재 당시 독립당이 발표한 《중국동포에게 아뢰는 글》을 가지고 있는데 설득력도 좋고 호소력이 있어 개략적인 내용을 아래에 옮기고자 한다.

"각 신문은 중화민국 전체 동포에게 잘 알려주길 바란다. 일본은 유신 이래 침략의 야심이 가득해 전쟁에서 중국, 러시아를 이기고 한국을 병탄하고 중국을 침략해 들어오고 있다. 이 일본제국주의자는 사람의 법도가 없고 정의를 배반하고 매사 포와 군함정책으로 매년매월 우리 중한 민족을 도살하고 시시각각 중국 주권을 침해하고 중국영토를 약탈하고 있다. 정치적, 경제적, 문화적인 침략정책은 날이 갈수록 매섭게 커져가고 있다. 일본의 근래 30년 역사는 중국을 침략하고 한국 민족을 박탈한 역사였다. 일본제국주의자는 어떻게 이처럼 날마다 침략만 하는가? 여기에는 두 가지 원인이 있다. 첫째, 경제적인 원인이다. 일본은 본래 섬나라여서 산이 많고 들이 적고, 토지가 척박하고, 농업생산이 좋지 않아 백성은 먹을 것이 부족해 매년 7개월이면 먹을 것이 동이나 5개월의 식량은 한국, 대만, 중국으로부터 공급을 받는다. 고로 이미 농업입국을 할 수가 없다. 뿐만 아니라 일본은 전국적으로 화산이 편재하고 있고 광산이 적고 석탄과 철이 모두 부족하다. 이들 원료는 모두 중국, 러시아, 한국으로부터 공급받고 있다. 공업에서 가장 중요한 원료는 철과 석탄이다. 일본은 이들 원료가 부족해 공업입국을 할 수가 없다. 둘째, 정치적인 원인이다. 서로는 미국과 태평양패권을 위해 다투고 북으로는 러시아와 만몽滿蒙과 이익을 다툰다. 군사와 경제적으로 풍부한 창고중국, 한국, 대만를 준비하지 않은 적이 없었다. 만약 풍부한 창고를 준비하지 못하면 군사와 정치적으로 일본제국의 지위를 유지할 수 없다. 이 두 가지 원인으로 일본제국주의자는 완전히 침략을 도발해 다른 국가의 생명을 보존한다. 고로 일본제국주의는 다른 제국주의와 달리 일본민족의 생명이다. 고로 일본은 결코 제국주의를 포기 못한다. 그래서 일본제국주의가 어느 날 삼도三島 가운데 존재하면 중한 양국이 자유 독립을 얻을 수가 없다. 일본제국주의가 어느 날 태평양 가운데 존재하면 태평양은 태평할 수가 없다. 우리는 이 점을 명확히 알아야 하고 반드시 심각하게 깨달아야 한다. 중한 민족 전체가 일어나 공동연합전선을 형성해 일본제국주의와 최후의 결전을 벌이지 않으면 안 된다. 외교정책과 시위운동은 일본제국주의의 간담을 서늘하게 하기에는 부족하다. 우리의 이번 혁명은 수만 동포를 희생시켰다. 저 일본제국주의자는 추호도 각성하지 않고 줄곧 포함창검정책砲艦槍劍政策을 펴며 한국 민중을 계속 도살하고 십만 명을 감옥에 가두었다. 현재 한국 경내는 도살공포의 세계로 변해버렸다."

그 외 1931년 성립한 비밀혁명조직인 한인애국단은 김구 선생이 직접 이끌었으며 주요 지도자로는 안공근이 있다. 그는 이토 히로부미를 저격한 민족영웅 안중근의 동생이다. 이 조직 또한 일본요인과 조선간첩을 암살하는 것으로 명성이 높았다. 상하이에서는 영향력이 컸는데 조직이 주도면밀하고 기율이 엄격했으며 기본적으로 단선연락체계였다. 김두봉 선생의 소개에 따르면, 이 조직은 단원의 선발이 매우 엄격해 여성을 받지 않고 청년남자만 받는다고 했다. 선발된 단원은 모두 조국의 독립을 위해 목숨을 헌신짝처럼 바칠 용기를 가진 사람들이라고 했다.

비록 이 조직이 여성은 받지 않았지만 나는 이 조직에 대해 큰 매력을 느꼈다. 왜냐하면 이 조직의 활동이 나의 뜻과 이상에 꼭 들어맞기 때문이었다. 또한 나는 민족의 영웅 안중근을 무척 숭배하고 있었고 김구 선생의 전설적인 얘기는 내가 황해도에 있을 때 이미 들은 적이 있었다.

김구 선생의 원명은 구龜이고 호는 백범白凡인데 그 뜻은 백정白丁과 범부凡夫이다. 그는 감옥에 있을 때 전국의 백정과 범부가 들고 일어나 조직적으로 항일구국의 혁명운동을 전개한다면 조선의 독립은 희망이 있다고 확신했다. 김구 선생은 1876년 황해도 해주에서 태어났고 그의 어린 시절은 조선이 내우외환에 처한 위기의 시기였다.

《강화도조약》과 조미, 조영 등 불평등조약의 체결로 외국 자본주의 국가는 조선을 침략해 들어왔고 조선사회와 경제는 1870년대 중대한 변화를 겪었다. 자본주의국가, 특히 일본은 상품을 덤핑 판매하고 식량·원료를 구매하는 방식으로 조선을 약탈했다. 가혹한 착취는 농민의 반항투쟁을 일으켰다.

김구 선생의 고향은 황해도인데 지주향신들이 마을마다 횡행했다. 김구 선생은 어린 시절부터 이러한 토호지주들에 대한 강한 원한과 복수심을 품었고 마음속 깊은 곳에서는 새로운 사상을 품었다. 그는 17살 때 병서를 공부하기 시작했고 18세에 동학에 참가했다. 동학은 1860년 최제우가 창립했는데 이는 천주교를 대표하는 서학에 대항하기 위한 것으로 나중에는 최시형의 지도하에 전국에 퍼지게 되었다. 빈곤농민, 노동자, 시민 및 하급관리들이 줄줄이 가입해 하나의 큰 세력을 형성하고 이후 천도교로 발전했다. 당시 김구 선생은 동학 접주 지방 영수를 맡았는데 동학 접주 가운데에서는 가장 젊어서 사람들은 모두 그를 동자 접주라고 불렀다. 전국 각지에서 그의 이름을 듣고 배움을 얻으려는 사람이 무척 많았다.

1894년 동학당 사람인 전봉준은 갑오농민전쟁을 이끌며 이조통치와 외국침략세력에 반대하며 "폭압을 없애 백성을 구제하고, 왜와 오랑캐를 쫓아내고 의를 세우자"는 선명한 구호를 외쳤다. 농민운동이 전국적으로 폭발한 시기 김구 선생은 1894년 가을과 겨울 대부대를 이끌고 해주를 격파하고 탐관오리를 쫓아내고자 했으나 결국 실패했다.

당시 황해도 신천군 청계동에는 동학당을 진압했던 관군이 있었는데 이 부대는 나중에 세상을 떠들썩하게 만든 민족영웅 안중근의 부친 안태훈이 조직한 부대였다. 그는 비밀리에 사람을 보내 예를 갖춰 김구 선생을 초빙하고자 했다. 왜냐면 김구 선생의 인품과 재능이 세상에 널리 알려졌기 때문에 안태훈이 깊이 존경했기 때문이었다. 그러나 김구 선생은 동학군을 이끌고 해주를 치고 안태훈은 다시 동학군의 지방 세력을 진압해서 안태훈의 초빙을 거절했다. 동학군의 봉기가 실패한 후 안태훈 투쟁의 창끝은 일본침략자를 향했고 김구 선생은 안태훈의 문하로 들어갔다. 이때 안태훈은 김구 선생을 귀빈으로 대했다. 당시 김구 선생의 나이 19살이었고 안중근은 겨우 16살이었다.

동학당의 봉기가 실패로 돌아간 후 전봉준은 경성법정에서 심판에 참가한 일본영사에게 준엄하게 꾸짖었다.

"애국농민은 이미 분연히 일어났다. 유일한 목적은 너희 국가와 투쟁을 하는 것이다."

그는 죄행을 인정하면 감형을 시켜주겠다는 법관의 기만적인 요구를 단호히 거절했다. 이것은 청년 김구에게 깊은 영향을 끼쳤고 그의 반제애국사상의 형성에 적극적으로 작용했다.

안 씨 문하에서 김구 선생은 대유학자 고후조高後凋를 알게 됐다. 고 선생은 덕과 재능을 겸비하고 있어 세상 사람들의 숭배를 받았고, 김구 선생은 항상 그를 찾아 가르침을 구했으며 함께 구국구민의 방책을 모색했다. 고 선생은 일찍이 김구 선생에게 시 한 수를 전해주었다.

"(벼랑에서) 나뭇가지를 잡음은 족히 기이함이 아니라,

벼랑에서 손을 놓아야 비로소 장부로다."

김구는 항시 이 시로 자신을 격려했다.

1895년 국모 명성황후가 일본인에게 살해되고 《시모노세키조약》이 체결되자 중국과 조선 양국은 큰 혼란에 빠졌다. 김구 선생은 항시 고 선생과 형세를 분석하고 대책을 강구했는데 마지막 결론은 중조 양국민이 반드시 단결해 공동으로 일본침략자를 무찔려야 한다는 것이었다.

1896년, 20세의 김구 선생은 홀로 중국을 시찰하기 위해 맨발로 천리를 걸어 험난한 산에 오르고 황야를 건너 통화通化, 콴뎬寬甸, 지안集安, 환런桓仁, 린장臨江 등지를 주유했다. 어느 날 싼다오거우三道溝를 지날 때, 중국의 갑오전쟁 때의 간부 쉬위런徐玉仁의 아들을 만났다. 쉬위런은 진저우錦州사람으로 전쟁 중에 희생됐다. 그 아들은 부친의 유해를 찾고 있었는데 두 사람은 만나자마자 오래 사귄 벗처럼 친했으며 서로 의형제로 맺어 일본에 복수할 계획을 세웠다.

김구 선생은 귀국 후 고후조, 안태훈과 거병에 대해 상의했지만 안태훈의 반대로 좌절됐다. 이후 천주교에 가입해 서방민주사상의 영향

을 받아 그의 사상은 더 성숙되었다.

21살 때 김구는 중국 진저우錦州로 가 쉬 씨와 항일거병의 일을 상의하려고 했으나 가는 도중 안저우安州에서 폭동이 일어나 중도에 길을 재촉해 돌아갈 수밖에 없었다. 안악군安岳郡 치하포鴟河浦에 이르렀을 때 일본정탐 한 명을 만났는데 그는 국모 명성황후를 직접 살해한 일본군 상위上尉 츠치다土田이었다. 김구 선생은 분노한 나머지 츠치다의 패도佩刀를 빼앗아 그를 죽이고 군중에게 츠치다를 죽인 이유를 설명하는 한편 길가의 담벼락에 집주소와 성명을 밝혀두었다. 김구 선생이 집에 돌아간 후 부모의 친구 한 분이 이 소식을 듣고 그가 도망갈 것을 권했다. 하지만 그는 국모시해에 대한 복수는 대장부의 일로써 영광스러운 것으로 만일 구차하게 도망을 간다면 영웅의 기개를 보일 수 없다고 여겼다. 이후 그는 체포되어 제물포인천감옥에 수감되었다.

조선의 전국각지 민중들은 김구의 영웅적인 담략을 숭모하면서 이 소식을 전하며 그를 꺼내기 위해 방법을 강구했다. 심지어 정부의 관원들도 동정을 표시했다. 그러나 일본 공사 하야시 곤스케林權助는 김구 선생을 사지로 몰아넣었고 법정은 그에게 사형을 언도해 전국을 떠들썩하게 했다. 이때 조선의 왕은 직접 인천에 전화를 해 특별히 집행을 유예할 것을 명했다.

수감 중에 그는 감옥에 있는 수감자들에게 애국사상을 선전했고 수감자들은 모두 그를 숭배했다. 그가 23세였던 1898년 3월 9일 저녁, 수감자들의 도움으로 4명의 수감자들을 이끌고 도망을 나와 낯설고 외진 곳을 돌며 피신했다. 이후 충청도 공주의 마곡사에 이르러 삭발하고 스님이 되었는데 법명은 원종圓宗이었다. 이로써 일본인의 귀와 눈에서 벗어나게 됐다. 25세에 다시 고향으로 돌아와 이름을 창수에서 구龜로 개명했다. 이렇게 해서 그는 일본인에게 발견되지 않았다.

김구 선생은 28살 때 기독교를 믿었고 신식학교를 세워 직접 가르치며 밤낮없이 황해도에서 신사상을 선전했다. 몇 년 후 청소년들 사이에 애국사상은 찬양되어 김구 선생의 이름은 전국에서 유명해지게 되었다. 이로 인해 일본 당국은 두려움을 느끼고 그를 가해하려고 했다. 안중근 의사가 이토 히로부미를 저격한 후 김구 선생이 송림군松林郡에서 강연할 때, 일제는 김구 선생이 안중근 의사와 비밀모의를 했다는 이유를 들어 그를 다시 감옥에 넣었다. 해주지방법원은 어떠한 증거도 찾지 못했고 많은 애국인사들의 항의가 이어지자 그를 풀어줄 수밖에 없었다.

1910년 일본은 조선을 병탄해 전 국민은 하늘이 무너지고 땅이 꺼질 듯 걱정을 했고 애국지사들은 의분을 참지 못했다. 이때 김구 선생은 경성에 와 비밀결사조직인 신민회에 가입하고 이동녕, 안창호 등 애국지도자와 구국대계를 상의했다. 그래서 이동녕을 중국 동베이로 파견해 군관학교를 창설하게 하고 구국의 인재를 훈련시켰다. 김구 선생과 다른 사람들은 자금 모집을 맡았다. 이 때 김구 선생은 다시 고향으로 돌아와 안악군 양산揚山학교의 교장을 맡았다.

1913년 일본 당국은 신민회의 비밀활동을 탐지하고 전국의 애국지사를 모두 잡아들이기 위해 전국을 뒤지기 시작했다. 그래서 김구 선생과 안명근안중근의 친척 동생을 함께 체포해 감옥에 넣었다. 감옥에서 김구 선생은 거꾸로 매달린 채 구타당하거나 물고문, 인두질을 당하고 강철로 찔림을 당해 자주 혼절하기도 했다. 그러나 김구 선생은 죽어도 신민회의 상황을 말하지 않았다. 일본 당국은 어쩔 수가 없어 보안법으로 신민회를 기소했고 김구 선생에게는 2년형을 선고했다. 또한 안명근은 조선총독 데라우치寺內正毅 암살사건과 관련이 있다는 이유로 15년형을 추가했다. 이후 메이지천황 부처가 연이어 사망하자 두 차례 감형이 되었고 다시 다이쇼大正 천황 등극에 대한 경축으로 몇 차례 감형을 받았다. 그래서 만 5년의 형기를 채우고서야 출옥했다.

김구 선생은 출옥 후 일본인의 감시를 피해 친구의 농장에 기거하며 농민들의 생활을 개선하기 위해 학교를 세우고 농민자제를 가르쳤다. 1919년 3·1운동 때 김구 선생은 기회가 왔다고 생각돼 상하이로 건너와 옛 동지들과 대업을 공모했다.

일제는 김구상하이에 온 후 이름을 김구로 개명함 선생의 옛 이름이 김창수였다는 사실을 알고 현상금을 내걸고 체포하려고 했다. 그러나 그는 프랑스 조계지를 기반으로 중국친구와 조선교민의 엄호 아래, 그가 감옥에서 단련하고 얻은 지혜를 이용해 교묘하게 그들을 따돌렸다.

김구 선생은 1925년에 임시정부 내무총장을 맡았고 그가 53세인 1929년에는 국무령대통령에 임명되었다. 동시에 김구 선생은 이동녕, 안창호 등과 한국독립당을 발기해 창당했다. 그는 광복운동에 역량을 집중하고 핵심인물을 배양했다.

1931년 9·18사변 이후 중국의 동베이는 일제에 강제 점령당해 적들의 악랄한 침략을 맞이하게 되었고 동베이 지역의 항일투쟁은 더 활발해졌다. 임시정부의 지도자들은 만약 지도의 위치에 있는 임시정부가 특별한 조치를 취하지 않는다면 임시정부의 국내외 영향력을 확대될 수가 없으며 오히려 임시정부의 영향력은 더욱 약화시킬 것으로 여겼다.

1930년대의 상하이는 열강들이 각기 "조계지"를 점령한 시기로, 그곳은 온갖 쓰레기가 모이는 장소이자 모험가의 낙원이 되었다. 각국의 간첩이 모이는 곳이었고 유명한 향락가였다. 대한민국임시정부가 상하이에서 성립된 후, 일본에서는 끊임없이 비밀요원을 파견해 임시정부 파괴활동을 자행했다. 그들은 자주 임시정부가 있는 지역의 주변에 출현해 조선의 혁명가와 애국인사를 암살하고 심지어 어떤 사람들은 체포되어 조선으로 압송되었다.

이러한 상황에 대해 김구 선생은 "대한민국임시정부도 반드시 암살 조직을 만들어야 한다."라고 말했다. 이렇게 해서 김구 선생을 대장으로 한 한인애국단이 성립됐다. 애국단의 기타 지도자들도 정신이 투철하고 의지가 강했다. 그 중 참모는 안공근_{안중근의 동생}, 비서는 조××, 조사부장은 양동호, 조사원은 안경근, 제1소대장은 왕종호, 제2소대장은 이국혁, 학생부장은 노태영이 담당했다.

나는 당시 김구 선생을 매우 숭배해서 가능한 빨리 그를 뵙고 싶었다. 아쉬웠던 점은 그가 공산주의를 믿지 않는다는 점이었다. 하지만 그는 조국의 광복과 국가독립을 주장할 뿐만 아니라 이를 위해 탁월한 성과를 거둔 혁명 활동을 진행했다. 나는 상하이에 와서 공산당의 조직을 찾지 못하고 하루 종일 놀 수만은 없어 내가 상하이에 온 뜻을 저버렸다. 또한 나는 내 신분을 알릴 수도 없고 다른 사람이 나를 밀정으로 오해하지 않도록 하기 위해 김구 선생이 지도하는 한인애국단에 가입해 직접 일제와의 투쟁에 참가하길 희망했다.

1931년 늦가을의 어느 날, 나는 다시 김두봉 교장 선생님을 찾아가 얘기를 나누고 그에게 나의 마음을 털어놨다.

"교장 선생님, 저는 머나먼 조국 천리를 떠나 상하이에 왔습니다. 생계를 위해서도 아니고 상하이를 유람하러 온 것도 아닙니다. 조선의 독립을 위해, 조선을 일본의 철굽에서 해방시키기 위해 생명의 위험을 무릅쓰고 상하이에 와 혁명 활동에 참가하고자 합니다. 제가 집을 떠나던 그 날 나는 어머니께 맹세했습니다. 조선의 독립을 위해 나는 기꺼이 내 목숨을 바칠 것이라고. 만일 제가 일본 비밀요원과 친일파를 직접 죽일 수만 있다면 저는 죽어도 여한이 없을 겁니다."

교장 선생님은 나를 칭찬하며 말했다.

"네가 어린 나이에 나라를 위해 그렇게 웅장한 뜻을 세운 줄은 생각 못했다. 정말 나이가 많아야 꼭 뜻이 높은 것은 아니다. 너의 애국활동은 나를 감동시키는구나. 내가 힘닿는 대로 네가 김구 선생과 연락이 닿도록 노력할 테니 소식을 기다려 보려무나."

"감사합니다, 교장 선생님. 좋은 소식 기다리겠습니다."

나는 교장 선생님께 감사를 표하고 떠나왔다.

나는 하루 빨리 김구 선생을 뵙기를 고대했다. 많은 날이 지나고 김두봉 교장선생님은 내게 편지 한 통을 전해주었다. 그렇게 기다리던 오랜 소망이 이뤄졌다. 나는 정말 기쁜 마음으로 김구 선생을 뵈러갔다.

김구 선생을 처음 뵈었을 때 그는 조금도 반가운 기색이 없었고 심지어 약간 냉담하기까지 했다. 나는 내가 여성이기 때문에 그랬을 거라 생각했다. 이후 나는 다시 선생이 있는 곳에 몇 번 찾아갔다. 나는 재차 나의 뜻을 표명했고 다시 한 번 내가 한인애국단에 꼭 가입하고 싶다고 전했다.

"너의 조국은 어디냐?" 그는 갑자기 내게 물었다.
"저의 조국은 조선이고 저는 평양시에서 자랐습니다."

나는 곧바로 회답했다. 그것은 나에 대한 그의 시험이었다. 나는 김두봉 교장선생님께서 말씀하신 것을 들은 적이 있는데, 만약 조선공산당원이라면 "나의 조국은 소련입니다"라고 대답한다는 것이다. 나의 회답은 나에 대한 김구 선생의 의심을 없앴고 그는 내가 공산당원이라 여기지 않았다. 왜냐면 그는 공산주의를 믿지 않기 때문이다.

이러한 시험방법을 통해 김구 선생은 나에 대한 태도가 약간 바뀐 듯했다. 하지만 여전히 나는 작은 사람, 그것도 여성이어서 그는 약간 곤란한 듯했다. 그는 내게 이렇게 말했다.

"우리 한인애국단이 맡은 임무는 여성이 완성하기 어려운 일이다."

나는 그의 마음을 알아보았다. 나에 대한 걱정을 없애기 위해 나는 그에게 간단하게 나의 경력을 소개했고 일본제국주의에 대해 내가 얼마나 한이 맺혔는지, 또 평양에서 상하이까지 머나먼 길을 찾아온 목적을 설명했다. 그리고 나의 결심과 의지를 표시했다.

김구 선생도 내 말을 듣고 무언가를 느끼신 듯 머리에서 발끝까지 보시면서 얼굴에 엷은 미소를 지으셨다.

"난 우리 조선이 너와 같이 이렇게 의지가 강한 여성을 많이 배출하기를 바란다. 그렇게 어린 나이에 3·1운동에 참가하다니 정말 대단하구나. 보아하니 너는 보통여성이 아니구나. 나는 너를 받지 않을 수 없다. 더욱이 너는 김두봉 교장 선생님이 소개한 사람이지 않느냐. 김 교장 선생님은 조선교민 가운데 위신이 매우 높아 우리 모두는 그를 무척 존경한다.”

나는 기뻐 펄쩍 뛰었다. 나는 감격해서 말했다.

“저는 잘 할 수 있습니다. 절대 저에 대한 신뢰를 저버리지 않겠습니다.”

본래 한인애국단은 여성을 받아들이지 않았다. 그러나 이곳 상하이에 온 일본 비밀요원은 상인으로 변장을 하거나 친지를 방문하는 것으로 위장을 했는데 그중 많은 수가 여성이었다. 김구 선생은 그런 여자 비밀요원을 대응하기 위해서는 여성이 나을 것이라고 생각했다. 그래서 나는 김구 선생의 곁에서 일하게 되었다. 이름도 편의상 이동해 李東海로 바꿨다.

한인애국단은 수시로 일본 비밀요원과 친일파를 잡았고 성과 또한 매우 탁월했으며 임시정부와 함께 많은 일을 했다. 나도 당연히 남성들이 할 수 없는 임무를 완성했는데 그럴 때면 김구 선생이 칭찬을 해줘 나는 무척 즐거웠다. 나는 내가 상하이에 온 것이 헛되지 않았다고 생각했다. 나는 결국 조국의 독립을 위해 나의 미약한 힘이나마 보탤 수 있었다. 만약 엄마가 알았다면 정말 기뻐하셨을 거라 생각했다.

한인애국단의 친일파 제거

1931년 가을, 상하이 프랑스 조계지에서 거주하고 있는 조선혁명가와 가족들은 300여 명이었는데 일본제국주의자는 조선혁명조직의 활동을 파괴하기 위해 상하이에 많은 비밀요원을 배치했다. 이들 비밀요원은 모두 조선총독부 경무국, 상하이일본영사관, 일본외무성, 남만철도주식회사 등의 각 부문에서 파견한 것이었다. 그래서 김구 선생이 이끄는 한인애국단의 임무는 매우 어려웠는데 나도 몇 번 특수임무를 수행했다. 내게 주어진 임무는 조선에서 상하이로 파견되어 와서 파괴활동을 하는 여자 첩보원과 여자 친일파를 탐색하는 것이었다.

한인애국단에 가입한 후 임무 수행을 위해 조용한 곳에 한 칸짜리 방을 얻고 노출을 삼갔다. 나는 자수를 해서 생활을 유지했고 나의 임무를 숨겼다.

어느 날, 김구 선생은 갑자기 내게 연락하시더니 이사를 오라고 했다.

"너는 그곳에 있는 모든 것을 정리해서 새 거처로 옮기길 바란다. 집은 이미 구해 놨다. 나는 손님 한 분을 데리고 새 집을 가볼 것이다."

김구 선생은 명령식으로 내게 말했다. 그의 분부가 끝나자 나는 곧

이사를 갔다.

"손님은 도대체 어떤 사람이지?"

나는 한편으론 그렇게 생각하면서 한편으로는 내 물건을 수습했다. '짐'이라고는 담요 한 장, 옷 한 벌, 책 몇 권, 세면도구뿐이었다. 나는 이곳이 일하는 곳에서 너무 멀다는 핑계로 방값을 지불하고, 김구 선생이 나를 데리러 오기를 기다렸다.

김구 선생은 나를 프랑스 조계지인 마랑로馬浪路 모처로 데리고 갔다. 그곳에서 나의 공개적인 신분은 재봉을 하는 가정주부였고 임무는 조선에서 상하이로 온, 정치적으로 의심되는 인물을 탐색하는 일이었다. 주로 여자교민을 상대로 했다.

나는 연속하여 세 명의 의심되는 인물을 만났고 그들과 함께 동거동식하면서 각종 방법으로 그들의 활동상황을 파악했고 수시로 한인애국단에 보고했다. 그리고 마지막에는 한인애국단에서 결정을 내리면 그들을 처치했다.

어느 날, 김구 선생은 과연 '손님' 한 분을 데리고 왔다. 그는 중간정도의 키에 양복을 입었고 중절모를 쓰는 등 외모에 매우 신경을 썼다. 머리와 귀는 크고 얼굴은 납작했고 코는 뾰족했고 광대뼈는 높았으며 턱은 날카로웠고 눈은 게눈 모양이었다. 김구 선생이 그를 데리고 위층으로 올라갈 때 나는 그의 뒤를 따라 올라갔다. 그 '손님'은 계속 주변을 살펴보았다. 그 분은 뭔가를 훔치는 눈초리로 나를 쳐다보며 나를 "형수님"이라고 부르며 결혼한 사람처럼 대하며 말했다. 그는 설핏 웃는 표정과 알 수 없는 눈빛으로 말하는 듯했다. 고명하신 독신자 김구 선생께서 이런 젊고 예쁜 정부가 있을 줄이야! 그는 잠시 후에 또 다시 나를 위아래로 훑어봤다.

"김구 선생님께서 이런 미인을 숨겨 두셨는지는 미처 몰랐습니다!"

"아니오, 아니오,"

김구 선생이 서둘러 부인했다.

결국 생각지도 않게 나는 부정당한 사람이 되어 얼굴이 빨게 지고 화가 많이 나고 많은 치욕을 느꼈지만 임무를 완성하기 위해 참을 수밖에 없었다. 나는 인내를 하며 웃는 얼굴로 김구 선생의 시중을 들었다. 손님의 억양을 들으니 그가 남도사람이라는 것을 알 수 있었다. 평안도 사람인 나는 그의 나긋나긋한 아가씨 말투에 익숙하지 않았다.

"앉으세요. 방이 작고 어지럽습니다. 우리 앉아서 얘기합시다."

김구 선생은 앉은뱅이 의자를 가리키며 그에게 말했다.

나도 그에게 앉으라고 말했다. 그는 낡은 앉은뱅이의자에 앉았다. 김구 선생은 그에게 조선의 상황에 대해 물어보며 그 사람의 약력에 대해 물어봐다. 그 사람은 쉴 새 없이 손짓을 하며 흥미진진하게 얘기했다. 김구 선생은 내게 문을 잠그라고 암시했다. 경계를 높이기 위해 나는 김구 선생이 미리 계획한 대로 준비를 했지만 마음속으로는 약간 걱정이 됐다.

회상해 보면 나는 닭 한 마리도 감히 죽이지 못하고 매번 오빠에게 맡겼다. 나는 이것이 김구 선생이 특별히 이런 장면을 준비해 나를 단련시키고 시험하려고 한다고는 생각하지 않았다. 이때 내 머릿속에서는 갑자기 "구사일생하더라도 내 손으로 일본 놈들을 죽일 것이다"는 맹세가 떠올랐다. 이것은 내가 조국을 떠나올 때 어머니께 다짐한 맹세이기도 했다. 생각이 이쯤에 이르자 나는 갑자기 온몸에 힘이 솟았다.

그 사람은 계속 얘기를 했고 김구 선생은 일어나 말했다.

"물 한 잔 드릴 테니 먼저 마시고 천천히 말해 보시오."

김구 선생은 그에게 물 한 잔을 따라주었다. 그가 고개를 들어 물을 마실 때 김구 선생은 주머니에서 미리 준비해 둔 끈을 꺼내 재빨리 그의 목을 묶었다. 그 사람이 두 손으로 끈을 잡고 풀려하자 김구 선생은 더 꽉 조였다. 그리고 발로 그 사람의 정강이를 걷어차고 바닥에 엎드리게 한 다음 그의 머리를 바닥으로 향하게 하고 때리고 그의 허리를 눌렀다. 매우 위험한 상황에서 나의 담력도 커져 얼른 달려가 그의 두 다리를 눌렀다. 잠시 후 그 사람은 입에서 거품을 내뿜었다. 머리를 돌려 보니 눈은 풀려있었고 숨이 이미 끊겼다. 우리 또한 힘들어 숨을 헐떡였다. 잠시 후 김구 선생은 죽은 그 사람의 몸뚱이에 침을 뱉으며 말했다.

"개자식, 아직도 혁명가로 속이다니. 여기에 이미 정보가 들어왔는데 누굴 속이려고."

김구 선생은 그 시체를 바닥 아래에 숨기라고 한 후 내게 말했다.

"우리 손을 씻자구나. 저녁에 사람들이 와서 저 사람을 버릴 것이다. 이런 일이 너에겐 처음이지, 무섭지 않았느냐?"

나는 솔직한 심정을 그에게 말했다.

그는 웃으며 내게 말했다.

"사람에게 가장 소중한 것은 의기가 있어야 한다는 것이다. 비록 내 이름의 마지막 자가 '龜'자이고, 얼굴 또한 검지만 내 마음은 결코 검지 않다. 나는 결코 살인을 원하지 않는다. 하지만 조국을 위해서는 어쩔 수 없다. 앞으로 우리의 일에서 상호신뢰만 있으면 살아갈 수 있다. 알겠니? 반드시 상대방이 비밀요원인지 확인해야 손을 쓸 수 있다. 이 점 절대 유념하기 바란다."

당시 김구 선생의 연세는 50여 세였지만 동작이 민첩해 다른 사람을 놀라게 할 정도였다. 이 사건이 있은 후부터 나는 김구 선생에 대해 새로운 인식을 갖게 되었다.

그는 내게 말했다.

"친구들에게는 정성을 다하고, 적들에게는 절대 준엄해야 한다. 이것이 사람됨의 고귀한 도리이다."

김구 선생은 내게 젊은 시절 탈옥했던 일을 얘기해줬다. 그는 수감자들과 함께 간수를 죽이고 탈옥했다. 그러나 젊은 친구 한 명은 나오지 못했다. 김구 선생은 감옥으로 돌아가 그를 찾아서 함께 도망쳐 나왔다.

김구 선생은 주위 사람들에게 매우 관심을 기울였다. 그는 자주 내게 그의 경험을 들려줬다. 예를 들어, 낯선 사람이 문을 두드려 문을 열어줄 때 문 뒤에 숨지 말라고 했다. 그래야 방문자가 고의로 힘주어 문을 밀어 부딪치는 것을 피할 수 있다는 것이다. 둘째, 넥타이를 맬 때 중간은 자르고 실로 살짝 꿰매라고 했다. 일단 적들이 넥타이를 잡고 목을 조이려 하면 넥타이가 끊어질 것이다. 그렇게 해야 적들에게 목을 졸려 죽임을 당하는 일을 피할 수 있기 때문이다. 셋째, 인력거를 타고 먼 길을 가다 길을 잃을 것 같으면 미리 준비해 간 한글자모 'ㄹ'자를 길가에 뿌려놓으면 그것이 돌아오는 길의 표시가 된다는 것이었다.

한번은 김구 선생이 가장 아끼는 애제자 두 명에 대해 얘기해줬다.

한 명은 나석주이고 다른 한 명은 이성춘이었다. 그들은 김구 선생이 황해도 장산반도에서 해선을 빌려 중국 산둥 웨이하이威海에 오는 것을 도와주었다. 그 후 다시 여객선을 타고 상하이로 왔다.

여기까지 들었을 때 나는 놀랐다. 나는 나의 귀를 약간 의심했다. 나는 거기서 멍하니 앉아 아무 말 없이 두 눈은 마치 무언가를 회상하듯 한 쪽 방향을 바라보았다.

"동해야, 왜 그러느냐?"

김구 선생은 자상하게 물었다.

"우리 오빠의 이름이 이춘성입니다. 오빠가 집을 나갈 때 말한 적이 있어요. 비밀작업의 필요로 인해 개명을 한 것 같아요. 선생님께서 말씀하신 이성춘은 우리 오빠 맞지요?"

나는 심문하듯 물었다.

"우리 학생은 황해도 사람이었다. 네 오빠는 아닌 것 같다."

김구 선생은 설명하듯 말했다.

"우리 오빠는 어릴 때부터 혁명 활동에 참가했어요. 오빠도 일찍이 황해도에 가 학교에 다닌 적이 있어요,"

"하지만 임시정부의 젊은 사람 가운데에는 이춘성이라는 사람이 있었다. 또한 이춘산과 이춘기도 있었다. 그들 모두는 매우 훌륭한 청년이다. 이상도 있고 전도도 양양해 임시정부에서는 그들을 동베이독립군의 군관학교에 보내 공부를 시켰다. 네가 그들의 소식을 한번 물어 보려무나. 나도 한번 물어보마. 우리들은 모두 아주 친했다."

"오빠가 평양에 있었을 때 정말 좋았어요. 전단을 인쇄해 그것을 돌리고, 문건을 보내고, 연락을 했어요. 어떤 때는 나도 오빠를 도와 일을 했어요. 오빠는 일찍이 조선공산당에 가입했어요."

나는 내 주둥이를 잘못 놀렸다는 것을 알아차리고 얼른 말하는 것을 중단했다.

"괜찮다, 말해봐라. 나도 무척 궁금하구나."

김구 선생은 나를 격려했다.

"선생님은 공산당원을 좋아하지 않는다고 들었습니다. 공산주의를 혐오하시죠?" 나는 소심하게 물었다.

"밖에서는 나에 대한 유언비어들이 많다. 공산주의를 믿지 않는 것과 공산주의를 혐오하는 것은 같지 않다. 나는 결코 공산당원을 좋아하지 않는다고 말하지 않았다. 어떤 주의든지, 공산당이든 독립당이든 오직 조선 삼천만 동포를 위해, 조선의 독립을 위해, 일본제국주의를 타도를 위해, 조국광복을 위한다면 나는 좋을 뿐이다.

임시정부에서 나는 이동녕과 항상 어떻게 하면 각 당파와 연합해 전 민족의 항일무장역량을 강화할 수 있을지 강구했다. 사실 공산당 내부에도 파가 있고 서로 공격을 한다. 우리는 모두가 단결하는 것을 희망한다. 내가 말하지 않았느냐? 중국공산당이 결성돼 적들을 쳤고 그 충격 또한 적지 않았다. 우리는 그들에게 배워서 한인애국단을 결성했다. 우리의 목표는 모두 일치한다.

동해야, 너도 잘 해보렴. 앞으로 기회가 되면 너를 동베이독립군 군관학교에 보낼 것이다. 그러면 너는 네 오빠를 만날 수 있을 것이다."

"좋아요, 정말 좋아요."

나는 기뻐서 박수를 치며 뛰었다.

"하지만, 우리 오빠는 이미 군관학교를 졸업하고 군관이 되었을 거예요.”

“오, 그럼 정말 잘 됐다. 너희 가족은 혁명가 가족인 됨 셈이구나!”

김구 선생은 감격스럽게 말했다.

“조선의 많은 사람이 너희 같은 청년이 됐으면 좋겠다.”

그 무렵 비밀작업 때문에 김구 선생과의 접촉 기회가 점점 많아졌고 그는 나를 심복으로 여겼다. 많은 일들을 그와 함께 비밀리에 수행했다.

어느 날, 김구 선생은 내게 그의 집에 다녀가라고 했다. 그의 위로는 노모가 계셨고 슬하에는 그의 부인이 상하이에 와 낳은 두 아들이 있었다. 큰아들은 김인金仁이었고, 작은 아들은 김신金信이었다. 김구 선생의 부인은 둘째 김신을 낳은 후 병으로 세상을 떠났고 두 아들을 키우는 무거운 부담은 조모에게 맡겨졌다. 아들과 손자에 대한 할머니의 요구는 무척 엄격했다. 김구는 비록 연세가 많았지만 명성 또한 높았다. 하지만 어머니에 대해서는 효성심이 지극했다. 어머니는 내게도 다정다감하게 김구 선생이 츠치다土田를 죽인 얘기를 들려주셨다. 그때가 1895년이었다. 《시모노세키》조약이 체결된 이후 조선은 일본의 “보호국”으로 전락했고 일본 군대는 패도霸道를 횡행했다. 바로 10월 8일 그날, 일본의 주조선공사 미우라三浦梧捷는 400명의 병사를 이끌고 조선왕궁을 쳐들어와 왕후 민비를 체포해 칼로 낭자한 후 그 시체를 정원으로 끌고 가 기름을 부어 태워버렸다. 이런 야만적인 폭행은 조선인민의 지대한 분노를 격발시켰다. 김구 선생은 길에서 일본 비밀요원 츠치다를 만나자 원수를 본 듯하고 일말의 주저함도 없이 그를 죽여 버렸다. 김구 선생의 감옥 수감 기간에, 일본이 아직 지방 사법 경무 부문에 관여하지 않았을 때, 민족적 양심이 있는 많은 경관들이 김구 어머니를 찾아 위로를 했다. 당시 김구 선생의 부친은 이미 세상을 떠난 상태였다. 어머니는 결코 아들의 감옥생활에 대해 놀라지 않았으며 반대로 이러한 아들이 있다는 데 자부심을 느끼며 어딜 가서나 김구의 장부기질을 자랑했다. 그리고 수시로 감옥에 가 아들을 면회했다.

어머니는 또한 아들이 어떻게 적들의 감시망을 피해 감옥을 도망 나와 상하이에 왔는지에 대해서도 얘기해줬다. 김구는 그의 두 학생, 즉 나석주와 이성춘을 고향으로 보내 먼저 어머니와 집을 나서는 시간·지점을 약속하고 그들은 먼 곳에서 기다리도록 했다. 집을 떠나던 그 날, 어머니와 며느리는 빨래를 집 앞에 널어놔 주인이 집에 있는 것으로 위장했다. 두 사람은 적들이 지키지 않는 아침 일찍 집을 나서 나석주와 이성춘를 만나 장산반도로 갔다. 그곳에는 미리 준비한 어선이 장산 부근에서 고기를 잡으면서 그들을 기다렸다. 그들은 웨이하이에 도착한 후 다시 여객선을 타고 상하이에 왔다. 모든 과정이 순조로웠다.

어머니는 흥미진진하게 말을 했고, 입담도 정말 좋았다. 과연 그 애국자의 그 어머니셨다.

우리가 얘기를 나눌 때 김구 선생은 들어오면서 내게 말했다.

"내가 전에 최 씨 성을 가진 분에게 물어봤는데, 그는 이춘성이라는 사람이 확실히 있었는데 그가 3·1운동 이후 상하이에 와서 이름을 이성李成으로 바꿨다고 한다. 임시정부에서 그를 군관학교에 보내 공부하도록 했고 그 후 동베이독립군에 일하면서 이름을 다시 개명했다고 한다. 네가 다시 그 최 씨를 찾아가 자세히 물어보려무나."

상하이의 풍우

한인애국단의 성립 초기는 마침 임시정부가 매우 어려운 시기였다. 정치적으로는 일제가 중국의 동베이에서 "만보산사건萬寶山事件"을 일으켜 한인애국단의 활동을 위축시켰다. 상하이 시민과 프랑스 조계지는 조선 교민에 대해 모두 매우 냉담했다. 경제적으로 임시정부의 운영비는 매우 축소돼 나는 자수해서 번 돈을 정부에 기부했다. 당시 일 푼이면 뜨거운 물 한 주전자를 살 수 있었다. 그러나 돈을 아끼기 위해 폭염이 내리쬐는 혹한 더위 속에서도 나는 끓인 물은 물론 음료수도 한 번 마셔본 적 없다. 음식방면에서 나는 더욱 절약했다. 조선식 냉채와 짠지만을 만들어 먹었다. 그 첫 번째 이유는 기름을 아끼는 것이었고, 두 번째는 불을 아끼기 위해서다. 이렇게 지속하다 보니 나는 임파선종을 앓게 됐다. 의사는 이것은 차가운 물을 먹어서 그렇다고 했다. 나는 나와 함께 자수刺繡하는 친구에게 돈을 빌려 입원했고 한 차례 수술을 한 후 병은 호전됐다.

내가 아팠을 때 김구 선생은 병문안을 왔고 김두봉 교장 선생님도 왔었다. 그들은 모두 나를 무척 많이 위로해 주고 격려해 주었다. 함께 자수를 한 친구도 찾아와서 나를 돌봐줬다. 이 때문에 더 빨리 건강을 회복할 수 있었다.

왜 그랬는지 모르겠지만 나는 입원했을 때 자꾸 집이 그리워졌었다. 사랑스러웠던 우리 집이 그리웠고, 엄마가 그리웠고, 언니와 오빠가 그리웠고, 평양의 "문학역사연구회"의 사람들도 그리웠다. 그들은 어떻게 지내고 있는지 알 수가 없었다. 그 아름다운 모란봉도 그리웠고, 그 대동강변의 버들나무도 그리웠고, 그 유유히 흘렀던 보통강도 그리웠다. 나는 어머니와 헤어질 때의 정경이 다시 기억에 떠올랐다. 그 모습을 생각하고 생각하다 보니 내 눈가는 눈물로 촉촉이 젖어있었다. 마치 어머니가 나를 보낼 때 내 얼굴 가득 흘렸던 눈물 같았다. 눈물은 뜨거웠다. 나는 고향 생각을 가눌 수 없어 병실에 함께 있는 친구에게 내 마음을 호소했다. 그녀는 인텔리였는데 나를 무척 이해하고 위로해 주었다. 그녀는 또한 내게 비숍의 《즐거운 나의 집》을 불러주었다.

일본제국주의는 우리나라와 우리 집을 파괴했다. 나와 같은 많은 사람들이 나라는 있으나 달릴 수가 없고, 집은 있으나 들어갈 수가 없고, 삼천리금수강산은 갈기갈기 파괴되고 일제의 쇠발굽 아래 놓이게 되었다. 생각이 여기에 이르자 나의 고향생각은 일순간 분발의 기운으로 바뀌어 항일구국의 투쟁을 위해 더 적극적으로 투신해야겠다는 생각이 들었다. 이렇게 생각하자 온몸에 힘이 나는 듯했고 몸은 혈기로 충만해 병도 다 나은듯했다. 그리고 얼마 지나지 않아 퇴원했다.

며칠 후 김구 선생은 다시 내게 정보를 보내는 새로운 임무를 부여했다.

다음 날 나는 인력거 하나를 불러 차부에게 목적지까지 보내달라고 했는데 길은 무척 순조로웠다. 그러나 돌아오는 길에 나는 차부가 원래의 길을 가지 않는다는 것을 발견하고 바로 "ㄹ"자 표지를 뿌렸다. 길이 점점 멀어지고 속도도 점점 빨라지고 몇 개의 길을 돌았다. 나는 약간 당황스러워 차부에게 화장실에 가야한다며 인력거를 세워주라고 했다. 그는 화장실이 앞에 있다고 하면서 속도를 높였다. 나는 뭔가 잘 못되고 있다는 생각이 들어 얼른 앞으로 다가가서 두 손으로 차부의 목 을 사납게 죄었다. 인력거는 급히 브레이크를 밟는 중에 전복되었다. 우리는 차에서 떨어졌다. 내 손은 여전에 풀지 않고 있었고 그는 두 손 으로 뒤에서 나의 팔을 잡아당겼다. 나는 양 어깨를 이용해 그의 두 팔 을 떨쳐내고 일어나 바로 도망쳤다. 그도 몸을 일으켜 나를 쫓아왔지 만 나보다는 빠르지 않았다. 나는 재빨리 몇 개의 골목을 돌아갔다. 정 신이 없어 "ㄹ"자를 뿌릴 시간은 없었지만 위급함 속에서도 그 길의 녹 색 우체통을 기억했다.

한 골목에서 나는 한 노인이 문안으로 들어가는 것을 보고 급히 달 려가 그녀에게 말했다. "뒤에 불량배가 쫓아와요!" 할머니는 재빨리 문을 열어주어 내게 들어오라고 했다. 우리가 대문에 들어간 후 그녀 는 대문을 닫아버렸다. 나는 문틈으로 그 자가 골목에서 두 차례 오가 는 것을 보았다.

나는 핑계를 대고 할머니에게 일의 자초지종을 설명하고 내가 나쁜 사람이 아님을 믿도록 했다. 그녀는 매우 나를 동정하며 내게 안심하 고 휴식을 취하라고 했다. 또한 몇 차례 동정도 살펴주었다. 마지막에 그녀는 다시 나가 한 바퀴를 돌아보고 아무도 없다고 내게 알려줬다. 나는 그제야 안심하고 골목을 나섰다. 얼마쯤 걸었을 때 나는 그 우체 통을 발견하고 다시 앞으로 걸었는데 놀랍게도 그 인력거가 아직 거기에 있었다. 나는 그 차부가 먼 곳에 있지 않다고 생각했다. 나는 얼른 뒤돌아 달렸는데 갑자기 차부가 다른 골목에서 뛰쳐나와 나를 잡았다.

"차비도 안주고 도망갈 생각을 하다니?"

그는 크게 고함을 질렀다.

그는 나를 인력거에 묶고 달렸다. 한 비밀스런 곳에 도착해서 차부는 나를 집안으로 밀어 넣었다. 이어서 몇 사람이 와서 심문을 했다. 그들은 내가 중국어를 잘 못하는 것을 알고 내가 조선 사람이라는 것을 알았다. 그들은 온갖 욕지거리를 해대며 내가 한인애국단인지 아닌지 물었다. 그들은 두 명의 조선 사람을 불러 나를 심문했다. 나는 평양에서 먹고살기 위해 상하이에 와서 장사를 한다고 말했다. 그러나 그들은 믿지를 않고 내가 한인애국단원이고 오늘 정보를 보내기 위해 나온 것임을 실토하라고 했다. 그러나 그들은 증거를 찾지 못했다. 이 때문에 그들은 나를 죽도록 때렸지만 나는 죽어도 인정하지 않았다. 마지막에 나는 기절을 했고 내 머리는 풍선처럼 부풀러 올라 구름 위를 떠다니는 듯했다. 나는 곧바로 혼절해 버렸다.

다음 날 아침, 그들은 다시 나를 심문했다. 그들은 내가 아무 말도 하지 않자 내가 어디에 사는지 물었다. 나는 내가 살고 있는 곳의 문패와 번지를 그들에게 알려줬다. 그들은 다시 내게 보증인 두 명을 찾으면 나를 보내주겠다고 했다. 나는 온지 얼마 되지 않아 조선 교민 중에는 아는 사람이 없고 단지 친척 한 명이 있는데 어제 찾으러 갔다가 찾지 못했다고 했다. 이후 그들은 우리 집주인을 찾아왔다. 집주인 아주머니는 좋은 사람이라 사실대로 내 상황을 얘기해 나는 비로소 풀려났다.

김구 선생을 뵈었을 때 그는 어제 다른 사람과 저녁 무렵에 '르'자 표시를 따라 그 몇 개의 골목을 찾았으나 나중에 '르'자를 찾지 못해 나를 찾지 못했다고 말했다. 그는 내가 왜 좀 더 오래 숨지 않고 성급히 목표를 노출시켰는지를 나무랐다.

이후 다시 정보를 보낼 때 나는 미리 내려 다시 먼 거리를 걸었고 아무도 나를 미행하지 않는다는 것을 확인한 다음에야 대담하게 사람을 만났다.

상하이는 너무 컸다. 정말 대상하이였다. 그것은 혁명가가 숨기에 좋은 장소이자 비밀작업을 하기에도 좋은 장소였다. 그 길지 않은 시간 동안 나는 많은 단련을 했다. 원래 밤길도 잘 걷지 못했던 처녀가 동분서주하는 청년으로 변했고 혁명의 세례를 받았다.

나는 조국을 떠나 고향에서도 먼 상하이에 온 것이 헛되지 않았다는 것을 깊이 느꼈다. 마침내 조국의 독립활동을 위해 공헌을 할 수 있게 되었으니 나의 꿈을 실현한 것이었다. 그러나 나는 내 자신이 더 큰 일을 할 수 있기를 희망했다.

만보산의 그림

1931년 여름, 나는 많은 상하이 시민들이 우리 조선 사람을 이전과 같이 친근하게 대해주지 않는다는 것을 알았다. 우리를 상대해주지 않을 뿐만 아니라 반대로 백안시했다. 심지어 조선 사람은 프랑스 조계지에서 살 수가 없었다. 이후 한인애국단은 우리에게 일본제국주의의 책동으로 동베이 지린성의 창춘시 부근에서 가슴 아픈 "만보산사건"이 발생했다고 통지했다.

1910년 일본이 조선을 병탄한 이후 조선의 광산 자원을 더 빨리 강탈하기 위해 노동자들에게 더욱 가혹한 노동 부담을 지웠다. 특히 석탄노동자와 금광노동자에게 가장 큰 고통을 주어 생활을 더 이상 할 수 없을 정도였다.

평안북도에서 상하이로 온 교민의 말에 따르면, 구장군球場郡 용등리龍登里의 노동자들은 밤낮으로 쉬지 않고 석탄을 캐도 생활을 유지할 수 없었다고 했다. 그들이 살고 있는 광산 골짜기에는 움막집이 있었는데 전체가 검은 석탄이었고 그들의 얼굴도 검은 빛이 났다고 한다. 심지어 먹는 물도 산 위에서 흘러 내려오는 석탄에 오염된 검은 물이었다고 한다. 노동자들이 먹는 것은 옥수수가루와 콩깻묵이었다. 어떤 때는 가족이 산을 넘어 덕천의 농촌에 가 옥수수를 먹었다. 이후 사람들은 길이 막히자 몰래 산위에 있는 소나무껍질을 벗겨 오래된 것은 버리고 두들겨 다시 떡을 만들어 먹었다. 빨간 것을 먹노라면 목화처럼 입안 가득히 소나무 기름 맛이 가득했다.

일제는 매년 빛나는 큰 덩어리의 석탄과 반짝이는 금덩어리를 조선에서 가져갔으나 노동자의 생사는 돌보지 않았다. 많은 조선 사람들은 생활을 할 수 없어 중국의 통화, 훈장渾江, 푸순과 선양 일대로 떠돌다 들어왔고 어떤 사람들은 상하이에까지 갔다.

당시 조선 각지에서는 가끔 공장을 파괴하고 일본인을 암살하거나 그들을 죽도록 패주는 일들이 발생했다. 평양시의 큰 공장과 강원도 원산시의 각 공장은 모두 파업투쟁이 발생한 적이 있었다. 평안북도현재의 자강도 만포군 별오동의 합동과 풍림 목재공장에서는 종종 노동자들이 압록강에 풀어놓은 뗏목을 고의로 잡아두지 않고 맞은편 언덕으로 떠내려 보냈다. 왜냐면 이 두 공장의 노동자 대부분은 중국 산둥성에서 모집해 온 노동자였기 때문이다. 합동공장은 노동자들이 불을 질러 일부가 불에 탔는데 그 불길이 하늘을 찔러 압록강 맞은편 지안集安현 동쪽의 산비탈에서도 그 불빛을 볼 수 있을 정도였다고 한다. 일본 헌병대는 많은 중국노동자들을 잡아 심문해 감옥에 가두고 고문하면서 지하 활동하는 공산당원을 색출하겠다고 떠벌렸다. 그러나 중국노동자들은 굳게 단결해 일본 식민 당국을 무력화했다.

이와 동시에 일본인은 다시 부드러운 책략을 취해 신년마다 사람들에게 사과와 귤 몇 개를 보내 노동자들을 꾀어내려 했다. 하지만 이것 또한 두 공장의 파업과 사보타주를 막을 수는 없었다.

일제의 잔혹한 착취와 수탈로 인해 많은 조선 농민들이 더 이상 생활을 할 수 없게 되자, 중국 지린성 농촌으로 들어왔다. 특히 옌볜지역에서는 벼를 심었록. 그래서 일제 또한 의식적으로 한 팀씩 조직해 중국 동베이로 이사를 보냈다. 그 결과 중국 농민의 이익을 침해했고 이로 인해 민족분규가 발생했다. 일제는 이런 민족갈등을 이용해 "만몽위기滿蒙危機"를 해결하려고 했고 "만몽"을 침탈하려는 목적을 실현했다.

1931년 4월, 한 무리의 조선 이민자가 일본군경의 진압과 중국 관리의 압박으로부터 벗어나기 위해, 조선 이민자가 집중 거주하고 있는 옌볜지역에서 창춘 부근의 만보산지역으로 이민해 왔다. 이들 이민자들은 중국 친일파 하오융더郝永德 수중의 대토지를 임차해 관개용의 수로와 이퉁허伊通河의 제방을 보수했다. 하지만 수로용지의 임차계약을 맺지 않아 그곳 중국 농민의 이익을 심각하게 침해했다. 중국 농민은 지방정부를 통해 교섭을 시도했으나 창춘 주재 일본영사관의 간섭으로 아무 결과도 얻지 못했다. 중국 농민은 상류에서 홍수가 발생해 수재를 입을까 걱정한 나머지 조선이민자들의 시공을 반대했다. 그러나 조선농민들은 일본 세력에 힘입어 이를 거부했다. 중국 농민은 참지 못하고 그해 7월 1일 자발적으로 500여 명이 모여 불법적으로 파고 있는 수로를 묻으려했다. 그래서 결국 서로 충돌이 발생했다. 일본 경찰은 중국 농민을 향해 총을 쏘며 진압을 했고, 일본 경찰의 보호로 조선농민은 다시 수로를 팠다. 7월 1일과 2일 이틀간의 충돌에서 조선농민은 사상자가 없었으나 많은 중국 농민이 상해를 입었다. 이것은 일본제국주의자가 고의로 만든 첫 번째 대규모 반중국사건으로 역사에서는 "만보산사건"으로 불린다.

이 사건의 주된 이유는 조선인에 대한 일본제국주의의 잔혹한 통치와 그로 인해 발생한 난민이 대량으로 중국 동베이에 이주해왔는데, 일본 경찰은 한편으로는 동베이에 사는 조선인을 준일본인으로 간주해 사상을 통제하고, 다른 한편으로는 조선이민자들을 침략의 첨병 역할을 맡게 하여 이를 보호했다. 토지와 수리권을 둘러싸고 조선 농민과 중국 농민 간에 다시 몇 차례 대립이 발생했다. 중국인은 일본의 무력에 기댄 조선인을 일본제국주의의 주구라고 여기며 적대시했다. 양쪽의 농민들이 모두 일본제국주의의 피해자였지만 대립관계가 형성되었다.

일본통치자들은 이것은 만몽문제를 해결하는 데 매우 좋은 기회라 여기며 고의로 사건을 확대했다. 일본의 각급 정부와 언론계는 잔혹한 식민통치에 대한 조선인의 불만을 조선에서 타향살이하는 중국인의 탓으로 돌리기 위해 "만보산사건"을 이용해 중국인이 조선이민자를 살해했다고 대대적으로 선전했다. 그 결과 조선의 각급 대도시에서는 조선민중이 중국인을 습격해 보복하는 사건이 발생했다. 조선총독부와 그 관할 경찰은 조선민중의 집회와 시위에 대해 줄곧 철저한 단속을 했지만 그 폭력행위에 대해서는 수수방관해 많은 중국인이 살해되도록 내버려두었다.

평양에서 온 사람들의 말에 따르면, 평양에 있는 중국인은 맞아죽기도 했고 시내의 중국인 점포와 식당은 파괴되었고 중국인의 집들은 불에 탔다. 물론 많은 중국인들은 마음씨 좋은 조선인들의 보호 아래 흰옷을 입고 조선인처럼 화장을 하고 압록강으로 가 선주를 매수해 밤에 배를 타고 모르게 중국으로 돌아왔다. 그들은 바로 귀국한 난민이 되었다. 그중 산둥사람이 가장 많아 정부는 그들을 옌타이와 칭다오에 정착하도록 도왔는데 일부는 상하이로 가기도 했다. 정부는 구호 자금을 풀어 도망 나온 이들 난민을 구제하는 한편, 국민들로부터 성 금을 받아 이들을 다시 정착시켰다. 당시 나도 그 모금활동에 참여한 기억이 있다.

"만보산사건"으로 말미암아 상하이 시민은 조선 교민에 대한 편견이 생겼다. 한동안 방을 빌리기가 쉽지 않았을 뿐만 아니라 심지어 어떤 사람은 "가오리방쯔"高麗棒子: 중국인이 조선인을 비하하는 말, 역자주, "얼구이쯔"二鬼子: 일본놈의 아류라는 뜻, 역자주라며 우리를 욕하기도 했다. 더욱이 조계지에 살고 있는 외국인도 이전과 같이 우리의 활동을 지지해주지는 않았다.

이로 인해 우리는 매우 어려움에 처해졌다. 비록 중국정부는 우리의 항일투쟁을 매우 지지 해주었지만 우리의 활동은 겨우 조선거류민에 혼입되어 온 밀탐을 처리하거나, 조선거류민의 안정된 생활을 위협하는 일본조계지와 공공조계지의 일본 순경을 처리하는 일에 제한되어 있었다. 우리의 활동은 상황의 발전을 따라가지 못했다. 우리는 사람들을 놀라게 할 만한 활동을 만들어내지 못해 중국인은 우리를 "망국노"로 대했다. 우리 자신의 얼굴도 활기를 잃어버린 듯했다.

9·18사변일명 만주사변 발생 후 중국 각지에서는 항일운동이 고조되었다. 특히 상하이시의 학생, 시민, 노동자 등으로 조직된 항일구국회의 활동이 매우 활발했다. 만약 이때 우리 한인애국단이 어떤 활동도 하지 않는다면 항일투쟁의 전선을 피하는 것이 아닌가? 상하이에 피난을 왔단 말인가? 우리가 조선인의 기대를 저버리는 것은 아닌가? 그리고 우리에 대한 상하이 시민의 오해를 바꿀 수 없다면 앞으로 어떻게 다시 중국정부의 지지를 얻을 수 있을까? 우리는 심각하게 토론을 했다.

이봉창의 영웅적 기개

만보산사건 이후 우리 한인애국단 단원은 함께 과거의 투쟁방식에 대해 토론하고 향후 투쟁의 방침과 전략을 책정했다. 우리는 신중한 분석을 통해 과거에는 단지 조선에서 위장해 상하이에 파견되어 임시정부를 파괴하는 비밀요원을 척결하는 일에만 몰두하고 주요한 일본 침략자에 대해서는 소홀했다는 결론을 얻었다. 그래서 마지막에는 중점적으로 몇 명 혹은 몇 십 명의 일본요인을 암살하여 적들의 지휘계통을 교란시켜 그들에게 우리 조선민족은 결코 사라지지 않고 적들과 유혈투쟁을 하고 있음을 보여주기로 다짐했다.

어느 날, "의열단"단원 가운데 한 사람인 이봉창이라는 사람이 김구 선생을 찾아왔다. 그는 김구 선생과 상의할 게 있다고 했다.

의열단은 1919년 11월 김원봉 등 13인의 조선인이 만주 지린성에서 조직한 항일무력독립운동단체이다. 구체적인 설립 목적은 다음과 같다.

조선민족의 적인 일본제국주의의 통치를 철저하게 뒤엎고 조선민족의 자유 독립을 완전히 실현한다.

봉건제도와 일체의 반혁명세력을 척결하고 진정한 민주국가를 건설한다.

조선 내의 각종 일본단체(동척, 흥업, 조선은행)와 개인(이민자)의

모든 재산을 몰수한다.

매국노, 밀탐 등 배반자의 모든 재산을 몰수한다.

또한 의열단에는 엄격한 10개의 공약이 있다. 그중 앞의 3개 조항은 다음과 같다.

천하의 정의를 굳건히 실행한다.

조선의 독립과 세계의 평화를 위해 자신을 희생한다.

충의기백과 희생정신이 있는 자를 본 단의 단원으로 삼는다.

또한 "칠가살七可殺"의 암살대상을 규정했는데 앞에서 이미 열거한 적이 있다. 의열단은 매우 급진적인 혁명조직이고 이 조직에 참가하는 사람은 조국과 인민에 대해 붉은 충심을 가진 듯했다. 이봉창은 바로 이러한 열혈청년이었다. 그가 김구 선생을 뵌 후 첫 마디는 다음과 같았다.

"제가 일본천황에 접근할 기회가 주어지면 그를 사살하고 싶으니 선생께서 저를 도와주시기 바랍니다."

그리고 다시 말했다.

"매년 1월 8일, 일본천황은 요요기代代木 광장에서 열병을 하는데 그가 지나갈 때 많은 사람들이 이를 지켜봅니다. 제가 도쿄에서 이 광경을 본 적이 있습니다. 이것은 제가 이용할 수 있는 아주 좋은 기회입니다."

　원래 매년 성탄절 전에 상하이의 일본인은 대부분 새해를 보내기 위해 귀국을 하는데 이들 귀국 대열에 섞여 들어가면 순조롭게 도쿄에 들어갈 수 있었다. 이봉창은 또한 도쿄에 명의상의 양부가 있었고 키노사타木下藏昌라는 일본 이름도 있었다. 또한 일본에서 비교적 유명한 사람에게도 접근할 수 있었다. 김구 선생은 이봉창에 대해 감동하기도 했고 호기심도 갖게 됐다. 이렇게 말쑥한 청년이 어떻게 이처럼 강렬한 애국열정을 가질 수 있단 말인가! 김구 선생은 이봉창을 봤을 때 전에 어디선가 본 듯한 생각이 들었는데 나중에 생각해 보니 그가 임시정부가 마련한 이봉창 환영연에 참석한 기억이 났다. 당시에는 아주 비밀리에 이뤄진 일이라 일반 사람들은 거의 알지 못했다.

　원래 이봉창은 1930년 12월에 일본에서 상하이로 왔다. 그는 먼저 프랑스조계지에 와서 임시정부를 찾았다. 그의 외모와 말과 행동거지가 일본인과 매우 닮아서 임시정부 사람들은 그에 대해 의심하고 경계했다. 더욱이 그는 일본 이름도 가지고 있었다.

　이봉창이 막 상하이에 왔을 때, 그는 한 인쇄공장에서 일을 했고 이후 다시 일본인 악기점에 들어갔다. 그는 음악방면에 천부적인 재능이 있어 각종 악기에 어느 정도 통달해 손님이 만족스러운 악기를 고를 수 있도록 도왔다. 가끔씩 일본노래 몇 곡을 연주해 고객들에게 인기가 있었다. 그래서 악기점 주인은 그를 더욱 아꼈다.

　이봉창은 인물도 잘 생기고 키도 컸으며 얼굴은 붉은 오동색을 띠며 길고 넓었고 눈썹은 진했고 눈은 빛났고 일본어는 유창한 도쿄표준어를 구사해 누구도 그를 조선인으로 생각하지 않았다. 그가 연주한 일본 연가는 많은 일본 여인들을 사로잡았다. 어느 일본 귀족여인은 악기점에 수시로 와서 악기를 수리하기도 하고 새로 사기도 했다. 어떤 때는 피아노, 4현 악기 혹은 기타를 함께 연주하기도 했다. 나중에 이봉창은 내게 말했다. 그들은 슈베르트의 《소야곡》을 연주했고 또 찰리 헤이든의 《나의 태양》도 연주했다. 이후 이봉창은 그 여인 집의 귀객이 되었다. 비록 그 여인의 아버지가 그를 좋게 보긴 했지만, 그는 필경 조선인이었기 때문에 그 여인의 부모는 그들이 자주 내왕하는 것을 허락하지 않았다. 이봉창은 그 여인에게 지나친 바람을 갖지 않은 듯했다. 그에게는 더 원대한 이상이 있었기 때문이다. 그러나 애정의 씨앗은 오히려 그 여인의 마음속에서 싹이 텄다. 그녀는 마음속의 감정을 억누를 수 없어 마침내 그에게 연모의 정을 토로했다. 그러나 이봉창은 구국에 뜻을 세웠기 때문에 이를 거절하고 헝가리 애국시인 페퇴피의 시를 그녀에게 전해줬다.

"사랑이여

그대를 위해서라면

내 목숨마저 바치리.

그러나 사랑이여

조국의 자유를 위해서라면

내 그대마저 바치리."

일본 여인은 이봉창과 함께 조선의 고향으로 가자고 했다. 사랑을 위해 이봉창과 함께 어디라도 갈 수 있다고 했다. 그러나 그녀는 잘못 이해하고 있었다. 이봉창은 조국의 독립과 자유를 위해 모든 것을 버릴 수 있었다. 사랑과 생명마저도.

이 일본 여인을 통해 이봉창은 상하이주재 일본부영사 이누카이 쓰요시犬養毅의 사위 이구치井口를 알게 되었다. 이 때문에 많은 조선 교민은 이봉창과 일본인 간의 관계가 보통이 아니라고 생각해 그를 멀리했다. 비록 그가 일해서 번 수입으로 매번 임시정부 사람들에게 식사대접을 했지만 사람들 머릿속의 의심과 암운은 여전히 제거할 수가 없었다.

이봉창은 어려서부터 항일애국사상을 몸에 익혔다. 그래서 조국을 위해 헌신하고자 하는 신념을 세웠다. 이봉창은 수원 사람선대의 고향이 수원이고 태어나기는 서울 용산에서 태어남으로, 1901년에 중류층의 가정에서 태어났다. 어려서부터 양호한 가정교육을 받아 조국과 인민에 대해 깊은 감정을 가지고 있었다. 일본제국주의가 조선을 강제로 병탄할 때 겨우 7세였던 이봉창은 마음속에 일본제국주의에 복수하고자 하는 씨앗을 심었다. 수원 지역은 일제가 철로지대로 지정한 금지구역으로 조선인의 거주를 불허해 이봉창의 가족은 서울로 이사를 왔다. 수원은 또한 일제가 가장 잔혹한 살해와 방화를 저지른 지역이자 3·1운동으로 유명한 지역이다.

이봉창은 소학교를 졸업한 후 직업을 찾지 못해 먼저 용산에 가 일본의 한 제과점에서 임시공 노릇을 했다. 이후 다시 한강변의 한 지구에서 철도노동자가 되어 일본인에게 모욕을 당하며 종일토록 힘든 노역을 했다. 생활 또한 궁핍해 망국노의 서러움을 참아야만 했다. 이 때문에 그는 유년시절에 이미 복수의 싹을 틔웠다. 그가 19살 때, 전국적으로 3·1운동이 일어났고 "대한독립만세"의 함성이 전국에 퍼져 그의 결심은 더욱 강고해졌다.

이후 이봉창은 우리와 함께 일을 공모하는 틈틈이 우리에게 그의 일본에서의 생활에 대해 얘기해줬다.

"일본자본가들이 조선에 와 건장한 청년들을 모집해 부두노동자로 충당했는데 나도 거기에 응모해 도쿄에 갔어요. 일본어를 할 줄 몰라 십장에게 늘 얻어맞곤 했죠. 또 다른 일본인들에게 모욕을 당하기도 했고요. 몇 년간의 노동자 생활에서 인생의 쓴맛 단맛을 다 보았죠. 일본자본가들은 조선에서 새로운 노동자를 모집했을 뿐만 아니라 신구 노동자 간의 갈등도 조장해 조선인들 간에 서로 죽이는 사태가 발생하곤 했어요. 어떤 때는 우리더러 새로 온 노동자를 구타하라고 했지만 나는 그렇게 할 수 없어 일본 십장의 분노를 사기도 했습니다.

그 몇 년 동안 나도 몇 명의 일본노동자를 알았고 나의 일본어도 괜찮아졌죠. 한 번은 부두 내 화물에 착오가 생겨 경찰국을 놀라게 했어요. 그들은 의심스러운 사람을 잡아다가 심문을 한 후 일본인은 전부 풀어주었는데 나도 일본인으로 알고 풀어주더군요. 제 일본어 탁음이 어찌나 정확한지 그들은 저를 전혀 의심을 않더군요. 하지만 저는 항상 걱정을 했어요. 일단 제가 조선인으로 발각될 경우 다시 붙잡힐 게 분명했기 때문입니다. 그래서 저는 서둘러 부두를 도망쳤습니다.

어느 한 일본노동자의 도움으로 저는 한 호텔에 가 석탄 운반하는 일을 했습니다. 그곳에서는 제가 일을 잘해 주인은 저더러 음식 배달 일을 시켰어요. 이 과정에서 키노시타木下라는 한 일본노인을 알게 됐습니다. 제가 늘 음식을 제때 배달해 주고 그의 요구에 따라 모양도 다르게 하자 노인은 매우 흡족해 했습니다. 일본 경찰이 다시 나를 잡으러 오지는 않을까 걱정돼 저는 그 노인을 양부로 삼았더니 그도 매우 좋아했습니다. 그 후 저는 일본 이름인 키노시타 쿠라마사木下藏昌를 갖게 되었습니다.

이후 저는 상하이에 한국임시정부가 있다는 얘기를 들었고, 고명하신 김구 선생에 대해서도 들었어요. 그래서 저의 숙원을 실현하기 위해 홀로 상하이에 왔습니다. 상하이에서 많은 노력을 기울였지만 사람들의 이해와 신뢰를 얻지 못했습니다. 오늘 선생님의 신뢰를 얻을 수 있어 매우 영광스럽게 생각합니다. 만일 조국의 독립을 위해 조금이라도 공헌할 수 있다면 저는 죽어도 여한이 없을 것입니다. 우리는 모두 서로 믿어야 합니다. 상호간의 이해를 높여야 합니다."

김구 선생은 말했다.

"현재의 형세가 매우 복잡하고, 상하이의 조선 교민의 구성도 무척 복잡하기 때문에 어떤 사람은 일본인에게 매수돼 친일파가 되고, 어떤 사람은 임시정부에 혼입되어 우리가 제거합니다. 이 점 당신도 이해하기 바랍니다."

"좋습니다. 이후 전 실제적인 행동으로 임시정부가 저를 더 신뢰할 수 있도록 노력하겠습니다."

이봉창은 자신감이 가득 찬 모습으로 말했다. 우리 세 사람은 모두 약속이라도 한 듯 웃었다.

김구 선생은 1000위안을 꺼내 이봉창에게 건네면서 일본에 갈 때 필요한 물건을 사라고 했다. 이봉창은 돈을 건네받으며 우리에게 말했다.

"김구 선생은 조선영웅의 동량입니다."

"인생의 즐거움은 무엇입니까?"

이봉창은 김구 선생을 향해 마주 보고 말했다.

"조선의 독립을 위해 목숨을 바치는 것, 이것이 저의 가장 큰 즐거움이자 영원한 즐거움입니다. 이것이 바로 제가 상하이에 와 선생님을 찾은 목적입니다."

"당신을 완전 믿습니다. 제가 당신이 준비를 하도록 경비를 주지 않았습니까? 구체적인 행동계획은 다시 연구해 봅시다."

일본천황 암살 시도

어느 날 나는 김구 선생이 계시는 곳에 갔는데 마침 이봉창과 김구 선생이 교담 중이었다. 나는 다시 나가려고 했는데 김구 선생은 나를 불러 세웠다.

"우린 마침 앞으로의 일에 대해 얘기를 나누고 있었다. 너도 와서 들어봐라."

김구 선생은 내게 의자를 건네며 앉으라고 했다. 그리고 이봉창을 가리키며 내게 말했다.

"이 의열단의 이봉창 동지는 우리의 친구이다. 며칠 전에 너도 만난 적이 있을 것이다. 이 분은 이미 우리 한인애국단에 가입했다. 현재 우리가 얘기를 나누고 있는 것은 바로 며칠 전에 네게도 얘기한 적이 있는 일본천황 암살에 관한 것이다. 현재는 기본적으로 준비가 완료됐다. 남은 문제는 어떻게 폭탄을 들고 갈 것인가의 문제인데 무척 쉽지가 않구나."

김구 선생은 몇 가지 방안을 제시했다. 우리는 모두 적절치 않다고 생각했다. 모두 고민하고 있을 때 이봉창은 한 가지 방법을 생각해냈다.

"폭탄을 바짓가랑이 주머니에 넣고 꿰매는 것은 어떻습니까?"

이봉창은 말하면서 한 손가락으로 아랫부분을 가리켰다.

나는 그때 부끄러워 얼굴이 완전 붉어져 고개를 아래로 떨구었다.

"그거 좋은 방법이다. 그렇게 만들면 될 것 같다."

김구 선생은 웃으면서 내게 말했다.

"부끄러워하지 마라. 혁명 활동을 하는 데 부끄러워하면 안 된다. 어떤 때는 이보다 더 부끄러워도 해야 될 때가 있다. 네가 이봉창 동지에게 주머니를 만들어주기 바란다."

"좋습니다. 부탁하겠습니다. 수류탄 2개가 들어갈 수 있을 정도면 됩니다."

이봉창은 나를 보고 말하면서 손으로 수류탄의 크기를 그려보였다.

나는 돌아오는 길에 천 조각을 사서 밤새워 이봉창이 말한 양식으로 바짓가랑이 주머니를 만들었다. 다음날 이른 아침, 나는 그 옷을 김구 선생에게 보냈다. 이봉창이 만족했는지는 알지 못했다. 그는 다시 나를 찾지 않았다. 이후 김구 선생은 나의 바느질이 아주 잘 되었고 이봉창도 매우 만족했다고 전했다.

이봉창은 상하이 홍커우에서 약 1년을 살면서 일본으로 건너가 일황을 척살하기 위한 준비에 만전을 기했다. 1931년 12월 13일, 이봉창은 상하이한인애국단 본부_{안공근의 집}에서 양손에는 수류탄을 들고 태극기 앞에서 선서를 했다. 당시 김구 선생도 그곳에 있었다. 그 선언문은 다음과 같다.

"나는 참된 정성으로서 조국의 독립과 자유를 회복하기 위하여 한인애국단의 일원이 되어 적국의 수괴를 도륙하기로 맹서하나이다."

대한민국 13년 12월 13일
선서인 이봉창

선서를 마친 후 이봉창은 김구 선생에게 "영원히 기념하기 위해 우리 웃으면서 사진을 찍자"고 했다.

12월 14일, 이봉창은 프랑스 조계지를 떠나 17일에 일본으로 향했다. 떠나기 전 김구 선생은 이봉창에게 가는 길에 쓰라고 300원을 주었다.

나는 이봉창이 떠나기 전에 김구 선생의 거처에서 그를 본 적이 있다. 그는 새로 산 오버코트를 입고 있었고 의기양양해 보였다. 그는 나를 향해 허리를 깊게 숙여 인사를 하고 웃음 띤 얼굴로 내게 말했다.

"정말 감사합니다. 이 동지의 도움으로 이 물건수류탄을 가져가는 게 훨씬 수월해졌습니다. 너무 걱정하지는 마세요. 이번 도쿄행은 위험하지 않을 겁니다. 일본의 귀족이 나를 맞이할 것이고 고급호텔에도 투숙할 수 있게 됐습니다. 이번 일은 그 일본아가씨가 나를 도와줬습니다. 그 아가씨는 내게 정말 잘 해줍니다. 그러나 인간의 자유와 나라의 독립을 위해 우리는 행복하게 살 수가 없습니다. 제가 그 아가씨를 알게 되었을 때 저는 단지 그 아가씨가 저를 도와주기만을 기대했습니다. 하지만 저 역시 제가 일본에 가는 진정한 목적을 그녀에게 말할 수 없습니다. 현재로써는 그녀에게 억울함만을 안겨줄 뿐입니다. 그녀에게 진실로 미안한 생각이 듭니다."

나는 급히 처리해야할 임무가 있어 그가 떠날 때 부두까지 나가 배웅을 할 수 없었다. 그러나 의열단의 단원들은 부두까지 나가 그를 배웅했다. 김구 선생이 먼 곳에서 서서 그를 지켜봤고, 그 일본아가씨는 그와 함께 페리호에 올라탔다. 이봉창은 갑판 위에서 손을 높이 들어 의열단 동지들을 향해 흔들었다.

얼마 지나지 않아 김구 선생은 이봉창이 도쿄에서 보내온 전보를 받았다. 전보에는 이렇게 쓰여 있다.

"우리의 상품은 1월 8일에 반드시 팔릴 겁니다."

이것은 이봉창이 휴대한 폭탄이 이미 안전하게 도쿄에 도착했고 1932년 1월 8일에 열병식장에서 사용할 거라는 것을 가리킨다.

1월 9일 새벽, 한국임시정부는 1월 8일 이봉창의 일본천황 암살 과정에 대한 소식을 들었다.

1월 8일 새벽, 천황은 요요끼광장 열병식을 준비했다. 그날 천황은 마차를 타고 서서히 이중교를 통과했는데 단지 "꽝"하는 폭탄소리만을 들었다. 사람들이 어지럽게 흩어지고 울부짖는 소리가 끊이지 않았다. 천황이 탄 마차 위에서 폭탄이 터져 말은 파편에 상처가 나고 놀라 마차를 이끌고 쏜살같이 앞으로 달려 나갔다. 폭탄이 잘못 떨어지는 바람에 일황은 죽지 않았고 이봉창 동지는 현장에서 체포됐다. 이후 일본고등법정에서 심판을 받고 1932년 10월 10일 오전 9시 45분에 교수형에 처해졌다. 이봉창 동지는 조국과 인민을 위해 한 점의 두려움 없이 의로운 기개를 떨쳤다. 당시 일본신문에는 다음과 같이 도쿄의 소식을 실었다.

"한인 이봉창은 일황을 저격했으나 맞지 않았다."

이 소식이 전해지자 중국 각지의 대도시 사람들은 크게 놀랐으며 각지 큰 신문들은 경쟁적으로 의거 소식을 실었다. 당시 베이핑北平의《영문도보英文導報》, 칭다오의《민국일보》, 전장鎭江의《신강소보新江蘇報》, 푸저우福州의《푸저우일보》는 제목을 "한국지사 이봉창, 일황 저격했으나 불행不幸히 부군副軍에 오중誤中"이라고 적었다. 일제는 "불행" 두 글자에 대해 생트집을 잡아《민국일보》를 정간시켜버렸다.

이 사건과 관련해 상하이, 다롄에서 도쿄로 오는 항로의 관련 직원과 도쿄 경시청의 관헌들은 모두 처벌을 받았다. 상하이항구의 여행객 단속은 더욱 엄격해졌다. 모든 조선인은 배에 탈 수 없게 됐고 심지어 몇몇 일본인은 조선인으로 의심받기도 했다. 왜냐면 많은 조선인이 일본어를 매우 능숙하게 말할 수 있었고, 어떤 사람은 일본 이름도 가지고 있기 때문이다. 이 때문에 일본 식민 당국은 적이 두려워 온 산의 초목도 적군으로 의심하듯 경계를 했고 활에 놀란 새처럼 긴장을 했다. 심지어 부녀자와 아이들도 모두 전신 조사를 실시했다.

다롄부두의 상황도 마찬가지로 상하이와 일본으로 오가는 사람들에 대한 조사를 매우 엄격하게 실시했다. 왜냐면, 김구 선생도 이전에 다롄에 사람을 보내 일본요인을 암살한 적이 있기 때문이다. 이와 동시에 다롄의 조선교민이 일본요인을 암살하는 일도 종종 발생했는데, 사건이 터진 후 모두 상하이로 도망을 오기도 했다.

1931년 1월 19일, 난징南京의《중앙일보》는 김구를 대표로 하는 (구)한국독립당의 이봉창 저격사건 선언에 관해 보도했다.

흉악한 저 섬나라 도적의 무리는 이미 한국을 병합하고 우리 동포를 어육魚肉으로 삼았으며 만몽滿蒙까지도 남김없이 병탄하려고 우리의 우방을 쓸모없는 짚신 버리듯 하고 있다. 저들은 혈족끼리 서로 결혼한 괴수를 내세워 스스로 만세일계萬世一系라 부르며 자랑삼고 있으며, 저들은 온갖 나쁜 짓을 횡행하는 우두머리로 앉아 인민들의 고혈을 빨아먹고 있으면서 스스로를 천황天皇이라 일컫고 가장 높은 자리에 걸터앉아 있다. 저들은 악덕으로써 한국과 중국을 겸병兼倂하고자 못된 짓을 더해가고 있으면서도 뉘우치는 바 없으니 천인을 공노하게 했다. 어찌 한국인에게만 머리에 옻칠을 하려고 할 뿐이랴. 중국인도 쪼개서 물그릇을 만들고 있으나 저 일본 황제는 본래 죽일 만한 가치도 없다. 그의 지력智力은 시세를 가늠하기에 모자라고 그의 위엄은 원로와 정당 당수를 거느리기에 모자란다. 물론 명치제明治帝와 대정제大正帝와 소화제昭和帝 할 것 없이 저들은 모두가 같은 소굴의 한패거리요 괴뢰일 뿐이다. 한국인은 본래 그를 죽일 가치도 없다는 것을 알면서도 죽이려고 하는 것은 무엇 때문인가? 그가 원수元首의 자리에 있으며 온갖 죄악이 모이는 자리에 있는 것이 그 첫째요, 그 적도賊徒를 무찌르려면 먼저 그의 왕을 죽여야 하는 것이 그 둘째요, 우리 조국을 위해 원수를 갚는 것이 그 셋째요, 천벌을 내리고 인권을 신장하는 것이 그 넷째요, 우방을 위해 치욕을 풀어주기 위함이 그 다섯째요, 백성들이 참을 길이 없으면 무도無道한 임금을 주주誅하는 것이 그 여섯째요, 그들의 국체國體를 고쳐 우리 주권을 회복하기 위함이 그 일곱째요, 못된 오랑캐에게는 그 응당한 벌을 내리고 온 누리 사람에게는 뉘우침을 주기 위함이 그 여덟째요, 하늘에 순順하고 사람에 응應하며 천하를 고동鼓動케

하여 인류를 해방시키려 함이 그 아홉째이다. 이번 이봉창의 저격은 그 동기를 살펴보면 바로 이것들에서 나온 것이다. 이는 오직 일본군벌, 원로, 제국주의자들의 선봉자만이 밤낮 안 가리고 만들었다. 한국인도 이에 자극을 받아 오늘에 이르기까지 공분을 크게 느껴온 터라, 30년 동안의 의인義人과 열사烈士가 전에 없이 뒤를 이어 나타나고 있으니, 즉 장인환張仁煥에게 있어서의 스티븐스, 안중근安重根에게 있어서의 이토 히로부미伊藤博文, 이재명李在明에게 있어서의 이완용李完用, 신민회新民會에게 있어서의 데라우치 마사타케寺內正毅, 강우규姜宇奎에게 있어서의 사이토 마코토齋藤實, 양근환梁槿煥에게 있어서의 민원식閔元植, 김익상金益湘에게 있어서의 다나카 기이치田中義一, 김지섭金祉燮에게 있어서의 니주바시二重橋, 송학선宋學先에게 있어서의 킹고몽金虎門, 조명하趙明河에게 있어서의 구니신노久邇親王와 같은 예가 모두 그러하다. 한국인으로 하여금 이렇게 나서지 않을 수 없게 한 것 가운데 제국주의자들이 그렇게 만들지 않은 것이 없다. 살펴보건대 저들은 표리가 상응하는 이리떼처럼 간교하여 관백關白의 여풍을 이어받아 천자天子인양 권세를 농락하며 남의 나라를 멸망시키고 남의 나라 황제와 황후를 시해하며 이웃 나라의 강토를 빼앗고 거리낌 없이 마구 죽이면서 독사와 같은 짓을 다하고 표범과 이리와도 같은 잔학한 횡포를 거듭하였던 바, 한반도의 온 들녘에는 뼈가 쌓여 산이 되고 동쪽의 먼 바다 밖에는 피가 흘러 붉게 물들어 있으니 이는 모두가 일본 군벌의 원로들이 서로 더불어서 꾸며낸 것으로 그 제국주의자들의 흉극兇劇을 동아시아 지역을 무대로 삼아 연출하기 위한 것이다. 요컨대 저들 일본인은 실로 우리 한국인의 손을 빌려서 자신의 황제를 죽이려 한 것이나 다름이 없다. 오직 이봉창 한 사람만이 이 같은 뜻을 지니고 있는 것만은 아니며 2천 3백만의 가슴 속에 모두 이봉창과 같은 결의가 깃들어 있어 제2, 제3, 아니 2천만 모두가 이봉창과 같은 사람으로 될 것이다.

대한민국 14년 1월 10일

한국독립당

이봉창 열사의 전기는 한국독립당 중앙부위원장 조소앙의 저서 《유방집遺芳集》과 한인애국단이 출판한 《도왜실기屠倭實記》에 상세히 기록되어 있다.

의열단은 이봉창 열사를 기념하기 위해 그의 업적을 단가團歌에 넣어 조선 사람이 그를 칭송토록 했다. 이봉창은 조선인의 해방을 위해 용감히 헌신을 했다. 오늘날까지 조선인들은 여전히 그를 기념하고 있다. 매년 10월 10일에는 다양한 방식으로 그를 기념한다.

죽음을 두려워하지 않았던 윤봉길

이봉창의 일본천황 암살미수사건 소식이 상하이에 전해진 후 상하이 전체를 깜짝 놀라게 했고 조선교민은 중국 사람들의 눈에 모두 영웅이 된 것과 같았다. 내 주변의 많은 중국인들이 나를 보고 엄지손가락을 치켜들어보였다. 이처럼 한인애국단의 위세는 크게 올라갔다. 많은 조선애국청년들은 모두 한인애국단에 가입하길 바랐는데 그 가운데 가장 전형적인 인물은 윤봉길 동지였다.

윤봉길이 수류탄으로 일본 군정요원을 사살하거나 상해를 입힐 때 그 소리는 거대했다. 그것은 일본침략자들에 대한 조선인들의 구원과 분노를 표출한 것일 뿐만 아니라 일본침략자들에 대한 조선인들의 강한 역량을 보여준 것이었다. 이 사건을 계기로 우리들의 항일애국투쟁은 지하 암살활동에서 공개적인 항일활동으로, 소규모 비밀조직에서 어느 정도 규모를 갖춘 조직으로 확대되었다. 또한 중국정부의 자금을 지원받는 항일부대로 발전했으며 그들의 활약은 중국의 각 대도시에서 전개되었다.

'9·18사변' 발생 이후, 특히 항일구국운동에 대한 상하이 각계 민중의 열기가 고조되면서 일본교민, 육·해군대 내의 불안감은 더욱 높아져갔다. 상하이는 중국 최대의 공업도시와 경제중심지이다. 또한 영미 국가 등이 중국에서 실리를 얻는 핵심지구였다. 일본이 상하이에 대해 군사를 발동해 진격할 준비를 하는 것은 난징의 국민당 정부와 서방 각국에 압력을 가해 동베이 지역에서 독점권을 확보하기 위한 목적일 뿐만 아니라 화중華中에서 세력을 넓혀 확고한 위치를 자리매김 하기 위해서다.

상하이의 일본자본가, 상위층 교민, 상하이에 주둔하고 있는 군대와 기관들은 중국의 항일운동에 적의를 품고 있었으며 두려움을 느꼈다. 상하이는 이미 함락된 동베이 3성 이외에 일본이 중국에서 경제권을 확장하려 하는 최대거점이었다. 은행과 제조상 등 많은 일본기업은 회사의 지사를 상하이에 설치했다.

일본해군은 특히 장강유역에 대한 침탈 의욕을 가지고 있었고 그 태도는 강고했다. '9·18사변'이 발생할 무렵, 일본해군은 장강지구에서 병력을 증강했을 뿐만 아니라 상하이에서 군사행동을 전개할 계획이었다. 이와 동시에 상하이 주재 육군무관 다나카 류키치田中隆吉 소장은 성공적인 '만주국'건설을 위해 돈으로 거처 없이 떠도는 불량배를 매수해 1월 18일 일본 승려를 살해했다. 이는 사고를 일으키기 위한 그의 수단이었다. 상하이의 일본교민은 일본승려의 피살사건을 이유로 사건 발생 부근의 중국공장을 습격해 중국경찰을 살상했다. 그들은 또한 1월 20일에 교민대회를 열어 해병대 출동을 결의하고 다시금 중국 경찰과 충돌을 일으켰다. 일본 본국으로부터 병력 지원을 받은 일본 해병대는 1932년 1월 28일 밤에 행동을 개시했다. 일군은 계획에 따라 자베이閘北의 중국 주둔군을 습격했고, 일본 전투기는 상하이 시내를 맹렬하게 폭격해 세상을 놀라게 한 '1·28사변'을 만들었다.

'1·28사변' 이후, 일본침략자들은 상하이를 맹렬하게 폭격해 많은 공장·학교·개인 주택을 파괴시켰고, 수십만의 가옥이 파괴되면서 많은 주민이 사망했다. 세계적으로 유명한 바오산로寶山路의 동방도서관과 상무인서관도 폭탄에 맞아 화재가 발생하였고 며칠 밤을 태웠다. 중국 고대 문화의 보고가 불에 타 소진된 것이다.

우리 조선교민은 상하이 사람들의 비참한 모습과 일본제국주의 요란한 위세에 모두 비분강개했다. 애국단 단원 이봉창이 일본 도쿄에서 천황을 암살하려다 실패한 이후 일본제국주의는 상하이의 조선교민에 대한 박해활동을 더욱 강화했다. 대규모 사복경찰, 스파이, 비밀요원 등을 상하이 도처에 보내 조선애국자를 수색했다. 몇몇 사람은 체포되고 암살되었으며 몇몇 사람은 한국으로 압송되었다. 우리 한인애국단 사람들 모두가 더욱 긴장을 늦추지 않았고, 일본 중요 인물들을 암살하고 일본침략자들을 타격하면서 일제에 의해 희생당한 중한 두 나라 동포들의 원한을 갚기 위한 복수를 결심했다.

장제스의 부저항정책으로 인해 1932년 3월 초 19로군路軍은 시내에서 철수했다. 이로써 일본침략자들은 득의양양해 '승리'를 경축하기 위해 천장절, 즉 천황의 생일인 4월 29일에 홍커우 공원에서 기념대회와 열병식을 갖기로 했다.

이 소식을 접한 후 한인애국단은 바로 이 기회를 이용해 일본침략자의 두목을 처단할 방법을 강구했다. 김구, 윤봉길 그리고 나는 어떻게 이 임무를 완성할 것인가에 대해 논의했다. 그리고 마지막에 윤봉길과 나는 부부의 신분으로 홍커우 공원의 경축행사에 참가해 폭탄 투척을 하기로 결정지었다. 윤봉길과 나는 미리 홍커우 공원에 가 한번 정탐을 하고 구체적인 노선과 일군의 검열지점 등을 찾아보았다. 동시에 시라카와 요시노리白川義側의 사진과 일장기 한 장을 샀다.

나는 김구 대장 앞에서 죽음을 두려워하지 않는 결심을 내보였다. 왜냐면 나는 항일구국의 기회를 찾기 위해서 한국에서 상하이로 왔기 때문이다. 상하이에 와서 보아왔던 많은 애국지사의 영웅적인 업적은 나를 매우 고무시켰다. 특히 안중근 의사가 이토 히로부미를 저격한 자료를 본 이후 나는 며칠 동안 잠 못 이루며 반복해서 생각을 했다. 만일 내가 일본의 중요 우두머리를 사살할 기회를 갖는다면 정말 좋을 것이라 생각했다. 그 기회가 지금 찾아온 것이었다. 나는 내 자신의 꿈이 이제 곧 실현될 것 같아 매우 흥분되었다. 만일 조국의 독립을 위해 한 줄기 힘을 발휘할 수 있다면 죽어도 여한이 없다고 생각했다. 내가 이런 생각을 하며 여러 준비를 하고 있을 때 갑자기 김구 선생이 나를 찾았다.

"동해야, 상황이 약간 변했다. 윤봉길 한 사람만 가서 임무를 수행하는 게 좋을 것 같다."

"우리가 함께 계획을 세우지 않았습니까? 왜 다시 바뀌었습니까?"

나는 실망해서 반문을 했다.

"저는 모든 준비를 완료했습니다. 적들과 함께 죽을 겁니다."

"동해야, 너무 성급해 하지 마라. 앞으로 이러한 기회는 또 있다. 만약 이번에 너와 윤봉길이 함께 가 임무를 수행한다면 무척 불편하고 아마 번거로움이 따를 것이다. 왜냐면, 너는 일본어를 할 줄 모르잖니. 일단 공원 입구에서 막히면 이번 거사는 계획대로 실행될 수 없다. 설사 공원에 들어가더라도 폭탄 투척 이후 적들에게 체포되어 개별적으로 심문을 받으면 진술에 반드시 착오가 발생할 것이다. 그럴 경우 애국단 조직은 곧 바로 파탄을 맞을 것이다. 만약 윤봉길 한 사람이 가서 임무를 완성한다면 더 순조로울 것이다."

김구 선생은 급하게 설명해 주었다.

"저는 제 손으로 일본의 우두머리 몇 놈을 사살해 우리의 원한을 풀고자 합니다. 제가 평양에서 출발할 때 마음 속 깊이 이러한 결심을 했는데, 이처럼 좋은 기회를 그냥 놓쳐야 한다니요."

나는 정말 안타까운 마음을 털어놨다.

"앞으로 이러한 기회는 많이 있을 것이다. 너무 슬퍼하지 말고 상심하지도 마라. 나도 네 심정을 충분히 이해한다. 네가 애국단에 가입을 요청할 때 나는 네가 우리 민족 가운데 보기 드문 우수한 여성 청년이라는 것을 알았다. 원래 우리 애국단은 여성 단원을 받지 않는다. 하지만 너는 일반 여성과 다르기 때문에 나는 너를 받아들이기로 했다. 아마 앞으로 더 중요한 임무가 있거나 혹은 남성이 할 수 없는 임무가 있을 때 네가 꼭 필요할 것이다. 너에게는 아직 더 중요한 임무가 남아있다." 김구 선생은 나를 위로하는 한편으로 나를 격려해주었다.

나는 고개를 숙이고 깊이 생각해보니 김구 선생의 말도 매우 일리가 있었다. 왜냐면 윤봉길의 일본어는 매우 유창했기 때문이다. 비록 그는 넓은 이마, 튀어나온 광대뼈, 짙은 눈썹, 가르마를 탄 올백머리, 건장한 신체, 170cm이상의 키를 가진 전형적인 조선남자의 생김새였지만 양복으로 분장할 경우 일본인 같은 위엄이 있었다. 만약 조금 더 분장을 한다면 틀림없는 일본인이었다.

　　원래 윤봉길은 매일 같이 일본 군정요인 집에 채소를 배달했다. 이렇게 해서 홍커우 일본조계지 군정요인의 활동상황과 군사시설 등의 정보를 수집했다. 그 가운데 일본거류민회 회장, 일본사복경찰대 대장 카와바타河端는 중점 조사 대상이었다. 그는 또한 고춧가루를 프랑스 조계지 안에 있는 조선교민에게 판다는 핑계를 대고 한인애국단에 정보를 제공했다. 그는 평상시 간편한 일본식 복장을 입고 일본말을 했으며 수시로 홍커우의 일본조계지에서 나왔기에 조선교민들은 그가 일본인의 일을 거들어주는 줄 알았다. 그래서 교민들은 그가 일본인이 파견한 스파이로 의심해 모두 그와의 접촉을 꺼렸다. 그러나 그는 일본 당국의 정보를 수집하기 위해 모욕을 참아가며 개인적인 득실은 따지지 않았다. 이러한 방식은 그에게 더 편리한 조건을 제공했다. 심지어 많은 일본인들은 오히려 그와 더 친했으며 많은 사람들은 그가 조선교민이라는 것을 알지 못했다.

　‘천장절’ 3일 전인 4월 26일, 애국단은 윤봉길을 위한 임무 선언식을 거행했다. 윤봉길은 태극기 아래 서서 왼손에는 수류탄을 들고 오른손에는 권총을 잡고 장엄한 선서를 했다. 선서는 다음과 같다.

> “나는 적성(赤誠)으로써 조국의 독립과 자유를 회복하기 위하여
> 한인애국단의 일원이 되어 중국을 침략하는
> 적의 장교를 도륙하기로 맹세하나이다.”

선서인 윤봉길

대한민국 14년 4월 26일

선서를 마친 후 윤봉길은 가슴 앞에 선서문을 들고 동지들과 함께 기념사진을 찍었다. 당시 윤봉길은 조국의 독립과 자유를 위해, 일본침략자들을 소멸시키기 위해 조국을 위해 목숨을 바칠 마음의 준비를 끝마쳤다. 그는 일찍이 체포된 후에 조선의 혁명선열의 모습과 같이 목숨을 두려워하지 않음을 표시했다. 다음날, 한인애국단은 긴급조치를 내리고, 조직은 교외로 옮겨 홍커우 공원 사건의 진실에 관한 글의 초안을 작성해 애국단의 영향을 점차 확대했다. 나도 마랑로馬浪路의 어느 다락방에서 프랑스 조계지 어느 골목의 골방으로 이사를 했다. 한인애국단 단원들은 모두 그 중요한 순간을 기다리고 있었다.

홍커우 공원 사건

일본은 상하이 《매일신문》에 기사를 내어 홍커우 공원의 경축행사에 참가하는 모든 사람들은 모두 물병과 도시락과 일장기를 들고 오라고 했다.

윤봉길은 이미 양복을 입고 홍커우 공원에 가 한 차례 정탐을 했다. 이후 그는 나와 함께 부부로 위장해 한 차례 더 정탐을 했다.

"그날이 왔군요, 내가 어느 위치에 있으면 좋을까요?"

윤봉길은 내게 말했다.

"중간에 군대가 있고 뒤쪽은 너무 멀어요."

나는 잠깐 생각한 후 "앞쪽은 우두머리 자리의 정면이기 때문에 귀빈석의 오른쪽이 가장 좋을 것 같아요"라고 말했다.

이후 윤봉길은 다시 자신이 직접 가서 살펴보았다. 그리고 돌아와서 김구 선생에게 "제가 좋은 자리를 알아놨습니다. 만일 제가 정면에 서있고 총이 있다면 한 발에 시라가와를 쏴죽일 수 있을 겁니다."라고 말했다.

김구 선생이 "자넨 사냥꾼과 같은 기술은 없잖나. 시라가와는 움직임이 많아. 자네 명중할 수 있겠는가? 내가 보기에 자넨 수류탄을 사용하는 것이 좋을 것 같아. 자신 있는가?" 라고 하자 윤봉길은 조금도 주저함이 없이 "자신 있습니다."라고 대답했다.

"시라가와가 일어나면 바로 투척할 겁니다. 명중은 보장하니 안심하시기 바랍니다."

"그가 저쪽에 앉아 있다면 좋을 텐데. 수류탄을 사용하면 더 확실할거야."

김구 선생은 재차 강조했다. 그런 후 김구 선생은 서둘러 서문로 왕웅王雄: 한국인의 집에 가 그에게 상하이의 무기 공장 김식표金式驫 공장장을 찾아가서 물병과 도시락에 수류탄을 넣은 도시락을 제작해줄 것을 요청하라고 했다. 다음 날, 김구 선생은 직접 공장에 가서 기술자와 함께 한 차례 시험을 했는데 효과가 매우 좋았다. 폭탄을 만든 기술자는 다음과 같이 말했다.

"지난번 이봉창이 도쿄에 가서 수류탄의 위력이 크지 않아 천황을 폭살하는 데 실패했습니다. 이 때문에 이번에서는 반드시 미리 시험을 해봐야 합니다."

1932년 4년 29일 이른 아침, 수만 명의 상하이 주재 일본인이 각양각색의 새 옷을 입고 물병을 어깨에 메고 도시락과 일장기를 손에 들고는 홍커우 공원으로 모여들었다.

사건 발생 후 김구 선생이 내게 한 말에 따르면, 이날 새벽 김구 선생과 윤봉길은 일체의 준비를 마치고 홍커우 공원으로 향했다고 한다.

김구 선생은 승용차 한 대를 빌려 차를 몰고 홍커우 공원에서 멀지 않은 곳에 정차했고 두 사람은 차에서 내렸다. 차가 떠난 후 그들은 조용한 구석을 찾아갔다. 두 사람의 모습은 매우 엄숙했다. 김구 선생은 두 개의 수류탄을 윤봉길에게 주었다. 하나는 도시락폭탄, 다른 하나는 물병폭탄을 주었다. 그리고 낮은 소리로 작별을 고했다.

"자넨 곧 나라를 위해 목숨을 바칠 걸세. 이건 조국의 광복을 위해서야. 민족의 자유를 위해 이렇게 하는 것일세. 자네의 행위는 영웅의 장거일세. 자네의 애국정신은 세상에 길이길이 남을 걸세."

김구 선생은 윤봉길의 손을 꽉 쥐면서 "이제 우리는 곧 작별을 할 걸세. 마지막으로 한 마디만 한다면, 우리의 원수는 왜놈일세. 오늘의 거사는 절대 신중해야 하네. 왜놈 이외의 각국 인사들에게는 절대 피해를 주면 안 되네. 여기 두 개의 수류탄 가운데 하나는 적의 장수를 죽이고 다른 하나는 자네를 위해 쓰기 바라네"라고 말했다.

윤봉길은 "반드시 선생님의 말씀에 따라 행동하겠습니다. 선생님도 국가를 위해 몸을 아끼시고 끝까지 투쟁해주시길 바랍니다." 라고 대답했다.

"조만간 자네와 구천에서 만나자구만."

김구 선생은 말을 하면서 윤봉길의 손을 꽉 움켜쥐었다. 뜨거운 눈물이 흘러내렸다. 윤봉길은 자신의 귀중한 손목시계를 김구 선생에게 건네며 김구 선생의 그 헌 손목시계를 달라고 했다. 윤봉길은 "한 시간여 후면 쓸모가 없습니다"라는 말을 마치고 바로 떠났다.

당시 일본 경찰의 경비는 전례 없이 삼엄했다. 홍커우, 자베이閘北, 장후江湖 일대 모두는 경비선 이내였다. 비행기, 탱크, 장갑차, 대포, 기관총 등 중형무기가 없는 곳이 없었다. 또한 수천 명의 완전무장한 보병과 기마병이 홍커우 공원 내외를 순찰했다.

한인애국단의 소식에 따르면, 이번 경축행사에 참가한 주요 인물은 사령관 시라가와白川 대장으로, 그는 검열관이었다. 총지휘는 제9사단장인 우에다植田 중장이고 참모장은 타시로田代 소장이었다. 이와 함께 상하이 주재 각국 공사, 총영사, 영사 및 외국 무관 등을 초청했다.

원래 김구 선생은 내가 다른 사람의 의심을 살까봐 홍커우 공원에 들어가지 말라고 했다. 하지만 나는 윤봉길이 공원에 들어갈 때 돌발 사태가 발생하지 않을까 걱정했다. 나는 아침 일찍 공원 입구에서 좀 떨어진 곳에 도착했다. 그곳에서 입구의 상황을 볼 수 있었다. 나는 사람들이 홍커우 공원으로 밀물처럼 몰려오는 것을 보았다. 대부분 일본인이었다. 일장기를 들고, 어깨에 물병을 멘 채 도시락을 들고 모두 즐거워하고 있는 표정이었다. 그밖에 많은 외빈들이 공원으로 들어갔다.

나는 윤봉길이 양복을 입고 어깨에 군용 물병을 메고 손에는 납제 도시락을 들고 의젓하게 일본사람 가운데 서 있는 것을 보았다. 일본 경비는 그가 한국인이라는 것을 알아채지 못했다. 그는 아무 장애 없이 홍커우 공원 식장으로 들어갔다. 식장에는 만여 명의 일본교민이 모여 있었다.

먼저 검열식이 진행됐다. 나는 군악대가 연주하는 행진곡을 들었다. 이후 다시 어떤 사람의 개막축사를 들었고 이어서 다시 다른 사람의 연설을 들었다. 다음은 군악대의 반주에 맞춰 모두 국가를 불렀다.

나는 윤봉길이 순조롭게 공원에 들어가고서야 약간 안심했다. 그러나 여전히 그의 상황에 대해 마음이 조마조마했다. 얼마 지나지 않아 가랑비가 내렸다. 이후 비는 점점 굵어졌다. 나는 공원 내 많은 사람들이 우산을 펴고 밖으로 나가는 것을 보았다. 나도 이 기회를 틈타 홍커우 공원을 떠났다.

11시가 조금 지났을 때, 나는 많은 소형 승용차가 움직이는 것을 보았다. 경축행사에 참가한 각국 대사관 손님들이 식장을 떠나고 일본인만 남아 각종 경축 행사를 하는 것으로 생각했다. 나는 윤봉길이 곧 폭탄을 투척할 것으로 생각했지만 그가 안에서 안전한지, 내가 바래다 준 지점에 서 있는지 알지 못했다. 내가 이런 생각을 하면서 걷고 있을 때 천지가 진동하는 거대한 소리를 들었다. 나는 깜짝 놀라 정신을 차리고 걸음을 재촉해 경비구역을 벗어나 서둘러 집으로 돌아왔다.

이 홍커우 공원 폭발 사건은 대 상하이를 뒤흔들었으며 나아가 세계를 놀라게 했다. 사건이 발생한 후의 소문에 따르면 이 폭발 사건으로 인해 일본인들은 감전이라도 된 듯 어찌할 바를 몰랐다고 한다.

이 소식은 빠르게 퍼졌다. 윤봉길의 의거는 '1·28사변' 이후 새로 온 일본 당국의 중요 군정관원을 살상했다. 상하이 일본거류민 단장이자 일본 사복부대 대장인 카와바타河端는 폭탄에 맞아 거의 공중으로 떠올랐다. 그는 상하이지구 일본인 원흉으로 삼우실업三友實業 공장의 방화 살인사건의 일급 범인이었다. 2월 27일 전근해 온 일본군 총사령 시라가와白川 대장, 2월 7일 증파되어 온 일본 제3함대 사령관 노무라野村 중장, 2월 13일 증파되어 온 일본 사령관이자 최고 정예부대인 제9사단의 사단장인 우에다植田 중장, 그리고 일본 주중 공사인 시게미쓰重光葵, 주 상하이 총영사 무라이村井, 민단서기장 토모노友野 등은 모두 긴급히 푸민福民의원에 보내졌고 그곳에서 다 받지 못한 부상자들은 다른 병원으로 보내졌다.

홍커우 공원에서 경축행사가 거행된 그날 오전 11시 30분에 일본 총영사관에서도 경축초청행사가 거행됐다. 이 초청행사에는 영국, 미국, 프랑스, 이탈리아, 체코, 폴란드, 쿠바 등의 공사와 총영사, 영사관 직원이 참가했다. 무라이 총영사는 원래 홍커우 공원의 의식을 마치고 바로 영사관으로 돌아와 초청행사를 주재할 계획이었다.

각 국가 사절들은 시간에 맞춰 총영사관에 도착했다. 그러나 무라이, 시게미쓰, 시라가와와 노무라 등 요인들은 나타나지 않았다. 각국 사절들이 기다리다 지쳐있을 때, 한 외국 무관이 홍커우 공원에서 가져온 폭발소식을 전했고 모두는 깜짝 놀랐다. 중국의 상하이 시장은 서둘러 식장을 떠났다.

각국 사절과 기자들은 이 사건을 자신의 국가에 긴급히 타전했다. 이처럼 홍커우 공원 사건은 전 세계를 놀라게 했다. 마침 제네바에서는 군축회의가 열리고 있었다. 동아시아 문제를 위해 회의에 출석한 정치가들도 큰 충격을 받았다. 어떤 사람들은 세계대전이 발발하지 않을까 걱정했다.

임시정부 사람과 각국 외교관, 그리고 기자들 사이에 모두 왕래가 있었고 몇몇은 관계가 무척 가까웠기 때문에 이 소식은 신속히 임시정부의 주요 지도자들에게도 전달됐다. 애국단원인 나로서도 당연히 매일같이 이 소식을 기다렸으며 윤봉길의 상황에 대해 걱정했다. 그러면서도 병원으로 후송된 일본 군정요인이 몇 명이 죽었는지 궁금했다. 이 때문에 나는 매일 신문을 아주 주의 깊게 읽었으며 관련 내용의 신문은 스크랩해서 남겨두었다.

사건이 발생한 다음날, 즉 4월 30일, 난징의 《중앙일보》는 다음과 같이 보도했다.

[중앙社 상하이 29일 오후 2시 로이터통신] 일본 시라가와 대장, 우에다, 일본 주중 공사 시게미쓰, 주 상하이 총영사 무라이와 그 외 일본인 한 명은 오늘 정오 홍커우 공원에서 거행된 일황 생일 경축행사에서 한 한국인이 투척한 폭탄에 맞아 부상을 입었다. 시게미쓰와 무라이는 중상을 입었는데, 전하는 소식에 따르면 생명이 위험하다고 한다. 시라가와 대장과 우에다는 상태가 매우 좋지 않다고 한다.

열병식 거행 후 군대의 열병무대는 이미 떠나고 일본 소학교 학생들이 홍커우 공원에 줄지어 들어와 총영사 무라이의 강연을 들었다. 무라이는 임시 열병무대 위에 서 있었고 무대 위에는 시라가와 대장, 우에다, 시게미쓰와 다른 일본인 한 명이 있었다. 무라이의 강연이 반쯤 지날 때 열병무대 뒤 관중 중에서 갑자기 한 명의 한국인이 열병무대 위에 폭탄을 투척했다. 이 폭탄은 무대 정중앙에서 폭발했다. 무대 위에 있었던 사람들은 모두 부상을 입었다. 그 가운데 시게미쓰와 무라이가 가장 큰 부상을 입었다. 무대 아래의 관중들은 그 한국인을 붙잡아 무자비하게 구타했다. 군대가 와서 포박을 할 때 이 한국인은 이미 초연한 상태였다.

[상하이 29일 오후 2시 35분 로이터통신] 오늘 정오 폭탄투척으로 시라가와, 시게미쓰, 우에다와 무라이에게 큰 부상을 입힌 한국인은 심문을 거친 결과 이름은 윤봉길, 연령은 25세인 것으로 알려졌다. 현재 일본 사령부에 구금되어 있다. 상하이의 각 라디오 방송국은 이 소식을 시시각각으로 보도하고 있으며 각 신문사도 모두 호외를 발행했다. 근 몇 년 동안 상하이에서 가장 놀랄만한 소식이다. 상하이의 공기는 한

순간에 팽창되었는데 이는 1월 28일 중일전쟁 발발 시의 상황과 같다. 홍커우 공원은 일본군에 의해 봉쇄돼 출입이 금지됐다. 일본군은 홍커우 공원 내 수만 명의 관람객에 대한 삼엄한 조사를 실시했다.

[상하이 29일 오후 3시 45분 통신] 오늘 오전 군정요인 및 민중 수천 명이 홍커우 공원에서 천장절 경축행사를 거행할 때 갑자기 한국인 한 명이 폭탄을 던졌다. 시라가와의 머리와 몸, 우에다의 다리, 노무라의 머리, 시게미쓰와 무라이는 다리에 중상을 입었다. 일본군은 즉각 공원을 포위해 식장의 군중과 관람객 등을 수색했다. 폭탄을 투척한 한국인은 체포되었다. 현재 공원 주위는 통행이 금지됐다.

[중앙社] 상하이 주재 일본거류민은 오늘29 오전 11시 홍커우 공원에서 일황의 천장절 경축행사를 거행했다. 일군 시라가와 대장, 우에다 사령관 및 일본 공사 시게미쓰, 일본 총영사 무라이 등은 한 한국인에 의한 폭탄테러를 당했다. 외교부 차장은 이미 특전을 쳐 왕汪 원장과 뤄羅 장관에게 보고했고, 북경 주재 일본 영사관에 상황을 묻는 동시에 일본해군 방면의 상세한 보고를 받았다.

[중앙社 상하이 29일 오후 10시 로이터통신] 오늘 정오 홍커우 공원에서 시게미쓰, 시라가와, 우에다, 무라이에게 큰 부상을 입힌 한국인 윤봉길은 프랑스 조계지의 한 세탁소의 점원이었고 작년 8월에 동베이 3성의 간도에서 상하이로 온 것으로 밝혀졌다.

[중앙社 상하이 29일 오후 10시 반 로이터통신] 일본 천장절, 관례대로 상하이 주재 일본영사관은 각국 손님을 초대해 다과회를 열고 축하를 받았다. 올해에는 특히 화려해, 다과회뿐만 아니라 열병식을 거행했다. 29일 새벽, 상하이 북쪽의 홍커우 공원에 일본교민들이 날도 밝기 전에 떠들썩하게 모여들어 경축행사에 참가했다. 장완로江灣路 일본해병대 사령부의 전망대에는 커다란 일장기가 게양되어 있었다. 무장한 일본해병대가 출동해 전차와 버스의 통행을 금지하고 중국사람 또한 통행을 금지해 교통을 단절시켰다. 홍커우 공원 안에는 만국기와 색종이 등이 가득 걸려있었고 북쪽에는 지휘대가 설치되어 있었다. 참가한 군대는 제9사단 기관총부대, 기병대, 보병대, 야포대, 치중輜重대 등 6천여 명이었고, 해군장갑차 6대, 오토바이부대, 구호차부대 등 3천여 명이었다. 또 헌병대가 천여 명으로 이들을 모두 합하면 약 만여 명에 육박했다. 그 외 해병장갑차 14대와 기병대가 선두에 서고 사방에는 무장순찰대가 더욱 밀착해 호위하고 있었다. 시라가와 일행은 4대의 차량으로 나눠 탔다. 첫 번째 차량에는 시라가와 자신이 타고, 두 번째 차량에는 무장순검, 세 번째 차량에는 시라가와의 수행원과 참모장, 네 번째 차량에는 공부국工部局의 외국 국적의 무장경찰이 탔다. 이번 포탄 투척자는 한국인으로 확인됐다.

[중앙社 상하이 29일 통신] 29일은 일본천황의 탄신일이다. 오전 9시에 일본군과 교민은 모두 홍커우 공원에 모여 경축하고 열병식을 거행했다. 11시 반경 열병식이 끝나갈 무렵, 무리 가운데 한 명이 단상을 향해 커다란 폭탄을 투척해 즉각 폭발했다. 가와바타일본거류민 단장는 복부

에 부상을 입어 내장이 밖으로 튀어나와 생명이 위독한 상태다. 시게미쓰는 허리와 상부 허벅지에 심한 부상을 입어 오른쪽 다리를 절단했다. 노무라는 왼쪽 눈에 부상을 당해 동공이 튀어나왔고, 시라가와는 왼쪽 목과 다리에 부상을 입었으며, 우에다는 오른손에 부상을 당했고 무라이는 오른쪽 다리와 복부에 심한 부상을 당했다. 부상당한 사람들은 즉각 해군병원으로 후송됐다. 현장에서 붙잡힌 살인범 윤봉길은 한국인이며 25세였다. 그는 일본 헌병사령부로 압송되어 심문을 당했으며 숨김없이 사실을 인정했다. 한국인 혐의자가 여러 명일 것으로 의심된다.

[중앙社 상하이 29일 오후 4시 로이터통신] 오늘 현장에서 시게미쓰·무라이·시라가와·우에다 등의 피폭을 목도한 사람들의 말에 따르면, 폭탄이 터질 때 일시에 질서가 무너져 버렸다고 한다. 그러나 10분 안에 일본 군대는 3리 주변의 땅을 완전 포위하고 이 지역 내에 있는 사람을 모두 엄밀히 조사 및 심문한 후 석방했다.

열병식장의 관중들이 모두 놀라 자빠진 것을 보면 그 폭탄의 위력을 알 수 있다. 일본 신문기자 한 사람은 사진을 찍다가 이마에 부상을 입었다. 일본공사 시게미쓰는 폭탄에 맞아 반쯤 공중에 떠올라 '바람 속의 나뭇잎'처럼 바닥에 떨어졌다. 그는 피를 철철 흘리면서 신음소리를 냈다. 총영사인 무라이의 얼굴이 피로 범벅이 되어 입과 눈을 분간할 수 없었다. 우에다의 한쪽 겨드랑이는 전부 폭탄에 날아가 버렸다.

관람객 가운데에는 다행히도 일본에서 새로이 상하이에 온 여러 간호사들이 있었다. 그들은 열병무대로 다가가 부상자들에게 긴급 수술을 실시했다. 15분 후 부상자들은 차에 실려 병원으로 후송됐다.

[상하이 29일 오후 5시 로이터통신] 일본 해군사령관 노무라의 한쪽 눈이 폭탄에 맞아 애꾸가 되었다. 의사의 말에 따르면, 일본공사 시게미쓰는 한쪽 다리를 절단해 최소 병원에서 3개월에서 4개월은 입원해야 한다고 한다. 상하이 주재 일본교민회장 가와바타는 부상이 심해 생명이 위독한 상태이다.

홍커우 공원 사건 이후, 신문과 라디오의 뉴스보도 이외에 각양각색의 소문이 상하이의 거리와 골목 곳곳에 전해지면서 세계를 놀라게 한 이 대사건에 대해 설왕설래했다. 사람들은 심지어 제3차 세계대전이 발생하지 않을까 걱정했다.

시라가와 대장의 죽음

홍커우 공원 사건과 관련된 소문에 대해 사람들의 의견이 비등비등할 때, 나 또한 안심하고 집 안에만 있을 수 없어 수시로 임시정부에서 소식에 정통한 사람을 찾아가 소식을 들었다.

사건 발생 후 부상자들은 모두 신속히 각 병원으로 후송되었다. 보도에 따르면, 시게미쓰와 가와바타 등은 푸민福民의원에 후송되었다고 한다. 부상자는 너무 많은데 간호인원이 적어 시게미쓰는 이시자키石崎 부인이 대신 간호를 했다. 원래 이시자키는 상하이에 몇 년 동안 근무하면서 목장을 경영했다. '1·28사변'이 발생한 후 얼마지 않아, 가족 모두는 공사 관저로 피난을 와 시게미쓰와 같은 구역에서 살았다. 시게미쓰가 폭탄을 맞고 쓰러진 후 이시자키 부인은 사람들에게 시게미쓰의 혁대를 풀라고 하고 양쪽 다리의 상부를 꼭꼭 묶어 심각한 출혈을 막았다.

시게미쓰가 푸민의원에 후송되었을 때 그곳에는 이미 많은 사람들이 후송되어 있었다. 무라이 총영사는 다리가 심하게 찢기어 있었고 총영사의 한 여성 타자수는 눈에 부상을 입어 한쪽 눈을 잃었다. 어떤 사람은 후송된 이후 부상이 심각해 응급조치에도 효과가 없어 사망한 경우도 있었다.

시게미쓰의 크고 작은 상처부위는 허리 아래 부위였고 다리에는 성한 곳이 하나도 없었다. 병세가 매우 위독해 의사도 거의 손을 쓸 수가 없었다. 기초적인 검사 결과 상처부위는 160여 곳에 달했다. 당시 푸민의원의 원장인 톤구頓宮 박사와 주치의인 해군소좌 군의관인 가와구치川口도 손을 쓸 수가 없어 일본 내 고명한 의사를 불러야 했다. 며칠간 고열이 내리지 않자 의사는 폐혈증이 아닌지 의심했다.

4월 29일 오후를 시작으로 푸민의원에 사람들의 왕래가 끊이지 않았고 신음소리도 그치지 않았다. 그 가운데에서도 신음소리가 가장 심했던 인물은 거류민 단장이었던 가와바타였다. 그는 폭발 당시 거의 반쯤 공중으로 떠올랐다가 떨어져 복부가 파열되고 창자가 모두 흘러나왔다. 병원에 후송된 이후에도 신음소리가 그치지 않았으나 의사들도 속수무책이었다. 다음날 아침 신음소리는 들리지 않았다. 이미 황천길로 갔기 때문이었다.

시라가와 대장은 얼굴에 부상을 입었는데 의사의 검사 결과 온몸에 박힌 큰 파편은 204개, 작은 파편은 무수히 많다는 것을 발견했다. 의사는 속수무책이었고 신음소리는 그치지 않았다. 고열이 내려가지 않아 일본 내에서 파견되어 오는 고명한 의사의 집도를 기다릴 수밖에 없었다.

'1·28사변'폭발 이후, 상하이에서 가장 큰 권리를 가지고 있었던 영국은 이번 사태를 예의주시하고 있음을 표시하고, 영국의 중국 주재 함대사령관 케리 대장과 상하이 주재 총영사인 프레난은 시게미쓰를 병문안했다. 이후 영국공사 램슨, 미국공사 요한슨, 프랑스공사 윌딩과 이탈리아 대리공사 치아노 등이 속속 상하이에 도착했다. 각국은 상하이사태의 변화에 대해 극도의 관심을 표시했다.

1932년 2월 13일, 상하이에 도착한 일본 육군의 주력인 우에다의 제9사단은 상하이와 우쑹吳淞 사이에서 전열을 가다듬고 중국 군대를 향해 군사행동을 실시했다. 하지만 중국 제19로군의 완강한 저항에 부딪혔다. 육군 참모장으로 임명된 다시로田代는 시게미쓰에게 병력이 충분하다고 장담했으나, 시게미쓰는 반드시 충분한 병력으로 단시간 내에 상하이를 점령하고, 황푸강과 양쯔강 사이의 광대한 중국 군대를 소멸시켜야 한다고 판단했다. 이를 위해서는 한 개 반 사단의 병력으로는 절대적으로 부족했기에 국내에서 증원부대를 파견해 주기를 희망했다.

일본 정부는 2월 23일 내각회의에서 제11, 제14 두 사단의 파견을 결정했다. 그리고 파견 전에 육군대신 시라가와 대장을 전군의 총사령관으로 임명했다. 그는 3월 1일 여명 전에 상하이에 도착해 군함에서 총공격령을 내렸다. 총사령부는 쑹후淞滬: 쑹장과 상하이 사이의 중팡鍾紡 사무소에 위치했다. 시게미쓰는 즉각 시라가와를 찾아가 위로했다. 시라가와는 스게미쓰에게 천황의 훈시를 전달했고 시게미쓰는 동의를 표했다.

일본침략자의 목적은 막대한 병력을 사용해 최단 시간 내, 그리고 가장 빠른 속도로 상하이 중심의 광대한 지역을 점령하는 것이었다. 즉, 3월 3일 국제연맹대회의 '1·28사변'에 관한 회의 개최 이전에 상하이를 중국 침략의 교두보로 삼는 것이었다. 일본은 제네바의 국제연맹회의에서 일본을 침략자로 규정하고, 이로써 일본에 대해 제재하는 것을 걱정했다.

일본은 비록 상하이를 점령하고 주요 지구를 통제해 목적을 달성했지만, 일본 내 전쟁 미치광이들은 전보를 보내 시라가와에게 타이후太湖로 진격할 것을 명령했다. 시라가와는 '진군'과 '정전'사이에서 주저했지만 자신감을 가지고 중국 군대에 대한 공격의 속도를 높였다. 시라가와는 일개 무사여서 교활한 시게미쓰의 정치음모를 완전히 이해할 수가 없었다. 시게미쓰는 달변가인 미스오카松岡의 도움으로 늘 시라가와를 설복해왔다. 미스오카는 시게미쓰에게 "시라가와는 우둔하기 때문에 그를 이해시키는 것은 쉽지 않다."고 말했다. 교활한 시게미쓰는 상하이와 제네바 간 7시간의 시차를 충분히 이용해 국제연맹대회 개최 전에 일본군은 이미 정전했다는 전보를 보냈다. 그러나 시라가와 대장의 정전 명령은 아직 부대에 하달되지 않았다.

시라가와 대장과 시게미쓰는 위험이 경각에 처해있었지만 그들은 여전히 전쟁 과정을 조종했다. 3월 5일에 이르러, 시게미쓰는 '평화'의 사자라는 이름을 빌러 정전협정에 서명을 했다. 중국 대표인 궈타이치郭泰祺는 병상에서 서명을 했는데, 이는 그가 애국학생들로부터 구타를 당하고 입원했기 때문이다.

일본 천황과 황후는 나가타永田鐵山 육군 소장을 보내 시라가와 대장과 시게미쓰를 위문했다. 일본 정부는 또한 일류 의학박사인 큐슈제국대학의 고토后藤를 '다쓰다龍田'호 군함에 태워 사세보佐世保항에서 가장 빠른 속도로 상하이에 보냈다. 그러나 그들의 생명을 구할 수는 없었다.

마지막으로 시게미쓰는 오른쪽 다리를 절단하고 평생 절름발이가 되었다. 시라가와 대장은 고토 박사가 전심전력으로 구급조치를 하고 수술도 했으나 침략자가 받아야할 대가를 벗어날 수 없었다. 그는 폭탄으로 부상을 입은 후 한 달이 안 된 5월 26일 사망했다.

1945년 9월 2일, 일본 도쿄만의 미국 군함 미주리호 갑판 위에서 진행된 항복문서 서명의식에 참석한 일본 정부 측 수석대표는 외교대신인 시게미쓰였다. 그가 절뚝거리며 서명대로 나아갈 때 각국 대표들은 자연스레 1932년 4월 29일 상하이에서 세상을 놀라게 한 '홍커우공원 사건'을 떠올렸다.

길이 남을 영령

임시정부에서 전한 소식에 따르면, 윤봉길 수중의 도시락폭탄은 일본군정요인이 모인 장소에 정확히 명중해 일제에 의해 희생된 조국 동포의 원수를 갚아주었다. 그는 수류탄이 폭발한 후 소리 높여 "대한독립만세!"를 외쳤다. 영사관의 경위와 경찰은 즉각 쫓아왔고 서장인 하나사토花理初太朗가 직접 지휘를 했다.

"흉악범을 절대 놓치면 안 돼! 꼭 잡아서 처치해."

폭발로 부상을 입고 차에 실린 시게미쓰는 그들에게 엄숙히 명령했다.

윤봉길은 수 없이 밀려드는 총부리와 마주했지만 조금도 두려워하지 않았고 순순히 체포에 응했다. 그가 체포된 후 일본인은 심한 고문을 자행하면서 누가 시켰는지 자백하라고 강요했다. 하지만 윤봉길은 본인의 이름만을 말하며 자신이 원해서 했다고 말했다. 계속 반복되는 심한 고문에도 불구하고 윤봉길은 어떤 말도 하지 않았다.

'홍커우 공원 사건' 이후 나는 종종 윤봉길이 김구 선생에게 임무를 간청한 장면이 생각나곤 했다. 그것은 불과 얼마 전의 일이었다.

"저는 상하이에 와 공장에서 일을 했습니다. 돈을 벌기 위해서가 아닙니다. 저는 일본 관원의 집에 가 채소를 팔았습니다. 이것도 돈을 벌기 위해서가 아닙니다. 그것은 정보를 얻거나 기회를 틈타 적들을 암살하기 위해서였습니다.”

윤봉길은 김구 선생에게 자신의 본심을 명확히 밝혔다. 김구 선생은 미소를 지으면서 고개를 끄덕였다.

“앞으로 만약 요요키 광장에서 그러한 기회가 또 있다면 반드시 저에게 맡기십시오. 제가 틀림없이 임무를 완수할 것입니다.”

윤봉길은 무척이나 진지하게 “저는 절대로 선생님을 실망시키지 않겠습니다. 조국을 위해 이 몸을 바치겠습니다. 죽어도 여한이 없습니다.”라고 말했다.

“나도 지금 그러한 기회를 기다리고 있고 암살 대상을 찾고 있다.”

김구 선생은 윤봉길에게 깊은 신뢰를 보이며 “만일 기회가 생긴다면 반드시 너를 우선 생각하겠다.”고 하였다.

‘1·28사변’ 이후 김구 선생은 나와 윤봉길을 홍커우 지역과 황포 강변의 부두에 보내 일본 군대의 군용 창고를 정탐하고 적당한 시기에 폭파하도록 했다. 나와 윤봉길은 어떻게 이번 임무를 완수할 것인가에 대해 여러 차례 논의했다. 이후 장제스를 대표하는 궈타이치가 일본 공사 시게미쓰와 정전회담을 하게 되어, 이 계획은 행동으로 옮기지는 못했다.

우리 세 명이서 실행계획에 대해 토론하던 날들을 생각해보면, 윤봉길은 항상 이야기꽃을 피웠고 죽음을 조금도 두려워하지 않는 모습이었다. 그의 그런 모습이 지금까지도 마치 그가 살아 있는 듯 눈에 선하다.

어느 날 윤봉길과 함께 다시 김구 선생을 찾아갔던 기억이 난다. 그때 김구 선생은 윤봉길에게 엄숙하게 말했다.

"일본인들이 이번 '1·28사변'에서 승리해 몹시 기뻐서 득의양양하고 있다. 또한 4월 29일 천장절에 경축행사를 개최하려고 한다. 우리 애국단에서 사람을 파견할 계획이다. 단, 목적은 일본군정요인 몇 사람을 암살하는 것이다. 네가 갈 수 있겠냐?"

"제가 이전에 말한 것처럼 반드시 제가 가서 하겠습니다. 결코 후회하지 않을 것입니다. 결코 후퇴하지 않을 것입니다. 선생님, 저를 믿어주세요."

윤봉길은 단호하게 응답했다.

그때 나도 참가하는 것으로 결정됐다. 나는 모든 마음의 준비를 마쳤고 조금도 두려움이 없었다. 비록 이번 행동은 생환 가능성이 없다는 것을 알았지만 우리는 조국의 독립을 위해 자신의 생명을 바치는 것이 매우 영광스럽고 가치가 있다는 것을 알고 있었다. 내가 중국에 온 목적도 이루게 되는 것이다. 한 가지 아쉬운 점은 우리 어머니께서 나의 이런 용감한 혁명 활동을 못 본다는 것이었다.

나는 김구 선생에게 나중에 나의 상황에 대해 우리 오빠에게 알려줄 것을 부탁했다. 나는 전부터 몇 차례 우리 오빠 소식에 대해 물어봤지만 모두 허사였다. 나는 내가 오빠들의 가르침을 결코 저버리지 않았다고 생각했다. 나는 명실상부한 애국자가 되고 싶었다.

윤봉길은 계속해서 말했다.

"선생께서 저를 알아주셔서 고맙고 저를 애국단에 가입시켜주셔서 고맙고 저를 믿고 이처럼 중대한 사명을 맡겨주셔서 고맙습니다. 이번

일은 제게도 정말로 큰 영광이자 행운입니다. 전 한없는 자긍심을 느낍니다. 전 선생님을 정말로 존경합니다. 선생님의 명성을 이전부터 들어왔습니다. 선생님께서 가고 있는 항일구국의 길은 옳은 길입니다. 제가 비록 조국의 독립을 위해 세상이 놀랄 만큼의 큰일은 못할지라도 몇 명의 일본인을 직접 사살한다면 저는 죽어도 원이 없을 것입니다.”

윤봉길은 말을 마치고 다시 김구 선생을 향해 큰 절을 올렸다.

“보아하니 내 안목이 정말 틀리지 않았구나.”

김구 선생은 만면에 웃음을 띠며 우리에게 “우리는 흔히 ‘혜안’이 영웅을 알아본다고 말한다. 오늘 보아하니 너희들이 한국인의 진정한 영웅이다. 너희들이 한국인의 자랑이다. 너희들이 한국인의 희망이다.”라고 말했다. 나와 윤봉길은 약속이나 한 듯 말했다.

“보아하니 선생님의 눈이 ‘혜안’이십니다.”

우리들은 모두 큰 소리로 웃었다.

“동해야”

김구 선생은 웃음을 멈추고 내게 말했다. “당초 나는 너를 공산주의자로 알고 너를 한인애국단에 받아들이려고 하지 않았다. 더욱이 네가 여성이기도 하고. 그런데 지금 보니 내가 받아들인 게 옳았다. 본디 너는 대단한 여자 호걸임에 틀림없다. 앞으로 우리 역사에서 걸출한 한 명의 여걸이 추가될 것 같다!”

“공산주의가 뭐가 나쁜가요?”

나는 반농담식으로 말했다.

“저는 바로 조선공산당원입니다. 저는 조선공산당에서 상하이에 가서 지하활동을 하라고 파견했습니다. 두 분께서는 아직 모르고 계셨

나요? 사실 공산당도 나라를 사랑합니다. 중국공산당에도 '개잡이대打狗隊'가 있지 않습니까? 그들은 모두 일본인의 간담을 서늘하게 만듭니다!"

"아! 네가 여성 공산당원이었니? 언제 가입했는데?"

윤봉길은 눈을 크게 뜨고 매우 놀란 듯 내게 물었다.

"동해는 애국주의자다. 내가 동해를 관찰해봤다. 사실 공산당도 항일조직이다."

이어서 김구 선생은 엄숙하게 말했다.

"너희 둘이 부부로 위장하되 절대 노출시키면 안 된다. 안 그러면 모든 일이 물거품이 되고 말 것이다."

"그건 전적으로 동해한테 달렸습니다."

윤봉길은 나를 가리키며 김구 선생에게 말했다.

"동해가 좀 더 친하게 연출한다면 결코 실수는 없을 겁니다."

"지금이 어느 때인데 농담을 하시나요."

나는 얼굴을 붉히며 윤봉길을 한번 쳐다봤다. 윤봉길은 다시 내게 말했다.

"우리 가짜부부는 저승에 가면 진짜 부부가 될 겁니다. 하하하……."

나는 바로 반박하며 말했다.

"잊지 마세요. 당신은 아내가 있는 사람입니다. 애도 둘이나 있고요."

김구 선생은 여전히 무척 엄숙하게 우리 둘에게 간곡하게 말했다.

"무슨 중요한 말이 있거든 내게 말해라. 또 무슨 일이 있거든 내게 맡기 거라."

이렇게 말하고 김구 선생은 우리를 바라봤다. 윤봉길은 웃음을 거두고 무척 진지하게 김구 선생께 말했다.

"사실 저는 충청도 사람입니다. 선생님께서도 아실 겁니다. 우리 충청도 사람은 다른 사람에게 지배당하는 것을 좋아하지 않습니다. 저는 선생님을 정말 존경합니다. 선생님께서 하시는 모든 일은 우리 조국의 해방을 위한 것입니다. 그래서 저는 선생님의 지휘를 따르고자 합니다. 조국의 독립과 자유를 위해 저는 기꺼이 뜨거운 피를 뿌리겠습니다."

말을 마친 후 윤봉길은 주머니에서 종이 한 장을 꺼내 김구 선생에게 건네 드렸다. 김구 선생은 그것을 읽은 후 다시 내게 건네주었다. 나는 그것을 건네받아 읽어본 후 그것을 베껴두었다. 종이 위에는 시 한 수가 있었다. 그 내용은 다음과 같다.

"높이 솟은 저 푸른 산은 만물을 길러내고(巍巍靑山兮, 載育萬物)

아득히 먼 저 푸른 소나무는 늘 변함이 없으니(杳杳蒼松兮, 不變四時)

벌거벗은 저 봉황은 천 길을 나는구나.(濯濯鳳翔兮, 高飛千仞)

세상은 모두 혼탁한데 선생 홀로 푸르고(擧世皆濁兮, 先生獨淸)

늙어서도 선생의 의기는 충만하니(老當益壯兮, 先生意氣)

누워서 때를 기다리는 선생의 뜻 붉도다.(臥薪嘗膽兮, 先生赤誠)"

내가 다 베껴 쓰고 나자 김구 선생은 그것을 잘 접었다.

이후 김구 선생은 갑자기 계획을 바꾸어 윤봉길 혼자 가서 시라가와 대장을 암살하라는 임무를 부여했다. 윤봉길은 비록 한인애국단에 가입한지 오래되지는 않았지만 김구 선생은 일찍부터 그를 관찰해왔었다. 윤봉길은 확실히 신뢰할만한 훌륭한 청년이었다. 그는 자신의 조국을 매우 사랑했고 그가 상하이에 온 목적도 조국에 충정을 다 바치기 위해서였다. 그는 의지가 강한 애국청년이었다.

한번은 김구 선생이 내게 윤봉길에 대해 말한 적이 있다. 윤봉길은 1908년 한국의 충청남도 예산군 덕산면 시량리에서 출생했다. 어릴 때 무척 총명해서 주변의 마을사람들은 모두 그를 신동이라 불렀다. 그는 어릴 때부터 반항정신을 가졌다. 그는 결코 맹목적으로 순종하지 않았고 늘 도리에 맞게 자신의 의견을 주장했다. 또한 논쟁을 할 때는 바로 시비곡직을 가렸다. 그는 친구들과 편을 나눠 놀이를 할 때, 상대방은 늘 일본인으로 분장했다. 그는 결코 양보하지 않았으며 지지도 않았다. 그는 15살 때 한문으로 시를 짓고 작문을 했으며 16세 때에는 일본어를 독학했는데 일 년 후에는 일본어로 대화를 할 수 있었다. 그는 특히 한국의 역사를 좋아했다. 특히 조선시대의 명장 이순신을 숭배했다. 왜냐면, 그가 거북선을 만들어 침략자 왜구를 물리쳤기 때문이다. 윤봉길은 17세 때 농촌에 돈이 없어 공부를 못하는 아이들을 위해 학교를 세워 스스로 교편을 잡고 학생들을 모아 힘든 줄도 모르고 학생들을 가르쳤다. 그가 19세 때 다시 야학교를 만들어 가난해서 교육을 받은 적이 없는 산간벽지 사람들에게 교육을 통해 일정한 문화지식을 가지도록 했다.

윤봉길은 일본침략자들이 저지른 패도와 백성들을 참해慘害하는 야만적인 폭행을 목도했다. 그는 이를 참지 못하고 죽음으로써 원수를 갚겠노라고 다짐했다. 당시 그는 중국 상하이에 한국임시정부가 있다는 소식을 듣고 그곳에 가기로 결심했다. 부모와 아내의 동의를 얻고 그는 고향과 친지들에게 고별을 한 후 길을 떠났다. 부모님과 친구들도 이에 대해 충분히 이해하고 그의 애국행동을 적극 지지했다. 부친 윤황尹璜과 모친 김원상金元祥은 "가족의 생활은 충분히 돌볼 수 있으니 아들은 걱정 말고 상하이에 가 한국임시정부에 투신하길 바란다."고 말했다.

윤봉길의 처 배용순裵用順은 나보다 두 살이 많으며 두 아들을 기르고 있었다. 큰 아들은 모순模淳이고 작은 아들은 자담子淡이었다. 윤봉길은 또한 봉석奉錫과 영석永錫이라는 두 남동생이 있었다. 가족 모두는 농사로 생계를 유지했고 근검절약했다. 비록 어려움이 있을지라도 서로 도와가며 화목하게 살았으며 지극한 효와 사랑이 충만했다.

그러나 윤봉길은 국가와 가정을 함께 돌볼 수가 없었다. 국가의 독립과 자유를 위해 그는 가정의 사랑과 따뜻함을 버리고 의연한 마음으로 가족에게 작별인사를 하고 사랑하는 조국을 떠났다.

상하이에 도착한 후 빈곤함을 감내하기 힘들어 잠시 어느 한 물품회사에 들어가 일했는데 월급은 겨우 10위안이 조금 넘었다. 이후 다시 홍커우 시장에서 작은 채소가게를 운영했는데 바로 이 시기에 김구 선생을 알게 되었고 선생을 높이 평가했다. 그 후 얼마 지나지 않아 윤봉길은 1932년 4월 26일 정식으로 한인애국단에 가입했다. 그리고 3일 후 세상을 놀라게 한 '홍커우 공원 폭탄사건'이 발생했다.

윤봉길은 체포된 후 몇 차례 심문을 거쳐 바로 일본으로 압송되었다. 그리고 그해 12월 19일 오전 7시 40분 가나자와金澤에서 교수형에 처해졌다.

1945년 8월 15일 일본이 투항하고, 11월 25일 김구 선생이 임시정부 요원과 한국독립당 중앙간부를 인솔해 귀국한 후 곧바로 동맹국과 교섭을 시작했다. 극동동맹군 최고지휘부와 다시 교섭한 끝에 그들의 협조를 얻어 도쿄에서 이봉창·윤봉길 등 두 열사의 유해와, 그들의 사형을 집행할 때 사용했던 잔혹한 형구도 함께 한국으로 운송해 왔다.

김구 선생은 친히 부산항에 가서 이봉창·윤봉길 두 열사의 유해를 맞이했고 서울로 옮겨 국민장을 거행했다. 운구 행렬에는 십여 만 명이 따랐다. 윤봉길 의사의 부인 배용순 여사와 김구 주석은 걸어서 운구 행렬을 따랐으며 두 열사는 천엽정千葉頂에 이르러 안장됐다. 김구 선생은 대성통곡을 했고 문상객들은 전례 없이 많이 모여들었다. 경성사람들의 침통한 애도는 두 열사에 대한 한국인들의 무한한 존경과 깊은 그리움의 표현이었다. 천엽정은 현재 효창공원으로 조성되었다.

김구와 혁명 열사

　김구 선생은 윤봉길과 작별 후 곧바로 조 모 씨 집에 가 10시 전에 반드시 상하이를 떠나라는 내용의 편지 한통을 써 인편을 통해 안창호에게 보냈다. 안창호가 편지를 받았을 때는 이미 '홍커우 공원 폭탄투척 사건'이 일어난 상태여서, 당시 한국교민은 행동하기가 매우 불편했다. 그래서 그는 즉시 이 모 씨 집에 숨을 수밖에 없었다.

　홍커우 공원 폭탄투척 사건이 발생한 후, 일제는 상하이주재 프랑스 영사와 중국당국을 협박해 조사를 한 뒤 안창호를 잡았다. 또한 한국거류민단의 이 단장도 체포되었는데, 이는 '홍커우 공원 폭탄투척 사건'이 일어나기 전에 한국거류민단의 단장이 이춘원으로 바뀌었다는 이유였다.

　나는 나중에 광저우의 한 지인의 집에서 이 단장을 만날 수 있었다. 그는 일제에 의해 한국으로 압송된 뒤 다시 중국으로 돌아온 이야기와 안창호 및 그 밖의 다른 사람들의 상황을 말해주었다. 이 두 사람 외에 김득근과 장 모 씨도 체포되었다. 프랑스조계지에 거주하던 한국교민도 16명이 체포되었는데 그들 모두 일본 육군 경찰 당국에 넘겨져 취조를 받았다. 이는 프랑스조계지 당국의 허락과 협조를 얻은 후 진행된 것이었다.

당시 일제가 안창호가 폭발 사건에 참여했다는 죄명으로 처음에는 그에게 사형을 선고했으나 증거 부족으로 집행 연기시켰다는 소식을 나는 그의 가족으로부터 전해 들었다. 짐작컨대 안창호의 매제와 그의 가족도 이 사건과 연루되어 프랑스조계지에서 공공조계지로 이사하게 된 것 같다.

안창호는 체포되고 얼마 지나지 않아 서울로 압송되었고, 6년간의 잔혹한 감옥살이를 하면서 병이 악화되어 보석으로 풀려났다. 1937년 항일 전쟁이 전면적으로 발발한 후, 그는 다시 일본총독부에 의해 체포되어 수감되었다. 그는 연로하고 병이 많은데다 일본의 혹형을 견디지 못하고 결국 1938년 3월 10일 감옥에서 숨을 거두었다.

안창호의 일생은 그야말로 혁명으로 지샌 나날이었다. 그는 평안남도 사람으로 1878년 강서군 내차면에서 태어났다. 그는 어릴 때부터 총명하고 신중했으며, 깊게 사고하는 것을 좋아하여 변론에도 능숙해 당시 전국에서 극히 드문 웅변가였다. 그는 정말로 용맹하고 출중한 인물이다.

중일갑오전쟁청일전쟁 후 일본의 침략으로 한국의 산과 강이 파괴되자 수많은 한국인이 해외로 도피했다. 스무 살의 안창호도 미국으로 건너가 재미교민에게 연락을 취해 국민회를 결성했고, 혁명의식을 고취시키기 위해 《국민신문》과 《해조신문》을 발행했다. 또한 국내외의 혁명 열사를 단결시켜 비밀조직인 신민회를 결성했고, 수많은 혁명 열사를 중국·러시아·미국 등의 국가로 파견해 각국의 혁명단체와 연락을 취했다. 그는 한편으로 군사 기술 인재를 육성하면서 또 다른 한편으로는 중국 동베이 3성東北三省에서 황무지를 개간하여 농업과 목축업을 발전시켜 앞으로 일어날 대규모의 항일운동을 준비했다.

안창호는 스물여섯 살에 귀국해 혁명사상을 선전했고, 전 국민을 분기시키고자 서울에서 서북학회를 결성했으며, 서북협성학교와 평양 대성학교를 창립해 혁명 청년을 배양시켰다. 또한 전국청년학우회를 조직해 청년들에게 엄격한 군사훈련을 실시했다. 같은 시기에 평양에는 도자기회사를 설립하고 평안남도의 영변군에 제철공장을 건설했으며 경상북도 대구에는 제지회사를 설립했다. 그는 이와 같은 다양한 활동을 통해 한국의 민족공예를 부흥시키고 일제 상품의 유입을 막는 데 큰 공헌을 했다.

나중에 안중근이 이토 히로부미를 저격한 이유로 안창호도 혐의를 받아 체포되어 4개월 정도 감옥살이를 했다. 출옥 후에 중국으로 망명했고 다시 러시아와 미국으로 갔다. 그리고 미국에서 흥사단興士團을 창립해 청년교육에 힘썼다.

'3·1운동'이 발발하면서 안창호는 상하이로 갔고 대한민국임시정부에 참여해 한국독립운동을 주도했다. 그 뒤에도 난징에서 동명학원을 창립해 시사책진회와 대한독립당촉성회 등의 단체를 설립해 민족통일전선 설립을 위한 준비를 했다. 또한 1930년 상하이에서 한국독립당을 결성해 통일전선의 건립에 기초를 다졌다.

나는 한인애국단에 들어가게 되면서 안창호 선생이 종종 김구 선생을 찾아가 사업을 논의하는 것을 보게 되었고, 나 또한 항상 그들을 위해 연락을 담당하는 일들을 맡았다.

안창호 선생은 평생의 정력을 한국의 독립운동에 쏟아부었고 민족

정신을 고취시켰다. 그는 위대한 혁명가이자 정치가이면서 깨인 교육
가이자 현실적인 사업가였다. 한국 민중의 추대를 한 몸에 받았기에
그의 죽음은 전 국민을 슬픔에 빠뜨렸다.

일본 천황 저격사건과 홍커우 공원 폭탄투척 사건에 중요한 역할을
한 인물이 한 명 더 있었다. 그는 바로 이동녕 선생이다.

이동녕 선생은 한국독립운동의 원로다. 그는 일생을 국가의 독립과
민주, 그리고 자유를 위해 끊임없이 노력하고 분투하였기에 많은 이들
의 존경을 받았다. 1904년, 그가 서른여섯 살 되던 해에 청년회를 결
성해 비밀공작을 펼쳤다. 1907년에는 국내에서 김구, 안창호 등과 함
께 비밀조직인 신민회를 결성해 활동영역을 넓혔다. 1910년 겨울에
는 중국 동베이 지역의 펑톈奉天성 류허柳河현에 농학회를 조직하고 신
흥학교 창립에도 참가해 이곳에서 뜻이 있는 청년들을 모집해 군사훈
련을 시켜 독립운동의 핵심역량으로 육성했다. 이곳이 바로 혁명 열사
가 국외에서 개설한 최초의 학교이다.

그는 1913년 블라디보스토크에 가서 권업회를 창립했고, 제1차 세
계대전이 끝난 후 다시 중국 베이징에 가서 조국의 독립운동 촉진을
위해 힘썼다. '3·1운동' 발발 후에 이동녕은 대한민국 임시의정원 의
장으로 선출되었다. 또한 임시정부 재정비 때에도 내무총장으로 선임
되었고 1924년에는 국무총리로 전임되었다. 1927년에는 대한민국
임시정부 국무위원 겸 위원장으로 선임되었고 한국독립당을 결성하
기도 했다.

이동녕은 만주사변9·18사변 후에 임시정부와 한국독립당의 힘을 집중
시켜 국내외의 항일운동을 강화시켰다. 이봉창의 일본천황 암살과 윤

봉길의 시라가와 폭탄투척 작전에는 김구 선생과 아울러 이동녕도 함께 참여해 주도면밀한 계획을 짰다. 심지어 그들은 이봉창과 윤봉길의 복장과 폭약 휴대 방식까지 철저하게 체크했다.

나는 종종 이동녕과 연락했다. 어떤 때 김구 선생은 내게 직접 가서 그를 모셔오라고 했고, 또 어떤 때는 내가 직접 가서 편지를 건네고 오라고도 했다. 이동녕 선생은 언제나 인자했고 나는 그를 매우 존경했다. 어린 소녀였던 나를 늘 칭찬해주었고 앞으로 더 열심히 하라고 격려해주었다.

'공원 사건' 후에 그는 일부 사람들을 이끌고 상하이에서 난징으로 이동했다. 7·7사변 후에 다시 창사長沙, 광저우廣州, 류저우柳州, 치장綦江 등지로 이동해 계속해서 혁명운동을 활발히 전개했으나 과로로 인해 1940년에 향년 72세의 나이로 별세했다.

'공원 사건' 후에 일제는 김구 선생을 찾기 위해 사방을 쥐 잡듯이 뒤졌고, 김구 선생은 안전을 위해 장전구로 개명한 후 자싱嘉兴에 사는 중국 혁명 원로인 추푸청褚輔成 선생이 있는 곳으로 피난했다.

1932년 5월 10일 김구 선생은 상하이 시사일간지에 《한인애국단 지도자 김구가 폭로하는 일본 주요 인물 암살사건의 경과》라는 제목으로 문장을 발표했다.

전문은 아래와 같다.

어제 우체국으로부터 편지 한통을 건네받았다. 봉투 안에는 간행물에 실린 사진과 함께 영문으로 쓰인 서신이 있었다. 제목은《홍커우 공원 폭탄투척 사건의 진상》이고, 이 사건에 관한 연구용으로 번역본을 제공한다. 완역은 아래와 같다.

홍커우 공원 폭탄투척 사건에 대해 일본은 이 사건이 모 기관과 상관이 있다고 엮고 싶어 사건의 진상을 밝히지 않고 어둠속에 묻었고, 이렇게 상하이에 거주하는 한국인은 증거가 없다는 이유로 진위를 변별할 틈도 없이 막무가내로 체포되었다. 그래서 나는 다른 일정을 위해 상하이를 떠나기 전에, 인간의 도리를 다하고자 스스로전 사건의 주모자 이 사건의 진상을 세상에 공포한다. 또한 나의 친구들이 일본 침략 정책을 무너뜨려 주길 바란다.

1. 계획과 실천

일본은 무력으로 한국을 병탄하고 만주까지 점령했다. 또한 무단으로 상하이를 침략해 동아시아와 세계 평화를 파괴했다. 그래서 나는 세계 평화와 인간의 도리를 해치는 적에게 복수하기로 결심했다. 나는 처음에 이봉창 대표를 도쿄에 파견했다. 그는 1월 8일에 일본 천황을 저격했다. 또 나는 4월 29일에 윤봉길을 홍커우 공원으로 보내 일본군 수령을 살해했다. 현재 나는 홍커우 공원 폭탄투척 사건의 경과를 공개 표명한다. 도쿄 사건의 상세한 내용은 다음 기회에 다시 설명하겠다.

4월 29일 아침에 나는 나의 청년애국단원 윤봉길 군을 불러 내가 직접 제작한 폭탄 두 개를 건넸다. 폭탄 하나는 나의 원수인 일본 군벌을 암살하되 설령 일본인이라 할지라도 일반 사람들은 다치지 않게 조심하라고 했고, 남은 폭탄 하나는 임무 완성 후 자결용으로 쓰라고 했다.

그는 경건하게 승낙했고 나의 훈령을 실천했다. 우리는 눈물을 훔치며 악수를 하며 작별했고 다음 생애에 다시 만날 것을 약속했다. 나는 곧바로 차 한 대를 불러 그를 홍커우 공원까지 배웅했다. 그는 단지 폭탄 두 개와 은화 네 닢만을 몸에 휴대했다. 나는 그의 성공을 빌었다.

2. 윤봉길 약력

윤봉길은 1908년에 한국 예산의 빈곤한 가정에서 태어났고 그의 양친은 모두 건재하다. 그에게는 아내와 두 명의 어린 아들이 있다. 어릴 때 매우 총명하여 사람들이 모두 그를 신동으로 불렀다. 자라면서 열정적으로 바뀌었고 늘 투쟁을 꿈꿨다. 열일곱 살 때 야간학교를 창립해 5년 동안 빈곤 농민을 가르쳤다. 일본의 정치 및 경제적 압박으로 한국이 파산에 직면하자 가정을 떠나 복수하기로 결심했다.

장기간 칭다오에 머물렀고 중원의 한 세탁소에서 일하면서 충분한 자금을 마련한 후 작년 8월에 상하이로 왔다. 그는 이 지역의 한 공장에서 일했는데 공장 측의 불공평한 대우를 혐오하여 그만뒀다. 그 후에 홍커우의 채소시장에서 작은 점포를 열어 기회가 오기까지 조용히 기다렸다. 최근에 나를 찾아와 한국을 구하는 것을 의논했고 얼마 지나지 않아 한인애국단의 단원이 되었다.

3. 한인애국단

한인애국단은 나와 애국자들을 맺어준 기관으로 구국의 목적으로

운영됐다. 오직 희생을 각오한 사람만이 단원이 될 자격이 있었고 단원은 모두 내가 직접 임명했다. 단원들 누구도 서로의 이름을 몰랐고 회의도 열지 않았다. 나는 임무를 진행하기까지 엄격하게 기밀을 유지했다. 나는 적의 중요 인물을 암살하고 적의 행정 기관을 파괴해 내 국가의 독립을 회복할 것이다. 나는 상하이 일본사령관 시라가와와 싸웠다. 나에게는 금전과 병력이 없었지만 '사람'이 있었다. 철저한 준비와 훈련을 통해 일본의 뚫기 어려운 진지를 넘어 한 손으로 그를 살해했다.

4. 나는 누구인가

나는 누구인가, 이 문장을 쓰고 있는 사람은 누구인가? 나의 이름은 김구이고 57세이다. 나는 나라를 구하고 백성이 영원한 자유를 얻는 데 일생을 바쳤다. 나는 1896년에 태어났고 스물한 살 때 이 모험을 시작했다. 그때 한국은 독립 국가였지만, 일본 병사가 한국의 수도인 서울을 짓밟고 궁중에서 황후를 암살해 온 나라가 소란스러웠다. 그 후 나는 복수를 위해 비밀계획을 세웠다. 나는 한국의 황해도 안악에서 빈손으로 쓰지타土田사령관을 암살하고, 이 지역 부근의 성벽에 장문의 서한을 붙였다. 상서에 내 이름과 주소 그리고 암살 이유를 적고 귀가했다.

일본 측의 계속된 추궁으로 나는 20일 후 체포되었고 제물포로 압송되어 감옥살이를 했다. 한국 법정은 일본공사 하야시곤스케林權助의 협박을 받고 나에게 사형을 선고했다. 그러나 국왕이 이 일에 관여해 집행일을 3년 뒤로 연기했다. 그 후 나는 탈옥하였고 외진 절에서 1년간 승으로 지냈다. 나는 한국의 각 지역을 돌아다니면서 개화운동에 참여했고 많은 신식학교를 창립하기 시작했다.

안중근이 1909년에 하얼빈에서 이토 히로부미伊藤博文를 사살하자, 일본 놈들이 그를 사형시켰다. 나는 석방되었고 안악의 양산중학교 교장을 맡았다. 1911년, 나는 데라우치寺內 일본 총독을 암살할 계획을 꾀하고 있다는 이유로 체포되어 15년간 막노동 형벌 판결을 받았다. 한국 경찰이 나의 인품을 알고 목숨을 보전시켜주어 5년간의 노역 끝에 석방되었다. 1919년 3월 전국에서 독립운동이 일어났다. 누군가가 내가 매우 위험한 상황에 처했다는 소식을 알려왔고 나는 곧바로 중국으로 갔다. 그 이후로 나는 계속 일본과 투쟁했다. 나의 무기는 권총 몇 자루와 폭탄 몇 개였다. 나는 계속해서 투쟁할 것이고 전국이 회복되기 전까지는 결코 멈추지 않을 것이다.

이상의 문장에서는 두려움을 모르는 김구 선생의 혁명 기개와 일을 함에 있어 패기 넘치는 영웅적인 모습 그리고 절대 남을 연루시키려 하지 않으려는 성품을 볼 수 있다.

그러므로 김구 선생이 한국 민중들에게 깊은 존경을 받을 수 있었던 것이고 임시정부에서도 그의 위신을 드높일 수 있었던 것이다. '홍커우 공원 폭탄투척 사건'이후 아주 오랫동안 그를 만나보지 못해 모두들 그의 안전을 걱정했다.

김구 선생의 문장이 발표된 이후 나는 그를 만날 수 있었다. 그는 내게 윤봉길과 작별했던 당시 상황을 이야기 해 주었다. 그 후 그는 다시 안공근안중근의 동생, 엄항섭과 같이 공공조계지에 살고 있는 미국

계 중국인 Fei Wusheng한자명 미상의 집으로 도피했다. Fei Wusheng 의 아버지는 교회 목사였고 한국의 독립 운동에 매우 큰 도움을 줬다.

세계를 놀라게 한 '홍커우 공원 폭탄투척 사건'이 발생함에 따라 중국인의 눈에 한국 교민은 더 이상 망국민이 아닌 국가독립을 이뤄낸 영웅의 모습으로 비춰졌고, 대한민국 임시정부의 지도자는 전설속의 인물이 되었다.

1933년 5월에 장제스蔣介石, 장개석는 장쑤江蘇성 주석 천궈푸陳果夫를 통해 김구 선생을 만났다. 임시정부의 박찬익은 중국국민당 당원으로 장쑤江蘇성 주석 천궈푸와 잘 아는 사이였다. 그의 소개 덕분에 김구의 요청이 받아들여졌다.

김구 선생은 소식을 듣고 안공근과 엄항섭과 함께 난징南京으로 갔다. 공페이청貢沛誠과 천궈푸 주석의 영접을 받고 그들은 중앙호텔에 투숙했다. 다음날 저녁, 김구와 박찬익이 함께 천궈푸의 차를 타고 중앙군관학교 구역에 있는 장제스의 거처로 갔다. 장제스는 중국 고유의 옷인 도포를 입고 있었고 그들이 오자 반갑게 맞아주었다. 박찬익이 중국어를 잘했기에 그가 통역을 맡았다.

끝으로 장제스가 위엄 있는 어조로 말했다.

"동양의 각 민족은 쑨중산孫中山 선생의 삼민주의에 부합하는 민주정치를 실행하는 것이 좋을 것입니다."

김구도 바로 대답했다.

"일본은 중국을 침략한 원흉으로 날이 갈수록 중국에 대한 침략을 강화하고 있습니다. 좌우의 측근은 물리시고 필담을 나누시는 게 어떠신지요?"

“좋습니다.”

장 씨가 대답했다. 그래서 천궈푸와 박찬익 두 사람은 퇴장하고 김구 선생은 펜으로 글을 썼다.

“선생께서 백만 원을 허락하신다면 일본, 한국 그리고 만주 세 지역에서 폭동을 일으켜 일본 침략의 교량을 단절시킬 수 있습니다. 어떻게 생각하시는지요?”

장 씨가 본 후에 펜을 들어 썼다.

“상세한 계획서를 보여주세요.”

이어 김구 선생이 방을 나왔다.

다음날 김구 선생은 한 부의 간단한 계획서를 장 씨에게 보냈다. 천궈푸는 다른 곳에서 연회를 열어 김구 선생을 접대했다. 그는 연회에서 김구에게 “특수요원을 파견해 일본 천황을 척살하면 새로운 천황이 다시 생길 것이고, 대장을 죽이면 또 다른 대장이 생길 것이니, 미래의 독립전쟁을 위해 군관을 육성하는 것은 어떻겠냐”는 장제스의 의견을 전달했다. 김구 선생은 그게 바로 자신이 늘 마음속에서 갈망하던 소망이라고 대답했다.

이렇게 해서 허난河南성 뤄양洛陽의 군관학교 분교가 뜻있는 조선청년의 군관훈련소로 결정되었다. 처음에는 베이징, 상하이, 난징 등지에서 100여 명의 청년들을 소집했고 중국 동베이 지역에 있던 이청천과 이범석을 초청해 교관으로 임명했다. 그 후 김구 선생은 나에게 문신文臣과 무장武將인 박찬익과 이청천 두 분을 소개시켜줬다.

박찬익은 복순濮純이라는 이름으로 개명했다. 그가 중국에서 37년간 한국독립운동을 하는 동안 친구들은 계속 그를 복순이라고 불렀다. 박찬익의 본관은 경기도 파주이며 관립공업전습소를 졸업했다. 그는 젊은 시절에 재능이 출중하고 대범했으며 중국어로 시를 짓기도 했다. 그는 국내에서 독립운동에 참여했다는 이유로 종종 일본인의 감시를 받았고 이를 피해 중국으로 왔다. 그 후 그는 중국에서 한국독립운동의 주도자였던 신규식, 신채호, 김규식, 박은식, 조소앙 등 300여 명의 혁명 열사와 함께 상하이 동제사 본부를 조직했다. 그 목적은 동양의 각 민족이 서로 화합하고 도와서 한중 간 우의를 증진시키고, 더 나아가 중국 국민당과의 밀접한 관계를 맺기 위한 것이었다.

그 후 수많은 중국혁명지사가 참가했던 '신아동제사新亞同濟社'를 설립했으며 신규식, 박찬익, 조소앙, 신헌민이 중심이 되어 우의와 단결을 증진시키는 데 노력했다. 또한 한성임시군정부城臨時軍政府에 연락을 취해 상하이에 와서 임시정부를 조직해 독립운동에 참여하도록 했다.

임시정부 수립 후, 박찬익은 동베이로 파견되어 활동했고, 다시 광둥 주재 호법정부 대표로 파견되면서 쑨중산 선생 및 당정 원로들과 자주 밀접한 연락을 취할 수 있어 한중 양국민의 우의를 돈독히 하는 데 큰 역할을 했다.

그는 또한 탕지야오唐繼堯와의 친분 덕분에 윈난雲南 주재 대표로 파견되어 수많은 조선의 젊은 청년들을 윈난 강무당講武堂과 항공학교에 보내 공부시켜 육공군 청년장교를 육성해 국가 독립을 위한 인재를 비축했다. 나는 '홍커우 공원 폭탄투척 사건' 전에 그가 김구 선생과 거듭 연구에 매진했던 일과 윤봉길에게 군사훈련을 지도해 주었던 것을 기억하고 있다. 대한민국 임시정부가 충칭重慶으로 옮겨진 뒤 그는 국무위원으로 선발되어 법무부장을 맡았다.

1945년 11월 김구는 일본이 투항하자 임시정부 회원들을 이끌고 귀국해 건국 운동을 하면서 주화대표단을 설립했다. 국무회의 의결을 거쳐 박찬익이 대표단 단장으로 임명되었고, 이청천이 대장을, 민석린이 대표를 맡아 한중 간의 우의를 증진시키기 위해 많은 일을 했다. 박찬익은 주화대표단의 단장 신분으로 중국에 머물게 되면서 중국총지부 집행위원회 위원장으로 뽑혔다.

이청천의 본관은 중국 저장浙江이며 1888년에 서울에서 태어났다. 열일곱 살 때 서울에 있는 육군무관학교에서 공부했고 열아홉 살 때 한국정부에 의해 일본 도쿄의 육군중앙유년학교에 파견되어 유학했고 스물두 살 때 졸업했다. 그 후 다시 도쿄 육군사관학교에 입학해 스물네 살 때 졸업해 1년간의 인턴 사관을 거쳐 스물다섯 살 때 일본 보병연대의 소위, 중위, 부대장 등을 맡았다.

1915년 제1차 세계대전 중에 일본이 독일에 전쟁을 선포하고 산둥山東으로 출병하여 독일과 전투하자 이청천도 칭다오青島전역에서 전투에 참가하여 실전 경험을 쌓았다.

일본에 있을 때 천도교주 손병희와 비밀 접촉하여 일본에서 유학하던 한국인 학생을 가르쳤고, 1919년 2월 하순 도쿄에서 한국독립선언을 발표했으며, '3·1운동' 때 서울에서 손병희 등 대표 33인과 《독립선언》을 발표했다. 그래서 일본 당국의 엄격한 감시를 받게 되자, 4월 하순에 압록강을 몰래 건너 중국 동베이의 류허柳河현의 서로군정서로 갔다. 그때 류허와 퉁허通河 두 현에는 이미 대한민국 임시정부 국무위원 이시영이 비밀리에 설립한 신흥무관학교가 있었는데 이청천은 이 학교의 교장으로 임명되었다.

1920년 6월 무관학교가 일본 남만 철도 수비대의 습격을 받자 이청천은 전교생을 이끌고 안투安圖현의 산림지대로 피신했다. 그는 그곳에서 학생군을 모집하는 한편 간부 훈련을 더욱 강화했다.

1920년 10월 학생군은 홍범도 장군의 정일군征日軍과 조동식 장군의 광복군光復軍, 그리고 북로군정서 김좌진 장군의 독립군獨立軍과 함께 연합해 대한독립군을 결성했다. 이청천은 부사령관으로 임명되어 전군을 직접 지휘했다. 실력을 쌓기 위해 적군과 전투하고 후퇴를 반복하며 중국과 소련의 국경지대까지 갔다.

1921년 3월 대한독립군은 중소 국경지대를 떠나 시베리아 이르쿠츠크로 갔고 원래 소련 내에 있던 오천여 명의 한국군과 연합하여 고려혁명군이 되었다. 이청천은 대한독립군 훈련 위원장과 고려혁명군 관학교의 교장을 겸임하며 전군의 훈련을 맡았다. 이 학교는 1년 후에 총 인원이 1만 2천 명에 달했다.

1923년 봄 이청천은 고려혁명군을 대표하여 상하이 한국국민대표대회에 참석했다. 그는 1924년 1월에 동베이東北군사위원장 및 한국혁명군 사령관을 겸임했다. 1927년에는 한국독립당 결성을 제안하고 이 당에서 상무 및 군사위원장을 맡았다. '9·18사변' 후에는 한국독립군을 확장·조직해 중국의용구국군과 연합했고 많은 어려움 속에서도 랴오遼·지吉·헤이黑 3성省에서 일본 놈들과 용감하게 싸웠다.

1933년 대한민국임시정부 김구 주석의 지도하에 뤄양洛陽으로 파견되어 중앙군관학교中央軍校 분교에서 한국 청년 군관을 훈련시키는 임무를 맡았다. 그는 1937년에 대한민국 임시정부 군무부장으로 임명되었고, 1940년 9월 17일에 충칭한국광복군 설립 때 총사령관으로 임명되었다. 1945년 11월 1일 대한민국 임시정부 주중대표로 임명되었으며 한국독립당 중국 총지부 감찰위원장을 맡았다.

김구 선생이 그 문장을 발표한 뒤로 일제는 계속해서 핑계거리를 만들어 그를 체포하려고 했기 때문에 김구 선생은 천궈푸에게 비호를 요청했다. 당시 장쑤江蘇성 주석이었던 천궈푸는 샤오정肖錚에게 부탁해 김구 선생을 지정학원地政學院 직원의 집에 머물게 해줬다. 샤오정은 당시 지정학원의 주임을 맡고 있었다.

1937년 항일 전쟁이 전국으로 확대되면서 임시정부와 전신국은 모두 지정학원의 기숙사로 옮겨졌다. 당시 김구 선생은 종종 샤오정과 독립당 개조에 관해 논의했고, 일찍이 삼민주의를 당의 강령조선지사 연수산(延壽山)은 일찍이 쑨중산의 삼민주의를 한글로 번역해 천궈푸에게 머리말을 써 달라고 부탁함으로 결정했다.

김구 선생이 타지로 도피한 후 임시정부에는 민석린 한 사람만이 상하이에 남아 뒤처리를 하면서 다른 회원들과 연락을 취했고 다른 사람은 모두 장쑤나 저장지역으로 도피했다. 나중에 민석린도 일본 놈들에게 납치되어 가혹한 고문을 당했으나 마땅한 답을 얻지 못하자 석방했다. 1933년 12월 임시정부는 난징으로 옮겨졌다. 민석린은 종종 상하이, 난징, 베이징, 항저우를 왕래하며 혁명운동에 참여했다. 나는 민석린이 상하이에 있을 때 그와 자주 만났다. 그는 용감무쌍하고 성실했다. 중국어에 능통했고 영어와 일본어도 매우 잘했다. 우리는 가끔 영어로 대화했다.

민석린은 경기도 경성京城사람으로 서울휘문의숙을 졸업했다. 1912년부터 중국에 와서 한국독립운동에 참여했다. 임시정부가 난징으로

옮겨진 후 민석린은 김구 선생의 고급통역사로 종종 국민당의 상급인
사와 교류를 했다.

‘홍커우 공원 폭탄투척 사건’ 발생 후에 나는 줄곧 두문불출한 생활
을 했다. 다행히 임시정부의 일원이 아니었고 또 여자였기 때문에 사
람들의 시선을 피할 수 있었다. 그러나 한인애국단이 더 이상 정상적
인 활동을 할 수 없었기에 나는 매우 고통스러웠고 사상에 대한 고민
에 빠져 있었는데, 마침 광저우廣州에 많은 한국 혁명가들이 있다는 소
식을 들었다. 그 중에는 내 오빠의 친구도 있었다. 그곳에 있는 많은 이
들은 일찍이 황푸군사학교에서 공부를 한 적이 있고, 또 어떤 이는 광
저우봉기廣州起義에 참가했었으며, 어떤 이는 아직 대학교를 다니고 있
었다. 그리하여 나는 광저우에 가서 학문을 더 닦아 앞으로 한국의 독
립운동에 더 큰 역할을 할 수 있는 준비를 하기로 결심했다.

1932년 여름 김구 선생이 오랜만에 지방에서 돌아와 나는 그에게
광저우에 가서 공부하고 싶다고 말했다. 그는 내게 상하이를 떠나지
말고 계속해서 한인애국단에 남아 있으라고 충고했다.

그는 내게 매우 진지한 말투로 “한인애국단에 머물면서 나와 함께
독립운동을 해야 하네”라고 말했다.

“광저우에 제 오빠의 친구가 있어요, 저는 아직 어리기 때문에 그곳
의 학교에 들어가서 공부 할 수 있어요.”

나는 내 의견을 고수했고 또 몇 명의 이름을 댔다.

“그들은 모두 공산주의자라서 자네도 그곳에 가면 공산화될 걸세.”

김구 선생은 내가 이해할 수 없는 말을 했다.

나는 김구 선생이 공산주의에 납득할 수 없는 편견을 가지고 있다

는 것을 발견했으나 그에게 변론을 할 수는 없었다. 나는 마음 속 깊이 김구 선생을 매우 존경하고 그의 애국심에 탄복하고 있었다. 하지만, 그의 혁명 투쟁 방식에 의문이 생겼고 더 이상 그가 이끄는 길을 가고 싶지 않아졌다.

나는 그에게 고별했고 그도 나를 더 이상 잡지 않았다.

"동해야, 몸조심 하여라, 한국이 독립하는 그 날 다시 만나자구나. 잘 가길 빈다."

김구는 애틋한 말투로 내게 말했다.

"선생님!"

나는 그의 손을 꼭 잡고 단 한마디만 했다.

"몸조심 하세요!"

나는 목메어 하염없이 눈물을 흘렸다.

한국혁명 열사, 광저우에 모이다

한인애국단은 상하이에서 2년여 간 활동하면서 그 특유의 풍격과 위력을 드러냈고 정의의 노래를 써 내려갔다. 나도 애국단에 나의 충심과 힘을 쏟아 부었다. 그러나 나는 갈수록 애국단의 힘이 부족하고 모험이 과도하여 대중의 지지와 이해가 결핍되었다는 것을 느꼈다. 그래서 나는 상하이에 머무는 이 기간 동안 계속해서 서로 마음이 맞는 공산당원을 물색했다.

비록 당 조직은 이미 없어졌지만 나라를 사랑하는 공산당원은 여전히 조국의 독립운동을 위해 광저우에서 혁명운동을 급속히 전개하고 있었다. 특히 많은 조선공산당원朝鮮共産黨員이 그곳에서 열심히 연구에 매진하고 있다는 소식을 듣고 나도 광저우에 가기로 결심했다.

광저우에 오기 전에 나는 김두봉 선생님께 고별하러 갔다. 김 선생님은 내게 김구 선생을 간신히 설득시켰다고 말해주셨다. 김구 선생은 나의 야망이 크다는 걸 알고 있었기에 내가 가는 걸 원하지 않았다. 내가 떠나면 의심의 여지없이 그에게는 큰 타격이 될 것이기 때문이었다. 떠나기 전에 김두봉 선생님은 내게 은화 두 닢과 편지 한 통을 주셨다.

그 편지는 광저우에 있는 이두산 동지에게 쓴 것이었다.

"이 편지를 그에게 주면 그가 알아서 자네를 도와줄 거네."

김 선생님은 내게 재차 당부했다.

"의학을 배우면 좋을 것이야. 그런 일은 자네를 숨기기에도 좋고 경비도 마련할 수 있으니 말일세."

김 선생님은 나를 위해 매우 세심하게 신경을 써주셨다. 이렇게 진심으로 나에게 관심을 갖고 보살펴주는 선생님을 떠나려하니 마음이 서글펐다. 나는 그렇게 이별의 아쉬운 마음을 품고 상하이를, 정겹고 존경하는 김두봉 선생님을 떠났다.

광저우는 남쪽의 대도시로 나는 이곳에 도착한 후 중산中山대학을 찾아갔고 이두산 등 동지들이 나를 극진히 대접해주었다. 내가 김두봉 선생님의 소개로 온 걸 알고 모두 김 선생님의 근황에 관심을 가지며 물었다. 그들과의 대화를 통해 이곳에도 많은 이들이 김 선생님을 존경하고 있다는 것을 알 수 있었다.

자리에 모인 사람들 중 매우 낯익은 한 젊은 사람을 발견했다. 내가 그를 의식했을 때 그도 나를 주의 깊게 쳐다봤고 기뻐하며 말했다.

"기억났어요, 우리 김두봉 선생님 집에서 만난 적 있지요?"

이 사람의 이름은 김창국이고 한국을 떠나 중국으로 온 후 그도 먼저 상하이에 갔다가 김 선생님의 소개로 광저우로 와 지금은 중산대학 법대에서 공부하고 있었다.

나는 광저우에 도착한 후에 업무상의 필요로 이화림이라는 이름으로 개명했다.

이두산 동지와 다른 동지들이 여러 번 상의한 끝에 나를 위한 몇 가지 방안을 내놓았다. 이두산은 내가 먼저 적합한 일을 찾아 생활이 안정되면 다시 공부를 하는 식으로 해서 일과 공부를 병행해야 한다고 생각했다. 랴오중카이廖仲愷 농업대학의 구이桂 선생님과 이두산 동지가 여러 곳에 연락을 취한 끝에 나를 중산대학 의과대학 부속 병원에 실습 간호사로 일할 수 있게 해주었다. 이렇게 해서 일정한 월급을 받고 공부할 시간도 확보할 수 있었다.

처음에는 중산대학에 진학해 법학을 배우고 싶었는데 나중에는 외국어 한 가지를 배우는 것도 중요하다고 생각해 중산대학 부속병원 간호사과정에 합격하면서 독일어를 배웠다.

생활이 규칙적으로 바뀌자 동지들과의 교류도 잦아졌다. 나는 이미 스물예닐곱 살의 노처녀여서 많은 젊은 친구들이 나를 큰누나라고 불렀고, 김창국 동지는 내 앞에 있을 때 무척이나 부자연스러워 보였다. 그는 나보다 몇 살 더 많았고 사람들이 많이 모인 자리에서는 그의 눈빛이 언제나 나를 향하고 있는 것을 느낄 수 있었다.

그 후로 김창국은 종종 나를 만나러왔고 김두봉 선생님에 대한 이야기나 우리가 처음 김 선생님 집에서 만났던 상황, 한국의 고난, 현재의 투쟁, 앞으로 전망 등에 대해 이야기했다. 그는 나보다 박식했기에 나는 그와 이야기하는 것이 재미있었다. 특히 그가 좋아하고 싫어하는 것이 나와 거의 일치한다는 것을 느낄 수 있었다. 나는 점점 그에게 호감이 생겼다.

나는 그가 눈앞에 안 보일 때는 생각났고, 그와 같이 있을 때는 별로 말을 하지 않고 그의 말을 듣는 걸 좋아했다. 우리 두 사람의 마음에는 뚫어야할 장벽이 있었고 둘 다 마음에 맺힌 말들을 토해내고 싶었지만 서로 눈치만 봤다. 나는 한 번도 그런 감정을 느껴본 적이 없었고 이런 감정은 어머니에 대한 그리움이나 일에 대한 열망과는 다르다는 것을 알고 있었다. 그것은 이해와 위로를 받고 싶어 하는 감정이었다. 그는 매우 열심히 공부했으며 자기를 돌볼 줄 몰라 내가 종종 그의 가사를 도왔다. 어떤 때는 맛있는 것을 사서 그에게 주기도 했다.

1933년 봄, 우리는 결혼했다. 신혼의 행복은 우리로 하여금 현기증을 느끼게 했다. 우리는 탐욕스럽게 일상의 쾌락을 즐기면서 공부와 일에도 속도를 냈다. 풍족한 생활은 아니었지만 우리는 매우 행복한 나날을 보냈다. 가정이 생기면서 나는 가정이 없는 친구들을 염려해 명절과 휴일이 되면 그들을 우리 집에 초대해 고향 음식을 대접했다.

나의 친구들은 점점 늘었다. 중산대학 각 과에 80여 명의 한국인 학생이 있었는데 그들 대부분과 친해졌다. 그들 중에는 파벌이 나뉘었었는데, 어떤 이는 앞으로 한국에 공산주의를 건립한다고 주장했고, 또 어떤 이는 자본주의제도를 건립하겠다고 했으며, 또 다른 어떤 이는 무정부주의를 얘기했다. 서로 다른 파벌의 학생들은 함께 있을 때 쟁론을 하며 얼굴을 붉히기도 했지만 그들의 공통 목표는 한국을 침략한 일본제국주의를 무찔러 한국의 독립을 부흥시키는 것이었으므로 그들은 여전히 서로 친구였다. 나는 그들의 변론을 듣는 걸 좋아했고 재미있다고 느꼈다. 어떤 때는 이야기를 듣다가 집에 가서 밥을 하는 것을 잊곤 해서 남편의 기분을 상하게 하곤 했다.

한국 학생들 중에서 나는 진광화陳光華 동지가 비교적 진중하고 성숙한 것을 차차 발견할 수 있었다. 그의 본명은 김창화金昌華이고 나와 같은 평양사람이었다.

1919년에 한국에서 항일운동에 참가했고 중국에 온 후로 중산대학 부속중학교에서 공부했으며 졸업 후에 다시 중산대학으로 돌아와 교육학을 전공했다. 비록 스무 살 초반의 나이였지만 그의 지적수준은 나보다 훨씬 뛰어났다.

우리는 고향이 같았기에 사이가 더 가까웠다. 나는 그가 종종 《자본론》, 《공산당선언》, 《국가와 혁명》등의 책을 빌려주어 읽을 수 있었다. 책을 읽으면서 모르는 부분이 있으면 남편에게 가르쳐달라고 했다. 처음에는 몇 마디 알려주었으나 시간이 지나면서 귀찮아 해 나중에는 진광화에게 물어볼 수밖에 없었다.

어느 날, 진광화와 중산대학 교정을 지나고 있는데 그가 학교에 있는 마른 우물을 가리키며 내게 말했다.

"누나, 이 우물에 대해 아세요?"

"이 우물이 왜?"

나는 약간 어리둥절해하며 반문했다.

"누나, 뜨거운 피를 가진 한국인은 모두 이 우물 옆에서 '순국열사를 위해 복수하고, 열사들을 따르겠다.'고 각오를 다졌어요."

진광화는 과거의 회상에 빠졌다.

"1927년 광저우봉기에 참여한 몇 명의 한국 혁명 열사들이 적에게 기면서 자신들의 총을 부러뜨려 우물에 버린 후 숨었으나 흉악한 적에게 잡혀 장렬히 희생되었지요."

나는 이 우물을 보면서, 진광화의 소개를 통해 역사의 한 장면 한 장면이 생생하게 느껴졌다.

1927년 장제스가 '4·12'대학살을 일으키고 얼마 지나지 않아 난징에 국민정부를 건립하면서 중국역사에 피비린내 나는 공포분위기가 조성됐다. 장제스의 죄악에 반격하기 위해 중국공산당은 잇따라 '8·1' 난창南昌봉기와 추수秋收봉기를 일으켰고, 12월 11일에 또 광저우봉기를 일으켰다.

봉기에 참여한 한국혁명가들은 주로 제4군 군관교도단第四軍軍官教導團에 모여 있었다. 광저우봉기의 주력 교도단은 우한武漢중앙군사정치학교 학생들에 의해 개편된 것으로 이 학교는 황푸군관학교의 분교이다. 교도단 중 제2군영 5연대第二營五連는 대부분 한국혁명가로 구성되어 있었으며 김규광 동지가 연대당連隊黨의 책임자를 맡았다. 또한 포병연대와 다른 연대에도 한국인이 있었다. 이들 대부분은 중국 제1차 국내 혁명전쟁을 겪었기 때문에 장제스가 대표로 있는 국민당을 증오했다. 그래서 그들 중 많은 이가 잇따라 중국공산당에 입당했다.

광저우봉기 전날, 제3인터네셔널第三国際은 군사훈련을 받은 적이 있는 한국혁명가 그룹을 조직해 홍콩을 거쳐 광저우로 갔다. 그때 광저우 중산대학에서 공부하던 한국인 학생도 적극적으로 봉기에 참여해 선전 및 구호활동에 임했다.

황푸군관학교 특별요원은 총 200명으로 그 중 150명이 한국인이었다. 봉기 발발 후 2연대二連 대장 최용건 동지는 봉기의 전위대를 맡아 요원 모두를 이끌고 광저우 시내로 돌진했다.

봉기군이 광저우를 점령한 후 소비에트정부 혁명정권이 탄생했다. 여러 명의 한국인은 새 정부 업무에 참여했고, 김규광 동지는 정부의 비상위원회에서 일했다.

정권의 생사를 지키는 격투 중, 한국혁명가는 죽는 한이 있어도 굴하지 않는 강인한 혁명정신을 보여줬다.

적군은 각종 반동 세력을 규합해 광저우 시내로 반격해 와 상황은 갈수록 불리했다. 총사령부는 12일에 동티東堤에서 약 200인의 돌격대를 결성했는데 그 안에는 60명의 한국혁명가가 있었다. 그들은 주장珠江을 건너 다탕大塘에 있는 리푸린李福林의 소굴에 진격하라는 명령을 받았다. 그러나 부대가 막 강을 건넜을 때 링난대학嶺南大學 부근에서 리푸린과 쉐웨薛岳 장군이 이끄는 부대의 저지를 당했고 적에게 군함도 봉쇄당해 돌격대는 고립무원의 상태에 빠지고 말았다. 적군은 많고 아군의 숫자가 열세인 악조건에서 돌격대 지휘관 중 한 명인 박진朴鎭이 추호의 두려움도 없이 돌격대원에게 계속해서 진지를 지키라고 지휘하고 격려했다. 이렇게 돌격대원들이 용감히 싸워 적군을 소멸시키고 있었는데, 얼마 후 탄약이 바닥나 박진과 일부 전사들이 격전 중에 장렬히 전사하고 말았다. 흉악한 적은 떼로 몰려왔다. 50여 명의 한국인과 이삼십 명의 중국인은 포로가 되었다. 적군은 그들을 포박해 적군사령부로 데려갔다. 그들 중 그 누구도 사죄하고 투항하는 이가 없었으며 모두 죽을지언정 굴복하지 않았으며 최후에는 악랄한 적의 손에 총살당했다. 200여 명의 돌격대원들이 붉은 정권紅色政權을 위해 장렬히 희생됐다. 중한의 우수한 아들딸들의 생명은 고상한 기개를 빚어냈다.

12일 저녁, 광저우봉기의 주력 부대는 후퇴하기 시작했다. 동쪽 전선을 지키던 한국 전사들은 전군의 후위를 맡았다. 최용건 동지는 황푸군관학교의 특별요원을 따라 서우거우링瘦狗嶺에서 무장단을 격퇴시키고 진공한 후, 사허沙河로 후퇴해 교도단 2군영二營과 합류했다. 13일 오전에 적군은 두 그룹의 병력으로 나누어 한 그룹은 광지우廣久 역을 습격하고 한 그룹의 병력은 사허를 진공했다. 사허를 지키던 한중 용사는 온 힘을 다해 반격했는데 마지막에 탄약이 다하고 원조가 끊겨서야 비로소 후퇴했다. 이 전쟁에서는 100여 명의 한국 전사들이 희생됐다.

봉기 실패 후, 적군은 곳곳에서 혁명가를 수색 체포했다. 몇 명의 한국 혁명 동지는 중산대학에 와서 숨었으나 결국은 적군에게 발견되어 장렬히 순국했다.

한국혁명가의 마음을 울리는 그들의 위대한 업적은 한국인의 자랑이면서 그들을 육성한 중국인민의 긍지이기도 했다.

진광화와 만나면서 나는 새로운 것들을 많이 배웠다. 알고 보니 그는 지하당으로 중공지하독서회中共地下讀書會와 청년항일동맹靑年抗日同盟의 책임자, 그리고 혁명구국회의革命救国會의 리더이기도 했다.

나는 진광화를 통해 드디어 공산당의 지하조직을 찾게 되면서 내 인생에 무궁한 활력이 생겼다는 것을 느꼈지만 이 시기에 내 가정에 새로운 갈등이 생겼다. 이때 나는 이미 임신한 상태임에도 불구하고 매일 무거운 몸을 이끌고 밖으로 돌아다녔다. 남편은 마음 아파하며 몸조심하라고 당부했다. 나는 그의 모든 말들이 나를 위한 것이라는 것을 알고 있었다. 하지만 빨리 일해야 한다는 강렬한 갈망이 먼저였기에 나의 건강을 돌보는 것은 물론 남편이 바라는 가정주부의 역할을 잘 해낼 수도 없었다. 우리 사이의 마찰은 끊이지 않았다. 나는 내 마음을 이해 못하고 내게 가장 필요한 것이 무엇인지 몰라주는 남편을 원망했다.

아이가 태어난 후 가정에 따스한 분위기가 감돌았다. 남편은 이미 서른이 넘었기에 아들이 생겨 매우 기뻐했다. 아이는 우리 둘의 행복한 생활에 찾아온 희망의 별이었기에 아이에게 김우성金雨星이라는 의미 있는 이름을 지어주었다. 하지만 아이가 생기면서 가사의 부담이 더 늘어났다. 한국의 부녀자는 가정의 주요 노동력이었으나 나는 이를 해낼 수 없었다. 남편은 지식인으로 종종 음식을 만들고 아이를 돌봐주었기에 나는 가사를 덜 신경 쓸 수 있었고 자주 외출해서 늦게 돌아오곤 했다.

한국 남자들의 가부장주의는 매우 심하다. 어릴 때 아버지는 한 번도 밥을 짓거나 옷을 빤다거나 아이를 업어준 적이 없었다. 어머니는 집안일을 하는 것을 불변의 진리로 여기는 것 같았다. 아버지는 그저 장작을 패거나 했는데 이는 이상한 일이 아니었다. 만약 아버지가 옷을 빤다면 남들 눈을 견디지 못했을 것이다.

우리는 비록 고향을 떠난 환경에서 지냈지만 이러한 관념은 여전히 변하지 않았기에 그가 아이를 보고 가사를 도와주는 것은 그에게 있어 이미 엄청난 양보였다. 그러나 나 또한 일을 포기하고 집에서 아이를 보고 있을 수만은 없었다.

우리의 작은 갈등은 결국은 한바탕의 '전쟁大战'을 야기했다. 어느 날 내가 매우 늦은 시간에 귀가를 했는데 그의 품에 안겨있던 아이는 큰 소리로 울음을 그치지 않았다. 그는 화를 내며 내게 말했다.

"아이 볼 거야 말 거야?"

내 관심사는 여전히 집밖의 활동에 있었기에 대수롭지 않게 여기며 말했다.

"돌아왔으면 된 거 아니에요?"

"돌아왔다고? 언제 돌아왔어? 당신은 가정이 있는 사람이고, 내 부인이며 아이의 엄마야, 당신 마음에 우리가 있기는 한 거야?!"

그는 화를 참지 못하고 말했다.

"남편도 아이도 다 원해요. 하지만 일과 활동이 더 중요하다고요."

"일, 일, 언제까지 이럴 거야?"

"평생, 일은 제 생명이에요…"

말다툼은 결론이 나지 않았고 균열은 더 깊어져갔다.

나는 여전히 바쁘게 일했다. 1935년 가을 진광화 동지의 소개로 한국혁명가 광저우집회에 참가해 '의열단'의 지도자 석정본명은 윤세주 동지를 찾아가 만났다. 나는 의열단강령의 몇 가지 내용에 매우 관심이 있었다. 예전에 상하이에 있을 때 이봉창과 윤봉길로부터 의열단에 '칠가살七可殺'이 있다는 것을 들은 적 있지만 광저우에 와서야 그것에 대해 상세하게 알 수 있었다. 어떤 조항은 매우 구체적으로 기술되어 있었다. 예를 들면 다음과 같다.

첫째, 한민족의 적인 일본제국주의의 통치를 철저하게 전복시키고 한민족의 자유 독립을 완벽하게 실현한다.

둘째, 봉건제도와 모든 반혁명 세력을 뿌리 뽑고 진정한 민주국가를 건립한다.

넷째, 제국주의를 반대하는 세계의 민족을 연합해 침략주의를 타도한다.

아홉째, 여성은 정치, 경제, 사회의 각 방면에서 남자와 동등한 권리를 향유한다.

열다섯 번째, 양로, 육영, 구제 등의 공공단체를 설립한다.

　의열단과 한인애국단의 규칙은 어떤 면에서는 비슷한 점이 있었다. 의열단도 암살 대상을 규정한다. 암살을 목적으로 하는 조직에 대해 나는 어느 정도의 극한성과 편협성을 느꼈다. 신비색채가 너무 짙고 쉽게 극단적 모험의 길에 빠질 수 있다고 생각했다. 특히 의열단 공약 중 제 10조인 "규칙을 어긴 자는 때려 죽여도 무방하다."는 실로 공포조직의 분위기를 가지고 있었다.

　석정이 광저우에 온 이유는 의열단을 대표해서일 뿐만 아니라, 더 중요한 것은 조선민족혁명당의 부름을 받고 파견되어 선전 활동을 하러 온 것이었다.

　조선민족혁명당에 대해 아는 것이 극히 적었으나 매우 이해하고 싶었다. 이 조직이 그저 암살조식이 아닌 공산당과 같은 이론, 강령, 방침, 책략이 있는 정당이길 희망했다. 나는 간절히 조선민족혁명당에 대해 이해할 수 있기를 바라고 있었다.

조선민족혁명당

조선민족혁명당은 1935년 7월 난징에서 설립되었다. 한국독립당, 조선의열단, 조선독립당, 신한독립당, 그리고 미주대한인독립당이 연합하여 결성된 것이었다.

석정은 이 당의 강령을 선전하기 위해 왔다. 그는 광저우에서 공부 중인 한국청년이 이 조직에 활발히 지원해 조직을 키우고 발전시키길 희망했다. 광저우발표회에서 석정은 다섯 개 당의 연합선언을 소개했다.

"민족혁명의 최고조직단체인 민족혁명당의 결성을 굳은 맹세로써 정중히 성명한다. 각 단체에서 세운 과거의 혁혁한 전적과 역사, 그리고 업적은 이미 오늘의 민족혁명당의 장엄한 권위를 이뤄냈다. 각 단체는 과거에 험난하고 혹독한 각개의 분투를 통해 혁명의 경험을 쌓았고, 이는 이미 오늘의 민족혁명당에게 없어서는 안 될 무적의 무기가 되었다. 우리는 숭고한 권위와 무적의 무기를 새 당에 제공할 것이다. 이는 전 민족 혁명의 힘을 모아 왜적을 무찌르고 민족의 자유 독립을 쟁취하게 할 수 있을 것이다."

석정은 당의 원칙을 다시 한 번 말했다.

"통일된 지휘 아래서 전 민족의 혁명 역량을 집중시키고 일본 강도를 무찌르기 위해 대 통합당 창립 대표대회를 결성한다. 이번 총회에서 의결한 혁명 원칙은 아래와 같다:

1. 일본제국주의의 침략세력을 무너뜨리고 우리 민족의 자유 독립을 이룬다.
2. 봉건제도 및 모든 반혁명세력을 숙청하고 진정한 민주공화국을 건립한다.
3. 소수가 다수를 착취하는 경제제도를 없애고, 우리 민족 각자의 삶이 평등한 경제제도를 건립한다.

나는 처음에 석정이 의열단의 우두머리라고 생각했는데 생각지도 못한 사이에 이미 새 당조직의 대표가 되어있었다. 나는 이 조직의 설립이 꼭 필요한 것이며 한국독립운동 발전에 순응하는 것이라고 생각했다. 이 조직은 과거 각 당파의 보수와 편협주의를 극복했고 성숙한 사상과 목적이 생겼으며 각 당파 조직의 지혜를 융합시키는 데 유리했다. 이 조직의 설립은 한국혁명투쟁이 새로운 단계에 접어들었음을 상징하고 있었다.

발표회 당시 나는 그 자리에서 바로 이 조직을 지지한다는 의사를 표하고 가입 신청을 했다. 진광화 동지는 내게 잘했다며 나의 혁명에 대한 과감한 행동을 긍정했다.

집에 돌아와서 나는 회의의 내용을 남편에게 상세하게 말했고 기쁨을 감추지 못한 채 이 조직에 가입했다는 것도 말했다. 나는 남편의 칭찬과 지지를 기다렸지만 어떠한 칭찬의 말도 듣지 못했다. 그는 침묵할 뿐이었다. 나는 뭔가 잘못된 것을 느꼈다. 내 머리를 가득 채웠던 열정은 냉대를 받았다.

"우리는 이미 결혼했고 가정이 있으며 아이가 있소. 당신은 여자로서 가사에 더 신경을 쓰고 내가 나가서 더 많은 일을 하는 게 낫지 않겠소?"

그는 냉담하게 말했다.

"우리 모두 가입해요, 서로 보살필 수 있잖아요."

나는 약간 화가 났지만 애써 화를 누르며 말했다.

"둘 다 가입하면 집은 어떻게 해요?"

그가 화난 목소리로 말했다.

"우리는 모두 반일, 항일을 위해 한국에서 달려온 사람이에요. 지금 나보고 더 이상 항일을 하지 말라는 건가요? 혁명은 남녀를 불문하는데 대체 왜 나한테 혁명을 하지 말라는 거죠?"

내 목소리도 높아졌다. 우리는 말다툼을 계속했고 좋지 않은 분위기로 끝냈다. 이로써 내 마음에 맺힌 게 하나 더 늘어났다. 가정에서의 쟁론은 나로 하여금 반감이 생기게 했다. 나는 여자가 가사와 아이를 돌보는 것 외에 다른 일도 할 수 있다는 것을 증명하기로 결심했다. 그래서 운동에 참가하고 싶은 마음이 더욱 급박해졌다. 그래서 종종 진광화 동지와 함께 이런저런 문제를 논의했다.

당시 광저우에서 한국혁명 열사의 운동은 선전의 제한 때문에 많은 중국인이 알지 못했다. 중한 양국 인민과 맞서는 공동의 적은 일본 제국주의인데, 소통이 부족하면 전투에도 불리하다.

나는 진광화에게 "어떤 중국인이 우리 한국인이 '독하다'라고 말했대요. 이는 우리에 대한 오해와 편견인데 왜 이런 상황이 발생하는 거죠?"라고 물었다.

"한국혁명가의 용감한 전투정신을 모독하는 자는 소수에 불과해요. 인내심을 가지고 그들을 설득해 그들과 함께 전투할 수 있도록 해야 해요."

진광화는 미소 지으며 말했다.

"당연히 중국인 중에도 우리 한국인처럼 혁명을 찬성하는 자와 반대하는 자가 있어요. 중국인 중 많은 사람이 우리의 혁명 사업을 이해하고 있고 우리를 지지하고 있어요. 내가 중산대학에 와서 공부할 수 있었던 것도 완전히 중국혁명가의 지지가 있었기에 가능했어요. 그들이 우리를 지지하는 것이 바로 한국의 독립운동을 지지하는 거예요. 그들은 최선을 다해 우리에게 편의를 제공하고 있어요. 우리 한국인이 입학시험을 치르지 않고 통과하게 하거나 학비를 내지 않게도 해주었어요. 또한 매달 8원의 보조금도 주고 있어요. 이게 바로 진정한 중국인의 모습이에요."

진광화의 말은 언제나 나를 진심으로 탄복하게 했고 나의 마음에는 새로운 깨달음이 생겼다. 나는 정말로 그에게 가정에서의 번뇌를 이야기하고 싶었지만 그가 나보다 어린 동생이었기에 차마 입이 떨어지지 않았다. 나는 답답함을 해결할 수 없을 뿐만 아니라 나의 고충을 얘기할 만한 다른 친한 사람이 없어 정말 고통스러웠다.

나중에 당조직은 진광화를 다른 지방으로 파견시켰다. 그가 떠날 때 내게 말했다.

"누님, 우리의 사상은 변해서는 안 되고 앞으로 계속 혁명해야 합니다. 우리는 다시 만날 거예요."

1935년 겨울, 조선민족혁명당 본부는 나를 난징본부로 파견하기로 결정했고 나는 이 결정을 내 남편에게 말했다. 나는 그가 나와 함께 난징에 가기를 희망했다.

이번에 그는 정말 크게 화를 냈다. 그는 우리는 중산대학에서 공부를 아직 마치지 않았으니 중도에 포기해서는 안 된다고 강조했다. 또한 광저우의 환경에 이미 익숙해 난징에 가면 한동안 적응하느라 고생해야 하는데 아이가 견디기 힘들 것이라고 했다. 또 난징에 가면 본부의 일에 묶여 더욱 자신과 아이를 돌 볼 수 없을 것이라고 했다.

어떡하지? 나는 오직 한 가지 길만 선택할 수 있었다. 나는 내게 있어 일이 가장 중요하다고 생각했다. 내가 한국에서 천신만고 끝에 중국에 온 건 작은 가정의 행복을 위한 것도 아니고, 내 개인의 원한을 위해서도 아니었다. 내 심장을 불태우고 있었던 것은 한국인의 해방이었다. 나는 조국을 위해 개인의 모든 것을 포기할 수 있었다.

결과는 매우 명확했다. 우리는 이혼했다. 남편이 한 살 반 된 어린 우성을 데리고 갔다. 나는 무정한 사람이 아니며 아이는 내 몸의 살이었다. 아이가 가는 것을 보니 내 가슴이 찢어지는 듯했고 하염없이 눈물이 났다. 이런 고통은 말로 표현할 수 없었다. 하지만 나는 위대한 사업을 위해 아이를 포기했다. 아이가 잘 자라준다면 미래에 나의 이런 고통스러운 결정을 이해해 줄 거라는 생각으로 마음의 위안을 얻었다. 혁명투쟁 중 나는 작은 가정을 잃었다. 나의 몸과 마음은 모두 혁명의 큰 가정으로 빠져 들어갔으나 우성이를 생각할 때면 마음은 여전히 고통스러웠다.

1945년 '8·15' 광복 후에 아이의 아빠는 아이를 데리고 상하이를 거쳐 고향으로 돌아갔다고 한다. 생각해보니 그는 곧 60세가 될 것이다. 나는 아이가 마음에 걸렸다. 어머니로서 아이에게 미안했지만 이는 다 일본 놈들 때문이었다. 나는 더 많은 사람을 위해 분투하러 갈 수밖에 없었고, 더 많은 아이들에게 제대로 된 생활을 보장해주기 위해 그런 선택을 할 수밖에 없었다.

1936년 1월 나는 광저우를 떠나 난징으로 갔다. 일찍이 1935년 7월 5일 난징에서 설립한 조선민족혁명당은 그때 당시 민족주의 각 당파가 조직한 통일단체였다. 그들은 국제적으로는 반파시스트 전선의 건립을 위한 구호 아래 결성되었다. 이 당은 랴오닝遼寧의 조선혁명당, 항저우杭州의 한국독립당, 난징의 조선의열단과 신한독립당, 미주의 대한독립당 등 5대 단체를 포함하고 있다. 당원들의 출신은 농민과 노동자, 그리고 소자산계급이 위주였다. 당의 창립 대회에서 원래는 조선인혁명당으로 명명하기로 했으나 제2회 대표대회에서 조선민족혁명당약자로 민혁당이라 불림으로 개명했다.

민혁당의 기본 이념은 4대 자유이다. 즉 민족자유, 정치자유, 경제자유, 사상자유로 새로운 한국의 민주공화국을 건립하는 것이었다.

당의 주석은 김규식, 총서기는 김약산김원봉이었고, 제1회중앙위원에는 석정과 김두봉 등 15명이 더 있었다. 김규식은 미국 프린스턴 대학 법학과를 졸업했다. 일찍이 파리강화회의에서 한국대표를 맡은 적이 있는 대한민국 임시정부 외무총장이었다. 김약산은 황푸군관학교의 제4기 졸업생으로 일찍이 조선의열단 단장을 맡은 바 있고 나중에는 조선의용대 대장과 한국광복군 부사령관을 맡았다. 민혁당의 많은 인물은 모두 한국 혁명에서 얻기 어려운 용맹한 인재였다. 민혁당의 최고 권력기관은 전당대표대회로 그 아래는 중앙집행위원회와 중앙 당무위원회가 있다. 그 아래는 조직, 선전, 훈련, 재무의 네 개 부서가 있다. 조직 내 여성을 위해 따로 부녀국婦女局을 설립했다. 임철애김약산 의 부인가 주임을 맡았고 위원은 나를 포함한 정문주허정숙으로도 불림, 조선공 산당 당원 등이었다. 당시 우리는 부녀 위주의 업무를 주로 맡는 한편 민 혁당의 강령과 목적을 소개했다. 또 다른 한편으로는 항일 선전 및 조 직 활동을 강화했다. 그 목적은 부녀들이 한국 독립 운동의 중요한 힘 이 되게 하는 데 있었다. 그 이유는 민혁당의 강령에서 "부녀의 정치, 경제, 사회에서의 권력과 지위는 전부 남자와 평등하다."를 강조하고 있었기 때문이다.

'9·18'사변 후, 김약산은 중국 항전 폭발이 머지 않았기에 앞으로 일 어날 형세를 대비해, 한국인의 임무는 중화민족과 연합해 공동으로 일 본제국주의를 무찔러 한중 양국 민족의 혁명을 이뤄내고 동아시아의 진정한 평화를 건립해야 한다고 생각했다.

1932년 김약산은 조선의열단의 일부 구성원을 이끌고 베이징에서 난징으로 와 중국당국에 한중양국민이 연합해 항일투쟁하자는 사안을 협상했다. 김약산은 혁명 운동의 경비를 구하기 위해 한편으로는 황푸 동문회에서 물질적 지원을 받았고, 다른 한편으로는 광대한 한국 교민 에게 적극적으로 선전활동을 해 자금을 모았다.

일본 침략의 기세가 등등해 지고 중국의 형세가 악화되면서 김약산 은 한국의 각 혁명 조직이 반드시 통일되어야 한다고 생각하고 새로운 투쟁에 필요한 정당을 설립했다. 그러나 새 정당은 난징에서 설립되어야만 비로소 중한 양국공동의 이해와 상호지원을 더욱 충분히 설명할 수 있었다. 아래는 조선민족혁명당의 선언에서 발췌한 것이다.

> "현재는 중국민족이 일본의 침략과 압박의 고통을 받고 있지만, 상하를 막론해 와신상담하여 험난한 투쟁을 결심하고 있다. 그러므로 중국민족은 지금 우리가 의지할 수 있는 유일한 동맹군이다."

민혁당의 설립은 난징국민당 정부의 승인과 지지를 얻었다. 김약산 등 인물은 수차례 민혁당의 사안과 관련해 국민정부 중앙당부 비서실장인 우톄청吳鐵城과 서신을 주고받았다. 우톄청은 민혁당의 대표를 만나 그들에게 경비를 주었다. 민혁당은 전쟁 전에 일찍이 국민정부군위원회 조사통계청에 예속되어 전문 특별임무를 맡았다. 국민정부로부터 자금을 제공받고 항전 후에는 군위원회 정치부의 지도하에 의용대를 조직했는데 정부가 서쪽으로 천도하면서 그들도 충칭重慶으로 이동했다.

민혁당은 창립 후 혁명 간부의 배양에 힘썼다. 그래서 당 설립 후 맨 처음으로 실시했던 일이 조선민족혁명당 간부학교를 창건한 것이었다. 처음에는 난징에서 나중에는 루산廬山, 장링江陵 등 지역에 건립했다.

이 학교는 루거우차오蘆溝橋사건 전까지 총 3년간 운영됐으며 학교장은 김약산이었다. 학교는 한국과 중국의 각 지역에서 온 수백 명의 한국의 우수한 청년들로 이루어졌고 그들에게 정치·군사 등 주요 과목을 가르쳤고, 훈련을 통해 그들을 혁명인재로 만들어냈다.

일본제국주의가 일찍이 외무성과 한국총감부에게 지시해 온갖 간책을 써서 이 학교를 파괴하려고 시도했으나 실패했다.

학교의 졸업생 중 많은 이들이 앞 다투어 적의 봉쇄선을 뚫거나 국내로 돌아와 항일투쟁의 막강한 군대로 흡수되었다. 어떤 이는 중국의 동베이東北, 화베이華北, 화둥華東지역에서 항전의 홍수 속으로 들어갔다. 그들 중 많은 이의 뜨거운 피가 전장 혹은 단두대에 뿌려졌다. 제일 많게는 항일의 전쟁터에서 계속 전투하다가 전사했다. 문정일현 국민위원, 한청과 조소앙현재 심양에 있음, 관건이미 사망함, 정율성유명한 음악가, 이미 사망함, 이홍무이미 사망함 등은 모두 이 학교에서 공부한 적이 있다.

난징부터 자링 강변까지

1937년 '7·7사변' 발발 후, 중국공산당은 곧바로 '7·8'공개 전보를 쳐, "핑진平津 위기, 화베이 위기, 중화 민족 위기"를 알리고 주동적으로 국공합작선언문을 건넸다. 또한 저우언라이周恩來를 파견해 "국공 양당이 긴밀하게 합작하고 일본 놈들의 공격에 맞서 저항하자"고 호소했다. 국공 양당은 외적의 침략을 몰아내겠다는 큰 목표 하에 항일 민족 통일 전선을 이룩했다.

중국 항일 국면의 발전과 국공 양당 관계의 변화는 한국혁명가에게 큰 영향을 끼쳤다. 그들은 민족의 해방을 이루기 위해서 반드시 '항일이 우선'이라는 목표를 철저히 관철시키고 각 방면의 역량을 단결시켜 전 민족의 통일 전선을 결성해야 된다고 생각했다. 또한 중국 인민 항전이라는 천재일우의 기회를 이용해 중국 인민과 함께 일본 파시즘의 멸망을 가속화시켜 한국의 민족해방을 실현시키겠다고 다짐했다. 그래서 미국과 중국에 있는 한국의 각 혁명단체의 대표가 파견되어 난징에서 국가재건계획을 의논했다. 그들은 국가재건을 위해서는 반드시 민족전선을 결성해야 한다고 이구동성으로 입을 모았다.

그때 비교적 영향력이 있던 혁명단체는 조선민족혁명당을 비롯하여 1936년 이후 설립된 조선민족해방운동자동맹, 조선혁명자연맹이었다. 1937년 11월 12일, 이 세 개의 조직은 난징에서 조선민족전선연맹을 결성하고 명칭, 조약, 강령 및 선언 등을 통과시켰다. 당시 난징은 쑹후회전淞滬會戰의 실패로 매우 위급한 상황이었기에, '연맹'은 난징에서 우한으로 이동했다. 12월 초, 한커우에서 '연맹'의 창립선언을 발표했다. 선언문의 내용은 다음과 같다.

우리 세 개 단체는 한국인의 자유해방을 위하여 투쟁한다. 상세 내용은 아래와 같다.

첫째, 한국인의 유일한 살 길은 전 민족이 역량을 단결해 일본 제국주의를 무찔러 한국인의 자유 독립을 이루는 것이다.

둘째, 우리 혁명의 목적은 오직 전 한국인의 자유와 평등을 실현시키는 것이다.

셋째, 한국인이라는 그 자체의 특수성이 있기에 우리 한국의 혁명도 마땅히 그 특수성을 가져야 한다.

넷째, 한국인은 이미 혁명정당이 있다. 우리는 전 민족 공동의 염원을 달성하기 위해서 오직 혁명만이 정답이라는 것을 알고 있다.

다섯째, 일본제국주의는 현재 육해공군의 모든 역량을 내세워 중국 침략 전쟁을 적극적으로 꾀하고 있다. …우리는 반드시 중국민족과 연합하여 항일 전선을 강화해야 한다. 이는 역사가 우리에게 정해준 필연적인 살 길이다.

'연맹'의 지도자 중 조선민족혁명당의 총서기인 김약산이 상무이사

를 위임했다. 이사는 김학무·김규광·유자명 등의 인물이었고, 간사는
석정·한일성·왕지연·박차정·신악 등이었다.

'연맹' 설립 초기의 주요 업무는 다음과 같다.

> 첫째, 국내 각 혁명단체 및 군중의 연락 문제를 해결한다.
>
> 둘째, 조선혁명당 무장 대열 문제를 해결한다.
>
> 셋째, 국내외 각 혁명 단체의 총 통합 문제를 해결한다.

중국공산당의 항일 투쟁 책략 및 풍부한 투쟁 경험을 더욱더 잘 배우
기 위해, '연맹'은 일찍이 일부의 사람들, 즉 정율성·이근산·호철명·노
민 등을 옌안延安에 파견해 공부시켰다. 그들은 중국공산당으로부터 최
고의 대우를 받았다. 어떤 이들은 옌안의 항일군정대학에 들어가 공부
했고, 어떤 이들은 바로 타이항산太行山으로 가서 팔로군으로부터 배우
면서 팔로군과 함께 일본 침략군에 맞섰다. 또 일부는 한커우漢口 군사
학교에 보내져 훈련을 받았다. 중국공산당은 조선민족전선연맹에 친
형제와 같은 지지와 관심을 베풀어주었으며, 그들이 공부하고 훈련받
을 수 있는 기회를 백방으로 제공해 주었다.

원래 그때 나도 옌안으로 파견될 인원 중에 한 명이었는데 내 개인
적인 문제로 갈 수 없어 정말 유감스러웠다. 나는 매우 소중한 학습의
기회를 놓치게 되면서 깊은 고뇌에 빠졌다. 가끔은 운명이 나를 농락
하는 것은 아닌가? 하는 생각을 하기도 했다.

원래 나는 광저우에서 난징으로 온 후 석정과 이춘암 등 간부의 소개
로 이집중이라는 동지와 결혼을 했다. 소개해 준 사람이 나에게 이집

중은 혁명 간부라 반드시 나의 혁명 업무를 지지해 줄 것이라고 말했다. 그는 나이가 많긴 했지만 그가 내 혁명의 길을 지지만 해준다면 나는 그걸로 만족했다. 하지만 결혼 후 반년도 안 되어 내가 부녀국에서 일하게 되자, 그 또한 나의 매우 바쁜 생활에 대해 불만을 토로했다. 나는 매일 부녀의 지위와 권리는 반드시 남자와 평등해야 한다고 선전하고 있었으나 가정에서는 평등한 대우를 받지 못하고 있었다. 나는 매우 괴로워하며 "남자들은 다 이런 걸까?"라는 생각을 했다. 그가 나를 옌안에 못 가게 저지하는 지경에 이르면서 우리의 갈등은 갈수록 깊어졌으며 나도 매우 화가나 끝내는 헤어졌다. 나는 그가 나를 속박하게 놔둘 수 없었고 그가 나의 걸림돌이 되게 할 수 없었다.

매번 이런 상황에 직면할 때마다 나는 가족이 그리워졌다. 고향이 생각났고 엄마, 언니, 오빠가 보고 싶어졌다. 만약 그들이 내 옆에 있다면 얼마나 좋을까, 마음속에 있는 말들을 그들에게 말하면 그들이 답답한 심정을 풀어줄 수 있을 텐데…. 어떤 때는 대동 강변 목단牡丹산 꼭대기에서 세차게 흐르는 대동강의 물줄기를 보며 김문국 선생님으로부터 역사상의 전설적인 인물에 대한 이야기를 듣곤 했던 일이 생각났다. 또 어떤 때는 김두봉 선생님이 황푸黃埔 강변에서 최초 조선공산당에 가입한 선진 인물들의 영웅 사적을 들려주던 일이 생각났다. 또 김구 선생이 종종 애국자의 손에 땀을 쥐게 하는 암살활동에 대해 이야기해 주었던 것도 생각났다. 또 진광화 선생이 중산대학中山大學의 교정에서 감동적이고 눈물겹게 희생된 한국 선열의 이야기를 해 주었던 일도 생각났다. 어떤 때 나는 조용히 눈물을 흘리면서 나의 어린 아들 우성이를 생각했다. 그 아이가 지금 어디에 있는지도 몰랐지만 기왕에 끝까지 혁명의 길을 걷겠다고 결정한 이상 작은 가정에 연연해 할 수는 없었다. 비록 희생이 뒤따랐지만 당연히 해야 될 일이었다. 사실 평양을 떠나고 어머니를 떠나면서 나는 이미 희생을 치렀다. 나는 이미 이 길에 올랐고, 후퇴할 이유도 없으며 절대 후회하지 않을 것이다. 어떤 때 나는 "생명은 고귀하고 사랑의 가치는 더 높지만 자유를 위해서라면 이 두 가지다 포기할 수 있다."라는 말의 진정한 의미를 거듭 되새기곤 했다.

국민당이 항전시기에 오직 정부와 군대에만 의지하는 편파적인 항전 노선을 고집했기 때문에 항전이 시작된 후 장제스가 치른 첫 번째 대결전인 쑹후회전이 석 달 동안의 대결 끝에 실패로 끝나고, 이후 일본은 난징을 침략하기 시작했다.

1937년 겨울, 조직은 모든 여성 동지와 노약병자 및 아동을 충칭重慶으로 옮기기로 결정했다. 박건흥의 세 살배기 딸은 내가 맡기로 했다. 초연이 자욱한 전장 중, 우리의 피난 대열은 난징에서 배를 타고 한커우, 이창宜昌을 거쳐 강을 끼고 아주 길고 긴 여정의 길에 올랐다. 피난 물결은 마치 조수와 같았고, 사람들은 부두와 객잔에 빽빽하게 모여 있었다. 모두들 너무나 지쳐있었고, 노인들과 병약자는 말할 것도 없이 나처럼 건강한 사람도 이렇게 긴 여정의 피로는 견디기 힘들었다. 다행히 우리 모두는 서로를 배려했다. 고구마 하나만 있어도 서로 양보했으며 물 한 모금도 노인과 아이들에게 먼저 마시게 했다. 중국군이 실패했다는 소식은 어두운 그늘이 되어 우리의 마음속을 짓눌렀다. 그 그늘은 전체 노정을 어둡게 덮쳤다.

1938년 봄, 도처를 떠돌던 우리는 드디어 산성山城 충칭重慶에 도착했다. 이곳에는 남국의 온화한 봄기운으로 충만했다. 우리는 아름다운 자링嘉陵 강변에 있는 손 씨네 과수원에 머물게 되었다.

유유한 자링 강을 마주하자 절로 고향의 대동강이 생각났다. 조국을 그리워하는 마음에 눈물이 줄줄 흘리면서 반드시 이겨 고향을 되찾겠다는 복수심에 주먹을 꽉 쥐었다. 비록 우리는 전장을 멀리 떠나있지만 나의 세포 한 가닥 한 가닥은 전선에 잇닿아 있었다.

오래지 않아 일본 강도가 난징에서 전대미문의 참상이 될 대학살을 자행하고 있다는 소식이 들려오자 모두들 몹시 흥분하며 복수의 불꽃을 불태웠다. 건장한 사람들은 모두 전선으로 돌아가겠다고 했지만 조직에서 허락하지 않아 우리는 그저 초조한 마음으로 기회와 승리의 소식을 기다릴 수밖에 없었다.

자링 강변에서의 생활은 물자 부족으로 매우 험난했고 약품도 부족해 병에 걸린 사람도 많았다. 나는 일찍이 중산대학 부속 병원에서 의학을 배운 적이 있어 당연하다는 듯이 의료봉사를 하기 시작했다.

손 씨네 과수원에서 김구 선생의 모친이 병사했다는 소식을 듣고 그가 급히 왔다. 그가 장례식을 마치고 난 후 우리는 하고 싶은 말이 정말 많은 것처럼 앞으로 개개인의 상황에 대해 이야기를 했다. 그러나 각 당파 사이의 분열, 특히 각 당파 지도자들 사이의 의견 대립은 우리의 대화에 그늘을 드리웠다.

"동해야, 너는 아직 공산당원이지, 공산주의자 맞지!"

김구 선생이 떠나면서 내게 말했다.

"저는 공산주의를 믿어요, 저는 공산주의자에요!"

나는 자랑스럽게 대답했다.

"그럼 앞으로 우리 다시는 만나지 말자!" 라고 그가 말했다. 비록 우리 둘 다 충칭에 있었지만 이 날 이후로 나와 김구 선생은 다시는 만난 적이 없다.

알고 보니 김구 선생이 이끌고 있는 대한민국 임시정부는 장제스의 국민당 정부를 따라 난징에서 충칭으로 이동해 온 것이었다.

1938년 초, 박건흥 동지가 충칭에 아이를 데리러 왔다. 그는 옌안으로 간 수많은 동지들의 상황에 대해 말해주었다. 그는 흥분에 들떠 정율성에 대해 이야기 했다. 나는 난징에 있을 때 이미 정율성과 매우 친했다. 1937년 가을, 정율성은 옌안으로 와서 산베이공학陝北公學에 들어갔다. 그곳에는 옌안의 예술 인재들과 문예애호가들이 모여있었다. 학교는 예술그룹과 미술그룹으로 나뉘었고 옌안의 '예술의 전당'의 분위기를 많이 풍겼다. 당시에 혈기왕성했던 정율성은 이미 녜얼聶耳, 셴싱하이洗星海의 가곡을 들으면서 예술적 영향 및 영감을 받았고, 그도 음악으로 자신의 가슴속에 들끓는 격정을 토로하기로 결심했다. 그는 각종 음악 활동에 적극적으로 참여했다. 심지어 일요일에는 자신의 바이올린을 들고 농촌 사람들을 찾아가 모두를 위해 노래와 연주를 했다. 열아홉 살의 정율성은 자신의 천부적인 음악 재능을 이용해 불꽃처럼 붉고 띠꽃처럼 하얀 항일 투쟁에 몸을 바쳤다. 1938년 2월, 루쉰魯迅예술학교가 창립되었을 때, 그는 초창기 멤버가 되어 이 예술의 전당에 발을 내딛었다. 타국 청년에 대한 중국공산당의 중시와 관심은 젊은 청년의 마음을 깊게 감동시켰다. 그는 이런 감격을 혁명 성지인 옌안에 대한 맹목적인 사랑으로 융합시켰으며, 은은하고 우아하며 약동하는 곡조가 그의 마음속에 거세게 메아리치면서 〈옌안송〉이라는 영혼의 곡을 탄생시켰다. 1938년 봄, 그가 옌안 강당에서 공연할 때, 마오쩌둥毛澤東 등의 중앙 지도자들이 공연을 보고 이 곡에 대한 열렬한 호응을 보였다. 〈옌안송〉의 선율은 한중 양국민의 공통된 소망을 응집시켰고 뜻 있는 청년들과 정의로운 자들을 계속해서 고무시켜 광명을 향해 나아가게 했다. 당 중앙은 정율성의 작업 스타일을 매우 중시해 그를 위해 개인 사무실을 마련해주어, 그가 더 나은 조건에서 음악 창작 활동을 할 수 있도록 도왔다.

나와 정율성이 서로 알게 된 것은 1936년 봄이었다. 그때 나는 난징에 도착한지 얼마 되지 않아 조선민족혁명당 부녀국에서 위원회 일을 맡게 되었다. 내가 처음 정율성을 봤을 때, 그는 겨우 열 몇 살이었는데도 매우 출중한 소년이었다. 그는 당시에 조선민족혁명당에서 개설한 학교에서 공부했고 시내에 위치한 큰 사찰에 거주했다. 그는 매우 열심히 공부했다. 기본 과정을 배우는 것 외에 매주 한 번씩 상하이음악학교에 가서 음악전문교육을 받았으며 피아노, 바이올린, 성악 등도 공부했다. 그는 또한 당시 항일 구국 음악운동에 적극적으로 참여하고 있던 셴싱하이冼星海를 알게 되어 그와 깊은 우애관계를 맺었다. 시간이 갈수록 우리가 만나는 횟수도 많아졌다.

"너 참 노래 잘한다. 전문 훈련을 받은 거 맞지? 나도 유아사범교육을 받아서 음악을 조금은 알거든."

나는 그를 칭찬하며 말했다.

"아직 더 열심히 해야 돼요, 나중에 음악가가 되고 싶거든요."

정율성은 자신감에 가득차서 내게 말했다. 그에게는 조금의 가식적인 모습도 없었다. 마음속에서 우러나오는 솔직 담백한 말투는 나로

하여금 이 소년이 매우 솔직하고 성실하다고 느끼게 했다.

왕래가 잦아지면서 정율성은 나에게 그의 가정에 대한 이야기를 해 주었다. 그는 1918년 7월 7일에 한국 전라남도 광주시의 가난한 농부의 집에서 태어났다. 큰형과 둘째형은 모두 차례로 일본 침략에 반대하는 혁명 투쟁에 참여했고 모두 투쟁 중에 희생되었다. 계급과 민족에 대한 원한과 증오가 마치 맹렬하게 활활 타오르는 불꽃처럼 그의 유년의 영혼을 불태우고 있었다. 열다섯 살 때, 그는 가족과 함께 중국으로 왔다. 그의 누나와 매형은 모두 혁명에 가담했다. 그러다 나중에 누나는 한국으로 돌아가 일했고 매형 박건흥은 세 살배기 어린 딸을 데리고 난징에 머물렀다.

'7·7사변' 후 항일 전쟁이 전면 폭발했고, '시안사변西安事變' 후 항일 민족통일전선의 기초가 형성되었다. 조선민족혁명당의 지도자는 공개적으로 조선의용대를 설립해 중국에 있는 한국 청년을 모두 모아 중국에서 전면 항전에 참가시키기로 결심했다. 동시에 일부 젊고 건장한 청년들을 우한으로 파견해 군사훈련을 받게 했고 일부 연장자와 가족을 충칭으로 보냈으며, 몇 명의 동지들을 파견해 그들을 호송하게 했는데 나는 파견된 요원 중의 한 명이었다. 당시에 정율성은 이미 옌안에 공부하러 갔고, 그의 매형은 또 중요한 임무가 있어 출장을 갔다. 그가 자기의 세살 밖에 안 된 딸을 충칭에 데려다 줄 수 없다는 것을 알고 내가 아이를 충칭까지 데려갔다. 정율성이 이미 혁명 음악가가 되었다는 소식을 박건흥에게 듣고 나는 정말 기뻤고 그의 행복을 함께 나눴다. 그는 전에 내가 의학 전문가가 되기를 희망한 적이 있는데, 나도 언젠가는 옌안에 가서 공부할 수 있는 기회가 있기를 갈망했다.

조선의용대, 일본군을 와해시키다

1938년 11월, 조선민족혁당은 이춘암과 한빈 동지를 충칭에 보내 조선의용대 창설 상황을 전달했다.

조선민족전선연맹 설립 후 연맹은 일찍이 조선혁명무장단체 설립에 관한 문제를 중국 측과 여러 차례 상의했고 그 결과 조선의용대의 조직이 입안되었다. 이 단체는 중국 항전에 참가해 일본 침략군을 함께 물리치고 한국의 독립과 해방을 얻기 위해 노력하고자 했다.

이 방안은 1938년 '7·7사변' 1주년 기념일에 장제스에게 넘겨졌고 결과적으로 그의 찬사를 얻었다. 또한 그가 직접 이 방안을 허가하고 정치부 부장 천청陳誠이 책임지고 완성하도록 했다. 그 후 구체적인 것은 제1청 허賀 청장에게 넘겨 처리하게 했다.

중국 측과 조선민족전선연맹의 공동의 노력과 꼼꼼한 준비를 거쳐, 원래 한커우 교외의 30리 떨어진 곳에 설립된 청년군사훈련반의 학생들이 졸업 후 1938년 10월 10일 한커우에 조선의용대를 창립시켰다. 의용대를 창립한 그날은 바로 생사를 다투는 우한대전투의 마지막 날이었다. 밖에는 포성이 우르르 울리고 있었고 집회장소 내의 군중의 감정은 격앙되어 있었다. 집회에 참석한 100여 명의 대표는 일본 파시즘을 멸절시킬 강력한 부대의 설립에 박수를 치며 환호했다.

의용대의 세 가지 대표 구호는 아래와 같다.

1. 중국에 있는 모든 한국 혁명 역량을 동원해 중국 항전에 참가하자.
2. 일본의 광대한 군민을 쟁취하고, 동양의 약소민족을 발동시켜 일본군벌을 공통으로 물리치자.
3. 한국혁명운동을 추진해 한국인의 자유해방을 쟁취하자.

창립선언서에 의용대가 자신의 임무와 목적을 설명했던 이유는 식민지 노예가 되기를 거부하는 수천 수백만 한국의 동포를 분기시키고, 조선의용대의 기치 아래 모여 파시즘 군벌에 압박 받던 모든 민중이 연합하여 우리의 진정한 적인 일본 군벌을 무너뜨려 진정 동아시아의 영원한 평화를 이루도록 하기 위함이다.

조선의용대의 이런 찬란한 항일의 기치는 한국인의 우수한 아들딸에 의해 이루어졌다. 그 중 140여 명의 청년 대원은 고등교육을 받은 적이 있는 지식인이고 그들 대부분은 조선민족혁명당의 당원이다. 40여 명은 군사 인재로 일찍이 중국의 군사학교에서 교육을 받은 적이 있다. 의용대 중 거의 모든 대원은 용감하게 투쟁에 참여한 비장한 역사를 가지고 있었고 5년에서 10년에 이르는 혁명 훈련을 받은 적이 있다. 1919년 한국의 '3·1운동'에 참가한 사람도 있고 1929년에 광주학생운동에 가담한 사람도 있었다. 많은 대원들은 우리나라에서 백색테러 아래 일을 전개하는데 어려움을 겪자 중국에 와서 혁명의 돌파구와 기회를 모색했다. 이런 대원들은 항일 전쟁 중 자신을 단련시켰다.

그들은 젊고 패기가 있었으며 용왕매진하는 희생정신을 갖고 있었다.

조선의용대는 특정한 역사적 시기에 형성되었기에, 처음에 는 중국 항전의 임무를 맡고 있었다. 당시에 우한회전武漢會戰이 매우 어려운 시기였는데, 의용대는 이런 위험의 시기에 임명받고 일각의 지체도 없이 전투에 투입되었다. 우한회전은 1938년 6월 일본이 안칭安慶을 점령한 후 시작되었다. 10월에는 북·동·남 세 곳이 일본군에 포위되었는데, 이는 중국의 근현대 군사 역사상 최초로 가장 광활한 지역에서 최대 병력이 투입되어 합동 전투를 벌인 것이다. 양측 군대는 멀고도 험한 전쟁터에서 무수한 악전고투를 치렀다. 또한 항전 방어 단계에서 국공 양당의 관계가 비교적 융화되고 전국 민중이 대대적으로 참여한 전 민족 항일 전투였기 때문에 미국과 소련 양국 모두 병사를 파견해 참전했다.

조선의용대는 원래는 한국 혁명 역량에 중요한 부분을 차지했다. 이는 국내 혁명운동과 밀접하게 협력해 전체 한국 혁명을 촉진하는 책임을 지고 있었다. 의용대 설립 초기의 업무 내용은 아래와 같다.

1. 작전사령부 업무에 협조한다.

1) 적군의 자료를 수집한다. 적의 방송과 번역물을 수집하고, 적군의 자료를 정리하고 포로를 심문한다.

2) 공작원을 훈련시킨다. 일어 단기반을 개설해 부대 장병에게 일어 및 대적 선전 기술과 방법을 가르친다.

3) 포로 교육

2. 최전선 업무

1) 최전선 부대를 대상으로 전체 장병에게 대적 선전 훈련을 실시한다.

2) 대적 선전 업무: 진지를 조직해 선전하고, 참호에서 바로 대적 선전하고, 유격선전대를 조직하고, 적군에 진입해 무장 선전을 진행한다.

3. 일반인 선전 업무

1) 일반 민중에 선전: 민중의 항전 의사를 격려하고 중한 민중 간의 우의를 촉진한다.

2) 위문 업무: 위문단을 조직해 군대를 위문한다.

4. 피점령 지구 업무

1) 유격 지구에서 대적 선전 활동을 하고 적진에 들어가 한국 동포를 구한다.

중국공산당 대표 저우언라이, 궈모뤄郭沫若 등 동지와 국민당 대표 천청陳誠 등이 의용대 설립대회에 참가했다. 대회에서 저우언라이가 사람들의 사기를 북돋아주는 발언을 했다. 그는 핍박당하는 동양의 민족이 모두 단결해 일본제국주의를 무찔러야 한다고 호소했다. 또한 모든 장병들이 한국의 국가독립을 위해 용감히 싸우고 힘써야 한다고 격려했다. 궈모뤄 동지는 대회에서 즉흥시를 지어 만장의 갈채를 받았다.

우리는 의용대의 설립을 경축하기 위해 충칭 청년 강당에서 저녁만찬연회를 열었다. 만찬연회장에는 두 폭의 표어가 걸려있었는데, 각각 "한중민중은 연합해서 일본제국주의를 무찌르자!"와 "동베이 한중 항일연군을 옹호하자!"였다.

만찬연회장에는 700여 명의 격양된 군중과 우한 각계인사 그리고 관련 단체들이 모두 대표를 파견해 이 만찬회에 참가했다. 그 중 의용대 대장 김약산김원봉이 축사를 했다.

"우리 사람 수가 적다고 말하지 마시오, 한국의 삼천만 민중이 모두 우리의 힘 입니다. 아니! 전 중국 각 민족 동포 모두가 우리의 힘 입니다!"

관중은 그의 말에 우레와 같은 박수소리로 회답했다.

의용대 대원은 모두를 위해 근사한 무대를 선사했다. 〈민족해방의 노래〉·〈자유의 빛〉과 한국의 민요를 독창했고, 〈아리랑〉을 합창했다. 독무와 연극도 있었다. 민족의 특색이 있는 생기 넘치는 공연에, 집회장에는 끊임없는 환호성과 박수소리가 울려 퍼졌다. 중국 측은 우한전쟁 때 아동구제회의 동자군이 〈영광스러운 희생〉을 연기했다. 한커우시 선전대는 후베이湖北민요 〈기중장起重匠〉 등과 단막극을 공연했다. 한중 양국의 배우들은 그들의 항일 격정을 담아 한 장면 한 장면 심금을 울리는 공연을 선보였다. 연회장은 단결, 환희, 전투의 분위기로 충만했다. 10월 14일 〈신화일보〉에서 만찬연회에 관해 상세하게 보도했다.

조선의용대는 총 300여 명이고 총대장은 김약산, 부대장은 신악申岳이었다. 조선의용대에는 부녀부대도 설립했는데 대장은 박철애, 부대장은 내가 맡았다. 또 극단도 결성했는데 단장은 김창만이 맡았다.

본부는 아래에 3개의 지대를 관할했다. 제1지대 대장은 박효삼으로 총 78명이 있고, 제2지대 대장은 이익성으로 총 75명이 있으며, 제3지대 대장은 김세일로 총 63명이 있었다. 의용대의 경비와 무기는 국민정부 군사위원회 정치부에서 제공했으므로 의용대는 일종의 한중 양국민 연합전선의 특수부대였다.

의용대 결성 초기 2년 동안 의용대의 주 업무는 중국 군대와 협력하는데 치중되어 있었다. 주로 적군에게 혁명 선전을 실시해 적군을 와해 및 분열시켰다. 의용대는 6개의 전지와 13개의 성을 옮겨 다니며 용감히 싸웠다. 중국의 전쟁터 중 의용대 전사들의 영향이 미치지 않은 곳이 거의 없었다. 의용대의 전사들은 중국 군대에 협조하여 단기 일본어 교습반을 많이 개설했고, 6만여 명의 대적 업무 간부를 훈련시켰다. 최전선과 후방에서 한중 두 개 언어로 소책자 5만여 부, 전단지 50만여 부, 표어 40만여 부를 인쇄 발행했다. 또한, 대량의 적군 자료를 번역해 우리 측에 제공했으며 다양한 중한 간행물을 출판하기도 했다.

의용대의 전사들은 적군의 빗발치는 탄환을 뚫고 최전선에서 진지 선전을 수행했다. 그들은 참호에서 적군에게 연설을 하는 전투기술을 창조했는데, 그것을 '따발수唇槍手'라고 불렀다. 전사들은 컴컴한 밤의 엄호를 받아 적군과 가장 가까운 참호로 갔고 어떤 곳은 칠팔십 미터밖에 안 되는 거리였다, 따발수들의 우렁찬 목소리는 마치 총알이 되어 적군을 쏘는 것 같았다.

"일본 형제들이여…. 일본 군벌이 중국에서 전쟁을 일으킨 이래로 불쌍한 일본의 백성은 중국에 끌려와서 싸우고 있고 일본 군벌은 당신들이 아내와 함께 할 수 있는 기쁨을 박탈하고 있소…."

"더 크게 말하시오…."

아군의 입을 통해 나온 말은 적군의 마음을 감동시키기에 충분했기에 그들은 큰 소리로 외치고 있었다.

장시江西 간장贛江 지류 진허錦河에서 활발하게 활동하고 있는 의용대 제3부대의 모든 전사들은 헝양衡陽에서 800리를 걸어 진허 남쪽 기슭에 위치한 중국 군대의 진지에 도착했다.

이곳에서 두 군대는 1년여 간을 대치하고 있었다. 동지들은 밤이 되면 고요한 진허 남쪽 기슭에서 북쪽 기슭의 적군을 향해 선전전을 펼쳤다. 그들은 철 파편으로 만든 간이 나팔에 입을 대고 일본어로 소리쳤는데, 처음에는 적군이 총을 쏘아 교란시키더니 나중에는 사그라졌다. 대원들이 소리쳤다.

"형제들이여, 명절이 되었소. 모두 한데 모여 단란하게 지낼 때인데 여러분들은 누구를 위해 여기서 이렇게 목숨을 거는 거요? 생각해 보시오. 당신들의 집, 아내 그리고 아들, 딸들을…."

적군이 듣지 못할까봐 의용대 동지들은 크게 외쳤다.

"우리가 하는 말이 잘 들리면 총성을 두 번 울리시오!"

과연 적군은 총을 두 번 쐈고 동지들은 계속해서 반전 선전활동을 했다. 이로써 적군의 마음을 움직였고 그들도 회답하기 시작했다.

"당신들은 일본인이요?"

선전 활동이 확실히 효과가 있긴 있는 모양이었다.

명절이 지나고 봄이 왔다. 일본의 벚꽃도 차츰 피기 시작했다. 난징의 의용대는 이번에는 벚꽃을 주제로 말을 건넸다.

"봄이 왔군요. 당신들의 군벌과 재벌은 지금 여인들을 품에 끼고 벚꽃을 감상하고 있어요! 여러분들의 가족은 벚꽃 아래서 눈물을 흘리고 있어요!"

적군이 이 말을 듣고 소리쳤다.

"정말 괴로우니 더 이상 말하지 말고 노래나 한 곡 불러주시오!"

의용대 대원 이 군이 일본의 유행곡 〈도쿄아가씨〉를 부르기 시작했다. 적군이 듣고 "좋아요!"라고 소리쳤다. 계속해서 갈채를 보내며 한

곡 더 불러달라고 했고, 대원들은 또 〈고향생각〉을 불렀고 이어서 소리쳤다.

"당신들이 행복하게 살고 싶다면 반전만이 진정한 민주국가를 다시 건립할 수 있습니다….."

애틋한 고향의 목소리와 정의로운 충고에 적군이 동요되기 시작했다. 적군은 어떤 때 소리치곤 했다.

"그만! 우리의 상관이 왔어요."

장기간의 끊임없는 선전 활동을 통해 양안의 적군과 우리들 사이에는 한 층 더 깊은 교류가 시작되었다. 쌍방 간에 작은 정전협정을 맺었는데, 5명 이하일 때는 쌍방이 서로 사격을 하지 않기로 해, 자유롭게 강가 위에서 조망하거나 산책을 할 수 있게 되었다. 의용대가 북돋은 반전 정서는 적군 내부에 들불처럼 번져나갔다.

한번은 몽롱한 달빛 아래서, 적군 20여 명이 한꺼번에 나타나 대열을 이루어 강가에 바짝 붙어 남안에 있는 우리에게 몇 가지 상황을 물어본 적이 있다.

중국 군대가 허베이河北 내에 있는 적군 진지 가오여우高郵의 소도시를 습격할 때, 적군은 저항하지 않고 바로 후퇴하면서 일본어로 쓰인 편지 한통을 남겼다.

"우리는 저항하지 않을 것이오!"

가끔 그들이 아군 진지에 총을 쏠 때 일부러 허공을 향해 쏘거나 그저 아무렇게나 발사했다. 폭탄을 던질 때는 폭탄의 신관을 빼서 날아온 폭탄도 소리가 나지 않았다.

의용대의 반전 선전 활동에 매우 중요한 무기 중 하나는 표어를 붙이는 작업이었다. 그들은 대량으로 표어를 써서 적군이 볼 수 있는 곳에 붙였다. 표어의 내용에는 다음과 같은 것들이 있었다.

"군부 폭력파 상관을 사살하자!"

"침략전쟁을 혁명으로 전환하자!"

"반침략 전쟁의 선봉인 조선의용대의 호소에 호응해 주세요!"

제2지대의 의용대 대원들은 지대장 이익성의 인솔 아래, 광시廣西전쟁에서 큰 표어를 걸어 적군의 감정을 교란시켰다. 그들은 적군의 포화 속으로 들어가 위장된 진지에서 약 7미터 가량의 흰 천으로 만들어진 대형 표어를 걸었다. 표어에는 일본어가 적혀있었다.

"우리들의 전선에 와서 적군인 일본 군벌을 같이 무찌릅시다!"

표어의 글자는 마치 날카로운 칼로 적군을 윽박지르는 것과 같았다. 적군의 간부들은 신경질적으로 사병들에게 이 표어에 총을 쏘라고 지시해 새벽부터 황혼 무렵까지 총성이 계속해서 울려 퍼졌다. 적군은 적어도 1만여 개의 총알을 소모했을 것이다. 표어의 흔적이 사라질 때까지 총성은 멈추지 않았다.

땅거미가 지고 다시금 의용대가 '따발수'의 위력을 발휘할 때가 되었고 대원들은 소리쳤다.

"병사들이여, 연합해서 일어나시오, 우리들의 적은 일본 군벌이오! 투항하면 죽이지 않을 것이고 포로는 특별 우대할 것이오!"

이어서 모두 반전 노래를 부르기 시작했다.

"우리는 모두 침략전쟁을 반대한다. 싸우지 말자, 군벌을 위해 목숨 걸지 말자! 일본 형제들이여, 깨어나시오! 군벌을 반대하고 전쟁을 반대합시다!…."

전시 선전을 고무시키기 위해 어떤 때는 의용대 대원과 일본 반전 지사들이 같이 선전했다. 어시鄂西 우구이산烏龜山 제2부대의 전사들은 이 방면에 탁월한 공을 세웠다. 우구이산 진지는 중국 장병이 13사단 야마모토 여단인 적군 수비군을 쳐서 탈환한 곳이다. 눈보라와 찬바람이 뼛속까지 파고드는 오후에 의용대의 호胡 모 씨와 일본의 반전지사 이토伊藤進冒는 잔혹한 북풍을 무릅쓰고 중국 군대의 엄호 아래 제1선 진지로 들어갔다. 그들은 휴대용 마이크를 들고 최전방 진지에서 적군에게 외쳤다.

"일본 형제들이여! 혹시 거기에 니가타新潟현 시바타新發 사람 있소? 지난 번에 창링長嶺지역에서 여러분들은 2천여 명의 형제들을 잃었는데, 당신네 상관은 150여 구의 시체를 포기했소. 이 전사자들이 너무나 불쌍하지 않습니까! 지금 우리가 그들을 다 잘 묻었으니 당신들이 고향으로 돌아가게 되면 그들의 부모와 처자식에게 우리 보호 아래 편히 잠들었다고 전해주시오!"

"다시 좀 크게 천천히 말해주시오!"

적군이 큰소리로 외쳤다.

"일본 친구들!"

후胡 모 씨가 번쩍 일어나 크게 소리쳤다.

"당신들은 누구를 위해서 이렇게 처참한 전쟁터에서 죽어가는 것이요? 만약 당신들이 진정 국가를 위한다면 총구를 돌려 당신들을 속인 군벌을 없애버리고, 당신들의 국가로 승부수를 던지는 재벌들을 없애는 것이 마땅할 것이오…."

반전 지사 이토도 자신이 직접 경험한 것을 토대도 적군에게 외쳤다.

"더 이상 그들을 위해 목숨을 걸지 마시오, 여러분의 총구를 당신들을 속인 자들에게 겨누시오….."

찬바람이 날카롭고 긴 소리를 냈다. 의용대의 연설은 적군을 감동시켰다. 그들이 외쳤다.

"내일 다시 와서 이야기해요, 자주 와서 이야기해요, 너무나 고통스럽소!"

의용대의 대원은 진지선전대와 유격 선전대로 나뉜다. 진지선전대는 참호, 그리고 최전선 진지에서 전쟁 '대치'와 '돌격'때의 각종 기회를 이용해 장병들의 전투를 도왔다. 유격선전대는 적진의 후방에 깊숙이 들어가고 넓은 농촌에서 반일반전 선전을 진행했다.

의용대의 선전은 적군을 초조하고 불안하게 만들었다. 샹베이湘北 어난鄂南에 있는 일본 상관 놈들은 의용대를 뼈에 사무치도록 미워해 현상금 500원을 걸어 의용대원의 머리를 가져오라고 했다. 하지만 의용대 대원은 이러한 위험에도 전혀 두려워하지 않았을 뿐만 아니라 더욱 기묘한 전략전술로 적군과 공방전을 벌였다. 선전전에 더욱 유리하게 하기 위해 연을 이용해 전단지를 뿌리는 기술을 발명하기도 했다. 대나무를 큰 연에 끼우고 연줄을 200여 미터까지 늘려, 연과 연줄의 거리가 3미터 되는 곳에서 30센티미터 길이의 줄을 묶어, 꼬리 부분에 200장의 작은 전단지에 크고 작은 종이봉투를 매달고, 줄을 매단 종이봉투와 맞물리는 곳에 불을 붙인 향 한 개를 묶어 적군의 진지를 향해 날렸다. 연은 큰 꼬리를 끌고 하늘하늘 거리며 적군의 상공으로 날아갔고, 향불이 끈을 태워 끊자 함박눈이 하늘에서 펑펑 쏟아지듯이 전단지가 적군의 진지로 떨어졌다.

조선의용대원들은 돌로 전단지를 던지는 방법도 발명했다. 5장 혹은 10장의 전단지를 돌에 묶어 던지기 편하게 만든 것인데 우스갯소리로 '수류탄 전단지'라고 불렀다. 그들은 생명의 위험을 무릅쓰고 적군과 가까운 곳까지 들어갔고, 산비탈까지 엎드려가서 준비해 간 많은 돌 전단지를 적군 진지에 던져 넣었다. 적군이 발견하면 기관총으로 사격을 했는데 대원들은 돌 뒤에 숨어서 적군에게 소리쳤다.

"쏘지 마세요, 당신들이 쏜 총알은 모두 군부 폭력집단이 여러분의 부모, 형제자매에게서 수탈한 피와 살입니다. 가족들이 밤낮으로 여러분이 돌아오기만을 기다리고 있어요. 전단지를 한 번 보세요. 모두 당신들을 위한 말입니다…."

어떤 때는 지형적 특징을 이용해 전단지를 강물에 띄어 보냈고, 어떤 때는 그것을 적군이 볼 수 있는 나무 위에 걸었다. 어떤 대원들은 구사일생의 위험을 무릅쓰고 적군의 철조망을 파고 들어가 전단지를 아예 적군의 진지에 붙이기도 했다. 이는 고도의 기술과 담략이 필요한 것이었다.

대적 투쟁을 위해 대원들은 끊임없이 비책을 궁리했고, 지혜롭고 무궁한 위력을 지닌 '비폭력운동'을 실시했다.

이런 전단지는 적군의 투지를 와해시켰고 군심을 동요시켰으며 적군을 소멸시키는 정신적 폭탄이 되었다. 많은 일본 사병들이 전단지를 본 후에 몰래 보관해 도망칠 기회를 엿보거나 포로가 되었을 때 사용했다. 허난성 북쪽에서의 전투 이후, 20여 명의 적군 시체의 옷에서 우리 의용대원이 뿌린 전단지가 숨겨져 있는 것을 발견할 수 있었다. 전단지 뒷면에 통행증 표시가 있는 걸로 봐서 이들이 일찍부터 도망가고 싶어 했음을 짐작할 수 있었다.

조선의용대와 중공 팔로군은 종종 연합작전을 펼쳤다. 이때 대원들은 한편으로는 중국 군대를 따라 지구전을 펼치고, 다른 한편으로는 우르릉 거리는 포성 속에서 전단지를 뿌리며 대적 선전활동을 했다.

한번은 중국 군대가 스링石嶺산을 함락시킨 후 싸이공賽公교 위에 있는 적군 병영을 향해 진공했다. 조선의용대는 중국의 특공대와 함께 신속히 적의 철조망 안으로 잠입해 맹렬하게 공격을 하는 동시에 전단지를 뿌렸다. 오직 총알과 표어가 사방으로 휘날리는 것만이 보였고, 고함소리와 폭발소리에 천지가 진동했다.

조선의용대원들은 한쪽에서 전단지를 뿌렸고, 다른 한쪽에선 부상자들을 구조하고 있었다. 또한 적군을 향해 큰소리로 연설했다. 그들은 생사의 문제를 전혀 안중에 두지 않는 전쟁터의 만능인이었으며 비폭력 저항의 영웅이었다.

우리들의 조선의용대는 바로 이런 잔혹한 전쟁터에서 특수한 전투 방식으로 적군을 공격하고 괴멸시켰다. 칼과 불길의 시련 속에서 조선의용대 용사들은 뜨거운 피와 생명으로 조선의용대의 찬란한 깃발을 수놓아 항일 투쟁의 전쟁터에서 휘날리게 했다. 이는 한국인민의 항일 구국의 불꽃과 희망이 되었고 한중 양국민의 영원한 우의의 상징이 되었으며, 영원한 추억과 영광의 흔적을 겹겹이 새기고 있었다.

종횡무진 했던 항일 전쟁터에서 한국혁명가의 투쟁 예술은 날로 성숙해갔고 혁명의 봉화는 그들의 근육과 뼈를 단단하게 만들었으며, 민족혁명전쟁의 용광로에서 나 또한 갈수록 굳세게 성장해 나가고 있었다.

구이린桂林을 떠나다

1939년 말, 우리는 구이린에 있는 조선의용대 본부로 가서 일하게 되었다. 한빈본명은 왕지연, 이춘암, 장수연 등 20여 명의 사람이 나와 함께 충칭에서 구이린 조선의용대 본부로 배치되었다.

구이린의 산수가 천하의 으뜸이라는 것을 일찍부터 알고는 있었지만, 전란으로 세상이 어수선한 항전 시기에 아름다운 자연경치는 더 이상 우리 나그네를 매혹시키지 못했다. 우리의 관심은 오로지 구이린의 조선의용대가 한창 진행 중인 항일 구국 활동에 있었다. 대원들은 각종 방법으로 항일선전운동을 했고 조선의용대의 정치 방향과 행동 강령을 선전했다. 비록 인원은 많지 않았지만 그들의 영향력은 매우 컸다. 작년 말 문예담당자들이 구이린에서 개최한 성대한 야회에서 조선의용대원의 공연은 대단한 반향을 불러일으켰다. 특히 조선의용대 대원 김위 여사가 낭송한 시가는 그 소리와 감정이 모두 뛰어나 관중의 뜨거운 박수를 받았다. 시의 내용은 다음과 같다.

"우리는 조선의용대 대원,

아득히 먼 옛날부터 조선과 중국은 제일 친밀한 형제였다네.

오늘 중국과 조선은 동일한 고통을 겪고 있다네.

중화민족의 해방을 위하여,

피바다 속에서 신음하는 조선인의 자유 독립을 위하여,

우리는 중국의 대지에서 일본의 파시즘 강도와 싸우네!

중국의 형제들과 같이 전투하며 함께 피 흘리네.

우리는 정의의 총알을 동방의 폭군에게 겨눈다네.

우리는 이미 투쟁의 팔뚝을 들어올려

중국에 뻗었고 한국에 뻗었으며 전 세계 형제들에게 내밀었다네.

피 비린내 나는 파시즘에 더렵혀진 동방,

우리는 승리의 혈전을 준비하고 있네.

우리는 질퍽한 피바다 속에서,

새로운 중국과 새로운 조선을 만들고자 하네.

휘양 찬란한 태양이 새로운 세계를 밝게 비추게 하세!"

김 여사의 크고 열정적인 목소리는 모든 관중의 심금을 울렸고, 우레와 같은 박수가 여기저기서 쏟아졌으며, 문예야회는 최고조에 달했다. 〈신화일보〉는 야회의 성대한 상황을 보도했고 김 여사의 시도 등재했다.

1938년 10월 일본 파시즘은 이미 광저우와 우한을 침입했다. 점령된 땅에서 중국 인민의 항일 투쟁도 끊임없이 이루어졌다. 중국 공산당의 지도자인 팔로군八路軍과 신사군新四軍, 그리고 광대한 항일 역량이 일본제국주의를 매섭게 쳤다. 1938년 말 팔로군은 화베이華北에서, 신사군은 화중華中에서 이미 54만 명 규모의 크고 작은 십여 개의 항일 근거지와 유격지를 구축하고 있었다. 이와 같은 지역은 적군의 정곡을 찌르는 돌격지가 되었다. 일본의 '속전속결'식 중국 침략 선포는 물거품이 되었고 그들은 사면초가에 몰렸다. 일본의 국토는 유한하고 자원이 부족해 대규모의 전쟁 무기를 장기간으로 대기에는 어려움이 있었기에 정치적인 사기를 쳐 군사 정복의 새 출발을 모색할 수밖에 없었다.

일본은 중국을 멸망시키겠다는 기본적 국책을 유지하면서 대중정책을 조정하기 시작했다. 과거의 '속전속결, 무력정복' 정책을 '이전양전以戰養戰, 이화제화以華制華'의 방식으로 바꿨다. 국민당의 정면 전쟁에 대한 전략적 침략을 멈추고 정치적 투항을 권고하는 방식을 위주로 하면서 부차적인 방법으로 군사공격을 실시했다. 또한 군사 공격의 중점을 해방구 전역, 즉 전쟁 후방지역으로 전향했다. 1938년 11월 3일 일본 수상 고노에 후미마로近衛文麿가 민심을 떠들썩하게 만들기 위해 제2차 대중 성명을 발표해 "공동방공共同防共, 일만화 삼국합작日滿華三国合作해서…동아시아의 새 질서를 건설하자"라는 내용을 제기했다. 성명의 발표는 일본의 대중정책에 대한 새 공략을 의미하고 있었다. 경제적인 측면에서, 일본은 중국 자원을 무분별하게 약탈해 '이전양전'의 목적을 달성했다. 정치적인 측면으로는 정권을 육성시켜 "이화제화"를 실시했다. 군사적인 측면에서는 중국 침략을 위한 일본 주력부대를 집중시켜 공산당이 주도하는 해방구와 후방지역을 공격했다. 조직적으로는 '흥아원興亞院'을 설립해 대중정책과 구체적 실천을 총괄했다. 1939년 9월, 일본은 난징에 중국 파견군 총사령부를 설립했다.

일본의 침략방침 변경은 국민당 내부에 매우 큰 변화를 가져왔다. 왕징웨이汪精衛가 주도하는 친일파집단은 매국투항의 순서를 재빠르게 밟았다. 왕징웨이는 국민당의 부총재로 항전 이래 일본과 타협하자고 적극적으로 주장하는 문장을 여러 차례 발표했다. 항전을 주장하는 이들을 '허풍론자'라고 꾸짖었고, "싸우면 반드시 패배하고, 화합하면 혼란이 없어질 것이다" 라는 말로 사람들을 선동했다. 고노에 후미마로가 성명을 발표하자 그는 마치 보석이라도 얻은 것처럼 곧바로 측근을 보내 일본과 담판해 '일화협의기록日華協議記錄'을 체결했다. 왕징웨이는 협의서에 투항을 공개 표명했을 뿐만 아니라 위僞중앙정권 설립과 탈출 문제에 관한 구체적인 방안을 내놓았다.

12월 19일에 왕징웨이 및 그의 일당은 충칭을 탈출해 쿤밍昆明을 거쳐 베트남 하노이로 갔다. 22일에 고노에 후미마로 수상이 '선린우호善鄰友好, 공동방공共同防共, 경제협력經濟提携'의 원칙을 제기하는 제3차 대중성명을 발표하고, 이어서 왕징웨이의 투항을 부추기기 위해 "탁견이 있는 중국 사람들과 협력하길 희망한다."는 말로 포장해 왕징웨이와의 결탁에 박차를 가했다. 왕징웨이는 곧 하노이에서 고노에 후미마로의 성명에 호응하는 발표를 했다. 1939년 4월, 일본은 왕징웨이의 기밀을 상하이로 전송하고 친일파 괴뢰정부를 설립하는 검은 거래를 시작했다.

왕징웨이는 공개적으로 일본에 투항했고 장제스 집단 또한 일본에 대한 태도가 분명하지 않았다. 일본의 군사적 공격과 정치적 투항 권고에 맞서 장제스는 한편으로 대표를 파견해 일본과 비밀 회담을 가졌고, 또 다른 한편으로는 1938년 11월 하순에 후난湖南 난웨南岳에서 국민정부 군사위원회회의를 소집해 쌍방 대치단계의 항전에 대한 재배치를 실시했다. 이런 배치는 마치 완강히 항전하는 것처럼 보였지만 실질적으로는 소극적인 수비이자 실력 유지에 불과했다. 이와 같은 소극적 노선의 지도하에 국민당은 화난華南과 화중華中 등의 큰 전략적 요충지를 잇달아 상실했고 이로써 국민당 전쟁터에 실패의 그림자가 드리워졌다.

우리 조선의용대의 지휘관 대부분은 각 군사학교 교관과 현역 혁명군인 중에서 선발되었다. 이들은 전쟁터에서의 승패득실에 매우 민감했다. 그들은 항전 이래 국민당이 4대회전에서 모두 실패했다는 소식을 접하면서 이미 국민당의 항일 실력과 전망에 대해 의혹을 품고 있었는데 계속해서 국토를 빼앗기고 있다는 소식이 들려오자 모두들 국민당의 항일 전망에 대해 깊은 수심에 잠겼다.

중국 항일전쟁의 형세는 우리 조선의용대 모든 대원의 마음을 변화시키고 있었다. 우리는 지금까지 국민당의 모든 행동이 공산당의 형성과 큰 차이가 있는 것을 봤고, 이런 뚜렷한 대조는 우리로 하여금 항일의 희망을 중국 공산당에 의탁하게 만들었다. 또한 국민당이 5회 오중전회를 소집했다는 소식이 들려왔다. 장제스가 회의석상에서 표명한 항일의 끝의 '끝'은 '7·7사변' 이전의 상태로 돌아간다는 의미로, 일본이 화둥華東과 동베이東北를 점령하는 것을 승인한다는 말이기도 했다. 장제스의 이같은 발언은 우리 조선의용대 대원들을 크게 실망시켰고 우리들의 분노는 극에 달했다.

원래 우리들은 중국의 항일 역량과 힘을 합쳐 일본제국주의를 타파하고 중국과 한국을 해방하고자 희망했다. 장제스는 우리를 배신했을 뿐만 아니라 화둥과 동베이 지역의 수많은 동포들마저도 팔아먹었다. 이번 회의에서 장제스는 '용공溶共, 방공防共, 한공限共'의 방침을 중심으로 '방공위원회'를 설립해 공산당을 제한하고 없애 국민당 일당 독재 정부를 건립하고자 하였다.

회의 후에는 국민당이 일련의 반공 사건을 조직했고 우리들은 시간이 갈수록 장제스의 진정한 반동 몰골을 더욱 분명히 알아차렸다. 그래서 우리들은 중국 항일의 희망은 오직 중국 공산당에서 품을 수밖에 없다는 사실을 더더욱 느꼈다. 국민당의 역행은 가까운 자들을 고통스럽게 했고 원수를 기쁘게 만들었다. 항전 초기에 형성된 통일 전선은 동요했다. 하지만 우리 조선의용대의 많은 사람들은 공산당과 끝까지 항전할 것을 다짐했다. 그리고 국민당의 소극적 항일을 반대한다는 의사를 강력히 표했다.

나는 부녀국에서 일했다. 부녀국은 임철애가 대장을 맡고 내가 부대장을 맡았다. 우리들의 주요 임무는 본부의 요구에 근거하여 적극적으로 항일 선전을 해서 부녀자들이 하여금 반파시즘 투쟁의 중요 역량이 되게 하는 것이었다. 선전 활동에 활기를 불어넣고 그 효과를 더 높이기 위해 우리들과 문학단이 같이 단막극을 편성해 선전활동을 했다. 우리들은 노래로도 항일 운동을 했으며 투항을 반대했는데, 종종 길거리에서도 공연을 했다. 간단한 도구를 이용해 진지한 감성으로 조선의용대의 목표를 선전해 사람들의 항일 투지를 고무시켰다. 우리들의 공연은 많은 사람들을 끌어들였으며 공연이 최고조에 이를 때면 관중들의 구호 소리가 끊이질 않았다. 의심의 여지없이 국민당의 특수요원이 기회를 틈타 방해했다. 한번은 우리들이 매국노 왕징웨이를 폭로하는 극을 공연하는데 많은 관중들이 분노하며 극 중의 '왕징웨이'를 향해 돌을 던졌다. 우리들은 더 큰 소리로 이것은 연극이라고 외쳤으나 몇

몇 사복을 입은 국민당 특수요원이 이 기회를 빌어 왕징웨이를 연기한 배우를 잡아 연극을 마저 끝마칠 수 없었다.

복잡하고 냉혹한 항일 투쟁 속에서 우리들은 시종일관 조선의용대의 정치노선을 견지했다. 정치지도자 왕통은 이 정치노선은 다음과 같이 말한 적이 있다.

"반일 반침략 노선을 고수한다. 이 노선을 제외한 더 이상의 제2의 노선은 없다. 조선민족해방운동과 중국항일에 불리한 일은 죽는 한이 있어도 하지 않을 것이다. 누가 됐든 만약 일본인을 돕고 그들의 침략을 방조한다면 이는 우리의 적이므로 반드시 그와 끝까지 싸울 것이다."

조선의용대의 지도자 중, 소련에서 돌아온 공산당원들이 있었다. 그들의 사상은 공산주의 색채가 비교적 짙었으며 중국공산당과의 관계도 매우 밀접했다. 항일 전쟁이 발전함에 따라 중국공산당이 적진 후방에서 발휘하는 위력은 갈수록 커졌다. 항일투쟁의 현실은 우리 조선의용대가 적 후방으로 가서 공산당과 함께 일본 침략자를 소멸시키라고 외치고 있었다.

우리 조선의용대의 지도자는 거듭된 토론을 거쳐 구이린을 떠나 국민당의 통치체제를 벗어나서 바로 화베이 공산당이 이끄는 적 후방 유격지로 가 일본 놈과 혈전의 끝을 보기로 결심했다.

1938년 10월 23일, 우한이 함락되고 조선민족혁명당 관할 조선의용대의 주력부대가 우한에서 점령당하면서, 어떤 이는 충칭과 구이린으로 철수했고 뤄양洛陽으로 퇴각한 대부분의 사람들은 계속해서 북쪽으로 이동해 산시山西성까지 갔다.

충칭으로 철수한 조용의용대 중에 많은 한국민족주의자는 대한민국임시정부에 대해 충만한 확신을 가지고 있었다. 많은 당원들은 다시금 일찍이 결별했었던 김구 등의 우파세력과 결탁해 장제스 국민정부와의 거간꾼 노릇을 했다. 그러나 조선민족혁명당의 조선의용대는 대한민국임시정부 및 우파 연합에 참가하면서 조선민족혁명당 좌파들의 불만을 샀다. 또한 충칭에 있는 조선민족혁명당의 처지도 우파보다 못하였다.

조선의용대원 가운데 공산주의 색채가 더욱 짙어져 중국공산당에 더 가까워진 사람이 점점 더 늘어났다. 조선의용대 내부에서는 대부분의 사람들이 자신의 관점을 고수하다보니, 이론적 모순이 날로 심해져 내부 종파의 균열이 멈추지 않았고 심지어는 서로 물고 뜯는 지경에 이르렀다. 이렇게 조선민족혁명당과 조선의용대의 분열이 초래됐다.

구이린으로 철수한 일부 사람들은 조선의용대와 대한광복군 혹은 대한민국임시정부의 합병을 완강히 반대했다. 항일을 고수하던 몇몇 사람들, 특히 조선민족해방투쟁동맹의 몇몇 구성원은 조선민족혁명당에 불복종하기로 결정했다. 그래서 조선의용대의 중견인물은 조선의용대의 통일을 위한 새 국면을 열기 위해 중국공산당의 관할에 속한 적 후방 근거지를 새로운 발판으로 삼아 항일 활동을 진행하기로 결정했다.

우한에서 뤄양으로 철수한 조선의용대의 대부분은 초창기 청년전위동맹의 일원이었다. 그들은 일찍이 동남부의 랴오辽현의 작은 도시 통구桐谷에서 모인 적이 있다. 그들은 1941년 1월 10일 화베이조선청년연합회라 불리는 공산주의 조직을 창설했고 거기에 소속된 부대를 조선의용대 화베이 지부로 명명해 화베이에서 조선의용대를 부활시켰다. 이 연합회의 주요 간부는 공산주의자들이었다. 이 무장조직은 중국 홍군 제18군의 지휘를 받았다.

1941년 5월부터 6월 사이에 조선의용대 제3지대의 30여 명의 대원은 대장 김세일의 인솔 하에 북으로 이동했다. 나중에 북부 집단과 연합하기 위해 박효삼, 양민삼, 이춘암 등의 인물이 대리인 자격으로 지휘관을 맡아 역시 북으로의 이동을 꾀했다.

조선의용대가 대이동에 직면하면서 무정武亭은 그들을 받아들이고 그들에게 공산주의 훈련을 실시하기 위해 1941년 8월에 산시성 통구에 조선혁명청년간부학교를 설립했다. 학교장은 무정, 교감은 진광화, 지도관은 왕지연·최창익·석정·박무·박효삼이 맡았다. 이들 중에서 어떤 이는 루이진瑞金 소비에트에서 왔는데 그들은 일찍이 중국공산당과 함께 전투한 공산주의자들이었다. 제일 유명한 사람은 무정이다. 그는 일찍이 중국공농홍군과 함께 장정에 오른 적이 있고 고급장교로서 전투에 참가하기도 했다. 진광화는 초창기에 중국공산당에 입당한 확고한 공산주의자였다. 왕지연은 조선민족혁명당 제2차 회의에서 조선민족혁명당을 부정하여 김원봉과 공개적으로 마찰을 빚어 1938년 12월 이탈운동을 주도했다.

박효삼은 1904년에 태어났다. 그는 스물한 살 때 중국으로 도망 와 황푸군관학교 제4기 보병과를 졸업했다. 1936년에 김원봉과 함께 조선민족혁명당을 조직해 상무위원을 위임했다. 김원봉은 조선민족혁명당 조선의용대의 실질적 지도자였다. 그러나 이 부대의 제3지대 대장은 박효삼으로 한커우漢口가 함락된 후 우창武昌과 함께 구이린에서 충칭으로 이동하겠다고 했는데, 그렇게 하지 않고 북으로 이동해 화베이조선청년연합회의 조선의용대 화베이지대의 총사령관을 맡았다. 원래 조선의용대 화베이지대의 창시자인 무정이 마땅히 총사령관을 맡는 게 맞았지만 박효삼에게 이 직위를 맡으라 했다. 이는 개인적 변심의 이유보다는 조선민족혁명당 조선의용대 내의 대부분 사람들이 옌안으로 간 것이 가장 중요한 이유로 작용한 것이라고 보는 것이 나을 것이다. 중국공산당은 당연히 조선의용대가 나서서 한중합작을 진행해 항일 활동을 발전시키기를 희망하고 이를 적극 지지했다. 항일전선 중에 더 많은 한국인을 확보하고, 특히 국민정부군과 미묘한 관계를 가지고 있는 더 많은 한국인들의 정치적 입장을 중국공산당 쪽으로 전향시키는 것이 매우 중요한 일이었다. 그래서 민족진영을 이탈해 옌안으로 오면 파격적인 정치적 특혜를 받을 수도 있었다.

이상 수많은 객관적인 사실들 때문에 조선민족혁명당과 조선의용대에 불만을 품고 있던 조선의용대 대원들은 거의 100여 명이었고 이들은 잇따라 중국공산당 관할하의 제18군으로 갔다.

조선의용대 제1지대의 신악 등 50명은 1940년 3월 북상하여 뤄양으로 갔다. 1940년 10월 제2지대의 약 60명은 구이린, 류저우柳州, 충칭에서 시안으로 갔고, 1941년 5월경 제3지대 김세일 등 30명이 화베이로 갔다. 또한 같은 해 7월 국민정부 세력하의 조선의용대 대원 대부분은 국민정부가 전혀 알아채지 못하도록 비밀리에 화베이로 이동했다.

화베이로 이동한 조선의용대 대원은 조선의용대 화베이지대로 편입됐다. 이렇게 해서 조선민족혁명당의 조선의용군 총사령 김원봉은 화베이로 이동한 조선의용대를 통제할 수 없게 되었다.

1942년 8월 15일에 조선독립동맹이 산시성 통구에서 설립된 이후, 조선의용대 화베이지대는 조선의용군 화베이지대로 개명됐고 곧이어 팔로군 최전선 사령부에 예속되었다. 화베이지대의 조선공산주의자는 모두 300명이 안됐지만 그들은 중국공산당의 지도하에 일본 놈을 치는 반소탕 작전 투쟁 속에서 어렵고도 탁월한 영웅 투쟁을 펼쳤다.

적 후방으로 가다

적 후방으로 가는 것은 우리 조선의용대 대원과 대중의 연락을 돕기 위한 중요한 책략이었다. 중국 국경 내의 한국교민은 원래 동베이東北일대에 집중되었는데 항전이 시작된 후 화베이 교민이 급속히 증가하면서 20여만 명이 되었다. 하지만 많은 한국 교민들의 곁에서 멀리 떠나면서 원천이 없는 물과 뿌리가 없는 나무가 된 것처럼 조선의용대의 발전에 심각한 영향을 끼쳤다. 적 후방으로 가고 무장화의 길로 전진하는 것이 새 단계에 돌입한 조선의용대의 중요임무였다.

조선의용대 본부 대장 김약산이 이렇게 말했다.

"무장 대열을 확립하기 위해 중국 항전 임무에 바로 참여한다. 만약 많은 반일 한국인이 조용의용대에 자발적으로 참여하지 않는다면 이 임무는 완성할 방법이 없다. 따라서 우리는 반드시 그들을 이끌어 적 후방으로 임무를 진전시켜야 한다. 우리는 적 후방에 있는 몇 십만의 한국 군중이 동원되고 조직된다면 무시할 수 없는 역량이 되어 중국 항전의 승리와 한국혁명의 성공이 더욱 빨리 이루어질 것이라고 믿는다. 적 후방으로 가는 것만이 조선의용대를 무장시키고 공고히 하면서 강화시키는 유일한 방법이다."

당연히 적 후방으로 이동하는 것도 매우 막중한 임무이다. 대원들은 온갖 역경을 헤치고 널리 펴져 있는 적의 초소와 보루인 방어선을 뚫어야 했기에 투쟁 환경과 활동 대상이 더욱 험난하고 어려우며 복잡했다. 조선의용대 본부는 아래 각 부에 사상적 준비와 조직 정비를 확실히 할 것을 당부했다. 일을 할 때는 '빨리 빨리하는 사고방식'을 버리고 단시간 내에 거창하고 웅장한 무장 대열로 만들겠다는 허황된 생각은 버리라고 충고했다. 그렇다고 해서 비관하고 실망해서 자신감과 필승의 신념을 상실해서는 안 된다고도 강조했다.

적 후방으로 가는 것은 중대한 혁명적 의미를 지니고 있다. 한편으로는 적 후방으로 가서 수많은 교민을 조직해 조선의용대를 물 만난 고기처럼 만드는 것이고, 다른 한편으로는 마치 외로운 기러기가 무리로 돌아가는 것처럼 적 후방인 타이항산太行山 구역으로 가서 팔로군과 어깨를 나란히 해 적과 맞서는 것이었다.

조선의용대 대장은 적 후방으로 가는 임무를 더욱 완벽히 완성하기 위해 먼저 모두의 사상적 인식을 바로잡고자 소련공산당에 가입한 적이 있는 한빈을 청해 모두에게 시국 보고를 해주기를 부탁했다. 그때는 1940년 초여서 꽃샘추위가 아직은 매서웠다. 한빈은 대원들 모두를 소집해 생동적이고 진실한 말투로 적 후방으로 가는 것의 장단점을 설명했다. 모두에게 여러 번 설명했으며 그는 말을 무척이나 재미있게 했다. 그는 손동작을 이용하는 것을 좋아했을 뿐만 아니라 중간 중간에 러시아어를 몇 마디 섞어 말해 모두를 웃게 만들었고 대원들의 의욕도 북돋았다. 모두들 어느덧 소련공산당사와 국공 양당의 역사, 그리고 중국공산당의 항전 노선 등을 익히게 되었다. 그는 조선의용대의 전환점은 적 후방으로 가는 것이고 조선의용대의 신입생은 공산당과 함께 작전을 펼칠 것이라고 강조했다. 그의 연설은 모두에게 확실한 교육이 되었다. 그가 말했다.

"조선의용대는 첫 번째 단계에서 국민당과 함께 정면전에서 선전으로 전투를 해오던 것에서, 두 번째 단계에는 적 후방 전장에 가서 팔로군과 함께 전투하는 것으로 전환했다. 오직 중국공산당과 연합하는 것만이 중국의 항일 전쟁을 승리로 이끌 수 있고, 조선의용대에게도 비로소 밝은 미래가 도래할 것이며 한국인 해방의 희망도 있을 것이다."

시국강연회는 확연하게 가리키는 바가 있고 매우 직설적이었기에 모두들 대장의 의도를 이해했고 본부를 지지해 적 후방으로 가기로 결정했다. 이렇게 해서 대장은 행동 계획을 선포했다. 조선의용대의 세 개 지대 중 타이항산으로 가는 대원은 각각 북상하여 뤄양에서 모인다. 뤄양에서 훈련받고 다시 세 그룹으로 나눠 타이항산의 근거지로 간다. 대장은 모두에게 절대 기밀 유지를 당부했다. 국민당의 의심을 피하기 위해 대외적으로는 화베이와 동베이 전역으로 간다고만 말하라고 했다. 명령이 전달된 후 우리는 긴장 속에 출발 준비를 했다.

출발상의 불편을 피하기 위해 조선의용대의 대장은 우리의 출발에 앞서 국민당 전역 지휘부서에 북상 지시요청서를 보내 허락을 받은 후 나를 포함해 신악 대장, 한빈, 관건, 조소앙, 이정호, 이동호 등 20여 명을 파견해 구이린을 떠나게 했다.

험난하고 우여곡절 많은 행군이었지만 모두의 기분은 항상 고조되어 있었다. 이정호 동지가 노래 한 곡을 지었는데 우리 모두는 행군하면서 소리 높여 그 노래를 불렀다.

"동지들이여, 단단히 단결하세,

같이 투쟁하고 생사를 같이 하세.

어떤 고난과 역경도,

우리를 굴복시킬 순 없다네.

우리들은 열혈 청년,

적진 함락에 앞장선다네."

우리들의 우렁찬 노랫소리는 온 대지에 울려 퍼졌다. 웅장한 가사
는 우리들의 투지를 더욱 불태웠고, 산을 넘고 물을 건너는 고통이 노
랫소리에 사그라졌으며, 장거리의 고된 여정에서 오는 피로도 사라졌
다. 우리들의 마음속에는 혁명의 열정이 꿈틀대고 있었고 청춘의 불꽃
이 타오르고 있었다.

창사長沙를 지날 때 전쟁으로 비참하게 파괴된 고성을 본 기억이 난
다. 1939년 9월 중순, 일본군은 대대적으로 창사를 공격했다. 국민당
의 수비군 쉐웨薛岳는 군사를 이끌고 용감하게 반격해 필사적으로 성
을 지켰고 끝내 제1차 창사대첩을 이루었다. 그러나 피와 불의 흔적
은 허물어진 담벼락에 그대로 남았고 사방에 문전걸식 하는 사람들로
가득 찼으며 샹湘강의 물은 낮은 목소리로 울부짖고 있었다. 우리들은
마오쩌둥 동지가 젊었을 때 이곳에서 '격양문자激陽文字'한 적이 있다고
들은 적이 있다. 하지만 지금 이 시기에는 우리들이 북상하여 팔로군
과 연합하여 항일투쟁을 할 것이므로 새로운 진통을 예고하고 있었다.

우리 팀은 헝양衡陽, 창사를 거쳐 둥팅洞庭호를 건너 이창, 한커우를
지나 라오허커우老河口에 도착했다. 제2지대의 소재지에서 한 주간 휴
식하며 정비한 후 계속해서 행군했다. 삼 개월 간에 거친 물과 육지를

넘나드는 빠른 발걸음으로 1940년 봄에 드디어 뤄양에 도착했다. 뤄양은 중국에서 역사적으로 유명한 수도로 일찍이 고대 정치·경제·문화의 중심지였다. 그러나 그 유서 깊던 도시는 전쟁의 먹구름에 뒤덮여 황량하기 그지없었고 도처에 난민이 가득했다. 물론 봄은 흉악한 괴물 같은 전쟁에 신경 쓰지 않을 만큼 붉은 꽃과 푸른 나무로 새로운 세상을 물들였다. 머리 위로 간혹 기러기 떼가 남쪽에서 북쪽으로 지나갔고 우리들의 기쁘고도 놀란 눈빛은 사람 인ㅅ자의 그것들을 따라 멀리 멀리 따라갔다. 이곳에서 조선의용대의 대장은 새로운 전략을 짰다. 신악·이정호는 구이린으로 돌아가고, 임평이 대장을, 호철명이 부대장을 맡았다. 나는 부녀대장과 의료 업무를 겸임했다. 우리는 이곳에서 공부를 하면서 최전방에 가서 일을 할 수 있는 기회도 물색했다. 한번은 우리 20여 명이 수비부대를 도와 중탸오中條산에서 반소탕 작전을 펼치라는 명을 받았다.

중탸오산 지역은 국민당 제39군이 수비하고 있었다. 일본 놈은 7만여 명의 병력을 소집해 중탸오산의 국민당 군대에 맹렬한 공격을 퍼부었다. 이것은 전쟁 대치 기간 중 일본이 화베이에서 국민당 전장에 발동한 최대 규모의 공격이었다. 국민당의 수비군은 20만 명이었는데 적군의 포화를 무릅쓰고 진지를 지키고 있었고 양군의 대치 국면은 교착 상태에 머물렀다. 우리들은 생명의 위협을 무릅쓰고 적군의 포화를 피해 적군의 최전방 진지로 가 일본군에게 반전 선전활동을 했다. 우리 중 몇 명의 대원들은 돌아가며 적군에게 일본군국주의의 죄악을 폭로했으며 양심있는 일본 사병은 무기를 버리라고 호소했다. 이 같은 투쟁 방법은 육박전을 벌이는 것에 결코 뒤지지 않았다. 우리들은 반드시 수시로 전투를 통해 자신을 보호하고 우리의 선전활동을 유지해야한다는 것을 매우 깊이 자각하고 있었기 때문에 업무상의 추호의 실수나 약간의 요행도 용납하지 않았다.

우리들의 행동은 민첩해야 했다. 진지를 드나들고 산을 오르내릴 때는 반드시 원숭이처럼 재빨라야 했기에 우리들의 휴대물품은 매우 적었고 대부분의 물건은 전투를 하고 버릴 것들이었다. 한번은 '불필요한 것'을 버릴 때 유문화가 실수로 자신의 면도칼도 같이 버렸다. 호일화가 그것을 발견했다. 그는 마치 보물을 얻은 것처럼 기뻐했다. 그 이유는 그가 오랫동안 면도를 하지 못했기 때문이었다. 호일화는 면도칼을 집어 들고 신바람이 나서 말했다.

"자네가 버렸고 내가 집었지? 고물이 보물이 됐구먼!"

모두들 웃었다. 유문화도 그냥 넘어갈 수밖에 없었다. 나중에 유문화는 면도를 할 때마다 호일화에게 빌려야 했고 호일화는 매번 우스갯소리를 했다.

"자네 얼굴을 밀어도 나는 책임 못 지네!"

모두들 또 한바탕 웃었다. 웃음소리는 전투 생활의 긴장과 잔혹함을 사그라뜨렸다. 가벼운 마음이 모두의 마음을 스쳐지나갔고 어느새 동지애와 역량이 커졌다.

그때 나는 전쟁 선전활동을 하면서 의료관련 업무를 맡고 있었다. 전투가 격렬해지면서 진지에 부상자들이 늘었지만 조건이 열악해 병자의 처지가 더욱 더 곤란해졌다. 나는 종종 부대 구호소에서 바쁘게 움직였다. 약품 부족으로 종종 약초를 캐 대신했으나 병자가 많아지면서 나 혼자서는 감당하지 못했다.

1940년 겨울, 타이항산 팔로군 근거지로 가는 조선의용대의 전 대원은 모두 뤄양으로 모였다. 오랜 지인들이 다시 만났고 모두들 뜨거운 기쁨의 눈물을 훔쳤다. 각자 헤어진 이후의 상황들을 토로하고 또 새로운 전투 생활을 갈망하고 있었다. 피로감과 초조함, 그리고 온갖 고통이 부지불식간에 씻겨 사라졌고 행복과 동경, 아늑함만이 남았다. 긴장되는 재정비 교육은 모든 대원들을 바로 새 전투집단으로 만들었다. 매일같이 시사를 공부했고 시국강연회를 들었으며 시국에 대해 논의했다. 또한 훈련을 실시했고 간혹 현지에 가서 대중운동을 했다. 조선의용대원들 모두 서둘러 자신을 갈고 닦으며 제일 모진 시련을 기다렸다. 2개월에 거친 집중훈련을 통해 조선의용대의 대장과 중국공산당 린林현 지하당은 연락을 취했고 협동 작업을 준비했다. 이렇게 해서 오랫동안 갈망해 온 타이항산으로의 여정이 드디어 서막을 열었다.

우리들은 모두 세 조로 나뉘어 타이항산으로 갔다.

제1팀은 박효삼·이춘암·김세일 등의 동지들이 인솔하는 구이린 본부와 제3지대의 대부분 대원 및 제1, 제2지대의 일부 동지들 포함한 총 100여 명을 인솔해 제일 먼저 출발했다.

이 대열은 국민당 정부에서 얻은 많은 신식 무기를 보유하고 있었고 적의 돌발 습격에 대응할 힘도 가지고 있었다. 그들은 먼저 황허黃河를 건너 위베이이린豫北林현 일대에 진입해 현지에 있는 당조직과 연락을 한 후 린현에 주둔하면서 후속부대를 기다리고 있었다.

제2팀은 뤄양지대를 위주로 했고, 라오허커우 지대에 남은 동지들, 문화선전 공작단 전체 단원, 그리고 100여 명의 인원이 있었다. 그들의 임무는 린현에 도착해 곧장 제1팀과 합류한 후 제3팀을 맞이하는 것이었다.

제3팀은 2분대로 나뉘었는데, 제1분대의 30여 명은 관건·호철명 동지가 인솔했고, 제2분대는 문정일과 다른 한 명의 중국인_{이름이 기억나지 않음}이 맡았다.

나는 원래 제2팀에 배정되었지만 일본군 여자포로를 보내는 임무를 임시로 맡아, 이 임무를 끝내고 라오허커우로 급히 돌아오니 제2팀은 이미 출발한 뒤였다. 제3팀이 아직 가지 않아 제3팀을 따라 갈 수밖에 없었다.

제3팀 대원의 전투력은 좀 약한 편이었다. 대장은 떠나기 전에 그들에게 짐을 최소화해서 몸을 가볍게 하라고 당부했다. 또한 불필요한 말썽을 피하기 위해 정치적 색체를 띄고 있는 물건을 줄이라고 했다. 모든 이들에게 공산당 선전 관련 서적과 간행물을 소지하지 말 것을 규정했다. 그러나 문화선전공작단은 예외였다. 그들에게는 일체의 공연 물품을 소지할 것을 허락했고 이런 도구들의 대부분은 가축에 실어 날랐다. 대장은 이들을 외국 공연팀으로 위장하고자 했던 것이다. 비록 매우 세심한 주의를 기울였으나 도중에 몇 가지 골칫거리가 생기기도 했다.

당시에 일본은 태평양전쟁을 적극적으로 준비하고 있었다. 그들은 중국을 미래의 전쟁 병참기지와 물자보급지로 만들 계획이었기에 중국에 대한 소탕작전에 박차를 가했다. 조선의용대가 어디에서 출현하든지 언제든 일본군과 마주칠 수 있었다. 특히 괴뢰정부군이 호가호위하면서 어려움을 더욱 보탰다. 행군하는 동안 대원들은 모두 극도로 신중하고 조심스럽게 행동했다. 불필요한 희생을 막기 위해 팀을 이끄는 대장은 원래의 노선을 변경하기로 결정하고 외딴길로 갔다. 행군의 속도를 높이기 위해 밤낮으로 쉬지 않고 북으로 전진할 수밖에 없었다. 마을의 상황을 몰랐기에 마을에 들어가 주민들 집에 잠시 기거할 수도 없어 황량한 산과 들판에서 야영해야만 했다.

어느 깊은 밤에 모두들 깊은 산속에서 휴식을 취하고 있었는데 갑자기 옆에 있는 산마루에서 총성이 들려왔다. 총성이 갈수록 가까이 들리자 대원들은 숨을 죽이고 앞으로 일어날 일을 기다리고 있었다. 총을 가지고 있던 동지들은 이미 조용히 총알을 장전했다. 한 무리의 사람들이 산꼭대기에서 내려오는 것이 어렴풋이 보였고 끊임없이 총을 쏘면서 동쪽에서 서쪽으로 수색하고 있었다. 만약 계속해서 이곳에 있으면 속수무책으로 당해 뒷일은 상상할 수 없을 것이었다. 부대의 인솔자인 왕자인과 이익성 동지는 주저 없이 결단을 내렸다. 은밀한 명령은 바로 전달됐다. 칠흑 같은 어둠속에서 모두들 숨을 죽인 채 서쪽으로 가서 숨었다. 다행히 적군은 우리를 발견하지 못했고 우리는 서쪽에서 북쪽으로 행군의 속도를 빠르게 했다. 왕자인은 린현으로 북상하는 시간을 고려한 까닭과 혹시라도 국민당 관할 구역에 진입할 수도 있는 가능성을 배제하기 위해 행군하는 동안 계속해서 길을 돌아서 갔다. 그리고 조금이라도 덜 우회하기 위해 나가서 상황을 파악하기로 결정했다.

왕자인은 담력과 식견이 있었다. 그는 문화선전공작단이 사용하는 국민당 군복을 입고 몇 명의 분장한 병사를 데리고 큰길로 나갔다. 아니나 다를까 얼마 지나지 않아 국민당의 사복부대를 만났다. 쌍방은 한마디씩 대꾸했고 다행히 걸리지 않았다. 왕자인 일행은 또한 사복

부대를 따라 수비부대의 대대본부로 들어가 더 많은 상황을 알아내고 싶었다. 공교롭게도 대대장이 마침 왕자인이 난징군관학교에 있을 때 같이 공부하던 동창이었다. 타지에서 만나니 서로 기쁨을 감추지 못했다. 서로 학교생활에 대해 이야기 했고 또 서로의 근황을 물었다. 군관학교에서 공부할 때 이 대대장은 급진적 사상을 가지고 있었지만 현재는 국민당의 군관이 되어있었다. 국공 양당의 관계가 마찰하고 있는 특수한 시기였던지라 왕자인은 자신이 북상하고 있는 진짜 이유를 말할 수 없었으나 북상하는데 그의 도움을 받고 싶었다.

왕자인은 진심어린 거짓말을 했다.

"우리는 조선의용대 선전부대인데 국민정부 군사위원회 정치부에 의해 파견돼 린현 전역에 가서 선전활동을 지원하려고 하네, 좀 도와 주시게나."

대대장은 아무런 의심 없이 바로 통행증을 발급해줬다. 또 친절히 사람을 보내 조선의용대가 군사 봉쇄선을 통과해 옌시산閻錫山 부대인 '결사대' 본부 주둔지 부근에 가서 쉴 수 있도록 도와줬다.

처음에는 모두들 그곳이 어딘지 몰라 어리둥절해 하고 있을 때 젊은 부녀자가 걸어오는 것을 볼 수 있었다. 귀까지 오는 가지런한 단발머리에 용모가 단정한 여자였다. 그녀는 모두를 보고 또 왕자인을 한번 자세히 보고 놀라고 기쁜 목소리로 말했다.

"당신들이었군요!"

바로 모두와 대화를 시작했다.

알고 보니 이 젊은 부녀자는 '결사대' 대장의 부인으로 일찍이 시안에서 조선의용대 동지들과 만난 적이 있었다. 듣기로는 그녀가 위험에 빠졌을 때 조선의용대 동지가 구해줬는데 왕자인도 그때 그녀와 알게 되었다. 그녀는 국민당 사단 사령부에서 오늘 국민당 사복부대가 이곳을 지나간다고 해서 상황을 살펴보라는 명령을 받고 온 것이라고 모두에게 말했다. 그녀가 말해준 몇몇 상황을 통해 '결사대'는 항전시기에 옌시산과 공산당이 조직한 '신군新軍'이라는 것을 알 수 있었고 부대의 상황이 매우 복잡해서 양파의 대립을 해결하기 위해 설립한 사실도 알았다. 나중에 그녀는 결사대 본부의 책임자를 불러 조선의용대 동지들을 맞이했다. 그 책임자는 때마침 조선의용대 조소경趙少卿의 은사로 옌시산 밑에서 일하고 있었다. 조소경은 선생님을 보게 되어 매우 기뻐했다. 저녁에 환영회를 열었는데 다들 떠들썩하기 그지없었다.

모두들 이곳에서 3일간의 휴식을 가졌는데 알고 보니 옌시산이 항일반공을 주장한다는 사실을 전해 들었다. 또 그가 신군 결사대에 있는 공산당원을 죽여 '구군舊軍'을 '신군新軍군'으로 대체 하려고 했다는 것을 듣고 모두들 이에 분노했다.

제2팀 대원들은 험난한 행군을 거쳐 드디어 타이항산에 도착했다. 팔로군 본부는 그들을 열렬히 환영했다.

나는 제3팀을 따라 북상했는데 이 팀은 두 분대로 나뉘었다. 제1분대는 조선팀으로 대장은 관건이, 부대장은 호철명이 맡았다. 제2분대는 중국팀으로 대장은 문정일로 조선의용대가 파견한 한국인이었고, 부대장은 중국인이 맡았다.

우리가 린현성 밖에 있는 작은 농가에 갔을 때 수비군이 우리를 가로막았다. 그들은 우리들의 행방이 확실치 않다고 생각했고 앞 두 팀이 이미 이곳을 지나 타이항산으로 갔다는 것도 알고 있었다. 그래서 우리를 변두리에 있는 농가에 머물게 했다. 사실상 우리를 연금한 것이었다. 국민당 당국은 우리들의 상황을 철저하게 조사하라고 했다. 우리가 억류당한 이후, 사복 부대는 우리를 온종일 감시했다. 우리 팀의 책임자는 마음이 매우 초조해졌고 북상계획을 차질 없이 진행시키기 위해 규율을 선포했다. 첫 번째는 단독행동을 삼가는 것이었고, 두 번째는 함부로 말하거나 묻지 않는 것이었다. 그렇지 않으면 우리는 모두 국민당의 포로가 될지도 몰랐다.

부대장 호철명은 몇 번이나 성 안으로 들어가려 했으나 매번 실패해 국민당에 욕을 퍼붓기 시작했다. 한참 뒤에 호철명은 자기에게 국민당 지휘부의 신분증과 신사군이 발행한 증명서가 있다는 것을 순간 생각해냈다. 그는 일찍이 조선의용군에 의해 파견되어 신사군에 가입한 적이 있고, 그곳에서 중국공산당에 입당했기에 성에 들어갈 수 있었던 것이다. 호철명이 성에 들어간 후, 한바탕의 우여곡절 끝에 신사군의 적 후방 사무소에서 먼저 타이항산으로 향한 두 팀의 행방을 알 수 있었다. 그들은 신사군 사무소의 도움을 받아 국민당 사복부대의 감시에서 벗어나 타이항산으로 가는 마지막 여정에 올랐다고 한다.

그날 밤 호철명은 성 밖에서 계속 산책을 했고, 우리는 나중에 그가 신사군에 있을 때 부대장을 맡은 적이 있고, 산책을 하면서 신사군의 비밀요원과 접촉하고 있었다는 사실을 알게 되었다. 신사군의 비밀요원은 다시 잘 아는 사람을 통해 통행증을 끊어주었다. 이렇게 해서 우리는 최전방에 가서 위문공연을 한다는 명목으로 국민당의 끊임없이 이어지는 봉쇄선을 통과할 수 있었다.

국민당의 봉쇄선을 통과하자 또 일본군과 괴뢰정부군을 맞닥뜨리게 되었다. 어느 날 밤 호철명은 우리에게 봉쇄선 가까이에 접근하면 하얀 색 옷을 입은 사람을 볼 수 있는데 그들을 따라가면 적군의 봉쇄구역을 통과할 수 있다고 말했다.

알고 보니 괴뢰정부군에 잠입한 팔로군 대원들이 일찍이 항일을 지지하는 괴뢰정부군을 배치해 놓은 것이었다. 어둠을 틈 타 우리는 출발했고 일본군과 괴뢰정부군의 망루에서 검은 그림자가 움직이는 게 보였다. 그중 흰색 옷을 입은 사람들이 반가워하며 우리에게 말했다.

"조선동포들, 안녕하세요!"

그리고 우리가 가야할 방향을 알려주었다. 동이 틀 무렵에 우리는 적군의 봉쇄구역을 통과했다. 그리고 우리는 다시 한 농가에 도착했다. 이곳은 팔로군 사령부의 소재지로 한 팔로군 수장이 나와서 우리를 맞이해줬다. 그는 우리 한 사람 한 사람의 손을 꽉 잡고 친절하게 말했다.

"모두들 수고하셨습니다. 환영합니다!"

나는 이 키가 큰 사람이 뤄루이칭羅瑞卿이라는 것을 나중에야 알게 되었다.

1941년 5월, 우리 제3팀 대원들은 드디어 타이항산의 중심지역에 도착했다. 그토록 그리고 갈망하던 이 땅을 밟자 우리 모두는 매우 가슴 벅찼고 흥분을 감출 수 없었다. 제1팀, 제2팀의 대원들은 모두 나는 듯이 달려와 환호성을 질렀고, 진광화 동지는 우리들과 일일이 뜨거운 악수를 했다. 모두들 뜨거운 눈물을 머금은 채 서로를 부둥켜안았다. 그들은 우리의 물건들을 들어주었고 와자지껄 떠들썩하게 이것저것을 물었다.

천신만고 끝에 우리 조선의용대는 드디어 전략적 이동의 임무를 마쳤고, 기나긴 여정에서 대원들은 더욱더 강인하게 단련됐으며, 또 다른 새로운 시련을 맞이하고 있었다.

국민당 정부는 우리들이 성공적으로 합류한 소식을 듣고 약이 바싹 올라 조선의용대의 박효삼을 잡으려고 했다. 하지만 이미 늦은 일이었다.

그때 팔로군 총사령부는 마톈麻田 통구桐谷에 주둔했고 조선의용대는 타이항산 장허漳河 근처의 옛 사당에서 머물렀다. 이곳에는 녹음이 우거지고 시냇물이 졸졸 흘렀다. 저녁에 우리는 새 국면을 열어갈 연합회를 열었다. 모두들 감정이 이끄는 대로 노래를 불렀고 덩실덩실 어깨춤을 줬다. 노래 불러라! 춤춰라! 노랫소리, 거문고소리, 휘파람 소리, 징소리와 북소리 그리고 환호성이 한데 어울려졌다. 모두 동지의 마음은 환희로 가득했으며 산도 이에 감염된 듯 걸쭉하게 취했으며, 물도 이에 동요되어 잔잔한 기쁨을 토해냈다. 우리는 애틋한 타이항산의 품에 안겨 재회의 기쁨을 마음껏 누리고 있었다.

타이항산에 와서 내가 제일 먼저 만난 사람은 지인인 진광화였다. 그는 중산대학 교육학과에서 공부할 때 비밀리에 중국공산당에 입당했다. 순식간에 1년이 지났다. 그는 내 손을 꽉 움켜진 채 기뻐하며 말했다.

"큰누님 오셨군요. 다시 또 만났네요. 정말 기뻐요."

피를 나눈 형제 같은 동지 앞에 서니 눈앞이 흐려졌다. 나는 위아래로 그를 한번 보고, 또 그의 큰 눈과 둥근 얼굴을 쳐다봤다. 특별히 변한 건 없었지만, 그의 얼굴은 검고 거칠었다. 그의 큰 양손도 더 억세보였다.

나는 그의 손을 꽉 잡고 감격하며 말했다. "공동의 목표가 또 다시 우리를 같은 곳으로 이끌었구나, 우리 열심히 해보자…."

저녁만찬이 끝난 후, 여성 동지들이 나를 둘러싸고 재잘 거리며 그들의 숙소로 데리고 들어갔다. 그날 밤 잠을 이룰 수 없을 정도로 즐거운 수다를 떨었고 우리들의 우정은 더욱 돈독해졌다. 모두들 현재와 과거, 중국과 조국, 그리고 팔로군과 조선의용대에 대해 이야기했다. 수다의 향연은 마치 시냇물처럼 우리가 살아온 곳을 끊임없이 흘렀고 우리에게 환희와 감동을 안겨주었다.

조선의용대가 타이항산에 온 후, 팔로군 최전방 사령부는 우리를 위해 환영회를 열어주었다. 펑더화이彭德懷 사령관과 뤄루이칭 주임이 직접 출석했다. 모두들 펑더화이와 뤄루이칭을 보고 매우 기뻐했다. 그들은 웃으면서 우리를 향해 손을 흔들었고 우리들은 힘찬 박수로 회답했다. 그때의 상황은 어떠한 말로도 형용할 수 없는 그런 기분이었다. 그들의 말이 마치 내 귓가에 계속해서 울리는 것 같았고 온 몸에는 영원히 고갈되지 않을 힘이 생기는 것 같았다. 그들은 모든 조선의용대 동지들에게 기량을 열심히 연마해서 중국을 침략하는 일본군을 처참히 무찔러 달라고 당부했다.

조선독립동맹

1942년 8월, 중공중앙은 무정武亭 동지를 파견해 조선의용군조선의
용대가 조선의용군으로 변경됨사령부 사령관을 맡게 했다. 그는 부임
한 후 의용군 전사들에게 정치, 군사 훈련을 시켰다. 그 시기에 나는
부녀국 대장으로서 가정과 부녀 그리고 아이들을 관리하는 업무를 맡
았고 군정학교의 행정 업무도 병행했다.

무정 장군은 열네 살 때 한국에서 '3·1운동'에 참여했는데 그때가 바
로 그의 혁명의 시발점이었다. 그는 1905년 함경북도 경성에서 태어
났고 서울에서 자랐다. 열여덟 살 때 중앙고등보통학교를 중퇴했다.
1923년에는 베이핑北平에서 북방군관학교에 입학해 포병과에서 공부
했다. 졸업 후, 중국포병대위로 임명되어 스물두 살 때 포병부대 장교
가 되었다. 1925년에 중국공산당에 입당했다. 1927년에 장제스가 추
진한 '4·12대학살'에 강제로 파견돼 지하공작을 맡았다. 나중에 체포
된 후 사형을 선고받았으나 우창武昌에 있는 1만여 명의 중국청년 학생
들이 대규모 시위를 일으켜 무정을 즉각 석방하라고 요구했다. 석방된
후 상하이로 도망가 공산당의 정치 업무를 다시 시작했다.

1929년 상하이폭동에서 그는 총지휘자를 맡았다. 그 후 토지혁명에

참가해 중대장, 대대장, 연대장을 역임한 후 중국공산당 군사위원회에 들어갔다. 그는 마오쩌둥, 주더朱德가 이끄는 홍일방면군紅一方面軍을 따라 북상했다. 그는 험난한 대장정 동안 온갖 어려움을 꿋꿋하게 이겨냈고, 이만 오천 리의 대장정을 성공리에 완성했다.

항일 전쟁이 발발한 후, 그는 팔로군 총사령부의 작전과장을 맡았고 또 팔로군 포병부대 편성에 참가해 포병지휘관을 겸임했다. 나중에는 조선의용군의 편성 업무를 맡았다. 그는 장정에 참가한 적이 있는 조선청년들을 중심으로, 옌안에 간 조선청년들과 항일군정학교를 졸업한 조선청년, 그리고 동베이에서 혁명 활동을 했던 청년을 모두 모아 군사와 정치훈련을 실시했다. 1939년에 무정은 팔로군 최전방 총사령부가 있는 산시陝西성 동남쪽에서 팔로군과 함께 항일투쟁에 참가했다.

한국인들 스스로의 혁명 역량이 날로 커지면서 1941년 1월 10일에 화베이華北 조선청년연합회를 결성했는데, 무정이 주요 책임자를 맡았다. 1941년 7월에 결성한 조선의용군 역시 무정이 대표를 맡았다.

1942년 7월 11일부터 14일까지 화베이조선청년연합회는 장허 강변에서 '이대二大'를 개최했다. 대회의 개막식에서 펑더화이 사령이 중국공산당과 팔로군을 대표해 대회의 성공적인 개최를 미리 축하했고 대회에서 세 가지 희망사항을 제시했다.

1. 반파시즘 민족통일전선을 고수하고, 조선의 국내외의 민중을 광범위 하게 동원해서 반파시즘 투쟁에 참여하게 하고, 조선인의 의식을 드높여 일본 놈을 쫓아내기.

2. 군중의 잠재적인 역량을 동원하고, 연합회와 조선인 사이의 단결을 공고

히 하기.

3. 실전을 통해 혁명 간부를 육성하고, 조선혁명연합회에서 많은 간부들을
   팔로군과 항일정부로 파견해 혁명대열 조직 방법을 익히고, 또한 군대에
   서 정치와 정권 업무를 배우며 많은 민중이 어떻게 정권을 사용해야 하
   는지 깊이 연구하기.

펑더화이의 연설은 화베이조선청년연합회의 동지들에게 투쟁의 정
확한 방향을 제시해 주었다.

대회에서는 새로운 투쟁 국면 아래서 혁명조직인 연합회를 더욱 공
고히 하고 확대시켜야 한다고 토론했다. 그리하여 대회는 '화베이청년
연합회'를 '조선독립동맹'으로 개명하기로 결정하고, 정식으로 조선의
용대를 조선의용군으로 바꾸고 팔로군 최전방 사령부로 예속시켰다.

조선독립동맹 강령은 다음과 같다.

한국에서 통치하고 있는 일본제국주의를 전복시키고 자유독립을 되
찾아 조선민주공화국를 건립하는 데 목적이 있다. 한국혁명운동에 적
극적으로 참여해 반일통일전선을 강화시킨다.

대회는 그날 이후 향후 1년간의 5대 강령을 결정지었다. 그 내용에
는 조선인 반일 통일전선을 공고히 하고 확대시키며, 무장역량을 키
워 군사 건립의 임무를 완성하고, 한국인의 기치를 드높여 국내외의
선전활동을 강화시키면서, 실전에 강한 군사간부를 배양한다는 등의
항목이 있었다.

대회에서는 무장역량을 강화시켜 국제형세와 반파시즘 통일전선의
요구에 부응해 일본제국주의를 무너뜨려 자유 독립적인 행복한 조선
민주공화국을 건립해야 한다고 호소했다.

이 대회에서 김두봉, 무정, 최창익, 김창만, 박효삼, 이춘암 등 11명의 집행위원회 위원들을 선출했다.

조선독립동맹 본부는 산시성 통구桐谷촌에 세웠고 지부도 설립했다. 그 후 1944년 2월, 본부를 다시 옌안으로 옮겼다. 산시陝西성 서북 지부는 1942년 11월 13일에 설립됐다. 이때 린펑林楓동지를 선두로 한 수백 명의 손님들이 방문했으며 회의장에는 쑨원, 장제스, 마오쩌둥, 펜산첸片山潛, 김구의 사진이 걸렸다.

조선독립동맹과 조선의용군은 처음에는 군정연합의 유기적 조직이었고 정치와 군사업무를 병행하였다. 조선독립동맹은 김두봉·최창익·한빈을 위주로 구성되었고, 조선의용군은 무정·박효삼·박일우 등 혁명열사들이 지도 업무를 맡았다.

동맹이 설립된 후, 항일무장 투쟁을 적극적으로 실시하기 위해 수많은 사람이 적의 점령지에 파견됐다. 파견된 사람은 문정일, 호일화 동지 등이 있었다. 동맹의 역량을 더욱 강화시키기 위해 중국공산당은 정율성도 타이항산 구역으로 파견했다.

1942년 12월 1일, 타이항산에 화베이 조선청년혁명학교를 설립했다. 학교 건립의 목적은 "조선 출신의 군정 간부를 배양하고, 조국의 독립을 위해 헌신할 사람을 배양하는 것"이었다.

입학 자격은 16세 이상의 젊은 조선 남녀였고 학비와 생활비는 모두 제공되었다. 졸업 후에는 조선독립운동 관련 지역으로 배치되어 일했다. 학교장은 무정, 교무주임은 김학무였다. 많은 학생들이 톈진, 베이징 등지에서 적의 봉쇄선을 뚫고 산 넘고 물 건너 학교에 왔다. 학교 교원들은 몇십 년간 계속해서 한국 혁명 운동을 주도한 명망있는 학자와 명성 높은 혁명가였다. 교관은 모두 조선의용군의 최고 간부로, 그들은 군사이론에 능통할 뿐만 아니라 풍부한 실천 경험을 가지고 있었다. 주요 과목은 조선역사, 문화, 민족해방의 정치이론과 군사과학이었다.

학교가 설립되는 1년여 동안 학교장인 무정이 매우 잘 이끌어 주어 학생들의 민족의식이 매우 높아졌고 사상도 크게 진보되었다. 학생들은 황무지를 개간하여 채소와 보리를 심고 불을 때는 등의 일을 배웠다.

독립운동에 필요한 수많은 우수한 조선인 군사정치 인재를 육성하기 위해 학생들의 성취도와 요구에 따라 학교조직을 확대했고 교육의 내용도 보완했다. 그래서 '화베이조선청년학교'를 '화베이조선혁명군사학교'로 개명했다. 군사과와 정치과 두개 개열로 나눠 학생들의 구체적인 상황에 맞춰 대오를 재편성함으로써 학교를 더욱 정규화시켰다.

조선독립동맹은 잡지 〈활로活路〉를 출간해 조선청년의 민족의식과 민족의 기개를 높였고 한국의 수많은 동포들을 살 길로 오도록 인도했다.

조선독립동맹의 광범위한 선전활동 덕분에 적의 점령 구역에 있는 한국 동포들도 조선독립동맹의 조직 소식과 조선의용군 무장 역량의 존재에 대해 알게 되었고, 조선독립동맹과 조선의용군의 영향력도 확대되면서 한국의 우수한 청년들이 계속해서 화베이 항일전선으로 오게 되었다. 이는 한국인의 통일 전선을 강화시키는 데 매우 중요한 작용을 했다. 조선독립동맹은 나중에 옌안에서 확대되었다. 그때 김두

봉 위원장과 최창익, 그리고 한빈 부위원장 및 15명의 중앙 집행위원
이 지도했다.

조선의용군과 일본군과의 혈전

타이항산은 우리같이 타국에서 온 친구들을 위해 최고의 호의를 베풀어주었다. 먼 곳에 와서 유랑하는 나그네들은 격정에 넘쳐 일본 놈을 소멸시키고 싶은 마음이 더 커졌다.

진晉 , 지翼 , 위豫 세 개 성의 교차점에 위치한 타이항산은 유격전을 펼치기에 제일 좋은 무대였다. 이곳은 산이 높고 골이 깊어 잠복하기에도 편리했다. 이곳은 개울이 종횡으로 교차하고 물산이 풍부해 군대가 주둔하기에도 좋았다. 유격 전사들은 이곳에서 자신들의 재량을 힘껏 발휘할 수 있었다. 마오쩌둥 동지가 징강井岡산 투쟁 중에 창립한 일련의 유격전 원칙이 이곳에서 다시금 빛을 발산했다.

"적이 쳐들어오면 우리는 물러나고, 적이 주둔하면 우리는 방해하고, 적이 피곤하면 우리는 치고, 적이 후퇴하면 우리는 쫓는다."라는 원칙인데, 이 문구는 일본 놈을 겁주고 그들의 사기를 꺾자는 취지로 썼다. 우세병력을 집중시켜 기동전과 섬멸전 및 속결전을 벌였다. 적들은 백발백중 패하여 줄행랑을 치고 혼비백산하였다.

1941년은 항일 전쟁이 특히나 고된 해였다. 일본제국주의는 태평양 전쟁을 발발시키기 위해 중국을 태평양 전쟁의 후방기지로 택해 중국

침략을 위한 대부분의 병력과 거의 모든 괴뢰 정부군을 집중시켜 적후방 항일 근거지에서 야만적인 소탕 작전을 벌였다. 잔악무도하게 불태워 없애고, 죽여 없애고, 총 쏴 없애기 등 이른바 '싹쓸이'정책을 실시한 것이다. 1941년 가을, 일본 놈들은 타이항산에서도 대소탕 작전을 전개했다. 팔로군과 조선의용대는 일찍이 계속해서 적군과 몇 차례 대결을 펼쳤으며 반소탕 작전을 승리로 이끌었다.

1941년 12월 7일, 일본이 갑자기 미국 하와이의 해군기지인 진주만을 공습해 태평양전쟁을 도발했다. 제2차 세계대전이 더욱더 확대되면서 전 세계 전쟁의 흐름에도 큰 변화가 일어났고 중국전쟁의 형세도 악화되어 갔다. 일본은 미국을 상대하기 위한 힘을 집중시키기 위해 중국전쟁터에서의 전쟁을 신속히 끝냈고 항일근거지에 대한 소탕에 박차를 가했다. 이렇게 항일전쟁은 더욱 큰 시련에 부딪히고 있었다.

이 시기에 조선의용대의 세력은 이미 매우 커져있었다. 1938년 10월 10일, 조선의용대가 설립된 지 얼마 되지 않아 우한이 함락된 후 조선민족혁명당은 광시廣西 구이린으로 후퇴했고, 조선청년전위동맹은 뤄양·옌안 등지로 흩어졌다.

산시陝西성 북쪽으로 온 조선혁명청년들은 중국공산당의 극진한 대우를 받았다. 1940년 항일군정대학을 졸업한 조선혁명청년은 40명에 달했다. 그들은 팔로군과 신사군 활동지역 내, 그리고 화베이와 화중의 최전방에서 항일 무장투쟁을 전개하였다. 그들은 자신의 투쟁 역량을 더욱 강화시키기 위해 1941년 1월 산시陝西성 동남쪽의 전투 당시 조선청년연합회를 결성했다.

조선청년연합회가 설립된 후, 중국의 후방기지인 충칭·뤄양 등지로

부터 조선혁명단체 청년들이 모여들었고, 1941년 7월에 기존의 조선 의용대를 확대해 조선의용대 화베이지대로 개편했다.

확대 개편된 조선의용대에는 세 개의 지대와 한 개의 부녀국으로 구성되어 화베이의 각 지역에서 활동했다.

제1지대의 대장은 이익성으로 안양 일대에서 활동했다.

제2지대의 대장은 김세일로 린청(臨城)일대에서 활동했다.

제3지대의 대장은 왕자인으로 쑨더(順德)일대에서 활동했다.

각 지대는 다시 세 개의 소대로 구성되었다. 각 소대에는 기관총 1정이 할당되었고 각각의 대원들에게는 소총 한정과 수류탄 세 개, 그리고 세 근의 비상식량이 분배되었다.

나는 제3지대에 배정되어 의료 업무를 맡았다. 1941년 12월 12일, 조선의용군 제2지대는 화베이 싱타이邢臺에서 떨어진 위안스元氏현 후자좡胡家庄에서 대중운동은 했다. 29명의 무장한 선전 대원들은 대장 김세일의 인솔 하에 팔로군의 정치운동을 돕고 대중대회를 소집해 군중들에게 반소탕을 위한 준비를 잘 하자고 호소했다. 저녁에는 농가에 머물렀는데 새벽녘에 500여 명의 일본군에게 포위될 줄은 생각도 못했다. 적이 많고 아군이 적은 긴박한 상황에서 대장 김세일은 침착하게 대처했다. 그는 몇몇 동지들을 엄호하고 다른 대원들은 후퇴하라고 하며 지붕으로 뛰어 올라가 적군에 기관총을 발사했다. 기관총의 화력으로 적군을 유인해 일부 대원들은 방을 뚫고 나갔다. 박철동 대원은 방을 나간 후 농가의 작은 산으로 뛰어가 신속히 적군에 반격했다. 김

대장은 많은 부상을 당했지만 전혀 돌보지 않고 부대원에게 싸우면서 후퇴하라고 지시했다.

포위망을 뚫던 도중 소대의 조열광 대장이 부상을 입고 바닥에 쓰러졌다. 동지들이 서둘러서 후퇴할 수 있는 시간을 벌기 위해 동지들에게 기관총을 메고 가라고 하고 자신은 신경 쓰지 말라고 했다. 그러나 김홍 동지는 한 마디도 하지 않고 그를 업은 채 20여 리 길을 질주했다. 그의 발에 물집이 터져 선홍색의 피가 흘러 신발에 스며들었다. 다른 동지들이 안전하게 이동하도록 엄호하기 위해 많은 대원들이 적군과 육탄전을 벌였다. 나중에 팔로군이 급히 도착했고 일본군을 비로소 물리쳤다.

전투 중 손일봉, 최철호, 이정순, 박철동이 장렬히 희생되었고 김세일의 왼쪽 어깨가 부러졌다. 김학철 동지는 다리에 큰 부상을 입고 잡혔고 적군은 들것으로 그를 옮겨갔다. 그는 죽음에 굴복하지 않고 스스로 들것에서 굴러 떨어져 죽음으로 항쟁하려고 했으나 일본 놈들은 그를 들것에 묶었다. 그는 일본 나카사키長崎 형부소에 압송되었고 해방 후에 출옥했으나 그의 오른쪽 다리는 잘려나간 뒤였다. 그 후 그는 지린吉林성 옌지延吉시에 머물렀다. 이 전투에서 의용군은 그들의 호랑이 같은 담력을 과시했으며 근거지 방방곳곳에 공명을 불러일으켰다. 중국공산당 기관의 〈해방일보〉는 희생된 조선의용대 동지를 추모하는 특간을 발행했다. 특간에는 추도회의 시문을 실었다. 그 중 어떤 문장들은 당시 소학교 교과서에 실려 국제주의 정신을 학습하고 발양하기 위한 교재가 되었다. 전국의 많은 신문들은 비장했던 전투 장면을 보도했다.

1942년 2월 19일 〈신화일보〉의 보도 내용은 아래와 같다.

"조선의용군 제2지대가 화베이 지역의 적 후방으로 떠난 후…, 작년 12월
26일 화베이 싱타이 부근에서 한바탕의 격렬한 혈전 도중 적군에 큰 피해
를 입혔다…"

2월 20일 〈대자보〉에 다음과 같이 등재되었다.

"조선의용군 제○○부대가 작년에 화베이의 적의 모 후방으로 가서 두려움
을 잊은 채 반전 선전활동을 전개하면서 동시에 유격전을 펼쳤다. 적과 수
차례의 조우전이 발생했는데, 특히 작년 12월 12일 허베이 싱타이 부근에
서 벌어진 최대 격전에서 백여 명의 적군을 죽이고 무수히 많은 전리품을
손에 넣었다.

1942년 2월 27일, 조선의용군 본부는 충칭에서 성대한 추도회를
거행해했는데 수많은 저명인사들이 참가해 후자좡 전역에서 희생된
손일봉 열사 등을 추모했다. 대회는 망자를 애도하는 많은 대련을 받
았다.

그 중 저우언라이 , 동비우董必武 , 덩잉차오鄧穎超는 "조선의용군 동지
들 고이 잠드소서!"라고 추도했고, 주더朱德 , 펑더화이는 "조선의용군
동지, 뜨거운 피를 흘렸네"하며 애도를 표했다. 〈신화일보〉는 "원대한
뜻을 품고 장렬히 희생된 조선인, 용감하게 적과 맞서고 그 이름을 싱
타이에 남겼네"라며 애도했다.

당시 우리 제3지대는 쑨더의 유격지대에서 활동했다. 이곳은 적과 아군이 팽팽하게 맞서는 지역이었다. 우리는 낮에는 각 농가에 가서 민병을 도와 선전활동을 하며 항일 군중의 발동을 주도했다. 어느 날, 저녁을 먹고 있을 때 보초병이 달려오더니 급하게 왕자인에게 가서 수많은 적군이 농가를 향해 접근해 오고 있다고 보고했다. 왕 대장은 바로 각 소대장을 소집해 대책을 논의했다. 모두 우리 편이 사람이 적기 때문에 농가에 남아 당한다면 손실이 너무 클 수 있으니 후퇴하는 게 낫겠다고 의견을 모았고 즉각 이동했다. 농가에는 유가족이 많아 적군이 농가에 와서 보복할 가능성이 컸기 때문에 유가족도 우리들과 같이 후퇴하기로 결정했다. 조선의용군은 후퇴 임무를 완성해야 했을 뿐만 아니라 일반인을 더욱 잘 보호해야 했다. 그러나 이렇게 많은 사람들이 농가를 떠나면서 노출되지 않는다는 것은 매우 어려운 일이었다. 매우 초조한 상황에서 농가의 한 민병이 농가 남쪽에 작은 비밀 통로가 있는데 일본 놈들은 분명 모를 거라며 기발한 생각을 내놓았다. 왕 대장은 즉시 정찰병을 파견해 부대원들과 사람들을 급히 집합시켰다. 정찰병이 돌아왔고 역시나 그 길은 안전하게 은폐된 곳이었다. 우리 조선의용대 전체 대원과 가족들은 남산 쪽으로 가기 시작했다. 사람들이 매우 많았지만 대열은 쥐죽은 듯 조용했고 까만 어둠속에 완전히 가려졌다. 산허리에 막 도착했을 때 한 동향인이 적군의 총에 맞아, 나는 바로 가서 상처를 싸맸다. 다행히 상처가 팔에 생겨 붕대를 감자 금세 피가 멈추었다. 우리는 황급히 대열을 쫓아갔다. 이렇게 많은 사람들이 산을 오르는데 큰 소리 하나 들리지 않았고 길이 좋지 않아 걷기가 힘들었지만 오직 사람들의 낮은 숨소리와 조심스러운 발소리만

이 들렸다. 내 뒤에 말을 끌고 오던 두 명의 동지는 작은 소리로 내게 "이 말이 방금 도랑에 굴러 떨어졌는데 아무 소리도 안냈어요, 우리가 달려 내려가서 이놈을 끌고 올라왔지요."라고 말했다.

잔혹한 전쟁은 사람들이 모든 상황에 적응할 수 있도록 단련시켰고, 사람들에게 길들여진 동물들도 눈치가 빨라진 모양이었다.

우리는 어둠속에서 신속히 산꼭대기로 모였고 다시 숲으로 들어갔다. 왕대장은 다시 정찰대를 보내 산 아래 상황을 살펴보게 했다. 상황을 종합한 후, 적군이 산을 오를 기미가 없다는 것을 확신했다. 하지만 날이 밝으면 이제 막 잎이 자라 나온 나무들이 모두를 보호해 줄 수 없기 때문에 대장은 대열을 리청黎城 방향으로 이동시키기로 결정했다.

리청은 약 40여 가구가 사는 큰 마을로 사방에 토성으로 둘러싸여있고 성문은 남쪽에 있었다. 우리가 이곳에 도착했을 때는 날이 이미 밝은 뒤였다. 우리는 곧바로 각 농가에 가서 상황을 살피고 농민들에게 공산당의 정책을 선전했다. 우리들이 조선인이란 것을 알았을 때 많은 농민들이 놀라움을 감추지 못했고 서둘러 우리에게 밥을 지어 주었다.

갑자기 성 밖에서 총소리가 들렸다. 적군이 온 것이다. 왕 대장은 높은 지붕에 올라가 큰 나무의 엄호를 받으며 상황을 면밀히 관찰했다. 성 밖에 적군이 그렇게 많지 않음을 보고 그는 주변의 지형을 연구한 끝에 바로 유리한 지형을 이용해 진공해오는 적군을 소멸시키기로 결정했다. 기관총사수가 사람들을 밟고 지붕위로 올라가 기관총을 지붕 위에 놓았고, 동지들은 각자 자기를 숨길 수 있고 적군을 치기에 용이한 위치를 찾았다. 첨예하게 대립된 전투가 곧이어 시작되었다. 농민들은 모두 방문을 굳게 닫았다. 일본 놈들이 성 밖에서 총을 쏘기 시작했다. 기관총을 성 문 위에서 성 안으로 몇 차례 쐈는데 아무 소리가 들리지 않자 총을 들고 도둑놈처럼 성 안으로 들어왔다. 우리가 줄곧 반격하지 않자 일본 놈들은 우리가 도망간 줄 알고 더욱 대담해져 농가를 뒤지기 시작했다. 왕 대장은 기회가 찾아온 것을 보고 사격 명령을 내렸다. 총알은 사방에서 날아가 일본 놈들에게 꽂혔고 기관총은 지붕위에서 '두두두두'소리를 냈다. 수십여 명의 적군들이 소리를 듣고 바닥에 엎드렸다. 뒤에 있던 적군은 놀라 몸을 돌려 도망갔으나 그들의 상관이 소리치자 돌아왔다. 어떤 이는 전우의 시체를 들고 가려다가 시체를 들자마자 또 새로운 시체가 되었다.

격전은 30분 정도 벌여졌다. 대원들의 총알은 표적에 적중했으며 모두들 정말 기뻐했다. 조선의용군 중에서 황 씨 성의 한동지만이 다리를 다쳤다. 나는 그를 치료한 후 그에게 들것에 오르라고 말했다. 그는 "나는 다리 한쪽으로도 일본 놈 몇 명은 더 죽일 수 있어요."라고 우스갯소리를 했다.

1942년 4월, 조선민족혁명당의 대표 김백연_{김두봉}이 타이항산에 왔다. 펑더화이 부총사령관이 직접 초대연을 열어 접대했다. 김 선생님은 반백이 넘은 나이에도 불구하고 매우 강건하고 정정했다. 그는 조선독립당의 창시자 중에 한 명이면서 민족혁명단의 일원이기도 했다. 조선의용대가 한커우에서 설립된 후, 그는 지도자 일을 하기 시작했다. 타이항산 근거지에 가기 위해, 그는 반년이 넘는 험난한 여정과 우여곡절을 거쳐 드디어 바라던 대로 타이항산에 왔다.

김 선생님은 타이항산에 와서 매우 기뻐하며 흥분된 목소리로 모두에게 말했다.

"조선인이 있는 곳이라면 그곳에 내가 있을 것이고, 일을 할 수 있는 곳이라면 그곳에 내가 있을 것이오."

그는 특히나 팔로군을 칭찬했다.

"팔로군의 위험을 무릅쓰는 정신, 오늘 와서 보니 상상했던 것 이상이군요. 조선의용대는 팔로군의 도움이 있었기에 지금과 같은 성과를 이룰 수 있었습니다. 저는 앞으로 이곳에서 온 힘을 다할 것입니다."

김백연의 연설은 큰 박수를 받았다. 그의 말은 타이항산에 있는 우리 조선의용대의 마음도 함께 전달해 주었다.

나는 김백연 선생님이 연단을 내려갈 때 바로 올라가 양손으로 그의 손을 꽉 잡았고 벅차오르는 기쁨에 말이 나오지 않았다. 김 선생님도 매우 기뻐했고 격양된 목소리로 "우리 다시 만났네!"라고 말했다.

우리는 상하이·난징·충칭에 있을 때의 일을 같이 회상했고, 우리가 몇 번 헤어졌던 일들을 이야기 했다. 나는 김두봉 선생님이 내게 주신 도움에 매우 감격하고 있었다. 그는 내 인생에서 매우 큰 영향을 끼쳤던 인물이라고 말할 수 있다. 그는 나의 세계관 형성 및 내가 혁명의 길을 걷는데 매우 중요한 작용을 했다. 나는 선생님을 진심으로 존경했다.

허베이조선청년연합회의 책임자 겸 조선의용대 허베이 지대 정치위원 진광화 동지도 김두봉 선생님과 같이 왔다. 나는 그와 잘 아는 사이였다. 그는 나를 변경지역의 행정 간부학교로 보내 당 교육을 받게 하려고 한다고 말했다.

알고 보니 1941년 8월 무정 동지가 통구 촌에서 화베이로 이동해 온 조선혁명가들을 받아들이면서 공산주의 교육을 실시하기 위해 조선의용대 간부 훈련반을 설립했던 것이었다. 학교장은 무정, 교감은 진광화가 맡았다.

나는 제3지대에서 오래 있진 않았지만 이미 새로 알게 된 동지들과 끈끈한 우정을 맺고 있었기에 그들을 떠나려 하니 정말 아쉬웠다.

나는 화베이 조선의용대 본부에 와서 보고했다. 첫날 식당에서 진광화 동지를 또 만났다. 그는 매우 친근하게 나에게 말했다.

"큰누님, 여기 와서 공부하니까 좋으시죠!"

"좋아! 좋아! 절대 조직의 기대를 저버리지 않을 거야."

나도 기뻐하여 대답했다.

식당에 오르간 한 대가 있었는데 그것은 루쉰가곡단이 공연하러 왔을 때 남기고 간 것이었다. 도처를 떠돌아야만 하는 전쟁 시기에 이런 멀쩡한 악기를 보니 정말 기뻤다. 나는 나도 모르게 오르간 뚜껑을 열어 잘 아는 가곡을 연주했다. 마침 진광화가 달려와서 한 손에는 밥그릇을 들고 다른 한 손에는 젓가락을 들고 음악의 리듬을 따라 춤을 줬다. 나도 기뻐서 크게 웃었다.

"아리랑, 아리랑, 아라리요….."

모두들 오르간 소리에 맞춰 노래 부르면서 춤을 췄다. 한국인은 노래와 춤에 능한 민족으로, 백발 창창한 노인에서부터 이제 겨우 말을 배우는 어린 아이까지 모두 예외는 없다. 식당 안이 순식간에 유쾌한 바다가 되었다.

"조오타!"

모두들 입을 모아 소리치며 리듬에 맞춰 박수를 쳤다. 나도 도취되어 학교 다닐 때의 기억이 갑자기 눈앞에 떠올랐다. 그때는 열심히 공부해서 지식으로 내 자신을 무장하고 채우고 싶었다. 친구들과 같이 이 노래를 부르며 미래를 동경하곤 했다. 그런데 지금 나의 조국은 여전히 짓밟히고 있고, 그때의 수많은 뜻이 있던 청년들은 나라를 떠나 나라를 다시 되찾기 위해 투쟁할 수밖에 없다. 자꾸 생각하다 보니 그리움에 눈시울이 붉어졌다.

나는 학교에서 중국공산당의 혁명 투쟁사와 항일방침 등의 과목을 배웠다. 나는 예전에 유아교육학과 의학을 배웠지만 사회과학 공부는 좀 주저했다. 게다가 내가 나이도 있어 젊은 학생들을 못 따라 갈까봐 걱정했다. 그러나 한 동안의 학습을 통해 마르크스주의 철학의 중요성을 알게 되었다. 그리고 조선의용군의 정치적 소양을 향상시키기 위해 이런 좋은 학습의 기회를 놓쳐서는 안 된다고 생각했다.

1942년 5월 적군은 몇 십만 명을 규합해 타이항산 소탕에 미친 듯이 열을 올렸다. 그들은 강한 병력을 이용해 팔로군을 포위해 섬멸하려고 했다. 제18집단군 본부 마톈麻田은 팔로군과 조선의용대의 '반소탕'의 중요 근거지가 되었다. 당시 산에 있던 팔로군과 조선의용대은 총 6만 여 명이었다. 그들은 수많은 적군과 한판 승부를 가려야 했기에 그 임무가 매우 막중했다. 마톈 부근에 있던 팔로군 정치 간부와 가족들은 총 5,000명이었고 그들도 반소탕 작전에 힘이 되었다.

5월 초에 격전이 시작됐다. 5월 29일 조선과 중국 군대는 강적에 의해 포위당했다. 팔로군 사령부는 조선의용대에게 신속히 일본이 점령하고 있는 두 개의 산을 공격해 이미 포위당한 동지들이 포위망을 뚫고 나올 수 있는 돌파구를 만들어 주라고 지시했다. 조선의용대 박효삼 사령관의 지휘 하에 어둠을 틈타 쥐도 새도 모르게 산 아래로 가서 첨예한 쟁탈전을 벌였다. 전사들은 하나같이 호랑이처럼 용맹했다. 5~6시간의 악전고투를 치른 끝에 꿋꿋이 산꼭대기를 공격했다. 모두들 쉴 틈도 없이 산 아래서 총소리가 끊임없이 울려왔고 귀청이 터질 것 같은 대포 소리도 들렸다. 격분한 적군이 반격해 온 것이었다. 박효삼 동지는 총소리를 듣고 적군이 오는 방향과 적의 수를 추측한 후, 일부 대원들에게 산을 내려가 적의 뒤로 가라고 과감히 지시했다. 산 위와 산 아래에서 우리들의 맹렬한 포탄을 번갈아 가며 떨어뜨려 적군을 갈팡질팡하게 만들었다. 적군들 중에 어떤 이는 죽었고 어떤 이는 도망갔다. 우리들은 두 개의 산꼭대기를 확실히 지켜냈다. 산꼭대기 사이에 가장 좋은 돌파구가 형성되었고, 겹겹이 포위됐던 전우들도 모두 뚫고 나왔다. 그러나 전투 도중 팔로군 최전방 참모장 줘취안左權 동지가 희생되었고, 조선의용대의 진광화·석정 동지 등도 순국하였다.

반소탕 작전 중, 조선의용대 전사의 뜨거운 피는 타국의 땅위에 뿌려졌으며 그들의 혁명 정신은 근거지의 군민을 감동시켰다. 중국공산당과 혁명 군민은 여러 방식으로 희생된 영웅들에게 깊은 애도의 뜻을 표했다. 당시에 중공중앙북방국中共中央北方局 및 제18집단군야전정치부十八集團軍野戰政治部는 열사들을 기념하기 위해 기념방법을 특별히 규정했다.

1. 선열을 추모하는 동시에 위대하고 소중한 국제혁명의 우의를 영원히 기념하기 위해 9월 18일에 타이항산의 모처에서 장례식을 거행한다. '9·18' 기념식이 열리는 동안 그 밖의 각 지역에서는 모든 열사들이 용감하게 희생된 사실을 보도하고 그들을 위해 3분간 묵념한다.

2. 그들은 언제나 우리의 전쟁터에서 활발히 움직였고, 그들의 흔들리지 않

는 강인한 의지와 불굴의 정신은 우리 모든 군민이 배우기에 충분한 가
치가 있다.

3. 조선의 모든 열사들이 용감하게 투쟁했던 사실들을 영원히 기리고, 우리
군민들이 중조 양국 민족이 해방운동을 하면서 밀접한 관계를 맺었음을
이해시키기 위해, 열사들의 생전에 혁명운동 경력을 학교 교재와 전사(
戰士) 교과서로 편성하고 각급 군대와 선전 교육부서는 광범위한 선전 교
육을 맡아 진행해야 한다.

1942년 9월 18일, 타이항산에서 장례식이 거행됐다. 강당의 정중
앙에 진광화, 석정, 손일봉 등 11명의 열사의 초상화가 걸려 있었다.
장중광 동지가 열사들의 업적을 소개했다.

주더 총사령관이 연단에 올라가 낮고 늦은 목소리로 연설을 했다.
그의 추도사는 4월 20일 〈해방일보〉에 게재되었는데, 제목은 〈자유
를 위해 죽었다. 그 생명은 영원하리〉였다. 그 부분을 요약해서 말하
면 다음과 같다.

"우리의 11명 조선혁명동지들이 희생됐다. 중국의 민족해방 전쟁을 돕기
위해…. 조국의 자유 독립을 위해 위대한 헌신을 했다. 그들은 생전에 핍박
받고 타지에서 뛰어다녀야 했지만 전투를 향한 완강한 의지는 식지 않았다.
이는 한민족의 용감한 애국정신을 보여주고 있다. 자유를 위해 죽은 전사들
이여, 그들의 생명은 영원할 것이다. 그들의 전투정신은 자유를 쟁취하기 위
한 중조 민중의 가슴속에 영원히 살아 숨 쉴 것이다."

예젠잉葉劍英도 이날 신문에 문장을 올렸다. 제목은 〈전사한 조선의용

군 동지를 추모하며〉이다. 내용은 아래와 같다.

"중국에서 조선혁명동지들이 나라의 독립해방을 위해 사방을 돌아다니며 힘을 모아 호소하고 항전운동에 참여했다. 조선의용군은 그중에서도 가장 핵심역할을 했다. 이 군대는 1938년 10월 10일에 설립된 이래, 각 전장을 옮겨 다니며 싸웠고 항일 민중을 조직해 4년을 하루같이 대적 선전활동을 전개했다. 특히나 후베이(湖北)의 퉁산(通山)과 군산(滾山), 후난(湖南)의 시산(錫山), 광시의 쿤창관(昆倉關) 및 화베이의 반소탕 작전에서 이 군사 동지들이 모두 자신의 생명을 돌보지 않고 분투했고 필사적으로 전진했다. 죽음을 두려워하지 않는 정신으로 적군에 큰 타격을 입혔고 팔로군 신사군과 협력하여 그들에게 많은 힘을 실어주었다. 그들은 반파시즘 투쟁의 신생 역량이었고 반파시즘 투쟁에 큰 공헌을 했다."

샤오싼肖三은 〈중국에서 항전하다 순국한 한국동지들을 기념하며〉에 아래와 같이 썼다.

"중국 항전 중, 힘이 있는 국제 부대를 조직한 조선의용대…. 그들과 스페인 공화군중의 국제 부대는 서로 어깨를 견줄 만했다. 지금 중국 각 전쟁터와 최전방, 그리고 후방에는 모두 조선동지들의 족적이 남아있고 그곳에는 그들의 용맹함과 분투정신, 뜨거운 피, 그리고 희생이 서려있다. 수많은 감격적이고 눈물 나는 이야기와 조선동지들이 중국의 각 전장에 흘린 피는 모든 동양 민족의 해방의 깃발을 붉게 물들였다."

저명한 시인 아이칭艾靑은 희생된 의용군 열사를 위해 한편의 시를
지었다.

영령들의 정신을 후세 사람들에게 영원토록 전달하기 위해, 산시陝
西성 서북 지역에 항일 전사 장병 기념비를 세워 항일전쟁에서 희생된
중화민족의 아들딸들과 타국의 아들딸들을 기렸다. 1942년 11월 12
일 기념비 착공식을 개최했다. 김세일 동지가 착공식에서 다음과 같
이 말했다.

"많은 조선의용군 전사들은 일찍이 중국항일 전사들과 함께 항전했
고 같이 피 흘렸습니다. 오늘 이후로 계속해서 일본 파시즘을 무찌르
기 위해 끝까지 같이 분투합시다."

이번 반소탕 작전 후, 팔로군 본부는 당 중앙의 지시에 따라 다음과
같은 결정을 내렸다. 조선의용군의 주요 임무는 최전방에 가서 일본

놈들과 직접 싸우는 게 아니라 군사훈련에 참여하고 정치문화를 공부
해 조선의용군의 전투력을 갖추는 것이다.

우리는 타이항산에 있다네

“붉은 해가 동방을 두루 비추고,

자유의 신이 마음껏 노래하네.

보아라!

산천에 겹겹의 골짜기와 철통같은 수비를,

타이항산에 타오르는 항일의 봉화를,

위풍당당한 기세를,

들어라!

어머니가 일본 놈을 치라는 소리를,

아내가 남편을 전쟁터로 보내는 소리를.

우리는 타이항산에 올랐다네,

우리는 타이항산에 왔다네,

산은 높고 숲이 빽빽하고,

병사는 강하고 말은 튼실하니

적군이 어디에서 쳐들어오든,

우리들은 그들이 쳐들어오는 곳에서 멸하네,

적군이 어디에서 쳐들어오든,

우리들이 그들이 쳐들어오는 곳에서 멸하네!"

우리는 조선의용군 전사라면 모두가 알고 있는 〈우리는 타이항산에 있다네〉를 목소리 높여 불렀고 타이항산의 깊은 계곡에서 싸우면서 적군의 반복되는 소탕작전을 붕괴시켰다.

적군의 반복적인 소탕작전으로 타이항산의 물자는 매우 부족해 심각한 경제난을 겪었다. 그때 타이항산 군민은 옥수수면에 겨를 섞어 먹었다. 이것도 적의 점령지역 사람들이 생명의 위험을 무릅쓰고 근거지로 보내온 것이었다. 어떤 때는 옥수수면도 없어 겨를 먹을 수밖에 없었다. 나중에 우리들은 농민들로부터 달콤한 겨를 만드는 방법을 배웠으나 먹으면 대변이 너무 건조해 종종 항문에서 피가 났다. 그럼에도 불구하고 팔로군 동지들에 비하면 우리들의 생활은 풍족한 편이었다.

무정 동지는 "자기 힘으로 먹고 입자"는 당 중앙의 지시를 전달했다. 조선독립동맹과 조선의용군, 그리고 근거지 사람들은 함께 힘을 모아 대량 생산운동을 전개했다.

그때 조선의용군의 전투 생활은 매우 고달팠다. 일본 놈들이 소탕작전을 벌일 때 의용군은 팔로군과 함께 홍수가 밀려오면 흙으로 둑을 쌓아 막고, 적군이 쳐 들어오면 병사를 보내어 막았다. 소탕작전이 끝나면 바로 황무지를 개간했다. 우리는 당시 부르짖던 구호가 있었다.

"팔로군의 자력갱생 및 자급자족하는 좋은 전통을 본받고, 우리들의 땀 한 방울로 감자를 만들자."

구호는 동지들의 생산에 대한 적극성을 불어넣었다. 황무지를 개간해 농사를 지을 때, 총을 밭의 가장자리에 기대어 세워놓고 모두들 하늘을 뚫을 듯한 기세로 일했다. 의용군 중 많은 동지들은 학생 신분이

어서 농사를 지어본 적이 없었고, 황무지를 개간해 본 적은 더더욱 없
었다. 개간할 때 돌멩이를 파내고 나무뿌리를 캐내야 했다. 아주 많은
돌들이 있을 때는 구덩이를 파면서 동시에 손으로 파내야 했다. 많은
동지들의 손에는 마찰로 피망울이 생겼다. 어떤 때는 큰 나무뿌리의
줄기가 뒤엉켜 있어 몇 명이 돌아가면서 뽑아야 겨우 해결할 수 있을
정도로 굉장히 힘이 들었다. 하지만 힘들다거나 피곤하다고 불평하는
이는 아무도 없었다. 우리들에겐 한 가지 신념이 있었다.

"황무지를 개간하지 못하면 혁명을 이뤄내지 못하는 것과 같다."

많은 동지들은 휴식시간에도 계속해서 일했고 손에 물집이 터져도
멈추지 않았다. 서로 앞서거니 뒤서거니 하면서 황무지를 개간하는데
힘을 모았다. 우리 의용군은 27일 안에 306무畝의 황무지를 개간했고
대량 생산의 기적을 만들었다.

조선의용군의 지도자는 황무지 개간사업을 혁명 전사를 교육하고
단련시키는 학교로 여겼고, 일하는 도중 노동 시합을 열어 각 조와 각
사람들이 경쟁하게 함으로써 효율을 극대화시켰다.

쉬는 시간에는 남녀 합창과 독창 등의 노래 시합을 했다. 정율성 동
지는 거의 매번 독보적인 모습을 보여주어 모두에게 열렬한 박수를 받
았다. 정율성 동지는 열정적이고 대범했으며 그가 노래를 부를 차례가
되면 종종 연기자처럼 노래를 불렀다. 모두들 명실상부한 음악의 거
장이라고 칭찬했다.

노래 시합의 조건은 직접 작사 및 작곡해 부르는 것이었다. 우리들
은 한국의 각 도에서 왔고 많은 사람들이 지방의 특색을 보여주는 민
요를 불렀다. 동지들은 내가 유아교육학을 전공한 걸 알고 모두 나보

고 직접 작곡해 시합에 참가하라고 부추겼다. 나는 노래를 잘 못해 산베이陜北민요의 곡조를 이용해 합창곡을 만들어 우리들이 노동하는 장면을 예찬했다.

"남자 동지들은 총과 괭이를 메고,
타이항산의 도랑을 돌아다니면서,
땅속에 있는 돌과 나무뿌리를 캐내고,
옥수수와 호박 그리고 감자를 심는다.
어야디야 어기여차,
승리의 노래는 영원히 끝나지 않네.
공산당, 마오쩌둥 지도자님 안녕하세요,
개간하고, 농사짓고, 대량 생산하는 것
이것들은 우리들의 혁명의 일부입니다.
일본을 물리치고 집안을 재건합니다.
어야디야 어기여차,
승리의 노래는 영원히 끝나지 않네."

나는 노래를 다 짓고 여자 전사들과 함께 불렀다. 노래 가사를 압운하지는 않았지만, 우리들의 실제 전투 생활을 반영했기에 모두의 호평을 얻었다. 남자 동지들도 뒤지지 않기 위해, 직접 선곡한 곡을 편곡해서 노래를 부르기 시작했다.

즐거운 노랫소리에 노동의 긴장이 풀렸다. 모두들 이를 충만한 기쁨이라 여겼고, 험난한 시련, 불과 피의 시련 그리고 대지가 주는 은혜와 선물을 즐기고 있었다.

일이 끝날 무렵에는 산과 들판, 타이항산의 도랑과 두둑, 그리고 산 방방곡곡에 노래를 마음껏 울려 퍼트렸다. 우리들은 〈우리들은 타이항산에 있다네〉, 〈마오 위원毛委員이 우리와 함께 있다네〉 등의 노래를 부르면서 숙소로 돌아왔다.

개간 사업은 정말로 피곤한 일이었다. 하루의 노동이 끝나면 어떤 이는 옷도 벗지 않고 바로 누워 잠들었다. 차츰 불평을 늘어놓는 이도 있었다.

우리들이 묵었던 곳은 매우 누추해 대부분의 사람들이 옥수수짚이나 볏짚에서 잤는데 이도 고급 '침대'에 속한 편이었다. 이렇게 힘들어도 전사들은 여전히 혁명 낙관주의 정신을 고수했다. 개간 사업덕분에 식량 문제가 해결되었으나 채소나 식용유가 또 하나의 해결하기 어려운 문제로 대두되었다. 무정 동지는 우리들에게 산간닝陝甘寧의 변경지역 사람들이 황토고원을 북방의 강남으로 만들어낸 이야기를 해주었다.

1941년부터 1942년까지 반소탕 작전에 참여한 일부의 사람들을 제외하고 대부분의 부녀자들은 모두 산에 올라가 산나물을 캐거나 대자연으로 가서 맛있는 음식을 구했다. 타이항산의 산나물은 우리들에게 '훌륭한 음식'이었고 모든 조선의용군을 구제했다.

그때 나는 부녀국 대장이었기 때문에 매일 대원들을 이끌고 산비탈이나 강가에 가서 산나물을 채취했다. 산나물은 뜨거운 물에 데쳐 볶아서 먹거나 소금에 찍어 먹거나 또 겨와 섞어서 워워터우窩窩頭를 만들어 먹었다. 만약 산나물을 많이 캔 날이면 햇볕에 말려 두었다가 겨울에 먹었다.

　어린 시절 종종 어머니를 따라 몇 십리 밖에까지 가서 산나물을 캔 적이 있었기에 산나물을 캐는 일은 내게 매우 익숙한 일이었다. 어떤 때는 평양의 서쪽 작은 강변에서 물 미나리를 캤다. 어떤 때는 평양의 동쪽 사동寺洞 일대에 가서 메뚜기풀을 캐기도 했다. 또 어떤 때는 산에 가서 고사리를 캤었다. 한 번은 독버섯을 먹어 온가족의 얼굴이 부었던 기억도 있다. 또 한 번은 언니와 중국인의 채소밭에 가서 부러진 긴 백무를 캐서 돌아와 김치를 한 독 담아 겨울에 먹을 음식을 해결했다. 봄에는 언니와 아주 먼 곳까지 가서 냉이를 캤는데 언니와 누가 더 많이 캐는지 시합을 했다. 언니는 매번 작은 강변에 도착하면 냉이를 씻어서 집에 들고 갔는데, 나는 한 번도 씻은 적이 없었다. 겉으로 보기에 언니 것은 반 바구니밖에 안 돼 보였고, 내 것은 성겨서 바구니에 꽉 차보였다. 어렸을 때를 회상하면 생활이 풍족하지는 않았지만 온 가족이 같이 모여 있어서 매우 행복했었다.

　우리 여자 동지들이 캔 산나물은 평소에도 먹었을 뿐만 아니라 말린 후에 비축해 놓고 겨울에도 먹었다. 채소를 해결하긴 했으나 산에서 소금이 매우 부족해 우리들은 짠맛 나는 돌을 갈아서 나물과 섞어 먹을 수밖에 없었다. 타이항산에서 기름은 소금과 똑같이 중요했기에 우리들은 피마자기름을 콩기름 대용으로 썼고 그것으로 채소를 볶으면 맛이 꽤 괜찮았다. 우리들은 산에서 채집한 도토리를 갈아서 면으로 만든 다음 다시 옥수수면과 섞어서 워워터우를 만들었는데 이것도 정말 향기롭고 맛있었다. 전사들은 우리들이 채집한 것들로 만든 반찬들을 매우 배불리 먹었으며 칭찬을 아끼지 않았다.

개간을 하면서 식량문제가 해결되었다. 가을이 되자 타이항산은 우리에게 잘 익은 오곡을 선사했고, 우리에게는 먹을 양식이 생겼다. 매번 반소탕 작전을 할 때 상사는 우리에게 먼저 각각 양식좁쌀과 옥수수면 3근씩 나눠주었다. 평소에 먹었던 것은 겨와 산나물이었다. 직접 심은 양식이라 그런지 더더욱 향기롭고 달콤했다.

우리는 겨울에 종종 산에 가서 나무를 했다. 어떤 때는 눈보라가 몰아쳐 정말 추웠다. 어떤 이는 귀가 얼어붙었고 발도 얼었다. 심지어 어떤 이는 신발을 벗을 수가 없었다. 이런 상황은 어린 시절을 저절로 떠오르게 했다. 오빠가 산에 가서 나무를 할 때면 오후에 해가 저물 무렵, 나는 산 어귀에서 오빠를 기다렸다가 땔감을 가득채운 수레를 같이 끌었다. 집에 도착하면 오빠의 발과 면양말은 전부 짚신과 붙어있었다. 나는 양동이에 따뜻한 물을 채워 오빠의 양발을 녹여주고 싶었다. 그때 아버지가 와서 나를 막았다. 어머니가 이미 찬물에 얼음 조각까지 넣어 준비해서 오빠에게 발을 넣으라고 했다. 어머니는 나에게 그 이유를 설명해주었다. 나는 이 방법을 전사들이 신발을 벗는데 이용했다. 그들은 모두 나를 칭찬해 주었는데, 이것들은 내가 어려운 환경에서 자랐기에 가능할 수 있었던 것 같다.

그곳에서 우리들은 해가 뜨고 지는 것을 보면서 또 산나물을 캐면서 가슴속에 서 쏟아져 나오는 노래를 흥얼거렸다. 나중에는 한국민요인 〈도라지〉의 곡조에 새로운 가사를 넣어 〈미나리〉라는 곡을 창작했다.

1.
미나리, 미나리, 산미나리,

타이항산 골짜기의 산미나리.

한 다발 또 한 다발을 캐니,

대바구니에 넘쳐나는구나.

에헤헤헤요, 에에에에요, 에헤요,

우리들의 근거지, 정말로 정겹구나,

우리들의 타이항산, 정말로 아름다구나.

2.

우리는 괭이를 메고 산언덕을 오르네,

길고 긴 행렬에 휘날리는 붉은 깃발,

개간하고 또 개간해서,

감자랑 옥수수를 심는구나.

에헤헤헤요, 에에에에요, 에헤요,

우리들의 근거지, 정말로 정겹구나,

우리들의 타이항산, 정말로 아름답구나.

3.

공산당 마오 주석님 안녕하세요,

적 후방으로 깊이 들어가 유격전을 벌이네.

한 마을 또 한 마을을 되찾아,

결국 제국주의를 무찌르는구나.

에헤헤헤요, 에에에에요, 에헤요,

우리들의 근거지, 정말로 정겹구나,

우리들의 타이항산, 정말로 아름답구나.

모두들 이 노래를 칭찬하며 수정을 위한 의견을 내주었다. 그래서 수정을 하고 우리 여성 동지들이 연습을 해서 저녁파티를 위한 공연으로 준비를 했다.

연말 신년회 때, 우리는 여성 소합창 형식으로 〈미나리〉를 공연했는데 전 객석에서 뜨거운 박수가 터져 나왔으며 조선의용군의 반응은 뜨거웠다. 나중에 이 노래는 많은 곳에서 불렸다.

한 동지가 충청도 민요의 곡조로 조선의용군의 생활을 반영하는 노래를 지어 많은 전사들의 환영을 받았던 기억도 난다. 대략적인 가사의 의미는 "2월이 곧 지나가네, 이제 3월이네, 겨울도 곧 지나가네, 봄이 다가오네, 강남의 제비도 돌아오네"였다. 이 노래는 어둠이 곧 지나가고 혁명의 빛이 눈앞에 와있다는 의미를 함축하고 있었다.

조선의용군은 자체적으로 극단이 있었다. 단장은 김창만이었는데 그는 종종 부대와 변경 주민에게 공연을 선사했다. 특히 최채와 김위 여자 동지 등의 공연은 특히나 뛰어났다. 그들이 공연하러 나오면 우레와 같은 박수소리가 들렸다.

조선의용군의 본부는 팔로군 본부 병원과 아주 멀어 군민들이 그곳까지 가기에는 매우 불편했다. 그때 적 후방에서 온 동지들이 약간의 약품을 가져왔었고 조선의용군에 의학을 전공한 사람들이 많아 조선독립동맹은 1943년 3월에 타이항산에 대중병원을 설립했다. 병원은 내과와 외과 및 약품제조실로 나뉘었고, 백은도가 병원장 겸 내과 의사를 맡았다. 그는 백단대전百團大戰 때 포로로 잡혀온 자였다. 김상현이 부원장 겸 외과 의사를 맡았다. 그는 1943년부터 운동을 시작했다. 약제사 김희원은 1942년 12월에 적군의 주둔지였던 린펀臨汾으로부터

도주해 온 '자원병'이었다. 간호사의 이름은 김화순으로 1940년에 잡혀왔다. 행정요원은 김철원, 김화 등 3명이 맡았다. 1943년 5월, 무정이 나에게 병원 업무를 지시해 나는 간호사 겸 의사 조수를 맡았다.

그 병원이 크지는 않았지만 산 속에서, 특히나 적군의 포위와 봉쇄된 상황에서는 상당히 중요한 역할을 했다. 병원의 관계자들은 병리와 제약에 관련된 연구를 하는데 심혈을 기울였다. 현지 야생 약초를 이용해 학질약, 매독 치료약, 옴 치료약 등을 연구해 조제했다. 이런 약들은 많은 이들의 환영을 받았다. 병원은 많은 농민의 실질적 어려움을 고려해 그들을 무료로 치료해 주었다. 천연두 같은 전염병의 예방 차원으로 계절에 따라 사람들에게 예방주사를 놓아주었다. 우리는 또 열사의 유가족과 민병에게 각종 건강검진을 실시했다. 사람들은 우리 병원을 정말로 좋아했고 병원 관계자들도 산간지역 주민의 진정한 친구가 되었다.

변경지역 정부는 우리 병원을 매우 중시해 1943년 말에 우리에게 표창장을 주었다. 우리 병원은 우수병원으로 평가받았는데, 백 의사는 노동영웅으로, 김화순과 나도 노동 모범으로 호평 받아 각각 3천 원의 상금을 받았다. 지금 보기엔 3천 원이 매우 적지만 당시에는 매우 영예롭고 큰 상이었다.

물자난을 해결하기 위해 우리들은 주둔지에 상점을 세웠다. 상호명은 '삼일상점三一商店'으로 양식, 소금, 비누, 성냥개비 등을 구비하고 있었다. 1941년 후방에서 온 신태식 동지와 그 밖에 4명의 관계자들이 맡아서 일했다. 이들은 모두 조선인이었다. 이들은 민중과 매우 친해 해마다 명절이 되면 물품들을 할인해 열사 가족과 빈곤 농민 가정에 보내주었다. 그들은 또 일손이 부족한 가정의 소소한 일들을 도와주었다. 많은 민중들이 그들을 자기 가족처럼 여겼으며 새해나 명절 때면 그들에게 중국식 만두를 보내곤 했다.

1943년 4월, 우리들은 타이항이발소太行理發店을 세워 전사들과 민중들의 머리를 잘라 주었다. 우리는 타이항산에서 생활하면서 진정한 타이항산 사람이 되었고 혹독한 환경 속에서 더욱 단단해졌다. 타이항산의 민심과 산세는 우리들을 타이항산의 자식으로 만들어 주었고 이 신성한 토지는 우리를 기르고 단련시켜 주었다.

당 중앙과 팔로군 본부는 조선의용군의 발전을 상당히 중시했다. 팔로군 무기를 바꾸기도 전에 우리에게 먼저 산간지역 무기 공장에서 제조한 최신무기를 보내왔다. 조선의용군 지휘부의 지휘 수준을 더 빨리 향상시키기 위해 팔로군 본부는 종종 조선의용군의 간부를 120사단과 129사단에 실습 보냈다. 유문화, 최채, 장예신 등이 파견되었다. 지방에 파견되어 공부한 자들도 있었다. 나와 윤재덕, 윤공현 그리고 김 모모 등도 잇따라 지방으로 가서 구체적인 업무를 진행했다.

타이항산의 중국공산당 조직은 조선의용군의 공헌을 높이 샀다. 4분대 정치부의 조선인 정엽은 생산 실력이 매우 우수해 노동모범으로 평가되었고 그의 행동은 널리 선전되었다. 조직에서는 그를 격려하고자 그에게 50원과 군용외투 한 벌을 하사했다. 물자가 부족했던 그 시기에 이 정도의 포상은 매우 큰 것이었다.

팔로군 본부는 조선의용군 동지들의 희생을 극소화시키기 위해 조선의용군이 반소탕 작전에 참가하는 것을 제외하고 기타 전쟁에는 참가하지 못하도록 다시금 결정했다. 그러나 조선의용군 전사들은 최전

방의 소식을 듣자마자 모두들 최전방에 가서 일본 놈들과 싸우게 해
달라고 적극적으로 요구했다. 저마다 주먹에 힘을 불끈 쥐고 전쟁에
가서 싸우고 싶어 했으며 어떤 동지들은 최전방으로 몰래 갔다. 이 일
을 펑 총사령관이 알게 되었고, 그는 친히 박효삼을 찾아 엄숙하게 말
했다.

"여러분의 동지들이 희생되면 어떻게 병력을 보충할 건가요? 여러분
은 국민당의 전역에서 적군의 봉쇄선을 뚫고 온 사람들입니다. 이것은
정말 쉽지 않은 일이죠, 여러분은 반드시 힘을 비축해 두어야 합니다!"

우리는 이 말을 듣고 감동해 눈에 뜨거운 눈물이 그렁그렁 맺혔다.
이국땅에서 이렇게 친절하고 따뜻한 관심을 받게 되니 정말 감격적이
었다. 하지만 이럴수록 우리는 더더욱 제일 어렵고 위험한 곳으로 가
서 우리 의용군 전사들의 가치를 보여주어야 한다고 생각했다. 비록
중대를 출동시켜 본부에 발각되어 비평을 받았지만 우리는 계속해서
중대를 출동시켰다. 최전방에 가서 적군을 소멸시키는 것이 바로 우리
의 직무였기 때문이었다.

1943년 12월, 무정 동지가 우리에게 당 중앙의 결정을 낭독했다. 조
선의용군 각 지대는 일부만 타이항산에 남아 일하고 대부분은 옌안에
가서 훈련을 받으라는 것이었다. 옌안에 가는 명단에 내 이름도 있었
다. 모두들 기뻐서 어쩔 줄 몰라 했고 나 또한 당연히 매우 흥분했다.
드디어 혁명의 성지인 옌안에 가게 되었으니 말이다.

옌안으로 전진

1943년 12월, 타이항산 조선의용군 본부는 당 중앙의 의사를 전달했다. 옌안에 조선의용군 군정학교를 설립하여 2년에 한차례씩 돌아가며 훈련한다는 소식은 동지들을 흥분시켰고 모두들 이리저리 뛰어다니며 서로에게 알렸다. 옌안은 중국의 혁명 성지이면서 중국 항일전쟁의 중심부였으므로 옌안에 갈 기회가 생겼다는 소식을 듣고 너나 할 것 없이 모두 기뻐했다. 당 중앙과 마오쩌둥이 그곳에 있었고, 그곳은 모두가 동경하는 곳이었다. 조선의용군에는 옌안에서 온 사람들이 있었는데 그들은 종종 우리들에게 옌안의 요동토굴집과 보탑, 그리고 지도자들에 대해 이야기 해줬다. 옌안에 가서 공부할 수 있게 된 것은 행복하면서도 자기의 능력을 향상시킬 수 있는 좋은 기회였다.

그러나 모두들 막상 2년여간 생활해 온 타이항산을 떠나려 하니 아쉬움을 감출 수 없었다. 우리는 타이항산의 풍경에 익숙해져 있었다. 타이항산의 물을 마셨으며 타이항산에 사는 민중들과 깊은 우애를 맺고 있었다. 타이항산의 대장은 일찍부터 우리들이 발전해 가는 모습에 열정적인 관심을 보여주었고, 타이항산의 팔로군은 우리들에게 친형제와도 같았다. 이런 친척 같고 형제 같은 사람들을 떠나야 하니 차마 그 발길이 쉽게 떨어지지 않았다. 명령이 전달된 후 의용군의 많은 동지들은 흥분된 심정으로 출발 준비를 했다.

연말에 첫 번째로 옌안으로 가는 동지들은 행장을 꾸리고 출발을 기다렸다. 나 역시 첫 출발 팀에 속했다. 우리는 200여 명의 조선의용군 전사들 및 우리를 호송해 줄 팔로군 전사들과 함께 옌안으로 갔다. 총사령관은 팔로군 수장이 맡았고, 박효삼 동지가 의용군 지휘를 맡았다.

타이항산의 굽이굽이 고개는 눈으로 덮여있었고, 산골의 주민과 지방관리, 전사들이 길가에 줄지어 서서 우리를 환송해 주었다.

새하얀 백설이 햇볕 아래서 반짝반짝 빛났고 찬바람에 얼어붙은 눈이 거울처럼 윤이 나고 깨끗했다. 길게 이어진 산봉우리 아래서 새 군복을 입고 완전무장한 가늘고 긴 우리 대열은 마치 은빛 세상에서 졸졸 흐르는 시냇물 같았다. 우리는 산꼭대기에 올라 고개를 돌려 큰소리로 외쳤다.

"안녕, 타이항산, 다시 돌아올게."

우리가 타이항산에서 꽤 멀리 떠나 철도 선로에 도착했을 때 행군의 규칙이 엄격해졌다. 누구도 말을 해서는 안 되었고, 반드시 경계심을 늦추지 않고 잠복하며 행군해야 했다.

총사령부는 또 모든 행동은 지휘관의 지시를 따르고 적군을 만나면 돌아서 가고 모두 교전하지 말라고 규정했다. 부대는 어둠속에서 조용하고 조심스럽게 전진했고 이따금씩 기차소리가 멀리서부터 점점 가깝게 들려왔다. 낮에는 산야에서 야영하거나 민간인 집에서 묵었다.

우리는 산길과 산 고개를 걸으며 끊임없이 새 길을 만났고 또 그 길을 떠났다. 험준한 산을 막 오르자 콸콸 흐르는 강이 나타났다. 강에는 다리가 없어 맨발로 강을 건너야 했다. 물은 뼈가 에일 정도로 차가웠고 급행군으로 발바닥에는 물집 혹은 피망울이 생겼다. 신발과 양말을 벗고 얼음같이 차가운 물속에 뛰어 들어가면 아프고 시렸다. 맨다리는 물속에 떠있는 얼음조각에 의해 쉴 새 없이 긁혀 터졌다. 모두들 자신도 모르게 "앗! 으앗!"짧게 소리를 냈을 뿐 어떤 누구도 원망하는 자는 없었다.

상당히 긴 여정을 걷고 있을 때, 앞에서 팔로군 전사들이 "앞에 큰 강이 있어요!"라고 소리쳤다.

작은 산등성이를 지나자 우리들 앞에 큰 강이 펼쳐져 있었는데, 그때는 이미 3월초였고 강위에 얼음도 녹기 시작했으며 큰 얼음조각은 하류로 흘러가고 있었다. 남자 동지들은 신발을 벗고 바지를 걷어 올려 우리 여성 동지들을 업어서 강을 건네주려 했다. 우리가 민망해하자 그들이 조급해하며 말했다.

"아 거참, 지금이 어떤 시대인데 18세기 아가씨들처럼 구는 겁니까?"

대장 박효삼이 모두를 재촉했다.

"빨리 업히세요, 큰 얼음조각에 부딪힐 수도 있으니."

나는 모두에게 빨리 강을 건널 준비를 하라고 말했다.

남자 동지들은 우리를 업고 강을 건넜다. 어떤 남자 동지는 앞으로 걸어가며 우리를 계속 업고 내려주지 않고 농담을 했다. 우리가 주먹으로 그들의 등을 때리자 비로소 내려주었다. 정율성이 익살스럽게 말했다.

"저라면 옌안까지 업혀가겠네요!"

강을 건너자 누군가 "이화림"하고 부르는 소리를 들었다. 나는 사방을 둘러봤다. 박효삼 대장이 먼 곳에서 나를 부르고 있음을 알았다. 나는 그가 가리키는 방향을 따라 가서 봤는데 짐을 한가득 싣고 지나가던 말이 모래밭에서 넘어져 일어나지 못하고 있었다. 말은 갈비뼈를 셀 수 있을 정도로 삐쩍 말라있었으며 몸통에 땀과 강물이 범벅이 되어있었다. 말은 그곳에 누워서 거친 숨을 헐떡이고 있었다. 마부 박 씨는 갈망하는 눈빛으로 나를 쳐다봤다. 나는 내 응급상자를 한 번 봤고 다시 박 대장을 쳐다봤다. 대장은 내 뜻을 눈치 채고 약을 아끼지 말고 서둘러 말에게 주사를 놔주라고 했다. 당시에 약품이 매우 부족한 상황이었기 때문에 강심제는 더욱 귀중한 약품이었다. 나는 강심제를 꺼내 말에게 주사했다. 눈치가 빠른 정율성이 와서 급히 달려와 나를 도와주었다. 대장은 "우리와 함께 행군하는 말들이 비록 말은 못하지만 구이린에서 뤄양, 그리고 다시 뤄양에서 타이항산까지 수천 리의 행군 동안 무거운 짐을 싣고 우리의 부담을 덜어주었어요."라고 말했다. 우리는 전력을 다해 말을 구하려 했지만 말은 결국 죽고 말았다. 당연히 제일 괴로워했던 사람은 마부였고 그의 얼굴에 두 줄기의 눈물이 끊임없이 흘러내렸다. 우리가 말고기를 먹을 때 그는 먼 곳으로 떨어져 웅크리고 앉아 눈물을 흘렸다. 그날 밤 그는 밥도 먹지 않았고, 우리가 몇 번을 타일러도 소용없었다. 그는 며칠이 지난 뒤에야 입을 떼기 시작했다.

말이 쓰러진 후 모든 짐들은 남자 동지들이 들었다. 행군은 싸우는 것보다 힘들었지만 우리 부대의 어느 누구도 쓰러지지 않았다. 특히 나 같은 여성 동지들, 그리고 특수한 상황에 놓인 동지들 누구도 대오에서 뒤쳐지지 않았다.

장기간 행군에서 오는 피로를 풀어 주기위해 공연팀 동지들은 종종 빠른 박자의 노래를 지어 길가에서 모두의 기운을 북돋아주었다. 행군을 시작하고 2개월 동안에는 모두들 수다 떨며 웃으며 기쁘게 행진곡을 부르곤 했다. 제일 많이 불렀던 곡은 아래와 같다.

"길고 긴 행렬,

군가를 목청 높여 부르네,

한걸음 한걸음 걸어가면서,

한걸음 한걸음 걸어가면서.

......"

나중에는 웃음소리가 갈수록 줄었다. 꽤나 활발하던 이들도 피곤에 말수가 줄었고, 그저 온 힘을 다해 길을 재촉할 뿐이었다. 매일 같은 야간 행군은 모두를 굶주림과 피곤함에 지치게 만들었다. 새벽 동틀 무렵이 제일 견디기 힘들었고 많은 사람들이 비틀거리며 걸었다. 혼미한 상태로 졸면서 걷고 있었지만 두 다리는 이미 기계처럼 앞을 향해 움직이고 있었고 멀리 산의 형상이 보이자 안도감이 생기는 듯 했다.

어느 날, 동이 틀 무렵 산봉우리에 오르자 박효삼이 기뻐하며 소리 쳤다.

"와, 여러분 보시오, 앞에 보이는 평야만 지나면 혁명근거지가 있소. 지금 바로 쉬어 갑시다. 이 산 아래에 있는 평야는 적의 봉쇄구역입니다. 오늘 밤 한 시간 안에 최소한 90킬로미터의 속도로 행군해야 봉쇄구역을 제 시간에 통과할 수 있으니 낮에 잘 자둬야 합니다."

무척이나 피곤하고 졸렸던 전사들은 박효삼이 말이 끝나기 무섭게 아무 반응 없이 바로 땅에 몸을 맡겨 잠을 청했다. 나와 몇몇 여성 동지들은 바람을 피할 수 있는 곳에 가서 뭐라도 덮고 자라고 그들에게 말했다. 점심 식사 당번 동지들이 밥을 다 할 때까지 여전히 많은 동지들이 자고 있었다. 나는 그들처럼 많이 잘 수 없었다. 어떤 병자는 내가 치료해주길 기다리고 있었고, 또 많은 이의 발에 물집이 터져 그들을 돌봐줘야 했다. 나는 오후 세 시가 되어서야 점심밥을 먹을 수 있었다.

이번에 박효삼 대장은 조선의용군이 전위대를 맡고 여성 동지들은 반드시 팔로군과 함께 행동하라고 했다. 그러나 팔로군 총사령관은 조선의용군이 전위대를 맡아서는 안 된다며 "여러분을 호송하는 것이 우리들의 임무예요."라고 말했다.

이렇게 팔로군은 여전히 대오 제일 앞에서 전위대를 맡았고 우리 여성들은 다시 조선의용군과 함께 길에 올랐다.

산을 내려와 광활한 지대로 들어서자 앞쪽에 흰색 옷을 입은 사람들이 보였다. 모두들 긴장해 어떤 이는 몸을 숨기려 했다. 어떤 이는 무기를 손에 꽉 쥐었다. 이때 "흰색 옷을 입은 사람들은 우리 편이니 겁먹지 마시오, 저 사람들이 가리키는 방향을 따라 전진하시오!"라는 소리가 들렸다. 양가죽 외투를 입은 그 사람들은 우리들의 가이드였다. 눈이 많이 쌓여 우리가 길을 잃을까 걱정되어 중요한 길목에 흰색 옷을 입은 사람들이 미리 기다리고 있다가 길을 안내해 주고 있었던 것이다. 이렇게 하면 부대가 더욱 신속하고 질서정연하게 이동할 수 있기 때문이었다.

적의 봉쇄선 부근에 도착했을 때 혹시나 닥칠 위험을 피하기 위해 총지휘부는 각 부대에게 교차로 매복해 대부대가 잘 통과 할 수 있도록 도우라고 지시했다. 행군하는 부대원 어느 누구도 말을 해서는 안 되었다. 사각사각 눈 밟는 소리만이 들릴 뿐이었다. 조선의용군의 엄호 차례가 되어 모두들 막 눈밭에 엎드렸다. 총구를 겨냥하면 일이 생길 수도 있는 상황이었다. 그런데 갑자기 총지휘부에서 계속 전진하라는 명령이 전달됐다. 알고 보니 조선의용군을 보호하기 위해 총지휘부가 우리에게 경계 임무를 못하게 한 것이었다. 우리는 매우 달갑지 않았지만 그것은 명령이었고 엄격한 규율이었기에 할 수 없이 일어나서 계속 앞으로 갈 수밖에 없었다. 우리는 차례대로 3개의 적 봉쇄선을 통과했다.

날이 밝아올 즈음에 앞쪽에 산 하나가 또 나타났다. 우리는 온 힘을 다해 그 산을 향해 뛰었다. 산꼭대기에 도달했을 때 "휴식"이라는 명령 소리가 들렸다. 강행군에 지칠 때로 지친 우리는 바로 주저앉거나 드러누웠다. 험난한 행군 동안 바람과 이슬을 맞으면서 찬 곳에서 잠을 자면서 많은 동지들이 병에 걸렸고 내 업무는 더욱 늘어났다. 나는 길을 재촉하면서 쉴 때는 다친 동지들을 보살폈고 행군을 병행하면서 환자를 보기도 했다. 그때 어떤 무언가가 내 정신을 고무하고 있었던 것일까? 말로 형용하긴 힘들지만 내 마음은 동지들과 같은 심정으로 한 마디 말만을 되뇌고 있었다.

"곧 옌안에 도착할 거야!"

모두들 막 자려고 하는데 귀청이 터질 것 같은 폭발 소리가 우리와 그리 멀지 않은 곳에서 들려왔다. 우리는 정신없이 일어나 무기를 집어 들고 산 아래를 봤는데 일본 놈들이 우리 쪽을 향해 박격포를 쏘고 있었다. 일본 놈들이 해가 뜬 후 우리를 발견했던 것이었다. 그들은 포탄 몇 발을 쏘더니 멈추었는데 우리가 사람이 많은데도 공격을 하지 않아서인 듯 했다.

잠시 후 출발하라는 명령이 도착했다. 이미 앉아있던 사람들은 다시 일어나고 싶어도 일어날 수가 없었다. 나도 허리가 정말 아파 일어날 수 없었다. 언제나 매우 활기찬 정율성이 "빨리 일어나시오, 곧 옌안입니다!"라고 말하면서 모두들 부축해 일으켰고, 다 같이 서로를 부축하며 계속해서 길을 재촉했다.

한참을 걷다보니 우뚝 솟은 높은 산이 우리 앞에 나타났다. 총지휘부는 명령을 내렸다.

"바로 앞이 옌안 혁명 근거지입니다. 행군의 편의성을 높이기 위해 각 부대는 각자 부대를 이끌고 옌안으로 들어가도 좋습니다."

옌안 땅이 코앞이라고 하자 모두들 한바탕 환호성을 질렀다. 정율성의 주도로 우리 모두 노래를 불렀고 모두들 전신에 힘이 다시 솟아오르는 기분이었다.

그리고 너무도 그리던 근거지로 향한 최후의 승리의 행군이 시작되었다. 긴장되고 두려웠던 기분은 가볍고 기쁜 마음으로 바뀌었지만 사람들의 각종 생리적 현상이 다시 격렬해 졌다.

어떤 이는 "배고파요, 배불러서 옌안에 가면 얼마나 좋을까요." 라고 하고, 또 어떤 이는 "몇 달을 걸었더니 다리가 아파 죽겠어요, 드디어 집에 도착하겠네요." 라고 했다.

근거지에 거의 근접해 모두들 마음에 안도감이 생기고 긴장도 어느 정도 풀리자 행군의 속도도 저절로 느려졌다.

산을 내려갈 때 어떤 이가 맞은편 산을 가리키며 우리에게 소리쳤다.

"저기 보시오, 저게 뭐죠?"

모두 놀라 그가 가리키는 방향으로 가서 보니 작은 동물이 뛰어가고 있었다. 어떤 이는 야생 노루라고 했고, 또 어떤 이는 야생 사슴이라고 했다. 모두들 어깨에 메고 있던 총을 들어 침착하게 그 작은 동물을 향해 겨냥했다. 그때 뒤에 있던 정율성이 우리 앞으로 뛰어와서 소리쳤다.

"총 쏘지 마시오, 내가 하겠소!"

다른 동지들은 이미 받쳐들고 있던 총을 내려놨다. 정율성이 총으로 목표를 겨누고 방아쇠를 당기자 "펑"하는 소리가 들렸다. 멀리 있던 작은 동물은 총에 맞아 도랑으로 굴러 떨어졌다. 많은 사람들이 앞을 다투어 뛰어 내려가 그 동물을 등에 지고 올라왔다. 그 동물의 몸에는 검정색 반점이 가득해 모두들 야생 사슴이라고 생각했다. 사람들은 기뻐하며 "이게 뭐든 일단 먹고 봅시다."라고 말했다.

우리는 산을 내려와 농가에 들어가서 이틀간 쉬면서 이 야생사슴을 맛보려고 했다. 사슴 가죽을 벗기고 배를 가른 후 불에 구웠다. 다 익은 사슴고기의 향이 사방에 진동했고 모두들 한 끼 배불리 잘 먹었다. 동지들은 하나같이 모두들 정율성을 칭찬했다.

"나는 자네가 음악만 잘 하는 줄 알았는데 총 솜씨도 보통이 아니었어!"라며 어떤 이가 칭찬했다.

"노래도 잘 만들고 총도 잘 쏘고, 음악가이면서 명사수였네요, 정말 대단해요."

나는 부러운 듯이 정율성에게 말했다.

모두들 아주 맛있게 잘 먹었고 정말 기뻐하며 웃고 떠들었다.

1944년 4월 초, 우리는 드디어 장엄한 바오타산寶塔山을 보게 되었다. 신성함의 상징인 바오타산을 보려고 몇 달 동안 밤낮으로 그리워했다. 타이항산에 있을 때 우리는 이미 정율성이 작곡한 〈옌안송〉을 배운 적이 있다. 우리 조선의용군 전사들은 지금 이 시간 이때 멀리 바오타를 바라보며 마치 약속이나 한 것처럼 이 노래를 부르기 시작했다. 정율성의 목소리는 높고 우렁찼으며 그가 우리들의 선창자가 되었다. 그는 두 눈에 눈물을 가득 머금고 있었다. 우리는 노래를 부르고 또 불렀다.

"석양이 산머리에 있는 탑에 스며들고,

달빛은 강가에 날아다니는 반딧불을 비추네,

평평한 벌판에 봄바람이 불고,

뭇 산은 견고한 병풍이 되어주네.

아, 옌안이여!

장엄하고 웅대한 고성이여,

곳곳에 항전의 노랫소리가 울려 퍼지네.

아, 옌안이여!

장엄하고 웅대한 고성이여,

네 가슴속에 뜨거운 피가 콸콸 끓어 넘치네.

천만 개의 청년들의 가슴은

적에 대한 원한을 품었고,

산과 들에서의 길고 긴 행렬은

단단한 전선을 이루었네.

보아라! 군중은 이미 머리를 들어 올렸다.

보아라! 군중은 이미 손을 높이 들었다.

무수한 사람들과 무수한 가슴들이,

적에게 분노의 소리를 내고 있다.

사병들은 총구를 겨누고,

적과 싸울 준비를 하고 있다.

아, 옌안이여!

장엄하고 웅대한 성벽이여,

너는 단단한 항일의 전선이 되어주었고,

너의 이름은 영원히 전해질 것이다.

역사 속에서 찬란하고 눈부시게!"

기복을 이루는 옌안 성과 층층의 토굴집, 그리고 가지런한 성내의 거리를 보면서 귀와 눈이 번쩍 뜨였다. 중국의 민가는 많이 봐 왔지만, 이렇게 벽돌과 기와를 쓰지 않고 절묘하게 지형을 이용해 만든 집은 처음 본다. 삼층짜리 토굴집은 멀리에서 보면 마치 복층집 같았다.

중앙 지도자가 우리 대열을 시찰하러 올 수도 있다는 생각에 모두들 빨리 성에 들어가서 각자 분주히 군용물품을 정돈했다. 장기간의 행군에서 오는 피로는 순식간에 사라졌고 어떤 이는 옌안의 물로 세수를 했고, 어떤 이는 머리를 빗었으며, 남자 동지는 심지어 면도까지 했다. 메고 있었던 등가방도 재차 반듯이 정리했다. 모두들 세심하게 준비했다. 마오쩌둥 주석과 당 중앙 지도자가 와서 중국의 대지에서 성장한 조선혁명 대오이자 타이항산 혁명근거지에서 온 조선의용군 장병들을 시찰하러 오기를 간절히 바라고 있었다.

우리는 발걸음을 맞춰 걸으며 옌안 성으로 들어가니 일부 중당 지도자와 주민들이 우리를 열렬히 맞아주었다. 많은 민중들은 우리들이 조선의용군이라는 것을 알고 끊임없는 박수로 환영해주었다. 모두들 낯선 얼굴들이었지만 그들이 우리에게 보내오는 정감어린 눈빛은 매우 익숙했다. 이는 우리가 타이항산과 옌안에서 느낄 수 있었던 가족의 온정 같은 것이었다.

숙소에 도착한 후 많은 동지들은 기쁨에 가득 차 옌안 성을 구경하려 했다. 누구도 쉴 생각을 않고 삼삼오오 무리를 지어 이곳저곳을 돌아다녔고 어디를 가든 모두들 기뻐 날뛰었다. 중국 민중들은 우리들이 하는 한국말을 듣고 매우 신기해했다.

저녁에 중앙 지도자들은 우리를 중앙루쉰예술극단으로 안내해 위문 공연을 보여주었다. 우리는 그들의 이 같은 극진한 대우에 날듯이 기뻐했다. 험난한 투쟁의 세월 동안 이런 정식적인 예술 극단의 공연을 볼 기회는 전혀 없었다. 특히 나 같은 문화애호가가 무대 위 아름다운 배우들의 고운 노랫소리를 듣고 또 그들의 뛰어난 연기를 보고 있자니 가슴이 벅차 뜨거운 눈물이 쏟아져 내렸다. 나는 눈물을 닦으면서 연극을 봤다.

극단을 나오니 옌안 성의 야경이 우리들 앞에 펼쳐졌다. 각각의 토굴집들이 황토색의 빛깔을 뽐내고 있었다. 보일 듯 말듯 한 산비탈이 수많은 별들에 휘감겨 있었으며, 산성山城은 별 같은 등불을 품에 가득 안고 있었다. 별들은 산성을 더욱 영롱하게 만들어 그 모습이 마치 선경仙境과도 같았다.

바오타산 아래서

1944년 4월 7일, 우리는 혁명 성지인 옌안에 잘 도착했다. 옌안의 농민들이 근심 걱정 없이 밭에서 일하는 것과 산비탈에 풀어놓은 말과 양들이 푸른 풀을 뜯어 먹는 것을 보고, 시시때때로 먼 곳에서 들려오는 가축의 울음소리를 들으니 가슴속에 평온함이 느껴졌다.

숙소에 도착하고 우리들이 먹은 첫 끼니는 노릇노릇한 흰쌀밥이었다. 몇 달 만에 처음 먹어보는 향긋한 쌀밥의 맛은 지금까지도 잊혀지지 않는 기억이다.

옌안에는 가가호호 돼지를 기르고 있었고 먹고 남은 음식찌꺼기를 종종 돼지에게 가져다 먹였다. 문화文華 동지는 돼지가 먹는 음식을 보면서 아깝다고 생각했다. 그리고 탄식 어조로 말했다.

"이렇게 좋은 음식을 돼지한테 먹이다니!"

그의 그런 기분을 나는 완전히 이해할 수 있었다. 우리가 타이항산에서 일본 놈들을 소탕할 때 먹을 것이 없어 그는 연달아 며칠을 굶어야 했기 때문이다. 그는 농민들이 겨에 돼지 먹일 것을 섞어 놓은 것을 다 알고 있으면서도 한 입 가득 팍팍 먹었다.

저녁밥을 먹을 때 정율성이 모두에게 말했다.

"다들 저녁 먹고 옌안 야경 보러 산에 갑시다."

"저녁에 뭐 볼게 있다고."

나는 일부러 그를 놀렸다.

"이건 또 무슨 소리? 만약에 옌안에 와서 야경을 안보면 징강井岡산에 가서 야경을 안보는 거나 마찬가지지요. 얼마나 유감스러운 일입니까!"

정율성은 약간 자부심을 느끼며 말했다.

저녁 식사 후 우리는 정율성과 함께 산꼭대기까지 올라갔다. 맞은편 산허리에 무수한 토굴집들이 보였는데 한층 한층이 마치 몇 층짜리 복층집 같았다.

"와, 완전 서울이랑 비슷하네!"

서울에서 온 동지가 말했다.

"충칭이랑 비슷하구먼!"

충칭에 가 본 동지가 말했다.

"왜 낮에는 이렇게 많은 복층 집을 못 본거지?"

나는 호기심에 정율성에게 물었다.

정율성이 크게 웃으며 "저건 복층집이 아니고, 토굴집이 겹겹이 보이는 거예요. 지형에 맞춰 파놓은 거고, 밤에 보니까 복층집처럼 보이는 겁니다."라고 하자 모두들 약속이나 한 듯이 웃었다.

휘영청 밝은 달빛 아래 우리는 반짝반짝 빛나는 꼬불꼬불한 옌허수이延河水를 봤다. 그것은 마치 은회색의 스카프가 저 멀리 요원한 하늘 끝까지 닿을 것만 같은 모습이었다.

이때 먼 곳에서 어렴풋이 〈옌안송〉을 부르는 소리가 들려왔다. 정율성이 발걸음을 멈추고 자세히 들었다. 우리는 리듬을 따라 흥얼거렸다.

"아, 옌안이여! 이 장엄하고 웅대한 고성, 뜨거운 피가 너의 가슴속에서 세차게 흐르네…."

옌안을 찬양하는 노래를 다 불렀을 때 우리는 엄청난 자부심을 느꼈다. 그 이유는 우리가 작곡가와 함께 이 노래를 불렀기 때문이었다. 그 기분은 말로는 형용할 수 없을 정도였다.

당 중앙이 일찍이 옌안에 우리가 도착한 후 학교 설립 위치와 그 방법에 관한 모든 문제를 우리를 위해 미리 생각해 두었다. 박효삼 동지는 당 중앙의 지시에 따라 조선혁명군정학교를 설립하려 했다.

알고 보니 이미 많은 조선청년들이 동베이東北, 베이핑北平, 톈진天津, 상하이上海, 난징南京, 광저우廣州, 우한武漢, 충칭重慶, 뤄양洛陽 등지로부터 옌안으로 와서 당 간부학교 혹은 항일군정대학에서 공부하고 있었다. 당시에 김두봉이 당 간부학교의 조선반 교관을, 최현과 김광협이 항일군정대학에서 교수를 맡았다는 소식을 들었다. 학교에서 단기 훈련을 받은 청년들은 훈련 후 바로 화베이華北나 화중華中으로 파견되어 항일 제1선에서 일했다.

옌안으로 오는 조선청년들이 증가하면서 '자급자족'의 방침에 따라 우리 스스로 학교를 건축하기로 결정했다.

우리가 먹고 입고 쓰는 것 모두는 변경 지역의 지원을 받았기에 모두들 매우 송구스러워했다. 우리는 중국 민중의 부담을 줄이고 조선혁명가가 험난한 환경에서 자력갱생할 수 있는 정신을 고취시키고자 기세 높게 건교 운동을 시작했다.

중국공산당의 도움 아래, 우리는 토지와 자금 및 생산 도구 등의 문제를 신속히 해결했다. 우리의 학교는 뤄자핑罗家坪에 세웠는데 학교와 강당을 세우려면 동굴집도 파야했다. 마침 봄갈이를 할 시기여서 대장 박효삼은 40여 명을 이끌고 간취안甘泉현 내의 산에 가서 황무지를 개간했다. 당시 나는 부녀국의 대장이었고 다른 여성들과 산나물을 캐는 작업을 맡았다. 나물을 많이 캐서 바로 먹을 수 있는 것과 저장할 것을 마련하기 위해 우리는 최대한 많은 양의 나물을 캐기 위해 먼 곳까지 나갔다. 모두들 매일같이 동분서주해서 점차 검고 야위어 갔다. 모두가 고생한 덕분에 우리는 겨울을 나기위한 말린 채소를 충분히 준비할 수 있었다.

기와 제조방에 있던 15명은 주임을 따라 차오얼거우橋兒溝로 갔고, 그 밖의 채소팀·목공팀·방적팀은 촨커우川口에 남았다. 방적팀은 여성동지들과 몸이 약한 동지들로 구성되었는데 내가 책임을 맡았다. 설탕 제조방은 이춘암 동지가 맡았다.

열심히 일한 덕분에 일 년 뒤에 500무畝의 황무지를 개간했고, 81석 1석이 약 0.18 세제곱미터의 양식과 8,500킬로그램 정도의 목탄을 수확했다. 채소는 1.5만여 킬로그램을 수확했고, 기와 제조방 책임자인 최동광은 5만여 개의 벽돌과 4만여 장의 기와를 생산해 50여만 원의 이익을 남겼으며, 설탕 제조방에서는 73만 원의 이익을 냈다. 방적팀은 무명실 24킬로그램과 거친 모사 20킬로그램을 뽑아 모직양말 200여 켤레를 짜 10만 원을 절약했다. 학생들은 스스로 17개의 토굴을 파서 18칸의 방을 만들어 총 800여만 원을 절약했다. 관건 동지는 상점을 맡았는데 상점도 매우 번창했다. 학생들은 이외에도 석탄을 나르거나 쌀을 운반하거나 대변을 치우는 일을 하는 등 각종 일에 적극적으로 참여했다. 겨울에 우리는 옌허수이延河水의 결빙을 이용해 나무 수레를 만들어 30리가 되는 곳에서부터 1만여 킬로그램의 석탄을 끌고 와 난방을 했다.

학교를 건축한 동지들은 신임 교장과 교감의 지도 아래 각종 어려움을 극복하여 공정을 더욱 빨리 완성시켰다. 이런 각 방면의 노력으로 새 학교는 12월 10일 뤄자핑羅家坪에 우뚝 솟았다.

1945년 2월 5일, 조선혁명군정학교는 뤄자핑에서 성대한 개학식을 거행했다. 우렁찬 〈조선의용군행진곡〉이 울려 퍼지면서 대회의 성대한 개막식이 열렸다. 중앙 조직과 당 간부학교, 옌안대학교, 일본인민해방연맹, 조선독립동맹 등에서 대회에 축하편지를 보내왔다. 교감 박일우 동지는 개회식을 선포했고, 교장 김백연김두봉 동지가 연설했다. 그는 조선혁명군정학교의 정식 설립을 선포했고 개교의 목적과 임무를 소개했다.

주더朱德 총사령관은 민족독립해방을 이루고, 군사와 정치 및 경제와 생산을 배우며, 중국공산당의 풍부한 경험을 한국 동지들이 배우기를 바란다고 연설했다.

일본의 오카노신岡野進은 해방 후에 조선과 일본은 진정으로 평등하게 서로를 돕는 형제 국가가 될 것이라고 일본어로 말했다.

원로 교수 쉬터리徐特立는 중국의 혁명 경험을 배울 때 서로 융합하는 것을 중시 여기되, 실질적인 조선혁명의 의미에서 출발해야 할 것이며, 중국의 혁명 방식을 그대로 따라 해서는 안 될 것이라고 말했다.

성황리에 열린 조선혁명군정학교의 개회식은 옌안에서 제일 큰 신문사인 〈해방일보〉에 게재되었다. 옌안은 중국항일 전쟁의 성지일 뿐

만 아니라 크나큰 가슴으로 타국의 혁명 열사를 포용하였으며 그들이
혁명투지를 연마할 수 있는 장소를 제공해 주었다.

교감 박일우 동지는 학교 정치위원과 조직부장을 겸했고 정문주許貞淑
동지는 선전부장을 맡았다. 주덕해 동지는 총무부장을 맡았고 정율
성은 구락부 주임 겸 음악 선생님을 맡았다. 나는 역사문학연구실에서
김두봉 교장의 간사로써 자료를 수집하고 정리하는 임무를 주로 맡았
다. 김 교장은 역사문학연구실 주임을 겸임했다.

군정학교는 군사·정치 등의 과목을 배우는 것 외에도 대중운동, 특
히 생산업무도 병행했다. 우리는 한국인의 역사·문화, 일본제국주의가
한국을 침략한 죄악의 역사와 그 현황, 일제 통치하의 한국인의 생활
상, 한국인의 해방투쟁의 현황과 전망, 국제정세와 한국인 독립운동
의 관계, 일본은 반드시 패하고 한국이 반드시 승리하게 되는 이유, 중
국혁명의 역사와 그 현황 등을 공부했다. 또한 이론적 배경을 쌓기 위
해 마르크스주의의 계급투쟁 학설, 무산계급 독재정치 학설, 정당 학
설, 중국공산당의 군사이론과 실제 작전 경험을 체계적으로 공부했다.

교수들이 단체로 수업을 준비해 각각의 교수들이 전문 주제를 가르
친 후, 학생들이 팀을 나눠 개인의 견해를 토론하고 관련 자료를 읽는
방식으로 수업이 진행되었다. 이론을 실제에 적용시켜 공부했는데, 예
를 들면 전략전술 원칙을 배울 때는 종종 팔로군의 전역戰役과 관련해
상세히 분석했다.

우리는 매일 여섯 시간의 수업을 받았고 2시간 내지 3시간 정도의
토론 수업, 그리고 정치와 군사 수업을 동시에 진행했다. 학급은 학생
들 개개인의 문화 수준에 따라 세 개의 반으로 나뉘었다. 고급반은 중·

고등학교나 대학교 정도의 문화 수준이 있는 사람들이 들어갔다. 그들은 기초가 탄탄해 학습능력이 빨라 많은 내용을 배웠다. 교과목은 군사가 60%, 정치가 40%를 차지했다. 군사 과목에는 대열 기본 동작, 각종 무기의 사용, 지형의 이용 등이 있었다. 정치 과목은 실사, 사회발전사, 신민주주의 이론, 한국혁명운동사, 정치경제학, 철학 등이 있었다.

중급반에는 주로 초등학교를 졸업한 사람들이 있었다. 이 반의 학생들은 이해 능력에 약간의 어려움이 있었기에 정치수업에서 오직 정치경제학과 철학방면의 일반적인 상식만 배웠다. 수업은 계발 교육과 문답식 교육법 위주로 진행되었지만 군사 과목 내용은 고급반과 같았다.

초급반은 초등학교를 가지 않은 수준의 학생들로 이루어졌다. 어떤 학생은 이제 막 문맹 딱지를 뗐고 대부분이 중국어를 몰랐다. 그들은 정치, 군사 과목 외에 문화 과목도 배웠다. 각 과목의 비율은 정치가 40%, 군사가 10%, 문화가 50%를 차지했다. 정치 수업에서는 일반적인 초급 정치 상식과 사회 발전사를 가르쳤다. 군사 수업에서는 전투 훈련 위주의 내용을, 문화 수업에서는 조선어와 초급 산수 등을 가르쳤다.

학교는 학생들의 민주생활을 활성화시키고 학생들 간, 그리고 학생들과 간부 사이의 단결을 강화하며, 학생들의 자기관리 능력을 제고하기 위해서 학생위원회를 결성했다. 학생들은 이 조직을 매우 좋아했고, 조직은 학교의 각종 업무의 발전을 촉진하는 역할을 했다.

군정학교의 학생은 반드시 공부와 생산을 병행해야 했다. 우리의 구호는 "민주 독립을 실현하고, 자력갱생의 혁명전통을 발양하자"였다.

학교는 학교 건립과 노동생산 과정에서 특출한 공헌을 한 학생들에게 표창을 주었다. 총 9명의 지식인, 모범 노동자, 노동 영웅이 뽑혔다. 김백선, 황석, 최풍록, 김학농, 최동광, 박성호 등의 조선인과 장유취안張有全, 챤스더傳士德, 천창팅陳長亭의 한족이 바로 그들이다. 그들은 모두의 학습 본보기가 되었다.

어느 날 무정 동지가 내게 의학대학에 가서 공부하고 싶은 생각이 있느냐고 물었다. 나는 이전에 광저우에서 의학을 배우다가 중간에 멈추어서 늘 아쉽게 생각하고 있었기에 무정에게 솔직하게 말했다.

"만약에 기회가 있다면 당연히 계속해서 의학을 배우고 싶어요. 물론 정말 열심히 할 거예요!"

무정은 내게 이미 의대 책임자에게 의학을 배울 2명의 동지를 보내도록 준비하겠다고 알렸는데 그 중 한 명이 나라고 대답했다.

1945년 초, 나와 김화 동지는 옌안 중국의과대학에 진학했다. 우리는 제20기 학생이었는데, 이는 변경지역 지도자가 우리들이 이 방면에 대한 깊은 연구를 할 필요가 있다고 여겨 특별 조치를 해주었던 것이다.

나는 옌안 최고 의학과에 가게 되어 정말 흥분되었고 꼭 열심히 공부해 진정한 재능과 건실한 학문으로 지도자의 배양에 보답하겠다고 마음속으로 다짐했다. 학교에서 매일 8시간 수업을 받았다. 강의는 전부 중국어로 진행되어 어떤 내용은 제대로 소화하지 못했다. 필기는 따라갈 수 없어서 친구의 노트를 빌려 적을 수밖에 없었다. 어떤 때는 복습하느라 새벽 2시까지 공부했다. 열심히 공부한 덕에 내 성적은 남에게 뒤쳐지지 않았다.

학교에는 한 뙈기의 채소밭이 있었는데 나와 양광陽光, 그리고 천커陳

濩가 한 팀을 이뤄 채소를 심었다. 나는 대량생산운동을 하면서 단련되었기에 농사짓는 것에 나름 전문가였다. 우리는 종종 물을 주고, 거름을 많이 뿌려 채소가 푸릇하고 기름졌다. 나는 어떤 때는 해가 뜨기도 전에 일어나 물을 퍼서 뿌렸고, 어떤 때는 모든 화장실에 가서 대변을 뜨거나, 어떤 때는 큰 길가에 가서 소와 말똥을 집어왔다. 우리의 이런 노력 끝에 가을에 우리 팀의 채소 수확량이 제일 많았다. 그래서 우리는 학교 지도자로부터 여러 차례 칭찬을 받았다.

학교는 종종 우리를 농촌에 보내 농민들에게 위생 방역 지식을 선전하는 등의 예방 작업을 지시했다. 이를 틈타 우리도 산에 가서 한약재를 캐와 교과서에서 배운 내용을 실천해 볼 수 있는 기회도 얻었다. 어떤 때는 농민들에게 국내외 정세에 대해 설명하면서 당의 방침 및 방책에 대해 선전했다. 우리가 중국어는 잘 못했지만 농민들은 우리들이 조선인이라는 것을 알아차리고 매우 흥미롭게 들어주었다. 그들은 종종 나에게 "일본 놈들은 언제 투항할 것 같소? 국공합작은 얼마나 지속될 것 같소? 사람들은 왜 자꾸 감기에 걸리죠?" 등등의 다양한 문제를 물어보았다. 나는 인내심을 가지고 그들에게 대답해주었다. 이런 활동을 하면서 나는 매우 적극적으로 행동했다. 나는 조선학생들이 솔선수범 정신을 발휘하는 것이 우리의 성장에 관심을 가져주는 중국 민중에게 부끄럽지 않은 일이라고 시시각각으로 생각했다. 나는 학교의 모든 활동에 능동적으로 참여했다. 비록 공부가 매우 빡빡하긴 했지만 그 속에서 앞으로 나아가고 있다는 충만함을 느꼈다. 특히 이 기간 동안에 나는 의학에 있어 이론과 실천의 모든 방면에서 능력을 향상시켰고 앞으로 의료 업무에 종사할 수 있는 단단한 기초를 다졌다.

1944년 6월 영미동맹군이 노르망디 상륙작전을 펼친 후, 유럽 전쟁에 참여하고 있던 소련의 홍군은 동쪽으로부터, 영미동맹군은 서쪽으로부터 와 1945년 초에 독일 국경에 진입했다. 중국 전쟁에서 국민당이 소극적인 전쟁을 하면서 위샹구이豫湘桂전쟁은 실패로 끝났지만, 해방구역의 팔로군과 신사군은 이미 국부적인 반격을 시도했고, 공산당 지도하의 항일 군민은 이미 19개의 해방 구역을 건립했다. 일본제국주의의 침략세력은 철로 연선과 일부 대도시로 축소되었다. 중국공산당과 항일 군민은 진정한 항일전쟁의 초석이 되었다.

1945년 4월, 중국공산당의 '치다七大: 제7차 전국인민대표대회'는 옌안의 양자링楊家嶺 중앙 강당에서 소집되었다. 옌안의 민중은 분주히 돌아다니며 서로에게 이 소식을 알렸고, 우리 학교의 학생들도 대회 소집을 경축하는 표어를 붙였다. 조선독립동맹도 축사를 보냈다. 축사의 내용은 다음과 같다.

"'7·7'항전 이래, 중국공산당의 협조 하에 조선해방운동의 강한 역량을 지닌 단체인 조선독립동맹을 조직하였다. … 중국공산당의 25년간의 수많은 투쟁의 경험은 우리 한국인 해방운동의 나침반과 같으며 중국공산당은 중국 민중해방의 구세주이면서 동방의 핍박받는 민족해방의 구세주다…."

4월 24일, 마오쩌둥 동지는 중국공산당의 '치다'정치 보고를 〈연합정부를 논하다論聯合政府〉에서 드러냈다.

"우리는 카이로회담에서 조선을 독립시키겠다는 결정을 내린 것은 정확한 판단이라고 생각한다. 중국 민중은 당연히 조선민중의 해방을 도울 것이다."

1943년 11월에 개최한 카이로 회담에서 중·미·영 3국은 〈카이로선언〉에 서명했다. 선언문의 내용은 다음과 같다.

"일본은 폭력 혹은 탐욕으로 획득한 모든 토지에서 추방되어야 하고, 우리 3대 동맹국은 한국민중이 당한 노예 대우에 대해 비통함을 표하고 상당한 기간 동안 한국의 자유 독립을 결의한다."

회의가 끝난 후, 우리는 곧바로 대회에서 통과한 관련 문건을 유심히 봤다. 조선혁명군정학교의 모든 교직원과 학생들은 학습위원회를 조직해 매일 세 시간씩 공부했는데 주로 〈연합정부를 논하다〉, 〈당헌 수정관련 보고〉, 〈우공이산〉 등의 문장들이었다.

'치다'는 "군중을 대담하게 발동하고, 민중의 역량을 강화시켜, 중국 공산당의 지도 아래 일본 침략자를 무찔러 전 국민을 해방시켜 신민주주의 중국을 건립하자"는 정치 방침을 통과시켰고, 마오쩌둥을 중앙위원회의 수장으로 선출했다. 대회는 항일근거지의 주민을 격려했고 옌안 성 안팎에는 기쁨이 넘쳐났다. 모두들 작은 일본은 곧 끝장나고 항일전쟁은 승리할 것이라고 생각했다. 마오쩌둥 동지의 폐막사 〈우공이산〉은 특히나 모든 이들의 기운과 역량을 북돋았다.

1945년 5월 독일의 파시즘이 파멸되고 독일은 투항했다. 유럽전쟁에서 두 개의 파시즘 국가도 모두 투항했다. 오직 일본 군국주의만이 태평양전장과 중국 전쟁터에서 최후의 몸부림을 하며 완강하게 저항하고 있었다.

1945년 8월 8일 소련은 일본에 선전포고를 하고 소련 홍군이 동베이東北로 출병하였다. 8월 9일 마오쩌둥 동지는 '일본 놈들을 향한 최후의 전쟁'이라는 호소문을 발표했고, 8월 10일 주더 총사령관이 팔로군

과 신사군 및 다른 항일 군대에 대반격을 명했으며, 중국의 항일전쟁
은 대반격의 최후 단계에 접어들었다. 모든 역량을 집중시켜 일본제국
주의 멸망을 재촉하기 위해 조선독립동맹총동맹은 8월 11일에 각 연
맹에 아래와 같은 호소문을 보냈다.

각 군사구역의 정치부는 각지의 조선독립동맹의 연맹에 전달한다. 일본은
이미 무조건투항을 선포했고, 각 지역의 연맹은 온 힘을 다해 중국에 주둔
하고 있는 적군 내의 한국 사병 및 한국 거주민에게 호소해야 할 것이다.

1. 일본제국주의는 패배했고, 일본파시즘은 반드시 철저히 소멸되어야 할
   것이고, 한국인의 해방의 날이 이미 도래했다. 조선인은 신속히 봉기해
   새로운 대한민주주의 공화국을 건설해야 할 것이다.

2. 전 국내에 있는 한국 사병은 상관이 어떤 명령을 내리든지 반드시 바로
   무기를 들고 부근의 팔로군이나 신사군 혹은 화난(华南) 항일 종대에 투
   항해야 한다. 본 동맹은 이들의 안전을 보장하기 위해 그전의 일을 추궁
   하지 않을 것이다. 만약 계속해서 의미 없는 저항을 한다면 반드시 처형
   을 당하거나 전쟁 범죄 범으로 그 죄를 물을 것이다. 한국인 거주자에게
   당부한다. 오직 투항만이 생명과 재산을 보장해 줄 것이고, 반드시 각종
   방법을 동원해 적군을 파괴하고 팔로군과 신사군 및 화난종대를 도와 잃
   어버린 땅을 되찾고, 조선독립동맹 혹은 조선의용군에 참가해 싸워 이겨
   한국으로 돌아가자.

조선독립동맹총동맹

1945년 8월 11일

그날은 매우 고요한 밤이었다. 동기들은 모두 꿈나라에 들었고, 오직 나만이 등잔불 밑에서 노트를 정리하고 있었는데 갑자기 급박히 문을 두드리며 외치는 소리가 들렸다.

"빨리 일어나, 빨리 일어나, 일본이 투항했어!"

소련 홍군이 동베이로 출병한 이래로 모두들 이 소식을 기다리고 있었다. 이날이 바로 8월 15일이었다.

나는 동기들을 일일이 깨워 운동장으로 뛰어갔다. 동기들은 운동장에 모인 후 옌안에 승리를 경축하는 인파속으로 질주했다. 톈즈둥田志東, 귀쯔헝郭子恒, 신위링辛玉玲이 횃불을 켰다.

그날 밤 옌안 성 전체가 떠들썩했다. 등롱과 횃불은 옌안을 기쁨의 불바다로 만들었다. 횃불을 들고 춤을 추는 대열은 마치 용 한마리가 기뻐 춤을 추는 것과 같았다. 징과 북과 폭죽소리가 온 산성에 울렸고, 환호성과 구호 소리는 해조처럼 기복을 이루어 옌안은 그야말로 불야성을 이루었다. 밤부터 시작한 경축 파티는 다음날 오전까지 이어졌고 옌안은 기쁨의 도가니에 푹 빠져있었다.

나는 점심을 먹고 잠시도 지체 않고 5킬로미터 밖의 뤄자핑으로 달려갔다. 모든 조선의용군 전사들은 명절을 지내는 것처럼 한복을 입고 대운동장에서 노래하며 춤추고 있었다. 모두들 내가 온 것을 보고 나에게 달려들었다. 그리고 내 이름을 부르면서 나를 안아 높이 들어올렸다. 나도 가슴속의 흥분을 억제하지 못했다. 이때 진광화 동지, 석정과 손일봉 동지 생각이 났다. 만약 그들이 지금 같이 있으면 얼마나 기쁠까. 동지들은 내게 비통함을 힘으로 승화시키라고 충고했다. 나는 내 눈물이 행복의 눈물이라는 것을 알고 있었다. 나는 동지들의 환희

에 같이 전염되어 그들이 노래 부르고 춤추는 행렬에 들어가 조선의용
군 전사들과 함께 행복한 저녁 시간을 보냈다.

대한독립만세!

주더 총사령관이 1945년 8월 11일 발표한 옌안총사령부 제6호 명령에 따르면, 조선혁명군정학교는 잠시 휴교하고 전체 인원은 모두 조선의용군에 편제되어 동베이로 진군할 채비를 하도록 했다. 이 명령을 듣고 대원들은 모두 펄쩍 뛰며 좋아했다. 많은 해 동안 조선의 혁명지사들은 조국을 떠나 자신의 역량을 조직하고 발전시켜 언젠가는 조국 고향으로 돌아갈 것을 준비했기 때문이다. 그런데 마침내 그 엄준한 시간이 찾아온 것이다. 동베이로 진군한 후 조국을 해방시키는 것은 매우 중요한 임무이자 사람의 마음을 감동케 하는 임무였다. 동지들은 긴장과 흥분 속에 출정 준비에 들어갔다. 조선독립동맹 김백연金白淵: 김두봉 주석과 기타 동맹위원 또한 의용군과 동시에 출발했다.

출발 전 옌안의 중앙지도자와 동지들이 나와 환송했다. 〈해방일보〉의 기자가 김백연 동지를 인터뷰했는데 김 주석은 매우 감격스러워 하며 말했다.

"조선의용군은 중국에서 활동한 항일부대 중의 하나다.

1938년에 결성된 이후 의용군의 족적은 중국의 각 전장에 두루 미쳤다. 특히 적후敵後 해방구에 들어간 이후 중국공산당 팔로군, 신사군의 도움을 얻어 역량 또한 크게 발전하고 장비도 향상되었다. 수년 동안 적과 전투를 진행하고 적군 가운데 조선국적의 사병과 거류민을 포섭하고 교육하면서 많은 성과를 거두었다. 이번에 임무를 시작한다면 소련의 홍군과 함께 조선 경내에 들어가 전쟁을 치러 일본파시스트를 섬멸하고 조선인민을 해방시킬 것이다……."

김 주석은 다시 자신만만하게 얘기했다.

"동베이에서 200만 명의 조선 사람이 조직될 것이고 화베이의 각지에는 20만 명의 조선인이 있다. 따라서 우리는 지금 비록 소수 병력이지만 우선 길을 따라 나아가자. 만일 적을 만나면 강력히 저항해 적을 섬멸하자."

김 주석의 전후 조선에 대한 생각은 이러했다.

"조선인은 그들의 이익에 유리한 정권 형식을 선택할 것이다. 중국과 비슷하다. 신민주주의공화국의 신조선은 36년이라는 망국의 한 끝에 탄생할 것이다."

화베이華北에서 일본군과 싸우고 있었던 조선의용군 사령관 무정, 부사령관 박효삼, 박일우는 이미 본부와 팔로군 및 원동베이군구부原東北軍舊部와 함께 동베이로 진군했다.

주변의 형세는 순식간에 변화되고 있었다. 동베이로의 돌진을 준비하고 있을 때, 소련홍군은 이미 일본관동군을 돌파해 세 갈래로 중국동베이와 조선으로 들어갔다. 이미 미국은 히로시마와 나가사키에 두 발의 원자탄을 떨어뜨렸다. 항일전쟁에서 중국의 대공세는 결국 가장 빠른 속도로 승리를 쟁취했다. 1950년 8월 15일 일본은 항복했다. 이름 하여 '동방 제일 강국'이라던 일본은 결국 무너졌다.

아시아 각 민족은 일본제국주의의 침략과 억압에서 벗어나 새로운 국면을 맞게 되었다. 당중앙과 옌안의 민족대동맹은 조선의용군을 동베이에 파견해 인민해방군과 함께 동베이 3성을 접수해 관리하도록 했다.

동베이로 출병해 고향으로 돌아간다는 소식은 옌안 구석구석에 빠르게 퍼졌다. 의용군 전사들은 모두 뛸 듯이 기뻤다. 그들은 다시 대운동장에 모여 조선노래를 부르며 춤을 췄다. 나도 너무나 기뻐서 함께 춤을 췄다. 누가 먼저 시작했는지 모르겠지만 우리는 함께 합창을 했다.

"항일전쟁 승리 만세!"

"대한 독립 만세!"

나는 이제 곧 고향으로 돌아간다는 생각을 하니 행복했던 기억 속으로 빠져들었다. 나는 동지들과 고향과 어머니에 대해 말했다. 이제 곧 자신의 가족을 볼 생각을 하니 뜨거운 눈물이 흘러내렸다. 문정일文正一 동지는 내 마음을 꿰뚫고 있는 듯 이렇게 말했다.

"엄마 보고 싶었지요?"

나는 눈물을 머금으며 고개를 끄덕였다. 하지만 그는 오히려 침울하게 내게 말했다.

"너무 슬퍼하지 마세요. 어머니는 1939년 병으로 돌아가셨어요. 조선지하당의 한 동지가 내게 알려준……"

승리의 경축일에 내 개인적 운명의 비극이 포함될 줄은 생각지도 못했다. 더 이상 살고 싶지 않을 정도의 슬픔에 하염없는 눈물이 쏟아져 내렸다. 하지만 승리의 구호가 천지를 진동해 내 개인적인 비통함도 점점 누그러졌다. 하늘에 계신 어머니께서도 항일전쟁 승리소식에 기뻐하실 것이기 때문이었다. 나는 하염없이 좋으셨던 어머니께서 부디 평안한 안식을 누리시길 기원했다.

1945년 8월 18일, 군정학교의 학생은 전부 조선의용군에 편입이 되어 둥베이로의 출발을 준비했다. 당시 귀국해 해방을 맞이한 독립동맹의 진영은 아래와 같았다.

주석: 김두봉

부주석: 최창익, 한빈

집행위원: 무정, 허정숙, 이유민, 박효삼, 박일우, 김창만, 양명산, 주춘길, 방우용, 하앙천, 이춘암, 장진광, 김호

조선의용군 총사령관: 무정

부사령관: 박효삼, 박일우

일본의 항복은 전쟁의 종식을 선고했고 조선독립동맹은 귀국길에 들어갔다. 조선독립동맹은 행군을 해서 타이위안太原에 들어가고자 했다. 타이위안에서 기차를 타고 정타이선鄭太線: 鄭州와 太原 간의 기차선, 핑랴오선平遼線: 平定縣과 遼縣(지금의 左權縣) 간의 기차선, 안펑선安奉線: 安東(지금의 丹東)과 奉天(지금의 瀋陽) 간의 기차선을 경유해 귀국하려고 했다. 그러나 일본군의 저항에 부딪혀 귀국시간은 크게 늦춰졌다. 조선의용군은 화베이와 둥베이에서 팔로군과 연계해 중국에서 거주하고 있는 조선동포의 생명과 재산을 보호하는 한편, 각지의 조선청년을 의무적으로 조선의용군에 편제해 조선반도로 진군하고자 했다.

그러나 중국의 정치 국면과 화베이지역 일본군의 동향은 조선의용군과 독립동맹의 평화적인 귀국 소망을 방해했다.

당시 중국의 정치 국면은 매우 복잡했다. 장제스는 항전 승리의 과실을 빼앗아갔다. 장제스는 4개의 명령을 내렸는데, 그 중 두 번째 명령은 "함락된 지역의 모든 일본 괴뢰군 장교와 각급 부대에 전보를 쳐서 만약 장제스에게 투항을 한다면 그들에게 지역 치안 유지를 확실하게 맡겨라!"고 했다.

세 번째 명령은 18집단군 총사령관 주더朱德에게 그의 부대는 "원래의 자리에 남아서 명령을 기다리고 투항을 하지 말라!"고 했다.

네 번째 명령은 중국을 침략한 일본군 총사령관 오카무라岡村寧次 대장에게 전보를 보내 그가 장제스의 부대에 접수되기 전에 적절한 방어를 할 것을 부탁했다. 즉, "만약 공산군이 점령한다면 일본군은 책임을 지고 그 지역을 회복시켜 다시 중앙이 부대를 접수하도록 하라!"고 했다.

장제스가 네 가지 명령을 발표한 후 곧바로 군정수뇌회의를 열어 항복문제에 대해 토론했다.

승리의 과실을 탈취하기 위해 일본이 정식으로 항복을 하기 전에 장제스는 미국, 일본반동파와 암암리에 협상을 진행해 암묵적 합의를 이뤘다. 그 내용을 보면, 일본군과 괴뢰군을 이용해 항전에 공이 있는 팔로군과 신사군新四軍을 타격해 중공부대가 절대 항복을 받아내지 못하도록 한다는 것이었다. 그리고 장제스의 부대가 먼 곳으로부터 이동해 항복을 받아들일 때, 이동문제는 미국 측이 책임진다는 것이었다. 헐리Patrick Jay Hurley와 웨디메어Albert Coady Wedemeyer: 국공 내전 시 미군사령관 및 장제스 참모장는 전적으로 100만 국민당 군이 신속하게 일본군이 점령하고 있는 대도시와 교통요충지로 이동할 수 있도록 돕겠다고 대답했다.

이 때문에 조선독립동맹과 조선의용군의 동베이를 통해 조국을 해방하려는 계획은 늦어졌다. 그러나 조선의용군이 조국에 들어가는 길이 막혔을지라도 1944년 1월부터 조선독립동맹, 조선의용군과 조선군정학교에서 점화된 혁명의 불꽃은 계속 타올랐으며 이러한 독립의 불꽃은 조선인의 마음속에서 꺼지지 않았다.

일본이 조선을 병탄한 후 조선인의 토지를 빼앗았다. 이와 동시에 많은 중년 이상의 남자들을 일본 내 농장과 광산에 징용으로 끌고 가 아무런 대가 없이 일을 시켰다. 또한, 일본 식민 당국은 일부 조선인을 중국에 이주시켜 중국농민의 토지를 빼앗아 많은 농장을 건립했다. 일본 식민지당국은 조선백성이 가지고 있는 모든 농산품을 빼앗아 가 그들의 생활은 매우 어려웠다. 그들은 또한 청년들을 잡아가 군인으로 만들어 총알받이로 삼았다. 따라서 많은 조선인이 중국의 동베이와 화베이 등지로 도망쳐 나왔다. 조사에 따르면, 화베이지구의 조선인은 약 30만 명이 있는 것으로 알려졌다.

이러한 상황에서 조선독립동맹은 적들이 점유하고 있는 지역의 조선인을 대상으로 선전과 조직 활동을 전개했다. 기구를 만들고 활동방침을 정하고 각 부문과 관련한 활동계획을 제정했다.

먼저, 기존의 거점을 발전시키고 공고히 하고 화베이와 기타 도시에서 서둘러 새로운 거점을 건설한다.

둘째, 톈진, 베이핑北平: 지금의 베이징지구의 조선인 광부, 도로정비공 그리고 일본인 농장의 농민을 대대적으로 빼앗아 온다.

셋째, 조선 내 혁명조직을 찾아내어 그들과의 연계를 도모한다.

넷째, 일본군이 점령한 지역에서 그들이 개설한 각종 학교의 조선학생을 조직적으로 동원해 학생대표회의를 개최해 일본파시스트의 침략전쟁을 반대함으로써 독립독맹, 의용군, 그리고 팔로군의 영향을 확대한다.

다섯째, 조선 내에 사람을 파견해 독립동맹의 지소를 만든다.

여섯째, 동베이의 조선인 거주 지역에서 분소조직을 만든다. 특히 농민조직을 만들고 발전시킨다.

일 년여의 노력 끝에 독립동맹은 베이핑, 톈진, 스자좡石家庄 등지의 도시에서 모두 분소를 만들었는데 그들 대부분은 대학교와 중고등학교 학생이었다. 그들 가운데 몇몇 사람들은 이전에 상하이에서 당의 활동에 참가한 적이 있었고 적지 않은 사람들은 국내에서 독립운동에 참가한 적이 있었다. 또한 일본군 조선인 사병 가운데 소거점을 만들었다.

산하이관山海關과 톈진 사이에는 일본인과 조선인 지주가 경영하는 10곳의 농장이 있어 독립동맹은 농장의 조선농민에 대해 일련의 활동을 전개했다.

먼저, 유격지구의 중국농민과 농장의 조선인에 대해 일제가 중국과 조선 양 민족에게 벌인 도발음모와 죄행을 낱낱이 까발리고, 중국과 조선이 함께 단결해 일본놈들에게 저항하며 반격하자고 했다. 그들이 벌인 주요 선전활동은 다음과 같다. 조선인은 왜 고향을 떠나 중국에 왔는가, 왜놈은 어떻게 조선인에게 억압과 착취를 했는가, 중국공산당과 팔로군은 어떻게 조선민족의 해방투쟁을 도왔는가, 조선의용군과 독립동맹 그리고 조선군정학교의 상황은 어떠한가, 왜놈은 반드시 망하고 조선독립의 광명이 눈앞에 있다, 조선인의 투쟁임무와 앞으로 걸어가야 할 길은 무엇인가 등등이었다.

허베이성 란현澟縣의 바이거쫭柏各庄농장에서 조선독립동맹과 조선의용군은 조선인이 조선독립동맹의 뜻에 따라 일본영사관에 가 투쟁하도록 함으로써 11개 촌의 많은 농민들로부터 신뢰를 얻었다. 그 후 농민들은 계속해서 자신의 아들, 손자와 조카를 군정학교에 보내 공부시켜줄 것을 요구했다. 그들은 조선의용군이 확대되어 왜놈을 직접 무찌를 것을 희망했다.

루타이蘆臺농장은 톈진 동쪽에 위치하고 있으며 일제의 조선총독부 시기인 1940년에 설립되었다. 농민들은 기본적으로 경상남북도와 전라남도에서 모집해 들어온 이민자들이었다. 농민들에 대한 일제의 감시가 아주 삼엄했지만 11명의 농민들이 도망쳐 유격지구로 들어왔다.

차오허潮河농장은 조선인 지주 최상기崔相基가 만든 곳인데, 조선독립동맹의 선전으로 그들은 조선의용군과 함께 단결해 민족해방을 위해 많은 공헌을 했다. 그들은 조선의용군의 발전에 관심을 가지고 있었으며 팔로군과 변경지구 정부의 정책, 그리고 독립운동의 상황에 대해 비교적 정확한 인식을 가지고 있었다. 팔로군과 변경지구 정부를 무척 존중하고 있었을 뿐만 아니라 규정에 따라 변경지구 정부에게 공량公粮을 내고 있었다.

창리昌黎농장은 조선인 이 모씨 등 3인이 합자해 만든 것으로 농장의 지주와 농민들은 조선독립동맹의 사람들이 공평하게 일을 처리하며 그들의 이익을 결코 침범하지 않는 것을 보았다. 이 때문에 그들은 독립동맹을 그들의 생명과 재산을 지켜주는 보호자일 뿐만 아니라 장래 귀국 후에도 그들을 보호해주는 버팀목으로 여겼다. 조선독립동맹은 농장에서 새롭게 소학교를 하나 설립하고 조선어를 가르쳤다. 교재는 독립동맹에서 제작했고 경비는 지주들이 자원해서 부담했다. 이와 동시에 야간학교도 하나 개설해 민족독립의식에 관한 교육을 강화했다.

이 농장의 농민들은 조선독립동맹과 조선의용군을 매우 옹호했다. 그들은 항일근거지 정부에 공량을 납부한 후에도 다시 항일정부가 규정한 수량을 초과하는 식량을 걷어 조선의용군에게 납부했다.

일제는 이 농장에 조선인 이진지李進智, 일본명 峀本登男와 이인수李仁秀, 일본명 國禾吉秀 두 스파이를 파견했다. 그러나 그들은 상황이 심상치 않다는 것을 알고 꼬리를 감추고 사라졌다.

이와 동시에 조선독립동맹은 국내에 사람을 파견해 혁명조직과 연계를 추진했다.

우선 국내에 사람을 파견해 일찍이 혁명 실패 후 상하이의 조선인 지부와 무정과 당黨 생활을 함께 하고 나중에 체포되어 국내에서 감옥생활을 한 후 만기 석방된 옛 동지들을 찾았다. 그 다음, 무정이 중국에 오기 전에 함께 조선에서 독립운동에 종사하였고 지금도 여전히 투쟁을 하고 있는 사람들을 찾았다. 세 번째는 옛 학교친구들을 찾았다.

후에 많은 동지들을 찾았다. 그들은 여전히 독립운동을 하고 있었다. 어떤 사람들은 지하활동을 했고, 어떤 사람들은 학교를 세우고 교사신분으로 혁명선전을 하고 있었다. 그들은 무정의 소식을 들은 후 모두 매우 흥분했다. 그들은 조선독립동맹이 전한 임무를 기꺼이 받아들였다. 또한 조선독립동맹과 합작해 민족독립을 위해 함께 분투할 것을 다짐했다. 게다가 그들은 조선민족해방연맹을 만들고 대표를 파견해 조선독립동맹과 연계를 추진했다.

조선독립동맹은 또한 하부기구를 설치하고 조선과 중국 동베이에서 조직 확대 활동을 실시했다. 톈진, 베이핑, 하얼빈, 서울 각지에 지부 하나씩을 개설하는 한편, 직접 조선독립동맹의 지도를 받게 했다.

조선독립동맹은 지부를 통해 화베이, 동베이, 그리고 조선 경내의 군중을 대상으로 선전활동을 추진했다. 많은 동포들은 국기를 올리는 조선의용군 대원들의 사진을 보며 모두 감격해 눈물을 흘렸다. 그들은 근거지에 자신의 군대조선의용군과 조선독립동맹가 있다는 것을 믿으며 그들의 투지와 믿음을 높였다.

조선독립동맹은 또한 〈조선독립신문〉을 통해 항일 각 전장에서 우리 군의 승리소식과 항일근거지에서 팔로군, 신사군과 함께 용맹하게 싸웠던 사적事迹을 게재했다.

1944년 6월에 이미 4명의 조선인 지원병그들은 모두 대학생 출신임이 적군에서 변경으로 도망쳐 나왔다. 조선독립동맹은 타이항산에서 일본군 출신 조선인사병대회를 개최했는데 이때 각지에서는 모두 대표를 파견해 이 대회에 참가했다. 대회에서 조선독립동맹 선전부의 책임자와 전 일본군 조선사병의 대표가 각각 보고를 했다. 또한 새로 들어온 전 일본군 조선인 사병도 대회에서 적들의 죄행을 생동감 있게 폭로했다. 이 대회는 대회에 참가한 40여 명의 이전 일본군 조선인 사병에게 아주 큰 교육적 효과를 주었을 뿐만 아니라 일본군 내 조선사병을 뺏어오는 데도 큰 역할을 했다. 대회에서 일본군 내 조선인 사병에게 보내는 편지를 통과시켰다. 대회가 끝난 후 다시 회의 자료와 그 상황을 우리들의 신문에 실었으며, 인쇄된 선전 자료는 많은 지역에 뿌려져 화베이·동베이·조선 경내의 동포들에게 아주 긍정적인 작용을 했다. 약 20여 명의 일본군 출신 조선인 사병이 일본군을 탈출해 타이항산 근거지로 투항해 들어왔다.

대회가 끝난 후, 조선국치기념일인 1944년 8월 29일에 진차지군구晉察冀軍區: 공산군이 관할하는 산서성, 내몽골, 화베이지역에서 반파시스트 조선학생 대표대회를 거행했다. 대회에 참가한 대표는 이미 조선독립동맹에 가입한 학생 이외에, 대부분 각 지역의 학교에서 왔다. 이 대회에서 조선독립동맹과 조선의용군은 일본파시스트에 반대하고 조선민족의 독립을 쟁취하기 위한 투쟁 상황을 선전했고, 조선인과 그 청년학생이 조선 경내·동베이·화베이 등지에서 적들이 조선청년을 징용하는 것을 반대하고, 일본제국주의가 조선어와 문자를 쓰지 못하도록 하는 것을 반대하고, 적들이 강제로 조선인의 성씨를 바꾸게 하는 것을 반대할 것을 호소하고, 조선의 지식인과 청년학생이 중국의 화베이 근거지에 와서 조선민족의 독립운동에 참가할 것을 호소했다.

이 대회는 조선혁명 역사상 전례 없는 것으로써 의의가 매우 큰 회의였다. 진차지晉察冀군구와 각 지부는 많은 비단 깃발과 각종 위문품을 보내왔다. 대회에 참가한 대표들은 이번 대회의 원만한 성공에 매우 고무되었다. 특히 적의 점령 지구에서 온 대표들은 매우 감격했다. 대표들은 보고를 들은 후 모두 눈물을 흘렸다. 그 가운데는 일본해방연맹 진차지 지부 대표 쓰다津田 동지도 있었다.

대표들은 대회에서 발표한 보고에 대해 열띤 토론을 진행했다. 보고의 내용은 크게 네 부분으로 나뉜다.

1. 일본제국주의가 조선에서 저지른 잔혹한 착취와 야만적인 진압, 조선청
   년들을 징병해 총알받이로 삼은 대죄의 폭로
2. 현재 조선민족의 독립운동과 조선독립동맹의 발전 상황
3. 금후 조선지식인이 걸어야 할 길과 모든 민족해방운동의 임무
4. 현재의 상황과 세계 양대 전선의 발전 전망

토론을 마친 후 대표들은 변경지구 정부, 팔로군 신문사와 근거지 인민의 생활상황을 참관했다.

이 대회가 끝나자 화베이지구 각급 학교의 청년학생들은 줄지어 일본징병을 도망쳐 나와 근거지에 와서 조선독립동맹에 참가했다. 베이핑의 많은 조선거류민은 자율적으로 모금을 해서 군정학교에 악기와 2만여 위안의 위폐(僞幣: 중국의 항일 전쟁 기간에 일제日帝의 괴뢰 정권이 발행한 화폐)를 보내며 우리를 지원했다.

이 대회를 통해 화베이·동베이·조선 경내의 대중들은 공산당·팔로군·신사군·변경지구 정부에 대한 인식이 한층 깊어졌으며, 독립동맹·의용군 그리고 그들의 민족독립투쟁의 의의를 한층 더 자세히 알게 됐다. 우리들은 이처럼 유리한 조건을 이용해 위에서 말한 지구에서 우리들의 조직을 대대적으로 발전시켰으며 많은 조선청년을 흡수했다. 일본군 점령지구의 어떤 사병들은 집단으로 변경지구를 탈출해 우리의 대열에 합류했다.

이 시기에 조선독립동맹은 화베이와 조선의 지부에서 반징병투쟁을 대대적으로 전개했고 여러 루트를 이용해 일본군 내 조선사병에 대해 다양한 활동을 전개했다. 어떤 때는 그들의 휴가 기회를 이용해 그들에게 조선의용군과 그 군정학교의 사진 및 〈조선독립신문〉을 보여주

며 국제 형세에 대해 얘기했으며, 그들이 돌아가 조선인 사병에게 전달하고 그들과 함께 근거지로 도망쳐 올 것을 촉구했다. 또한 그들에게 도망치는 방법과 노선을 구체적으로 알려줬다.

조선 경내 조선독립동맹지부의 활동방법은 조만간 군에 징용될 청년학생들이 영장을 받기 전에 각종 루트를 이용해 그들에게 다음과 같이 알려주는 것이었다.

"태평양에 끌려가면 곧바로 미국에 투항한다."

"시베리아에 끌려가면 곧바로 소련홍군에 투항한다."

"중국 관내로 보내지면 바로 팔로군, 신사군, 조선의용군이 있는 지역으로 도망친다."

이미 도망쳐서 근거지에 온 조선인 사병의 말에 따르면, 조선 경내의 많은 청년과 군에 징용된 조선청년들은 모두 화베이근거지의 상황을 알고 있다고 했다. 이 때문에 그들은 화베이지역으로 파병되도록 등록했다. 근거지로 도망치기 쉽기 때문이었다. 또한 그들은 도망치는 방법과 노선을 알고 있었기 때문에 근거지로 도망쳐 온 조선인 사병도 갈수록 증가했다.

중국의 화베이·동베이, 그리고 조선 경내 도처에는 조선독립운동의 불씨가 가득했기 때문에 한번 바람이 불면 독립운동의 열기는 활활 타오를 것 같았다. 비록 장제스를 대표로 하는 국민당원들과 일본군벌이 역행을 해 조선의용군이 고향으로 돌아가는 길을 막았지만 역사의 바퀴는 결코 막을 수가 없었다. 소련홍군은 동베이와 조선으로 출병을 해 역사의 전진을 가속화했다.

리창원李昌運의 지러랴오冀熱遼부대는 주더 총사령관의 명령에 따라 신속하게 동베이로 진군했다. 리창원은 탕산唐山 펑룬豊潤의 다왕좡大王庄에서 회의를 소집해 4개 군 분구 사령원이 주력부대와 조선의용군, 그리고 2,000여 각지 지방간부 등 모두 약 1만4,000명을 데리고 동베이로 향할 것을 결정했다. 8월 17일, 대군은 세 길로 나누어 출발했다. 그 중 동쪽 길은 16군 분구가 맡았으며 청커린曾克林, 탕카이唐凱의 지도하에 산하이관山海關과 진저우錦州를 경유해 직접 선양瀋陽으로 들어가고자 했다. 하지만 일본괴뢰군이 완강하게 저항을 해 에둘러서 소련홍군과 합류한 후 다시 산하이관을 향해 총공세를 펴고, 승리의 기세를 몰아 진저우를 탈환하고 직접 선양으로 들어갔다.

선양의 수많은 노동자, 시민, 학생은 밀물처럼 거리로 쏟아져 나와 입성하는 부대를 환영했다. 지붕 위와 베란다 위에도 사람들로 가득했는데 그들은 채색깃발을 흔들며 큰 소리로 외쳤다.

"팔로군의 선양 진주進駐를 환영합니다!"

"팔로군 만세!"

"망국노는 영원히 없다!"

"항일전쟁 승리 만세!"

감격한 사람들은 부대원들을 향해 계속해서 꽃다발을 던졌고 눈물을 머금으며 모자를 허공으로 던졌으며, 박수소리와 환호소리가 하늘 끝까지 울려 퍼졌다.

동베이 항일연군 안에는 적지 않은 조선의 우수한 청년들이 있었다. 그 안에는 당의 지도자, 군대의 창설자, 보통 전사가 있었으며 모두 민족해방을 목표로 싸웠다. 백 몇 번의 좌절이 있었지만 백절불굴의 정신으로, 자신의 육신을 주춧돌 삼아 동베이 항일투쟁의 길을 닦았다.

동베이 인민혁명군 제1군 제1사단 사단장 이홍광李紅光은 남만南滿유격대의 창설자 가운데 한 명이며 양징위楊靖宇의 유능한 조수였다. 1935년 압록강을 넘어 동흥성東興城을 공격해 일제를 혼비백산하게 만들었다. 마오쩌둥은 그를 "동베이의 훌륭한 조선의용군 지도자 가운데 한 명"이라고 칭했다. 이홍광과 함께 농공의용군을 창설한 이동광李東光은 남만에서 위용을 떨친 철군을 조직했다.

양징위와 가까운 이민환李敏煥은 지략이 뛰어나고 싸움을 잘해 21세의 약관에 제1군 제1사단의 참모장이 되었다. 양징위가 직접 표창하고 격려한 유만희柳萬熙는 1군 3사단 정치부 주임이었는데 그 모친과 두 동생은 일제에 의해 살해되었다. 항일여전사 김순희金順姬는 일제의 모진 고문에도 적의 혀와 손가락을 물어뜯었다.

또한 이성림李成林, 이학복李學福, 이광림李光林, 구성태具成泰, 허형식許亨植, 이복림李福林과 이추악李秋岳 등 항일영웅들은 적들과 용감한 전투를 감행했다.

중국과 조선의 변경지역에서 싸운 항일유격대는 1932년 김일성 동지가 창설한 제1지대 혁명무장역량이었고, 1934년에는 조선인민혁명군으로 개편을 했다. 1936년에는 김일성을 회장으로 하는 조국광복회가 성립됐는데 이 단체는 〈항일구국 10대 강령〉을 발표했다. 이 강령은 민족해방의 임무와 사회혁명의 임무를 긴밀하게 결합한 것으로 조선민족 해방운동사에서 최초의 완전한 민족민주혁명 강령이었다. 그 후 몇 개월의 시간 동안 회원은 20만 명으로 발전했다. 이 단체는 광대한 항일애국역량을 단결시켰고 항일무장역량의 발전을 추동했으며 마르크스주의 정당을 건립하기 위한 토대를 만들었다.

1937년 6월 4일, 김일성 동지는 조선인민혁명군의 1지대 부대를 이끌고 압록강 천험天險을 돌파하고 조선 양강도 북부 압록강변에 위치하고 있는 보천보保天堡를 기습해 일본식민통치기구를 파괴하고 일본 주둔군을 전부 섬멸했다. 김일성 동지는 연설을 하고 전단지를 뿌렸다. 보천보 전투는 30년대 조선인민혁명 무장역량이 국내로 진군해 획득한 첫 번째 중대 승리였다. 이 승리는 조선인의 구국 투지를 고무시켰다. 그 후, 항일유격전은 조선의 북쪽지역으로 파고 들어갔으며 대중공작과 정찰활동을 광범위하게 전개했다. 1945년 8월 8일, 소련홍군은 일본을 향해 그들이 조선인민혁명군과 함께 조선북쪽의 웅기雄基, 나진, 청진, 원산 등의 항구를 점령하고 평양으로 진군한다는 것을 선전포고했다.

한국임시정부는 충칭으로 이사를 간 후 1940년 9월 17일에 한국광복군을 창설했다. 자링嘉陵강변의 자링호텔에서 성대한 총사령부 창립식을 거행했다. 광복군은 이청천을 총사령관으로 임명하고 김원봉을 부사령관으로 임명했다.

한국독립당 지도자, 한국임시정부 주석인 김구 선생은 광복군을 "한국혁명사상 한 시대의 획을 긋는 봉기"라고 칭했다. 충칭대공보重慶大公報는 "동아시아 역사상 특별히 기록할만한 사건"이라고 평가했다.

광복군 성립 이후 일찍이 시안西安에서 간부훈련반이 개설돼 수백 명의 간부를 배양했다. 광복군은 6개 지대로 나뉘는데 그 가운데 제1지대는 시안으로 가 조선의용대로 개편했다. 광복군 대원은 중국에서의 전쟁활동 이외 인도의 영국군의 요청으로 한지성韓志成 대장이 이끄는 연락부대에 소속되어 미얀마 전선에 파견돼 영국군과 협력활동을 전개했다.

임시정부가 충칭에 있는 동안 국민당 정부가 주거와 활동경비 모두를 제공했다. 장제스는 여러 차례 한국임시정부 주석 김구 선생을 접견했다. 1943년 7월 26일, 장제스가 김구 선생을 접견할 시 다음과 같은 내용을 거듭 표명했다.

"중국 혁명의 최후 목적은 조선과 태국의 완전 독립을 돕는 겁니다. 이러한 작업은 심히 어렵고 험난한 일입니다. 저는 한국의 혁명동지들이 일심으로 단합하고 끝까지 분투해서 국권회복을 완성하길 바랍니다."

일본이 투항한 후 한국임시정부 주석 김구 선생은 장제스에게 귀국 요청을 표명했다. 1945년 10월 24일, 중국 국민당 중앙당부 우톄청吳鐵城 비서장은, 상칭上淸화원에서 조선광복을 경축하고 조선혁명지도자의 귀국을 환송하는 잔치를 베풀어주었다. 11월 4일, 국민당 정부 또한 대한민국 임시정부 요인의 귀국을 위한 환송연을 베풀어주었다. 연회는 국민당 당부의 대강당에서 거행됐으며 무대에는 중국국기와 태극기가 교차해서 걸려있었다.

11월 5일, 한국임시정부 주석 김구 선생 등 일행 29인은 충칭에서 비행기를 타고 상하이에 도착해 상하이 각계, 특히 조선교민의 열렬한 환영을 받았다. 그리고 다시 11월 21일에 미국 수송기를 타고 고국으로 돌아갔다.

내가 한국전쟁에 참가할 때 일찍이 상하이에서 활동한 적이 있는 혁명동지가 내게 "김구 선생은 1949년 6월 26일 제2차 남북정당, 사회단체대표 연석회의 출석 전날 밤 이승만 부하 안두희에게 암살당했다.”고 말했다.

조선독립의 길은 멀고, 그 과정은 너무도 험난했다. 이처럼 멀고도 험난한 과정에서 수많은 조선혁명지사가 뜨거운 피를 흘리며 장렬히 희생됐다. 조선의 독립은 무수한 혁명선열의 선혈과 맞바꾼 것이었다.

비록 조선은 두 개의 나라로 분리됐지만 나는 언젠가는 평화통일의 길로 나아갈 것으로 믿어 의심치 않는다.

동베이로의 진군

일본이 투항하고 얼마 되지 않은 어느 날 오후, 한 남자 대원이 말을 타고 나를 찾아와 무정 동지가 내게 보낸 편지를 전해줬다. 그가 보낸 편지에는 다음과 같이 쓰여 있었다.

"조선의용군은 주더朱德 총사령관의 명령을 받아 동베이로 진격할 예정이나 너는 그대로 남아서 안심하고 공부를 하길 바라며 졸업 후에 부대로 돌아오라."

조선의용군 전우들과 이별을 한다고 생각하니 갑자기 고독감과 적막감이 들었다. 당시 내 마음은 무척 복잡했다. 만일 부대로 돌아간다고 하면 나는 어렵게 얻은 학습의 기회를 잃게 되는 것이다. 이것은 무척 아쉬운 일이다. 나는 무정 동지의 부탁을 저버릴 수도 없었지만 한편으로는 전선에 나아가 적들을 섬멸하는 좋을 기회를 놓치고 싶지 않았다. 나는 어떻게 하면 좋을까?

나는 편지를 전해준 그 남자 대원과 함께 뤄자핑羅家坪으로 돌아와 무정 동지에게 내 마음을 솔직히 털어놨다.

"너의 심정을 충분히 이해한다. 하지만 혁명 사업은 감정으로 대신할 수는 없는 것이다."

무정 동지는 나를 위로하며 말했다.

"조직에서 너를 의대에 보낼 때에는 심사숙고해서 결정한 것이다. 이것은 혁명 사업에 필요한 것이다. 비록 현재 항일 전쟁이 이미 승리했을지라도 우리들 앞에는 더 어렵고 복잡한 혁명 사업이 기다리고 있다. 무산계급혁명은 하루아침에 이뤄지지 않는다. 혁명 승리 후 막중한 건설 사업이 여전히 우리를 기다리고 있다. 우리 국가는 전문적으로 훈련받은 의사를 필요로 하고 있다. 이 때문에 너는 의학공부를 절대 중도에서 포기하면 안 된다. 반드시 열심히 공부해서 나중에 다시 부대로 돌아와야 한다. 그때 만약 다른 사람이 너를 놓아주지 않는다면 내가 반드시 너를 데리러 오겠다!"

무정 동지의 말은 마음의 문을 열어주는 열쇠와도 같았다. 내 마음은 더 밝아졌다. 나는 계속 의대에 남아 공부하기로 결심했다. 9월 중순, 조선의용군은 동베이로 진격했고 나와 남게 된 몇 명의 동지는 먼 길을 떠나는 의용군 전사들을 배웅했다. 우리들은 손을 꼭 붙잡고 석별의 정을 나누었다. 내 눈은 샘물처럼 쏟아지는 눈물에 앞이 보이지 않았고 전사들의 희미한 모습은 점점 내 시야에서 사라졌다. 귓가에 아직도 들리는 듯하다. "몸조심해, 잘 있어"라는 그들의 목소리, 나는 한참이나 그곳에서 서있었다.

내가 의대로 돌아왔을 때 왕빈王斌 교장은 나를 그의 사무실로 불렀다.

"무정 동지가 출발하기 전에 직접 내게 전화를 해 너를 많이 보살펴주라고 했다."

"앞으로 어려움이 있거든 바로 우리에게 알려주도록 하렴."

의용군 지도자와 의대 지도자의 보살핌을 받으니 내 마음은 한결 가벼워졌다. 나는 절대 그들의 관심과 희망을 저버리지 않고 열심히 공부하기로 마음먹었다.

1945년 11월 7일, 중공중앙동베이국의 지시에 따라 선양 베이링北陵에서 조선의용군조직공작회의가 열렸다. 의용군 사령관 무정은 강연을 했고 대회에서 조선의용군을 제1, 3, 5, 7지대로 조직하기로 결정했다.

제1지대는 동베이의 톄링鐵嶺, 환런桓因, 신빈新濱, 판스磐石, 퉁화通化, 하이룽海龍, 류허柳河 일대에서 활동했다.

1946년 2월 23일, 이 지대는 이홍광 지대와 합병한 후 통화에서 전투 중에 용감하게 희생된 항일영웅 양징위楊靖宇와 이홍광 열사 추도대회를 개최했다. 이 대회에서 두 열사의 영웅적인 업적에 대한 생생한 소개가 있었고 열사의 전우들은 전체 전사들을 대표하여 열사들의 영웅정신을 학습해 해방전쟁에서 승리를 쟁취할 것을 다짐했다. 열사들의 발자취를 밟아 전진하고 그들을 영원히 기리기 위해 이 대회에서 제1지대를 이홍광 지대로 개칭한다는 것을 선포하고 대장에 왕자인王子仁, 정치위원에 방호산方虎山을 임명했다. 다른 하나의 한족漢族지대는 양징위 지대로 명명했다.

이홍광 지대는 후에 독립4사獨立四師로 개편되었고 1948년에는 다시 동베이인민해방군으로 개칭되고 제4야전군 독립 166사 496단, 497단, 498단으로 편제되었다.

조선의용군 제3지대는 동베이의 하얼빈, 우창五常, 아청阿城, 창즈尙志, 수이화綏化 등지에서 활동했다. 1949년 3월 창춘에서 164사로 개편되었고 1949년 8월에 북한으로 들어갔다.

제5지대는 주로 옌볜에서 활동했으며 도적을 소탕하거나 사회치안을 유지하는 데 참가했다. 제7지대는 주로 지린성吉林省 화뎬樺甸: 지린성의 현청 소재지 일대에서 활동했다.

각 지대의 상황을 보면 제1, 3지대에 인원이 비교적 집중되어 있었고 조직도 강했으며 지도력도 좋았다. 따라서 동베이 해방전쟁시기에 많은 공을 세웠으며, 특히 동베이해방군과 함께 여러 차례 국민당 군대를 쳐서 많은 전과를 올렸다. 해방전쟁 후기에는 민족사民族師, 즉 164사, 166사로 칭해졌다. 164사는 창춘에서 수비 임무를 맡았고 166사는 선양에서 수비 임무를 맡았다.

제5지대와 제7지대는 해방전쟁시기에 대부분 각 지역 해방군과 결합해 지방부대로 편제되고 후에 다시 야전군으로 편제됐다. 그것은 1948년 11월 이후의 일이었다.

제1지대 부대는 지린성의 통화시에 설치되었다. 한청韓靑 참모장이 주둔했던 판스현磐石縣 청관구城關區 샤오난먼와이小南門外 차오난橋南 동쪽의 "三洋社", 현재 판스현 송전소 자리였다. 당시에는 이 지역을 참모부라고 불렀다.

제3지대 부대는 원래 하얼빈 보안총대保安總隊 조선독립대대처였다. 1945년 11월 25일 헤이룽장성 빈현賓縣 민커투蜚克圖의 한 술도가 대정원으로 후퇴를 했다. 그곳에서 정식으로 조선의용군 제3지대임을 선포하고 각급 지도자를 임명했다. 제3지대에는 모두 3개 대대, 1개 정훈대대와 경비중대가 설치되었다. 1개 대대 아래에는 3개 중대가 있고, 1개 중대 아래에는 3개 소대가 있었다.

제5지대는 선양에서 도보로 푸순撫順에 갔으며 거기서 다시 기차를 타고 지린으로 갔다. 중도에 차이허역柴河站에서 며칠을 머물며 정비한 후 마지막으로 옌지延吉에 도착했다.

제7지대는 원래 제5지대와 함께 지린에 가려고 했다. 그들은 본래 제5지대와 함께 지부를 만들려고 했으나, 항일전쟁에서 막 승리한 후 장제스가 국민당 군대를 먼저 근거지에 보내 이를 점령하도록 명령하고 소위 국민당의 '접수인'들이 먼저 도착하는 바람에, 제7지대는 지린에서 며칠만 머물렀고 일부 대원들을 파견해 지린의 교외인 쑤란舒蘭·용지永吉현 등에서 군대를 확장하도록 했다. 그리고 화뎬樺甸현의 지세가 유리하자 이곳에 지부를 설치했다.

1946년 6월, 장제스의 국민당 군대는 미국의 도움 아래 중원지역에서 해방구解放區: 공산당 점령지역를 공격했고 동베이에서도 해방군을 공격했다. 국민당 군대를 섬멸하기 위해 제7지대는 동베이민주연군으로 개편해 지방대대가 되었다. 이후 재편성 시 제7지대는 제47군 제141사 제422단으로 개편되었다. 신중국 성립 이후 이 부대는 완강한 적을 섬멸하기 위해 남하했고, 1950년 다시 창사長沙까지 남하했으나 이때 한국전쟁이 발발해 부대는 다시 창사에서 모여 북상해 안둥安東: 지금의 丹東을 거쳐 북한으로 들어갔다.

제1지대와 제3지대는 해방전쟁시기 많은 공헌을 했는데 그 원인은 자기 스스로의 발전과 관련이 있다. 그들이 동베이로 들어온 후, 지대의 지도자들은 멀리 보는 탁견이 있었다. 즉 부대는 반드시 먼저 확대를 해야 비로소 전투력이 생긴다는 인식이었던 것이다. 이 때문에 군대의 확대를 가장 중요한 임무로 삼았다. 먼저, 그들은 대중을 향해 공산당의 정책을 선전하면서 국민당이 내전을 일으켜 항전승리의 과실을 도둑질하려 한다는 것을 명확히 설명했다. 그들은 인내심을 가지고 조선족 군중 속으로 들어가 동원활동을 하며 대중들이 이러한 사실을 깨닫게 해 젊은이들을 군대에 보내달라고 요청했다. 이러한 활동을 열심히 한 결과 군대 확대의 임무는 빠르게 완성되었다. 새로 입대한 전사들은 엄격한 훈련을 거친 후 부대의 새로운 주력군으로 성장했다. 이 두 지대의 지도자들은 오랜 기간 동안 혁명투쟁의 경험이 있을 뿐만 아니라 새로운 형국을 주의 깊게 연구하고 새로운 사상을 학습했기 때문에 지도력이 상당히 높았다. 그들은 천여 명의 군대를 이끌며 동베이국東北局, 남만국南滿局, 성위원회, 지방위원회의 경비임무를 책임졌다. 전사들의 사상을 빠른 시일 내에 향상시키고 군사능력을 더욱 강화하기 위해, 그들은 군정간부를 배양하는 학교를 세웠다. 학교의 교원은 지도자 본인일 뿐만 아니라 형제부대로부터 초대한 분들이었다. 이 학교는 전쟁시기에 많은 인재를 배양했다.

제3지대의 대장은 이덕산李德山 동지, 정치위원은 주덕해朱德海 동지, 참모는 관건關健 동지였다. 이 지대는 1948년 3월 하얼빈을 떠나 지린성 판스현磐石縣 옌퉁산煙筒山에서 지둥鷄東과 무단장牧丹江에서 온 조선족부대와 합편해 독립14사가 되고 다시 동베이인민해방군 독립11사로 개편됐다.

중국 동베이와 조선 북부에서 장기간 활동한 조선혁명군은 중국 대지의 혁명무장군대에 뿌리를 두고 있고 중국인들과 함께 피를 흘려가며 싸웠으며 공동으로 일본제국주의를 무찔렀다. 또한 중국 대지에서 신중국을 건립하는 데 피를 흘리며 싸웠다. 그들은 조선인의 우수한 아들딸이자 중국인들이 가장 존경하고 살가워 하는 친구이다. 그들은 중국인과 함께 영욕을 같이 했으며 손과 발처럼 친해 오랜 기간 동안의 전투과정에서 청춘과 선혈로 혁명의 역사를 이룩했다. 이것은 조선인의 자랑이자 중국혁명사 가운데 하나의 빛나는 금자탑이다.

조선전쟁터에서

조선의용군이 동베이의 전쟁터로 떠난 후 내 마음도 그들을 함께 따라갔다. 나는 줄곧 하루 빨리 불꽃 튀는 전쟁터로 나아갈 수 있기를 희망했다. 국내외적으로 복잡한 형국에 직면하게 되자 내 마음은 갈피를 못 잡았으며 불안해서 공부도 제대로 할 수 없었다.

일본이 투항한 이후 소련홍군은 조선의 38선 이북을 점령하고, 미군은 38선 이남을 점령했다. 조선의 각 혁명주체들도 사상적인 통일에 다다를 수 없었다. 무정 사령관이 이끄는 조선의용군도 투항을 거부하는 일본군에 막혀 순조롭게 동베이를 거쳐 조선으로 들어갈 수가 없었다. 조선의 앞날은 어떻게 될까? 진정한 독립을 획득할 수 있을까? 조선인은 진정한 해방을 획득할 수 있을까? 이러한 문제는 줄곧 나를 어지럽게 만들었다.

옌안의 군민軍民은 당 중앙의 지도하에 국민당의 정치군사적 공격을 준비하고 있었다. 우리 의대 또한 학습과 생활을 전시체제로 개편했다. 그러던 어느 날, 우리 의대는 한 명의 대표를 선발해 장제스와의 담판을 마치고 옌안으로 돌아오는 마오쩌둥을 영접하고자 했다. 나는 의대에서 유일한 조선인이었고 이러한 유리한 조건 때문에 대표로 선

발되었다. 나는 두 말할 나위 없이 무척 기뻤다. 나는 이 행복한 순간
이 어서 오기를 기대했다.

비행기장에는 수많은 인파들로 가득했다. 우리는 남쪽 하늘을 주시
하며 비행기가 나타나길 기대했다. 잠시 후 남쪽 하늘에서 비행기 한
대가 나타났다. 비행기의 소음도 함께 전해져왔다. 환영인파는 동요하
기 시작했다. 나는 직접 마오쩌둥 주석에게 경례를 할 방법을 생각하
며 인내심을 가지고 비행기의 착륙을 기다렸다.

비행기는 천천히 착륙했다. 마오 주석은 비행기 창문에서 환영 군중
들을 향해 손을 흔들며 감사를 표했다. 마오 주석은 중앙의 지도자들
과 일일이 악수를 한 후 그를 영접하러 나온 자동차를 향해 걸어가면
서 양쪽의 군중들에게 손을 흔들며 "니먼하오! 니먼하오_{여러분 안녕하십니까!}"라고 외쳤다. 그러면서 갑자기 앞줄의 군중들과 악수를 했다. 운 좋
게도 나도 앞줄에 있었는데 마오 주석이 내 앞을 통과할 때 그의 우람
한 체구가 내 쪽으로 향했고, 나는 어디에서 그런 큰 용기가 났는지 모
르게 마오 주석을 향해 말했다.

"마오 주석, 돌아오셨습니까!"

"여러분 안녕하세요!"

마오 주석은 이렇게 말하면서 내 쪽으로 손을 내밀었다.

나는 이 기회를 놓치지 않고 마오 주석의 손을 꽉 잡았다.

"마오 주석, 안녕하십니까!"

"감사합니다!" 마오 주석은 만면에 웃음을 띠면서 말했다.

그런 후 그는 자동차 쪽으로 발길을 움직였다.

내가 학교로 돌아오자 학생들은 모두 앞 다투어 내 손을 잡으려 했으

며 나의 행복과 나의 기쁨을 함께 나누고자 했다. 내 마음은 오래도록 평정을 찾을 수 없었다. 내가 그처럼 자상한 마오 주석의 얼굴을 직접 볼 수 있었던 것은 정말 행운이었다. 마오 주석은 이름 모르는 한 조선 학생의 손을 잡았다. 그리고 나의 물음에 회답을 했다. 나는 정말 행복했다. 그의 위대하고 자상한 형상은 내 기억 속에 깊숙이 남아있었다. 50년 동안 나는 그때의 모습을 잊어본 적이 없다.

1945년 10월, 당 중앙의 지시에 따라 중국의과대학 학생들은 동베이로 나아가 일본 침략자의 의무醫務 부문의 업무를 접수해 관리해야 했다. 식민통치의 필요로 일본은 동베이에서 일련의 식민통치기구를 설립했다. 특히, 침략전쟁에 적응하기 위해 의무 방면에서 파시스트제도를 실시했다. 이 때문에 수많은 일본 괴뢰국 의무종사자들은 시급히 개조되어야 했다. 의과대학 학생들에 대한 상급기관의 요청은 우리가 최대한 빠른 속도로 동베이에 가서 각종 의원, 특히 군대 관련 의료기관을 접수하여 관리하고 그 가운데 의무종사자들을 개조해 의료계통을 신속히 우리의 수중에서 통제하도록 하는 것이었다. 이를 통해 곧 시작될 해방전쟁을 잘 준비하도록 하는 것이었다.

나는 제20기 학생이었다. 우리는 명령을 받들어 가장 빠른 속도로 동베이에 도착하고자 했다. 나는 항일전쟁에서 승리했고 '쌍십협정'도 체결되어 우리가 기차를 타고 며칠이면 동베이에 도착할 것으로 생각했다. 그러나 상황의 변화는 이처럼 유치한 내 생각을 조롱했다. '쌍십협정'은 지켜지지 않았고 장제스는 해방구를 향해 대규모 공격을 감행했다. 이 때문에 우리는 전장에서의 행군을 피할 수밖에 없었다. 우리는 옌안에서 출발해 한 달여의 행군을 거쳐 1946년 1월에야 장자커우張家口에 도착했다. 장자커우에는 의학원이 있었지만 원장은 도망쳤고 학교는 무척 어수선했다. 상부 지도자들은 먼저 가서 접수해 관리하라고 했다. 그래서 우리는 이 학교와 노만 베쑨Dr. Henry Norman Bethune 의학원을 합병해 중국의과대학을 설립했다.

1946년, 국민당은 대규모로 해방구를 공격했다. 국민당과 공산당 간 군사역량의 차이는 명확했다. 적의 남은 전투부대를 섬멸하기 위해 공산당은 "우수병력을 집중해 적을 타격한다."는 군사원칙을 채택했기 때문에 장자커우를 비롯해 100여 도시를 포기했다. 중국의과대학은 닥터 노만 베쑨이 생전에 거주했던 장자커우의 거궁촌葛公村으로 이사를 했다. 여기에서 내 마음이 흔들리기 시작했으며 조급한 마음이 생기기 시작했다. 나는 우리 부대가 어서 빨리 동베이로 가기를 희망했다. 왕빈王斌 동지는 나의 이러한 심정을 읽은 듯 나를 찾아와 몇 차례 얘기를 나눴다. 그는 혁명의 장기성에 대해 반드시 이해해야 하며 혁명자로서 혁명을 최우선으로 해야 한다고 충고했다. 그는 또한 내게 중국공산당의 강령과 성질에 대해 설명해줬으며 내가 당원의 표준에 따라 자신에게 더욱 엄격할 것을 바랐다. 당조직의 관심과 따뜻한 지도 아래 나는 여기에서 학교를 관리하는 일에 더욱 적극적으로 참가하고 더 열심히 공부하기로 다짐했다.

나는 비록 조선에서 출생했지만 오랜 동안 중국의 혁명투쟁에 참여하면서 이미 중국인들과 깊은 우정을 나눴다. 더 좋은 공동의 혁명목표와 분투를 위해 중국공산당에 가입하는 것은 오래된 나의 이상이었다. 나는 나의 이러한 생각을 당총지부 리 서기와 부서기 팡쉰푸方欣夫에게 말하고 내가 조선에서 이미 조선공산당에 가입했다는 것을 털어났다. 그 후, 이 두 동지의 소개를 통해 나는 오래 전부터 바래왔던 소망을 실현했다. 1946년 11월, 나는 정식으로 중국공산당의 일원이 되었고 더 숭고한 인생 목표를 추구하기 시작했다.

1947년 1월, 중국의과대학 지도자들은 일부 학생만 장자커우 노만 베쑨 의학대학에 남아 계속 일을 하고 나머지 대부분은 두 팀으로 나눠 동베이로 진격하라고 했다. 청더承德와 진저우錦州지역이 국민당에게 점령당했기 때문에 제1대는 네이멍구內蒙古를 돌아 동베이로 진격했다. 왕빈 교장이 대원들을 이끌고 장베이張北, 츠펑赤峰, 린시林西, 린둥林東, 바이청쯔白城子, 치치하얼齊齊哈爾을 지나 마지막으로 헤이룽장성의 싱산시興山市에 도착했다.

1947년 6월, 제2대는 동베이로 진격했다. 이때는 마침 해방전쟁의 두 번째 해로, 당 중앙에서는 그 해의 주요 임무를 전국적인 반격으로 규정하고 주요 공격방향을 적의 수비가 빈 중원으로 설정했다. 이를 위해 류덩劉鄧, 류보청(劉伯承)과 덩샤오핑(鄧小平)을 이름대군은 다비에산大別山으로 진군하고, 천겅陳賡은 군대를 이끌고 위산볜豫陝邊, 허난성과 산시성지역 해방구를 건립했으며, 천이陳毅와 쉬위粟裕는 위환수豫皖蘇, 허난성, 안후이성, 장수성 해방구를 발전시켰다. 전세가 치열하고 교통이 불편해 제2대는 먼저 칭다오靑島에 가서 배를 타고 다롄大連을 거쳐 선양으로 가 그곳에서 다시 하얼빈을 지나 싱산興山에 도착해 제1대와 합치기로 했다.

그러나 선양이 국민당에게 점령당하자 우리는 다롄에서 진퇴양난에 빠져 그곳에서 머물게 되었다. 당시 뤼다旅順과 다롄지구는 소련홍군의 점령 지구였다. 소련 쪽과 몇 번의 교섭을 거친 후 우리는 다롄만에 가서 비밀리에 소련 배를 타고 조선의 진남포항에 도착했다. 그 후 다시 기차를 타고 북상했다. 기차는 평양에서 잠시 머물렀다. 나는 차에서 내려 고향집을 한번 찾아가보고 싶었다. 평양에서 며칠간만 머물 수만 있었다면 얼마나 좋았을까! 그러면 나는 우리 부모님께 제사도 올리고 우리 언니도 한번 볼 수 있었을 것이다. 기차는 조선 동해안을 따라 북상했다. 이쪽 지역은 내게 무척 익숙한 곳이어서 기차역을 거의 셀 수 있을 정도였다. 나는 동행한 사람들에게 내가 당시 어떻게 적들의 감시를 피해 평양, 청진, 나진, 원산을 내왕했는지 설명했다. 며칠간의 우여곡절 끝에 우리는 중국의 투먼圖們에 도착했다. 9월에 우리는 제1대의 학생들과 싱산興山에서 만났다.

내가 왕빈 교장을 만났을 때 그가 내게 건넨 첫 마디는 이랬다.

"20기의 학생들은 이미 졸업했으니 네가 1947년 11월 제 21기의 학습에 참가하라."

나는 왕 교장에게 20기의 졸업증을 보내줄 것을 요구했다. 그는 20기와 21기는 모두 의대졸업생으로 차이가 없다고 했다. 그리고 나에게 내가 먼저 의사가 된 다음 11월에 다시 21기의 졸업식에 참가하라고 했다.

나는 21기 의대졸업증을 취득한 후 중국의과대학 제1분교에 배치됐다. 즉 현재의 옌볜의학원의 전신이다. 나와 함께 배치된 사람은 정병진鄭丙鎭, 강순구姜順久, 그리고 이 씨 성을 가진 사람으로 모두 네 명이었다. 나는 그 가운데 대표였다. 다음날 우리는 새로운 자리에서 당을 위해 백의전사를 배양한다는 위대한 목표를 품고 학교의 소재지인 롱징龍井으로 출발했다.

1948년 가을, 랴오선遼瀋전투가 시작된 지 얼마 되지 않아 인민해방군의 주력부대는 동베이 지역에서 국민당과 생사가 갈리는 대혈투를 시작했고 전선에서는 의무종사자가 필요했다. 나는 예전부터 포탄이 휘날리는 전선에 가서 부상자들의 상처를 치료해 주길 희망했다. 그러나 이때 상급부대에서는 내가 조선인민군 제6독립군단 전선의무소에 가서 소장을 맡아 조선인민군 의료간부조직을 강화할 것을 명령했다. 당시 남북한에는 소규모의 전투가 있었지만 마침 의사가 부족했기 때문이었다. 나는 동지들과의 아쉬움을 뒤로하고 새로운 길에 나섰다.

1950년 6월 25일, 한국전쟁이 발생한 후 나는 조선인민군을 따라 전투에 참가했다. 중국인민지원군이 아직 북한에 도착하기 전에 우리 제6군단은 모두 훈춘琿春에서 정비를 위해 휴식을 취하고 있다가 중국인민지원군이 북한에 도착한 이후에 우리도 곧 북한으로 돌아갔다.

우리가 행군으로 평양을 지날 때 그곳은 완전 폐허였다. 어떤 지역은 계속 연기가 피어나고 있었다. 그 웅장한 모란봉과 도도히 흐르는 대동강이 없었다면 그곳이 내가 어렸을 때 살았던 평양이었다는 사실을 전혀 알아채지 못할 뻔했다.

전쟁은 잔혹하게 진행되었다. 우리는 낮에는 숨어 있다가 어두운 밤에 행군을 했다. 작은 길만을 찾아 산 넘고 계곡을 넘어갔다. 시내에서는 머무를 수가 없어 산과 들에서 야영을 했다. 도로변에는 미군의 폭격으로 훼손된 자동차들이 널브러져 있었다.

어떤 길은 전투기의 포탄에 맞아 큰 웅덩이들이 파져있었다. 노인들은 지게를 지고 흙을 날라 웅덩이에 흙을 가져다 부었다. 아이를 업은 아낙네들은 머리에 광주리를 이고 있었는데 그 안에는 돌들이 가득했다. 그네들은 다리 쪽으로 열심히 걸어갔다. 우리는 도로변의 집을 봤는데 모두 작은 호롱불을 켜고 있었지만 불빛은 약했다. 적기에 불빛이 발견될까봐 조롱박을 이용해 불빛을 차단했다. 연로한 노인들은 우리를 보더니 익숙하지 않은 중국어로 우리와 반가운 인사를 나누었다. 그들은 우리를 중국지원군으로 여기는 듯했다. 우리가 조선인민군이라는 것을 알았을 때 그들과 우리들 간의 대화는 많아졌다. 그들은 지원군이 이 길을 지나갈 때 따뜻한 물을 끓이지 못할까봐 뜨거운 물을 준비해 두었다.

전선에 가까워지자 부상자들은 무척 많았다. 우리들은 전선의 산속 동굴에서 일을 했다. 산속 동굴은 전방의 병원이었다. 나는 부상자들의 상처를 꽉 싸매고 간단한 수술을 해 몸속의 탄피를 뽑아냈다. 어떤 전사들은 출혈이 과다했으나 전선에서 수혈을 할 수가 없었다.

많은 부상자들은 붕대감기와 같은 간단한 처방만 받고 급히 후방병원으로 후송되었다. 전투가 격렬할 때는 병원의 일부 사람들을 데리고 가 부상자를 싣고 왔다.

가끔 후난湖南이나 쓰촨四川에서 온 중국인민지원군 부상자를 만났을 때는 중국어를 할 줄 아는 사람도 그들의 말을 알아들을 수 없었다. 다행히 나는 충칭에서 산 적이 있었고 후난에서도 싸워본 적이 있어 나는 그들의 좋은 통역이 되었다. 그들은 무척 즐거워했다. 나는 시간을 내서 그들과 얘기를 나눴다. 이때부터 그들의 고통은 줄어들었다.

한번은 상급부대 간부가 나에게 중상자들지원군 부상자를 포함을 후방병원으로 후송하라는 임무를 맡겼으나 나는 전선을 떠나길 원치 않았다. 하지만 상급간부는 내가 중국어를 할 수 있어 만약 도중에 긴급한 상황이 발생하면 내가 어느 정도 대응할 수 있을 것으로 판단했다.

우리는 소련제 트럭을 타고 낮에는 숨고 저녁에만 움직였다. 운전사의 운전기술은 상당히 좋았다. 차의 헤드라이트도 켜지 않고 전방으로 질주했다. 어떤 때는 신호등이 도로 위에서 깜빡거렸는데, 그것은 아마도 스파이가 적기에 신호를 보내는 것 같았다. 과연 비행기가 우리의 머리 위로 날아왔고 곧바로 조명탄을 터트려 주위를 대낮처럼 환하게 만들었다. 운전사는 재빨리 차를 몰아 산 밑의 엄호물 안으로 들어갔다. 원래 도로변의 산 아래에는 차 한 대가 들어갈 수 있는 엄호물이 있었다. 위에는 차단막이 있는데 완전 소나무가지로 가려놓았다.

우리가 평안남도 중화中和를 지나던 날 어두컴컴한 검은 구름이 우리 머리 위를 덮었다. 우리는 비행기가 오더라도 우리를 발견할 수 없을 거라 생각했다. 우리가 이런 얘기를 나누며 웃고 있을 때 운전사가 갑자기 차를 세우더니 우리더러 빨리 내리라고 했다. 우리는 무슨 영문인지 모르고 어리둥절하고 있을 때 운전사는 우리더러 잘 들어보라고 했다. 과연 남쪽에서 “윙윙”하는 비행기 소리가 들려왔다. 내가 “저렇게 두꺼운 구름 속에서 비행기가 우리를 발견할 수 있을까?”하고 말하자 대원들은 “비가 올지라도 비행기는 폭탄을 정확히 목표물에 떨어뜨린다”고 말했다. 운전사는 우리더러 재빨리 도로변의 고랑으로 들어가 숨으라고 했다. 그리고 나서 그는 혼자서 차에 올라타 운전하고 큰 나무 아래로 들어가 나뭇가지를 꺾어 차를 위장했다.

우리가 급히 은폐를 했을 때 비행기소리는 이미 우리의 머리를 지나갔다. 그러나 얼마 지나지 않아 우리는 검은 연기가 땅에서 계속해서 솟아나는 것을 보았고 이어서 귀를 찢는 듯한 폭발음이 들려왔다. 네 대의 비행기가 몇 차례 기관총을 쏘듯 포격을 가하고 지나갔다. 갑자기 태풍이 지나가는 것과 같이 "쏴쏴"하는 소리가 들렸다. 이어서 내 주변에서 맹렬한 폭발음이 들렸다. 땅도 진동을 했다. 당시 나는 큰 나무 아래에 숨어있었다. 비행기 소리가 점차 사라진 후 나는 일어나려고 했으나 왼쪽 다리에서 갑자기 심한 통증이 느껴져 왔다. 나는 손으로 왼쪽 다리를 한번 만져보니 축축하고 끈적끈적한 감촉이 들었다. 알고 보니 내 왼쪽무릎이 포탄으로 상처를 입었던 것이다. 나는 가까스로 힘을 내 상처부위를 감쌌다. 그러나 움직일 수가 없었다. 이후 5~6년이 지난 후에야 왼쪽다리에서 두 개의 탄피를 뽑아냈다.

트럭 또한 적들의 포탄에 완전 소실되었다. 저녁에 운전사는 우리를 위해 지원군의 차량 한 대를 막아 세웠다. 그러나 그 차량은 신의주에도 가지 않았고 남포에도 가지 않았다. 동쪽 전선에는 간다고 해서 우리도 그렇게 밖에 할 수 없었다. 운전사는 무척 좋은 사람이었다. 그는 우리를 함흥까지 데려다 주었다.

함흥에서 우리는 가까스로 청진에 가는 기차를 탔다. 기차는 가다가 서다가를 반복했다. 나는 어떤 때는 폭탄으로 파괴된 다리를 보았고 어떤 때는 지원군과 조선백성들이 철로를 수리하는 것을 보았다. 장기간의 힘든 여정과 우여곡절을 거치면서 우리는 마침내 함경북도의 한 군대 후방병원에 도착했다. 1951년 여름, 일 년 간의 치료를 마친 후 몇몇 부상자들은 다시 전선으로 돌아갔다. 내 다리에 박힌 파편은 아직 뽑아내지 못했지만 움직이는 데는 불편이 없었다. 병원에서는 나를 만류하며 원장으로 남아달라고 했다. 하지만 나는 전선으로 돌아갈 것을 요구했다. 나는 우리 부대를 떠날 수가 없었다. 병원 측에서는 내가 바로 전선에 가는 것은 적합하지 않다고 판단했다. 먼저 탄피를 뽑아

낸 후 다시 전선으로 돌아가야 한다고 했다. 이렇게 해서 나는 곧바로
선양에 있는 지원군 후방부대 총사령부에 도착했다.

늘 푸른 소나무

1952년 여름, 나는 선양의 지원군 후방부 총사령부에 도착했다. 상급부대에서는 2등급 잔폐증장애인증을 발급해줬다. 전선으로 돌아가려는 나의 희망은 이렇게 수포로 돌아갔다.

그 후 나는 랴오닝성 와팡뎬瓦房店 캉푸康福병원에 배치되어 기술과 과장을 맡게 됐다. 당시 그곳은 군대병원으로 이후 육군병원의 분원으로 바뀌었다.

와팡뎬은 랴오닝성 남쪽의 작은 마을이었다. 그곳의 기후는 쾌적하고 풍경도 뛰어나며 사람들 또한 순박했다. 나의 전반생은 군마軍馬가 다급하게 지나가듯 지나갔지만, 이제는 전장의 세월과 작별을 했다. 평화스런 환경에서 새로운 일을 시작했다. 나는 혼신의 힘으로 새로운 일을 더 잘하고 싶었다. 나의 전우들과 선열들에게 결코 부끄럽지 않고 싶었다.

1953년 상부에서 나를 선양의사학교 부교장으로 임명했다. 랴오닝성의 성도에서의 일은 내 생활의 시야를 더욱 넓혀줬다. 나의 책임은 더욱 커졌고 나는 전력을 다해 내 일에 몰두했다.

나는 몇 십 년간을 홀로 살았기 때문에 집안일에 대한 부담이 없었다. 이 때문에 나는 일반 사람들에 비해 더 많은 시간을 나의 일에 투자할 수 있었다. 1954년에 지린성 위생청 부녀아동과로 자리를 옮겼다. 1955년 다시 교통부 위생처 기술과 과장으로 부임했다. 이곳에서는 업무에 대한 요구 수준이 무척 높았다. 나는 새로운 일을 열심히 배워 일을 잘 진행시키고 싶었다. 1955년 9월, 상급부대에서는 다시 나를 중앙당교에 보내 공부하도록 했다. 나는 정말로 나를 길러준 당의 은혜를 잊을 수가 없다.

비록 전쟁 중이라도 나는 공부하는 것을 결코 포기하지 않았다. 여러 차례 전공 공부를 했다. 그러나 이처럼 좋은 학습기회는 결코 없었다. 중앙당교의 교원은 매우 뛰어났다. 그들은 박학다식했고 교학방법도 매우 뛰어났다. 뿐만 아니라 사상의 경지가 높았고 정치적 후각이 예민했다. 이곳에서의 학습은 내 사상적 성숙과 업무능력의 향상을 가속화시켰다.

1956년 7월, 당교를 졸업한 후 나는 다시 교통부로 돌아와 위생기술과 간부 활동을 했다.

소수민족지역의 발전을 위해, 1957년 상부조직에서는 다시 나를 찾아와 내가 옌벤소수민족지구에 가 일하는 문제를 상의했다. 상부에서 나를 중시해 주어 나는 마음속 깊이 감격했다. 내 활동경력을 생각하면 조선족지구에서의 활동이 훨씬 우월한 조건이었다. 이 때문에 기꺼이 그 임무를 받아들였다.

옌벤에 도착한 후 나는 옌벤조선족자치주 위생국 부국장, 국장, 옌벤계획생육사무실 주임을 맡았으며 일하는 과정에서 많은 사람들의 신임을 받았다. 나는 그 무렵 조선족자치주의 인민대표, 주의 당대표,

정치협상 상무위원, 기관당위원회 상무위원 등에 선임됐다. 나는 이러한 영예를 소중히 여기며 더 열심히 일해 이러한 영예가 부끄럽지 않도록 했다.

1966년, '문화대혁명'이 폭발했다. 이처럼 갑자기 찾아온 정치운동에 대해 나는 전혀 준비가 되어있지 않았다. 문화대혁명이 시작될 때 나는 이것은 단순한 정치운동일 거라 생각했다. 그래서 내가 당에 충성하고 당에 떳떳하면 되는 줄 알았다. 그러나 운동이 시작된 지 얼마 안 되어 시국은 예상치 못한 방향으로 흘러갔다. 나는 갑자기 홍위병들에게 잡혀들어 가 비판투쟁의 대상이 되었다.

"이화림, 당신은 30년대에 조선에서 중국으로 와서 뭐했지?"

한 홍위병이 나를 가리키며 물었다.

"항일구국과 조선독립을 위해서 싸웠습니다."

"왜 동베이의 항일연군에 참가하지 않고 굳이 상하이로 갔지?"

다른 홍위병이 나를 가리키며 물었다.

"지하당 조직을 찾아야 했기 때문입니다."

나는 결연하게 대답했다.

"당신은 왜 김구의 품으로 들어갔지?"

"저는 그가 이끄는 한인애국단에 참가했습니다."

"애국단이 뭐지? 어떤 조직이야?"

"암살조직입니다."

나는 그들 배후에 어떤 사람이 있다는 것을 느꼈다.

"암살조직? 누구를 암살해? 공산당원을 암살하는 거냐? 혁명인민을 암살하는 거냐?"

“아닙니다. 일본천황을 암살하고 일본대장을 암살하는 겁니다.”

나는 약간 화가 났다. 그들이 너무 무지하다는 생각이 들었다.

“상하이에 천황이 있었느냐? 상하이에 일본대장이 있었느냐?”

그들도 화를 내며 집단으로 나를 향해 질문했다.

“당신들은 모릅니다. 이봉창……윤봉길……”

나는 화가 나서 말이 뒤죽박죽이 되었다. 그들을 이해시키기는 정말 어려웠다.

“우리는 모른다. 우리는 아무 것도 모른다. 우리 같은 혁명소장들은 아무 것도 모른다는 거지?”

그들 가운데 나이가 약간 많은 홍위병이 화가 나서 얼굴을 붉히며 말했다.

“‘혁명은 무죄이고革命無罪 반역에는 그만한 이유가 있다造反有理’, 당신이 투항하지 않으면 당신을 곧 없애버리겠다!”

한 홍위병이 고함을 지르니 다른 홍위병들도 반복했다.

비판투쟁이 끝나고 그들은 노란 책보를 맸는데 위에는 붉은 색으로 ‘忠’자가 수놓아져 있었다. 그들은 반듯하게 줄을 맞추고 손에는 ‘紅寶書’, 즉 『마오쩌둥어록』을 들고 큰 걸음으로 위생학교 쪽으로 갔다. 나는 아직도 그들이 노래한 가사를 기억한다.

“애비가 영웅이면 아들도 대장부고,

애비가 반동이면 아들은 개자식이지.

혁명을 하려거든 어서 일어나고,

혁명을 안 할 거면 어서 꺼져버려라.”

얼마 지나지 않아 나는 다시 끌려가서 비판투쟁을 당했다.

"이화림, 당신은 왜 조선전쟁터에서 도망쳐 나왔지?"

"왼쪽 다리가 폭격기에 맞아 부상을 입었기 때문입니다."

"가벼운 부상으로는 전선에서 퇴각하지 않는다. 당신은 왜 퇴각했지?"

"제 왼쪽다리에서 이미 두 개의 탄피를 뽑아냈습니다."

"당신, 거짓말하고 있어. 당신이 자유롭게 걷는 걸 내가 봤어."

한 홍위병은 이렇게 말하면서 내 쪽으로 와서 내 왼발을 한번 발로 찼다.

나는 너무 아파서 참을 수가 없어 그 홍위병을 한번 째려봤다.

"당신은 어째서 상처가 다 나은 후에도 전선에 나가지 않았지?"

"상부조직에서 제게 남으라고 해서 저는 명령에 따랐습니다."

"당신은 탈영병이고 거짓 혁명을 했어. 왜 랴오닝에 있지 않았지? 옌볜에 와서 뭐한 거지?"

"저는 혁명을 위해 모든 것을 바쳤습니다. 저의 생명도 당에 바쳤습니다. 제가 혁명에 참가할 때 당신네들은 태어나지도 않았습니다."

나에 대한 홍위병의 모욕성 말을 들으니 나는 정말 화가 났다. 나는 내가 그림자 같은 존재로 느껴졌다.

"이화림이 투항하지 않으면 없애버려, 이화림을 타도해버려!"

홍위병들은 모두 내 쪽으로 몰려왔으며 손으로 때리고 발로 찼다. 다친 왼쪽 다리가 말을 듣지 않았다. 나는 일어날 수가 없었고 다시 쓰러졌다. 정말로 '타도'되어 버렸다.

"인민의 적이 누가되든 우린 그 자의 개머리를 깨버리고 말거다!"

홍위병의 이런 고함소리를 듣고 나는 이 '문화대혁명'을 정말 이해할 수 없었다. '인민', 무엇이 인민인가? 이들 마오毛의 아이들이 인민들을 대표할 수 있는가? 나는 알 수가 없었다.

나는 수차례 많은 지역으로 옮겨졌고 소위 '혁명자'로서 번갈아가며 비판투쟁을 받았다. 과거에 그처럼 천진했던 아이들이 갑자기 무서운 '투사'가 되었다. 그들은 나의 팔을 비틀고, 나의 몸뚱이를 때리고, 나의 영혼을 유린했다. 나는 영문도 모른 채 '국민당스파이, 조선스파이, 주자파走資派'와 같은 큰 모자를 써야했다. 나의 '완고함'에 결국 나는 외양간에 갇혀 3년을 보냈다.

3년 간의 외양간 생활을 하면서, 나는 문화대혁명에 대해 이해할 수는 없었지만 결코 당을 의심한 적도 없고 당의 신뢰에 동요한 적도 없다. 나는 내 자신의 이념 차이와 행동상의 부족을 찾으려 노력했다. 또한 틀림없는 사실로써 나를 항변하고자 노력했다. 나는 날이면 날마다, 나아가 매년 당이 언젠가는 그 자신의 딸을 믿어줄 거라 확신했다.

1970년, 나는 57간부학교에 보내져 일을 했다. 본래 나는 몸에 부상을 입은 적이 있는 데다가, '문혁'으로 심신이 극도로 쇠약해져 몸상태가 몹시 안 좋았다. 그러나 나는 노동에 적극 참가했고 자신을 개조하려고 노력했다. 노동과정 중에 나는 항상 타이항산의 대생산운동과 옌안의 "스스로 일해야 의식이 풍족하다."는 말을 생각했다. 오늘에 와서 과거를 생각하니 감개가 무량하고 노동은 내게 익숙했다는 것을 느꼈다.

1978년, 중앙조직부 사무실의 왕 주임이 옌벤에 시찰하러 왔다. 그는 나의 상황과 건강상태에 대해 친절하게 물어왔다. 그가 나에 대한 일체의 사정을 알고는 무척이나 흥분했다.

그는 옌볜자치주 지도자에게 말했다.

"이화림과 관건關健 동지는 진정한 원로혁명가입니다. 홍위병운동은 여러모로 잘못된 일입니다. 이처럼 오랫동안 왜 억울한 누명이 벗겨지지 않았죠? 왜 중앙에 보고하지 않았습니까?"

그리고 다시 왕 주임은 말했다.

"현재 그 분들은 나이가 많고 몸도 좋지 않습니다. 어서 빨리 이화림 동지를 환경이 좋은 지역에서 요양을 하도록 보내주십시오."

자치주 지도자들은 나의 의견을 물어왔다. 나는 구체적인 내 몸 상태를 근거로 한 동안 휴식을 취한 다음 일하는 것이 좋을 것 같다고 얘기했다. 상부에서는 다롄은 옌볜에서 가깝고 그쪽의 환경과 기후가 내게 적합하니 내가 그곳 다롄에 가 휴양도 하며 일도 할 것을 제안했다.

1978년, 나는 다롄으로 이사를 했고 그곳 다롄시찰실大連視察室의 시찰원과 시 정협 상무위원, 조선족노년협회 명예회장에 임명됐다. 다롄에서의 일상은 과거에 비해 훨씬 수월했다. 그러나 내가 오랜 동안 지켜온 근검한 생활습관은 여전히 나를 지배하고 있었다. 나의 생활태도는 많은 사람들로부터 인정을 받았다.

나는 1984년에 퇴직했다. 퇴직 후 나는 일생 동안 당과 인민을 위해 노력한 것이 너무 적은데 당은 내게 너무 많은 영예를 주었다고 생각했다. 늙은 지금은 상부조직에서 사람을 보내 나를 돌봐주고 있다. 나는 당의 부담이 돼서는 안 된다고 생각했다. 그래서 나는 혁명전쟁시기의 습관, 근검절약을 여전히 유지했고, 매월 생활비를 최저수준으로 낮췄으며 절약한 돈은 당비로 국가에 기부했다. 1985년 나는 당조직에 2만 위안元을 기부했다. 1986년 나는 다시 옌볜아동문화기금회에 1만 2천 위안의 기부를 통해 내가 20년 동안 일한 옌볜조선족자치주의 미래에 대한 관심과 배려를 표시했다.

1988년 9월 3일, 나는 창춘시 조선족 사회과학종사자협회의 고문으로 초빙되었다. 나는 비록 구순이 넘었지만 여전히 국내외 큰 사건에 대해 관심을 가지고 있고 늘 시市의 노간부활동실에 가서 여러 활동을 하고 있다. 나의 마음은 희망으로 충만해있다. 나는 우리들의 국가가 번영하길 희망한다. 나는 머지 않은 날에 조선이 평화적으로 통일되길 희망한다. 나는 미래가 찬란하길 희망한다. 나는 미래가 더 아름답길 희망한다!

이화림李華林, (1905. 1. 6~1999. 2. 10)

본명은 이춘실李春實. 1905년 1월 6일 평양시 경창리景昌里의 한 가난한 서민의 집에서 태어났다. 아버지는 이지봉李芝奉, 어머니는 김인봉金仁奉이며, 큰오빠 이춘성李春成, 작은오빠 이춘식李春植 그리고 언니가 한 명 있었다. 오빠 둘도 중국으로 건너가 독립운동에 투신했다.

이화림 여사는 집은 비록 가난했지만 어머니와 오빠의 도움으로 미국인 선교사가 운영하는 숭현崇賢소학교를 나와 숭의여자중학교에서 유아교육을 공부했으며 졸업 후에는 전라북도 군산시와 함경북도 청진시 소재 유아원에서 일하기도 했다. 평양에서 수학할 때는 3.1의거에 적극 가담했으며 학생들과 역사문학연구회에서도 활동했다. 이후 1927년 조선공산당에 입당해 학생운동을 전개했다.

일제의 탄압이 심해지자 1930년 중국 상하이로 망명해 김두봉 선생을 만났으며 그의 소개로 김구 선생이 이끄는 한인애국단韓人愛國團에 가담해 선생과 함께 이봉창·윤봉길 의사의 거사에 조력자로 활동했다.상하이 활동 당시 이름은 李東海

윤봉길 의사의 상하이 홍커우虹口공원 폭탄투척 사건 이후 독립운동이 소강상태로 들어가자 광저우廣州에 가서 그곳 중산대학에서 간호사 과정을 공부했다. 수학 중 중산대학 유학생 김창국金昌國을 만나 결혼해 아들 김우성金雨星을 낳았다.

하지만 1935년 조선민족혁명당 청년당원 모집을 위해 광저우에 온 조선의열단 출신 윤세주의 연설을 듣고 감동을 받아 혁명을 위해 가족과 헤어져 이듬해 1월 난징南京의 조선민족혁명당에 입당해 당의 부녀국에서 의료보건사업의 책임을 맡았다. 당시 윤세주 등의 소개로 이집중李集中을 만나 재혼했으나 성격 차이로 이내 결별하고 항일활동에 전념했다.

난징대학살 이후 일본이 대륙을 깊숙이 침략해 오자 이화림 여사는 조선민족혁명당원들과 함께 1938년 충칭重慶으로 옮겨 활동했으며 1939년에는 구이린桂林으로 가 조선의용대 여자복무단의 부대장으로 활동했다. 1941년에 다시 화베이華北 타이항산太行山지구 팔로군八路軍 항일근거지로 이동해 항일활동을 전개했다.

1942년 3월경 화베이조선인민간부훈련반華北朝鮮人民幹部訓練班에 입학해 중국혁명사와 중국공산당사를 배웠고, 졸업 후 화베이조선혁명청년학교華北朝鮮革命靑年學校, 교장 武亭 후원 사업을 전개했다. 1943년 봄부터는 조선의용군 병원에서 일했다.

1944년 4월 옌안延安으로 들어가 화베이조선독립동맹 주석 김두봉金枓奉의 휘하에서 활동했으며, 무정의 지원으로 1945년 1월에는 중국의과대학에 입학해 수학했다. 1945년 8월 옌안에서 해방을 맞았지만 학업 때문에 바로 조국으로 돌아오지 못했다. 나중에 학업을 마치고 둥베이東北로 가 옌볜의학원에 배치돼 활동했다.

1948년 중국 상부 정부의 지시로 이화림 여사는 조선인민군 제6독립군단 전선의무소 소장 자격으로 파견되어 복무했다. 1950년 6월

25일 한국전쟁이 발발하자 이화림 여사는 의료지원을 위해 조선인민
군을 따라 전투에 참가했다. 하지만 이화림 지사는 의료복무 중 미군
의 폭격에 부상을 입고 랴오닝성 선양으로 돌아와 다시는 조국으로 돌
아오지 못했다.

이화림 여사는 결국 중국에 남아 선양의사학교 부교장, 중공고급당
교 수학, 중국 교통부 위생기술과 간부, 옌볜조선족자치주 위생국 부
국장과 주의 당대표를 맡아 활동했다. 문화대혁명 때는 반혁명분자로
찍혀 근 10년 동안 온갖 고초를 겪기도 했다. 그 후 이화림 여사는 복
권이 됐지만 건강이 나빠져 노년에는 다롄大連으로 옮겨 요양을 하면서
도 조선민족을 위해 다양한 봉사활동을 펼쳤다. 그러다가 결국 1999
년 2월 10일 95세의 일기로 생을 마감했다.

조국의 독립을 위해 일평생 항일투쟁의 여전사로 활약했지만 우리
사회는 이화림 여사가 공산주의자 혹은 사회주의 계열 독립운동가라
고 해서 외면해 왔다. 하지만 그녀가 일평생 걸어온 항일투쟁의 발자
취와 조국사랑의 정신은 후세에 길이길이 조명되고 선양되어야 할 것
이다.

저자 후기

국가민족사무위원회와 랴오닝민족출판사의 부탁으로 나는 조선족 원로 홍군 이화림 여사의 혁명 일생을 기록했는데 더 많은 사람들이 선배 혁명가들의 정신을 배워서 용감하게 앞으로 나아가길 바란다. 하지만 학식과 재능이 미천하다보니 이처럼 무거운 임무를 감당하기 어려워 집필이 지금까지 미뤄지다 이제야 독자들과 만나게 되었다.

이화림 여사를 인터뷰하는 과정에서 먼저, 그녀가 걸어온 길에 감동했고 감격했다. 나도 깊은 배움을 얻었다. 나는 눈물을 머금으면서 이 글을 썼다. 심지어 어떤 단락에서는 눈물로 쓰기도 했다.

나는 회고록의 형식으로 그녀의 일생을 쓸 수가 없었다. 왜냐면, 그녀가 걸어온 길이 독립의 길이요, 조선인민이 민족해방과 국가독립을 쟁취하는 고난의 역정이었기 때문이다. 그녀의 족적은 바로 조선독립운동의 진실한 역사의 일부분이다. 이것은 또한 애국주의와 국제주의 교육을 가르치는 데 우수한 글이기도 하다. 이 때문에 나는 역사유물주의의 시각에서 역사를 서술하는 방식으로 그녀의 일생을 새롭게 썼다. 책 내용 중에는 극히 일부의 허구로 쓰인 문학적 묘사를 제외하고는 과장적 낭만주의 색채는 거의 없다. 책에서는 이화림 여사와 조선독립을 위해 분투한 애국지사들의 눈부셨던 모습을 생생하게 묘사했다. 뿐만 아니라 '3·1운동'에서 '8·15해방'까지 찬란했던 독립운동의 역사를 사실대로 재현하고자 했다.

나는 어렸을 때 조선에서 지낸 적이 있다. 압록강에서 임진강까지, 묘향산에서 금강산까지 모두 나의 족적이 남아있다. 조선은 나의 제2의 고향이다. 나는 조선인민들에게 특별한 감정을 가지고 있다. 신의주와 남포에서 나는 일제의 쇠발굽 아래서 비참하게 살아갔던 조선인민을 목도했다. 원산과 평양에서 나는 조선해방 때 사람들의 감격과 기쁨을 함께 나눴다. 나는 조선농민들이 동굴에 들어가 미제비행기의 폭격을 피하면서도 생산에 박차를 가하는 어려움을 직접 목격했다. 또한 나는 다행스럽게도 조선전쟁 후 조선인민이 부지런한 손으로 건설한 아름다운 평양과 해주 등 현대화 도시들도 감상했다.

이화림 여사는 비록 구순의 노인이지만 정신은 또렷했고, 그 기억력은 사람들을 놀라게 했다. 역사 사실의 연대와 인물을 모두 어제 일처럼 또렷하게 기억하고 있었다. 그녀의 말은 속되지 않았고 매우 입담이 좋았는데 어떤 중요한 문제에 대해서는 높은 식견을 가지고 있었다.

내가 감동했던 것은, 그녀는 여전히 전쟁시기의 기풍을 유지하고 있었고 생활도 검소하고 소박했다. 이화림 여사는 자신이 절약한 몇 만 위안을 당조직과 조선족아동기금회에 기부했다.

이 책을 쓰는 중에 임동철林東哲의 인터뷰기록과 신일호申日浩가 제공한 양소전楊昭全 편찬의 『관내關內지구 조선인 반일독립운동 자료집』을 참고해 읽었다. 이 자리에서 깊은 감사를 드린다. 다롄시민위원회의 류예위안柳野園 동지가 이 책의 출간을 위해 많은 애를 썼다. 마지막으로 원고를 마무리하는 데 노력을 아끼지 않으셨던 톈지우촨田久川 교수에게 진심으로 감사드린다.

시간이 촉박하고 글재주도 없을 뿐더러 능력에 한계가 있어 누락과 오류를 피하기는 어려울 것이다. 독자들의 많은 비판과 지도를 부탁드린다.

나는 이 작은 책을 늦게 핀 한 다발의 들꽃으로 만들어 조선독립과 중국혁명에서 용감히 목숨을 바친 모든 혁명지사들께 삼가 올리고자 한다. 가신 이의 영혼을 기리고 후세인이 본받길 바란다.

장촨제張傳杰

1994년 8월 15일 다롄에서

역자 후기

역사를 전공하지는 않았지만 역사, 특히 우리나라 독립운동사에 관심을 두고 공부를 하면서 나는 필연 같은 우연의 경험이 몇 차례 있다. 그 중의 하나가 바로 이 번역서의 원본인 이화림 여사의 회고록 〈征途〉의 입수이다. 내가 중국의 한 중고인터넷서점에서 이 책을 발견하고 우편 주문해 2012년 2월 어느 날 베이징대학 기숙사 앞에서 집배원으로부터 전달받았을 때 느꼈던 전율은 아직도 잊지 못한다. 왜 이 책이 나의 손에 들어온 것일까? 이 책과 나와는 어떤 인연이 있는 것일까? 이 책을 받아보고 나는 그저 알 수 없는 장난 같은 운명에 정신을 바로 세울 수가 없었다.

이 책을 찾아보라고 나에게 처음 부탁한 분은 울산에 사는 역사활동가 김영민 선생님이다. 나는 김 선생님을 2010년 타이항산 역사탐방 때 처음 만났는데 이 분을 만나기까지 여러 인연들이 있었다. 나는 2007년 베이징대학에 유학을 하면서 한편으로는 전공 공부도 열심히 했지만 또 한편으로는 우리의 근현대사에서 제대로 조명되지 않는 사회주의계열 독립운동사, 즉 항일전쟁시기 한국과 중국이 연합해 전개한 독립운동사에 관해 관심을 가지고 공부도 하고 이를 주변 사람들에게 알리는 작업을 했다. 그러다 같은 대학 후배인 국제관계학과 정원식 박사생을 알게 되면서 의기투합되어 베이징에서 유학하고 있는 한국학생과 중국학생 약 40명과 함께 처음으로 조선의용대(군)가 활약한 타이항산 항일유적지를 탐방하게 되었다. 그 과정에서 〈석정 윤세주 열사 기념사업회〉를 알게 되었고 이 사업회에서 김영민 선생님을 소개해줘 2010년 7월 초 첫 타이항산 역사탐방 때 만나게 된 것이다.

나는 2010년 7월 첫 타이항산 항일유적지 역사탐방 이후 2013년까지 4회에 걸쳐 타이항산 역사탐방에 참여했다. 특히 2012년 1월에는 상하이부터 시작해 난징, 우한, 한단, 베이징을 잇는 민족주의와 사회주의계열 독립운동가의 발자취를 동시에 찾는 탐방을 했다. 이 일련의 역사탐방 과정을 담은 책이 〈타이항산 아리랑〉이라는 제목으로 2014년 3월 26일 출간되었다. 그리고 이 책의 출간과 함께 서울 남산에 소재하고 있는 안중근의사 기념관에서 안 의사의 순국일에 맞춰 출판기념회를 가졌다. 매우 뜻 깊은 자리였다.

암튼 2012년 1월 상하이에서 베이징을 잇는 역사탐방을 마치고 김영민 선생님은 한국으로 돌아가면서 석정 윤세주 열사 유족들이 이화림 여사의 회고록 〈征途〉를 찾고 있으니 한번 찾아달라고 내게 부탁을 했다. 나는 박사학위논문을 쓰고 있었던 터라 일단 대답은 했지만 논문에 쫓기여 그럴 수 있을지 의문이 들었다. 그러다 논문을 쓰면서 문득 중고인터넷서점이 생각나 들어가서 찾아봤는데 그곳에 이 책을 발견했다. 마지막 남은 한 권이었다. 나는 이 책을 얼른 선택을 하고 곧 우편주문을 해서 며칠 후에 받아보았던 것이다.

이 책을 찾자마자 김영민 선생님께 이 소식을 전했다. 그리고 김영민 선생님은 다시 석정 윤세주 열사 유족에게 이 소식을 전했다. 이 책 찾기를 누구보다 갈망하셨고 이 책의 가치와 소중함을 누구보다 잘 알고 있었던 유족들은 이 사실에 대해 정말로 반가워하셨다. 나는 우선 이 책을 제본한 후 원본은 유족측에 보내드렸다. 그리고 며칠 후 뜻밖에 편지 한 통을 받았다. 유족측 윤명화 할머님윤세주 열사의 종조카이 쓰신 편지였다. 편지를 읽으면서 나는 매우 감동했다. 팔순이 다 되신 할머님의 글은 정말로 단아하고 기개가 있으셨으며 고마움을 아끼지 않으셨다. 역시 독립운동가의 후손은 그냥 되는 게 아니라는 생각을 했다. 사실 난 대단한 일을 한 건 아닌데 이런 대접을 받으니 그저 황송할 뿐이었다. 윤명화 할머님의 편지를 여기서 잠시 소개하고자 한다.

뵙지 못한 박경철 박사님께 우선 서신으로 인사드립니다. 저는 石正 尹世胄 열사의 부끄러운 후손 尹明和입니다.

무능한 우리 앞에 혜성처럼 나타나신 김영민 사장님, 그 손을 마주 잡아주신 박경철 박사님을 비롯 모든 분들께 진심으로 감사드립니다.

평소 존경하는 김 사장님께 10수년을 찾고 싶어 했던 귀한 冊을 말씀드려본 것인데 박 박사님이 즉각 求하셨다니 너무나 놀랍고 감탄합니다.

기라성 같은 후예들을 수없이 이끌고 선열들의 길을 찾아 닫혔던 철문도 열고, 길 없는 가시밭길도 헤치며 희망의 불씨를 지펴 가시는 김 사장님. 그 뜻을 받들어 박사님을 비롯 많은 분들이 한뜻으로 뭉쳐 불꽃같은 정열로 일사불란 활약하는 모든 분들께 무한한 찬사를 보냅니다.

수교 전 생사고비 넘기며 선열들의 전적지를 답사하신 국가보훈처 수원지청 李輔溫 실장님이 보여주신 한 장의 사진. 말로만 듣던 太行山 高原의

종조부님 묘소를 확인한 우리들은 통한의 서러움이 봇물같이 터져 통곡하고 말았던 그때가 어제와 같고, 순국하신 유해에 최초로 흙을 덮어주신 최채 선생님을 비롯, 이화림 여사님과 같은 조선의용대원들의 주소록을 받아 들고 서둘러 묘소 탐방길(1993년 8월 29일-9월 7일)에 올랐으나 입원중인 李華林 女史는 끝내 뵙지 못했습니다.

그 후 "나의 회상기" "征途"를 집필중이란 말씀을 들었습니다. 저와의 통화에서 한 시간이면 대련에 올 수 있다하시며 아흔이 넘은 女史님은 후손과의 만남을 간절히 원하셨는데 끝내 뵙지 못한 못난 후손이 되고 말았습니다.

자료 "전우증언"에서 女史님과의 통화증언이 실려있고 홍구공원 윤봉길 의사 의거 증언화면도 보관하고 있으며, "중국의 광활한 대지우에서"(최채 선생님이 주신 조선의용대원들의 기록집) 冊에 이화림 여사의 "진리의 향도 따라" 기록만 복사해 봤습니다.

역사는 절대 묻혀지지 않는다는 李 室長님의 말씀대로 그 많은 선열들의 활약중 일부분의 기록이라도 후학들의 손에 들어간 것은 하늘의 은총이며 후손에게 번역물은 바쁘지 않으니 서두르지 마시길 바랍니다.

앞으로 굳건한 국가를 만드는 大業을 이루는데 김영민 사장님을 비롯 박경철 박사님 및 많은 영재들에게 평화와 화합의 大願이 성취되길 기원합니다.

2012. 3. 7. 부산에서 윤명화 드림

편지에서도 알 수 있듯 윤세주 열사와 이화림 여사는 특별한 인연이 있다. 그리고 윤세주 열사 후손들은 이화림 여사에 대해 많은 빚을 지고 계셨다. 이 책의 본문에도 나와 있듯 이화림 여사는 결혼해 아이도 있었으나 윤세주 열사의 강연에 매료되어 그 길로 가정도 버린 채 독립과 혁명의 길을 나섰다. 그리고 윤세주 열사의 조선민족혁명당, 조선의용대를 따라 난징, 우한, 충칭, 꾸이린, 타이항산 등 험악한 지역을 돌며 윤세주 열사와 함께 조선의용대를 지켰다. 1942년 6월 타이항산 전투에서 윤세주 열사가 일본군에 의해 목숨을 잃을 때 이화림 여사는 가장 많이 슬퍼했으며 1945년 8월 옌안에서 이화림 여사가 8.15해방을 맞았을 때 기쁨의 눈물을 흘리며 가장 먼저 이름을 되뇌인 사람 중의 한 분이 윤세주 열사였다.

이처럼 각별한 인연 때문에 윤세주 열사 유족은 1993년 당시 이화림 여사께서 생존해 계시다는 소식과 회고록을 쓰신다는 소식에 무척이나 반가워 한번 찾으려했으나 여러 사정으로 찾지 못하고 나중에 찾아뵈러 했으나 그때는 이미 고인이 된 후였다. 그래서 늦게나마 이화림 여사의 회고록인 〈征途〉를 찾으려 했으나 이 또한 어려움이 많아 10여 년 동안 찾지 못했는데 이 책을 내가 중고서점에서 찾아내니 유족측은 반갑지 않을 수가 없었다.

이러한 인연 때문에 이 책은 내가 번역하기로 했다. 하지만 2012년 상반기에는 박사논문을 작성하느라 번역할 여유가 없었고, 학위를 마치고 2012년 7월 한국에 들어온 이후에는 새로운 직장을 다니며 번역을 했는데 시간적으로 여의치 않아 이 분야에 관심이 많은 이선경 후배와 함께 번역했다. 암튼 여러 이유로 번역, 출간이 지체되어 후손들에게 미안한 마음이 없지 않지만 광복 70주년을 맞는 올해 이 책이 빛을 보게 되어 더 없이 기쁘고 의미가 있다고 생각된다. 이제 선열들의 뜻을 잇는 일은 후손들의 몫이 될 것 같다. 마침 2014년에는 여성독립운동기념사업회도 출범한 만큼 그동안 역사 속에서 가려진 여성독립운동가들에 대한 발굴과 재조명이 활발히 전개되길 진심으로 기대한다.

책을 번역하면서 알게 된 사실인데 이 책이 최근에 중국에서도 한글로 번역이 됐다고 한다. 반가운 일이 아닐 수 없다. 암튼 이 책을 통해 한 평생 조국의 독립운동에 헌신하고도 우리의 기억 속에서 잊혀졌던 이화림 여사 그리고 타이항산을 비롯하여 중국 대륙 각지에서 이름 없이 쓰러져간 무수히 많은 열사들이 우리의 역사에서 다시 기억되길 바란다. 이처럼 찬란한 항일무장독립투쟁의 역사를 우리가 잊고 있었다는 것은 후손들로서 너무나 부끄러운 일이다. "과거를 기억하지 못하는 사람은 과거를 반복한다"Those who cannot remember the past are condemned to repeat it라고 했다. 동북아시아가 다시 역사전쟁으로 격변하고 있는 이 때 우리는 진실된 역사에서 우리의 앞길을 찾아야 할 것이다.

어린 나이에 3.1운동에 참가하고 상하이로 건너가 김구 선생의 비서로서 그리고 이봉창 열사와 윤봉길 의사의 폭탄투척사건의 조력자로서 우리 독립운동사에 큰 족적을 남겼던 이화림 여사. 조선여인의 강인함으로 가족도 버리고 오로지 조선의 독립과 평화를 위해 온몸을 바쳤지만 이념의 잣대로 함부로 역사를 재단하려는 못난 후손 때문에 우리 역사의 기억에서 지워진 이화림 여사의 영전에 이 책을 바친다. 이화림 여사의 숭고하고 강인했던 나라사랑 정신과 광활한 중국 대륙에서 촛불처럼 자신을 태우고 의술로써 인민을 사랑한 휴머니즘은 우리 민족의 빛나는 항일투쟁의 역사에 길이 빛날 것임을 나는 믿어 의심치 않는다.

광복 70주년을 맞이하는 봄에

역자 대표 박경철

후기: 재출간에 즈음하여

2015년 3월에 이 책을 출간한 후 강연, 기고, 인터뷰 등 여러 루트를 통해 이화림 지사를 알리는 작업을 해왔다. 특히, 이 책을 출간할 때쯤 알게 되어 추천사를 부탁하기도 한 항일여성독립운동기념사업회의 김희선 이사장께서는 어떻게 이화림 지사 같은 걸출한 항일독립투사가 우리 역사에서 알려지지 않았는지 의아해하며 몇 차례 이화림 지사를 알리는 강연 기회를 마련해 주기도 했다. 특히 기억에 남는 장면은 2018년 12월 국회에서 열린 이화림 지사 서훈에 관한 토론회였다.

우연히 토론회에 참석했다는 어느 연세 지긋하신 어르신께서 이화림 지사의 항일투쟁의 역사를 듣고서는 "저는 부끄럽게도 이번에 이화림이라는 인물을 처음 알았습니다. 어떻게 이런 분이 아직도 알려지지 않았고 어떻게 이런 분이 아직도 서훈을 받지 못했는지 이해할 수 없습니다. 우리는 적과 아군을 가리지 않고 전장에서 인도주의 정신을 발휘해 환자를 돌본 나이팅게일은 칭송하면서 평생을 독립운동에 헌신하신 이화림 지사는 한국전쟁에서 북한군으로 참전해 병사를 돌봤다는 이유로 서훈조차 주지 않았는지 이해되지 않습니다. 후손으로서 부끄럽고 참담합니다."라고 말하시며 눈시울을 붉히기도 했다.

이러한 노력의 결과인지는 모르겠지만 이 책이 출간된 후 이화림이라는 이름은 각종 신문, 잡지, 방송 등에서 주인공으로 등장했고 조금씩 사람들의 마음을 파고들었다. 급기야 얼마 전 개봉되어 크게 흥행한 영화 〈파묘〉의 주인공 중 한 명인 김고은 역의 무당 '화림'의 실제 모델이 독립운동가 이화림 지사라는 사실이 알려지면서 사람들 사이에서 이화림이라는 이름은 더 많이 알려지게 되었다. 이제 사람들은 '중국대륙을 누빈 불멸의 여성독립운동가' 이화림은 잘 몰라도 무당 이화림의 실존 인물이 독립운동가 이화림이라고 하면 이해하게 되었다. 한 편의 좋은 영화가 훌륭한 역사 선생이 될 수 있다는 사실을 실감한다.

　이 책을 출간하고 몇 년 후 이화림 지사가 광저우에서 결혼한 남편 김창국 지사가 자신의 이모부가 된다는 친척 한 분으로부터 연락을 받았다. 나는 그분과 여러 차례 통화를 하면서 여러 새롭고 놀라운 사실을 알게 되었다. 김창국 지사는 중국으로 오기 전에 경남 진주에서 결혼해 딸 셋을 두었는데 장인의 권유로 중국으로 유학을 갔다는 것이다. 집안의 얘기로는 장인이 사위를 통해 독립자금을 대기 위해 유학의 형식을 빌려 중국으로 파견했다는 것이다. 하지만 독립자금 제공에 대한 명확한 근거자료는 찾지 못했다고 했다. 김창국 지사는 중산대학 졸업 후 김구 선생을 도와 독립운동을 하다가 해방 후 아들 우성과 함께 한국으로 돌아와 성균관대 중국어과 교수로 학생들을 가르쳤다. 그러다 어느 날 남북 간의 불화 중에 아들 우성은 남한에 놓고 딸들을 데리고 북으로 넘어갔다고 한다. 집안의 추측으로는 김구 선생을 도와 물밑에서 남북 간 협상을 도왔는데 이 일이 여의치 않자 월북했다는 것이다.

그 후 김창국 지사의 행적은 사라졌는데 1958년 어느 날 갑자기 신문에 나타났다. 그가 북한에서 남한으로 넘어와 남한에서 간첩 활동한 후 대천 앞바다에서 북으로 넘어가려다 체포되었다는 보도였다(이 부분에 대한 나의 판단은, 김창국 지사가 남하한 것은 북한 정부가 연안파를 대대적으로 숙청한 종파사건을 피하기 위한 것이며 이승만 정권은 그를 간첩으로 둔갑시킨 것이 아닌가 싶다). 아무튼 감옥에 갇힌 김창국 지사는 북에 있는 가족에게 피해가 갈까봐 감옥 안에서 음독자살했고 시신은 진주 어딘가에 묻혔다고 한다. 그리고 아들 우성은 한국에서 부모 없이 떠돌이 생활을 했는데 이후 행적은 잘 모르겠다고 했다. 김창국 지사의 친척이 말한 이러한 내용을 얼마나 신뢰할 수 있을지는 모르겠지만 아무튼 이화림 지사가 광저우에서 가족과 헤어지지 않았다면 이러한 비극도 없었을 수도 있었을 텐데 결국 조국의 독립과 해방을 위한 여정에서 가족이 감당하기 어려운 희생을 당한 것 같아 참으로 마음이 아프고 안타까웠다.

'역사의 진실은 결코 묻히지 않는다.'는 말이 있듯이 베이징에서 처음 이화림이라는 이름 석 자만 알았는데 이제 그녀의 독립운동의 역사는 점점 더 많이 밝혀지고 있다. 이 모두가 우리 후손들, 특히 해방된 조국에서 살아가는 우리 후손들이 끊임없이 수행해야 할 사명이자 책임이라고 생각한다.

몇 년 전부터 '뮤지컬 이화림'을 준비하고 있는 한 작가로부터 최근 연락을 받았는데 그동안의 준비에 성과가 있어 얼마 전 뮤지컬 제작사를 찾았고 잘 되면 2027년에는 '뮤지컬 이화림'을 본격적으로 무대에 올릴 수 있을 것 같다고 했다. 정부는 이념의 잣대로 독립운동가들을 재단하며 외면하지만 우리 민중들은 이화림 지사처럼 이념을 초월해 인도주의 정신과 애국심을 실천한 자랑스런 독립투사들을 기리고 또 기억할 것이다.

이 책을 2015년에 처음 발행하고 얼마 되지 않아 절판되어 그동안 이 책을 찾는 사람들에게 미안함과 아쉬움이 많았다. 다행히 마르코폴로 김효진 대표께서 재출간에 대한 나의 제안을 기꺼이 받아줘서 다시 세상에 나오게 됐다. 이 자리를 빌어 감사드린다. 책의 표지디자인도 새롭고 이화림 지사의 자필 이력서와 공적서도 추가해 내용도 더 풍성해졌다. 이 책은 이화림 지사의 회고록이지만 우리에게 잘 알려지지 않는 사회주의계열 독립운동의 역사서이자 교과서라고 해도 손색이 없다. 모쪼록 이 책을 통해 이화림 지사는 물론 조국의 독립을 위해 무명의 이름으로 헌신하다 하늘의 별로 사라진 무수한 영웅들을 더 깊게 기억하고 선양되길 기대한다.

2026. 1. 4.

박 경 철

李华林여사 리력서

姓名：李华林　性別：女

出生年月：1905年1月6日

家庭出身：工人　本人成份：学生

文化程度：大学　民族：朝鲜族

籍贯：朝鲜平壤　工资级别：13级

家庭主要成员姓名、职业：只有本人
1人，没有其他成员

国内外主要社会关系的姓名、职业：
　　国内外没有親属

家庭住址：中国辽宁省大連市西岗区
　　　　　石道街59－2－2

家庭电话：0411－2672362

邮政编码：116011

离休单位：大連市人民政府办公厅老干部处（邮编：116012）

李华林에 사리력서

1905. 1. 6	조선 평양시 景昌里 태생
1915～1920.	조선 평양시 崇賢小学 학생, 《3.1》 반제운동참가
1920.	생학반으로 崇実中学 입학면 총회 로동자
1925～1927.3	조선 평양시 崇義女子中学校 幼师班 학생. 졸업
1927.4～1927 가을.	조선 群山시 基督教 教员 (유치원)
1927. 가을～1928.3.	조선 함경북도 青津시 유치원教员
1928.4～1929.3	조선 定卅시 유치원 教员
1929.4～1930.2	조선 황해도 农村教员(小学校) 항일 학생운동참가
1930.3～1931	중국 安东시로 탈출. 천진경유 上海도착
1931～1932.	上海 朝鮮临時政府 (国务领) 金九

선생이 領導하는 韓人愛國団에서

尹奉吉의사、李奉昌의사 등과 함께

항일독립운동에 활약

1932.10 ~ 1936 广州市에서 中山大学医学院

부속병원 견습간호원.

中山大学医学院 방청생

1936 ~ 1937.9 南京市에서 朝鮮民族革命党가입

조선민족혁명당 부녀국 위천.

계속 항일독립운동에 종사

1937.10 ~ 1939 汉口를 거쳐 重庆시에 도착.

조선의용대 医务室에서 사업

1939.4 ~ 1940.3 桂林、조선의용대본부 부녀대 부대장

1940.4 ~ 1941.6 桂林을 떠나는 조선의용대과 함께

太行山으로 진군、도중에 洛阳을

거쳐 中条山도착 항일무장투쟁참가

1941.7 ~ 1943.12   太行山 조선의용군 부녀대 대장

조선의용군병원 호사, 醫助, ≪화북

조선인민 간무훈련반≫과 ≪변구항전

간무行政隊≫에서 학습

1943.12.30~1944.4.7. 太行山을 떠나 延安에 도착

1944.5 ~ 1944.12. 延安 조선의용군 軍政大学에서 開荒,

부녀대 대장. 군정대학 연구실에서 사업

1945.1   延安 中國医科大学 학생

李华林

1994.10.24

이화림 여사 공적서(국가보훈처 제공, 2018)

李 华 林 여사 功绩书

1919년2월 평양시 崇賢小学校에서 왜놈의 奴化
敎育를 반대하는 运动에 参加. 그때
15岁의 어린 나이 였다

1919년3월1일 《3.1 独立运动》 즉 "만세운동"
에 참가. "조선독립만세!" 를 목청껏
외치고 왜놈軍警들과 용감히 싸웠
으며 시위행진때 왜놈들에의해 붙
잡힌 선생들을 구원하는 운동에 참가.
후에 오빠를도와 적어놓은 삐라들을
왜놈들에 의해 발각되지 않도록 건사
해주고 삐라를 왜놈들몰래 살포하셨
으며 지하통신련락 임무를 수행하는등
왜놈을 반대하는 독립운동에 어린
힘을 합치셨다.

乙

1929년   황해도 농촌민원으로 읽으면서로 대놈
          족을 반대하는 학생운동에 참가
1931.년.   日警의 감시의 눈초리가 날로신해 중국
          미위의 독립운동을 결심하고 中國
          上海에와서 조선림시정부 총리金九
          선생이 령도하는 韓人愛國団에서
          암살공작을 주도하는 "특심소조"에서
          金九선생의 지도로 尹奉吉의사、李奉昌
          의사 등라 함께 항일독립에 활약.
          말정치간、金九선생의 지령은을
          전달하는 역할등을 했다
1932ㄴ린1월8일이 날은 李奉昌 의사의 "사꾸라다문
          승격사건" 즉 일본 소화 황제에게
          작탄을 던졌던 날이다. 나는
          金九선생의 "李奉昌 일본 천황취간

계획"에 따라. 홍종品 의사가 中國
에서 日本으로 건너갈때 남몰래 품에
지니고 갈 작탄[?]을 훈도시를 만들어
홍종品 의사에게 건네 주었다.

후에, 또 왜놈들의 무기창고를 폭파
시키기위해 金九선생의 지시에 따라
尹奉吉 의사와 함께 上海부두로 들어
들어오는 일본 침략군의 무기창고 장상
임무를 수행.

1932 년 4월29일. 이날은 세계를 진동시킨
"上海虹口 의권폭탄사건" 즉 尹奉吉
의사가 日皇의 생일이며 上海전쟁전승
기념행사가 4월29일 虹口公園에서
열렸을때 폭탄을 던져 일본 침략군
괴수인 시라가와 대장을 폭사 시킨

날이다. 나는 이사건의 준비공작에

참가했였다. 金九선생은 원래 이행동

의 성공을 위해 尹의사와 나를 부부로

위장하여 공원에 들어가 거사할 계획

을 세웠던 것이다. 이행동의 준비공작

에서 나는 尹春吉의사와 함께 부부로

위장하여 [사전 앞서] 並口의회 地形을 정찰

했던것이다. 그런데 거사일을 이틀

앞둔 27일 金九선생은 나의 능숙치

못한 일어를 근려하여 위장부부계획

을 취소. 尹의사의 단독결행을 결정하였다.

1936.1. 南京에서 朝鮮民族革命党 婦女局

委員으로 계속 항일 독립운동에 종사.

1937~1944. 重庆、桂林、洛阳、中条山、太行山 등

地에서 조선의용대 부대대 부대장

조선의용군 부대대 대장으로 있으면서

간고한 환경속에서 가진고난을 악차고
모범으로를 받쳐되여
항일무장투쟁을 계속 역거리 않으며

조선의용군의 성장, 발전과 항일독립

운동에 커다란 기여를 해왔다

大連市政府办公厅老干部处

李华林

邮编 116012

1994. 10. 24.

이화림 여사가 기록한 윤봉길 의사 상하이 의거(국가보훈처 제공, 2018)

抗日义士 尹奉吉

炸死侵华日军总司令白川的经过

李华林

1919年朝鲜"三·一"反帝爱国运动以后，各地抗日运动此起彼伏，斗争形势极其严峻，我的手多同志入敌都处遭捕，在朝鲜无法安身，经朝鲜爱国组织的派遣于1930年5月来到上海。到了上海后，我找不到朝鲜党组织关系，我就以爱国主义和民族主义者的身份在侨民中活动。后来，通过朝鲜著名文学家，平壤育英小学校长金斗来的介绍认识了朝鲜爱国者朝鲜侨民团团长金玖。

"九·一八"事变日本帝国主义占领东北，蒋介石国民党的不抵抗主义，日本又把战火引向上海。日本帝国主义把朝鲜变成它的殖民地后，又要把中国变成殖民地，朝中人民都有同样的悲惨遭遇。大家都十分痛恨日本帝国主义。当我们看到蒋介石当了日本帝国主义的帮凶时都骂他为不抵抗主义者、卖国贼、三民主义的叛徒。我们朝鲜侨民在上海也很不安全，日本帝国主义派出大批便衣队、暗探、特务在上海到外搜查朝鲜爱国者，经常有人被绑架、被暗杀、有的被押回朝鲜。中国的统治者还骂我们是"高丽棒子"、"亡国奴"等等。我们朝鲜侨民中的爱国青年在忍无可忍的情况下，大家商量怎么办？有人提出中国共产党对付敌人有打狗队，我们也应组织铲奸团去对付朝鲜人民的敌人。我（当时叫李东海）和崔石淳、李华等几个青年商议，后来就在金玖的领导下组织了铲奸团（爱国团）。它的任务是，为了朝鲜人民的独立和自由，不惜牺牲个人的生命要与日本帝国主义斗争到底。我们当时都是二十九岁的青年，金玖约五十几岁，政治上比较成熟，审斗斗经验。他参加过1919年"三·一"朝鲜人民的反帝爱国运动，后来被捕入狱。他在狱中鼓动难友们打倒看守越狱出来，到了上海后，不久成立了朝鲜临时政府，担任财政兼朝鲜侨民联合会会长，平日大家叫他"民团长"。他同情中国革命，同情共产主义，在朝鲜侨民中有很高的威信，旅居中国和外国的侨民，本人都向临时政府纳税。他还组织我们学习有关刺杀伊藤博文的材料，学习如何开展秘密工作以及如何打枪、掷手榴弹等等。

爱国团成立后，金玖分配给我的任务是考察了原有关从朝鲜来沪的政治上可疑的对象，女的由我负责接待。当时我住在法租界马浪路某号一个亭子间里，公开身份是编织棉纱的家庭妇女，先后接待了三个可疑对象，与她们同吃同住，通过各种办法掌握她们的情况及时地向金玖报告，最后由金玖作出处置。罗本吉负责调查虹口日本租界的军政要人的活动情况和军事设施等情报，他的公开身份是每天给日政要人家里送菜，其中日本居留民会会长、日军便衣队队长河端为重点调查对象，他平时身穿日本便服，能讲一口流利的日本语。他经常借口给住在法租界的朝鲜侨民送辣椒粉，采集公开送情报。朝鲜侨民知道他从虹口日租界来，给日本人做事都怀疑他是日本人派来的特务，大家不愿与他接近。李奉昌公开身份是朝鲜侨民的进步团体义烈团团员。他相识了一个日本贵族姑娘，那个姑娘一心相与他谈恋爱，很信任他，李通过她收集了许多日本要人的情况和军事情报，李提出可以利用姑娘在日本的关系去暗杀田和天皇。我们经过详细周密的研究，制定了具体行动计划。"九·一八"以后的冬天，李带了两枚日本制造的小型手榴弹，我给他特制了一副腰带，把两枚手榴弹挂在裤裆中间，他还带了姑娘为他准备的各方面关系的介绍信。出发那天，义烈团组织的成员和那位多情的贵族姑娘都来码头上给他送行，金玖站在码头远外目暗战友离去。李到了东京后设法潜入他所住区二重桥，等昭和经过时掷出手榴弹，可惜天皇没有炸死，却当场被捕，后被枪决了。义烈团为了纪念李奉昌，曾把他的事迹编写在歌里，让后人来歌颂。李奉昌牺牲后，爱国团留下金玖、尹奉吉和我三人。

1932年"一·二八"事变，日本侵略者对十九路军控制的中国地界进行狂轰滥炸，大批工厂、学校、民房被炸毁，数十万居民惨遭人亡，流离失所。宝山路上中外闻名的东方图书馆和商务印书馆中弹起火，烧了几天几夜，把中国古老的文化宝库毁为灰烬。我们看到上海人民悲惨的遭遇和日本帝国主义的骄横气焰都义愤填膺。大家决心要以加紧暗杀的行动来还击日本侵略者，为死难同胞报仇。由于蒋介石的不抵抗政策，3月初日军攻陷市区，日本侵略者得意忘形准备庆祝所谓胜利，决定在四月份"天长节"，天皇的诞生日的那天在虹口公园举行纪念大会并举行阅兵典礼，我们得知这个消息。金玖、尹奉吉和我三人商量如何在"天长节"炸死这批侵略者的头目。开始时曾提出尹奉吉和我两人去执行暗杀，我以尹的女友身份去参加所谓祝捷大会，协助尹工作。后来经讨论认为尹在日本军政要人中人头比较熟悉，两人同去说话时口径不一致反而易暴露。最后决定由尹一人前往，把手榴弹装入日本军用水壶中，尹背在身上潜入会场见机行事。计划商定后，尹奉吉陪我到虹口公园现场察看，告诉我进出的具体路线和日军布围境况，并认真地听取了我的意见。"天长节"的前三天，金玖为上海中学韩侨爱国团举行佩带宣誓仪式。尹站在朝鲜国旗下左手举着手榴弹，右手持手枪宣誓说:"嘶誓以赤诚，以韩人爱国团之一员，明日誓获祖国之独立自由。大韩民民十四年四月二十六日宣誓文。尹奉吉……五色旗帜毕还在胸前挂着营词牌摄影留念。当时尹奉吉为了祖国……独立宣言消灭5本侵略者已作了为国捐躯的思想准备，曾表示被捕后要以韩国革命先烈为榜样视死如归等等。第二天，金玖作出紧急应变措施，他前往市郊去起草虹口公园事件的真相的文章，来扩大爱国团的影响，我在金玖的帮助下也搬了家，从马浪路某号亭子间迁到法租界其朋团的一个亭子间居住。

4月29日，尹奉吉身穿西服，从容冷静，潇洒大方，像前往观礼的宾客，九时前，很顺利地进入虹口公园会场，在主席台下贵宾席就座。会场中已聚集一万四千余名日本市民，新派来的日本前内阁陆相、陆军大将、侵华日军总司令白川义则，第九师团长、中将植田谦吉，海军司令、中将野村吉三郎，居留民会会长、淞沪战役时日侵略军便衣队队长河端，日驻华公使重光葵，驻沪总领事村井等军政要人以及各国领事上了主席台。庆祝典礼十一时结束，各国领事相继退场，日本军政要人开始对日海军陆战队检阅，当白川惨恻浊甸本台上发表演说时，尹奉吉点燃纸烟并佯装喝水壶样子，揭开盖，揿开手榴弹的导火器，立即把水壶往主席台掷去，轰隆一声，台上六名日本军政要人无一幸免。事后我们知道尹奉吉的这次义举，打死打伤了"一.二八"事变以来日本侵略者调来的几任司令官和重要军政官，2月27日调来的日军总司令白川大将炸到半空中，肚肠流了出来，重伤而死，炸瞎了2月7日派来增援的日司令长官野村中将的一只眼睛，炸掉了2月13日派来增援的日司令官，号称日本最精锐部队的第九师团师团长植田中将一只脚，驻中国公使重光葵炸掉一条腿，日军便衣队队长河端也被炸死，总领事村井受伤，沉重打击了日本侵略者。手榴弹爆炸后，会场中出现一片混乱，尹奉吉省司手榴弹掷中会部日本军政要人。在现场发出哈哈大笑。在日本海军陆战队的包围下，他临危不惧，从容地被捕。

虹口公园事件以后，金玖曾就日本军政要人被炸事件发表过文章，声称虹口公园事件是朝鲜人民爱国团干的，爱国团是由●金玖亲领导的。文章的详细内容我已记不起来了。但其中这次行动的目的是要指出日本帝国主义是朝中两国人民的共同敌人，号召人民团结起来打倒日本侵略者。同时要向全世界表明朝鲜人民是杀不完的。朝鲜爱国者活着就要与日本帝国主义斗争到底。为朝鲜民族的独立和自由我想无外乎是这样方面的一些内容。在发表文章的同时还发表了尹奉吉行刺前宣誓的照片。上海人民从报纸上看到日本侵略者首领白川大将被炸死的消息时，无不欢欣鼓舞。他们认为蒋介石不抵抗主义不能做到的事情，朝鲜爱国者给我们做到了。为中国人民除害，为中朝人民报仇雪耻。通过这件事情，上海人民对朝鲜侨民加深了理解，并增强了友谊。但是，日本统治集团内部却乱作一团，下令要逮捕朝鲜爱国团领导人、朝鲜侨民联合会会长金玖，驻上海的日本海军陆战队抓不到金玖，就把朝鲜侨民联合会改选后新当选的会长逮捕走，并被押回朝鲜，向日本统治集团交帐。

在人民群众兴高彩烈欢呼胜利的时候，蒋介石鉴于中国人民对朝鲜爱国者尹奉吉的崇敬，对炸死白川佐欢欣鼓舞，在南京被迫地接见了朝鲜爱国者金玖。并问金玖朝鲜侨民有些什么要求？金玖坦率地回答：我们是朝鲜的爱国者，我们炸死日本侵略者首领，为朝中人民除害是爱国者的责任，我们朝鲜侨民没有别的要求。只希望中国政府对朝鲜青年侨民进行军事训练，日后可以打击日本帝国主义。在朝鲜爱国者金玖的一再催办下，蒋介石表示控制朝鲜侨民特别是朝鲜青年的爱国活动，于1933年3月，在洛阳军事学校内开设了朝鲜青年军事训练班。在训练班开办的过程中进行着控制与反控制的斗争。后来有一些不明真象的人，反说连日共学习蒋介石也帮助过朝鲜人民，为朝鲜人民训练过武装，其实这是朝鲜同志以自己生命去奋争取得来的。蒋介石为了欺骗中国人民，严密控制朝鲜人民的爱国活动，才被迫接受他们的要求。后来尹奉吉被捕后，被押往日本，于同年12月经日本军事法庭判决后被处于日本金泽。

　　后来我在朝鲜国土上听说朝鲜民主主义共和国为尹奉吉烈士立起尹奉吉烈士的墓碑，让朝鲜人民永远纪念这位爱国主义烈士。尹奉吉烈士永垂不朽！

上海党史研究所

李华明　198　年　月　1　日整理

李華林　중국방면

吳華春 선생님 :

   안녕하십니까?

   〈호남초교온보〉에 계시는 朴賢珠 선생님으로부터

"독립유공자 표창받네" 소식을 받고 우리 민족의 자랑이며

반일투쟁운동에 크게 기여한 李華林 할머니 리력기중이

이를 정리하여 李華林 할머니의 수년증쪽 노사보와 《抗日女士

尹奉吉炸死傅中日革命이을 自川山連》사로 (이는 上海美术硏究

室에서 李華林을 방문하여 정리해낸 材料로써 李華林의 모습

증거로됨네다)을 함께 보내니 받아 주시기를 바랍네다.

   李華林의 집주소는: 中國 辽宁省 大連市 西岗区

石道街 59-2-2 이고 郵政編码는: 116011. 상임화는

0411-2672362 이며 사식이 있으면 직접 李華林에게

알려 주시기 바랍네다.

                  大連市 民族宗教事务委员会 柳判희 올림
                                1994.10.20
            (저의 전화는 0411-3632109. 郵码: 116012)

이화림 지사는 주변의 권유로 1994년 대한민국 독립유공자 포상 신청을 위해 〈자필 이력서〉, 〈자필 공적서〉, 〈윤봉길 의사 상하이의거 관련 기록〉 등의 서류를 국가보훈처에 제출했다. 하지만 국가보훈처는 그녀가 북한군으로 활동한 이력을 문제삼아 독립유공 포상을 불허했다.

이화림 회고록

1판 1쇄   2026년 3월 1일

지은이   이화림 구술·장환제·순징리
옮긴이   박경철·이선경
편집   김효진
교열   이수정
디자인   최주호
펴낸곳   마르코폴로
등록   제2021-000005호
주소   세종시 다솜1로9
이메일   laissez@gmail.com
페이스북   www.facebook.com/marco.polo.livre

ISBN   979-11-24110-13-3

책 값은 뒤표지에 있습니다. 잘못된 책은 교환하여 드립니다.